분투하는 청춘들에게 바친다.

# 내 심장을 쏴라

제5회
세계문학상
수상작

**정유정**
**장편소설**

제5회
세계문학상
수상작

# 내 심장을 쏴라

정유정
장편소설

은행나무

# 차례

# 프롤로그

## 정신보건심판위원회—2:00 PM

정신보건심판위원회는 오전 9시에 시작됐다. 심사 대상자는 일곱 명, 한 사람당 심리시간은 30분이었다. 유례없이 긴 시간이었다. 국가인권위원회에서 참관한 현장 심사라 그랬을 것이다. 보통은 5분을 넘기지 않는 걸로 안다. 그나마 받을 수 있다면 행운아이다. 대부분은 서면 심사만으로 '계속 입원' 통보를 받는다. 정신병원에 강제 수용된 자가 스스로 자유를 찾을 수 있는 유일한 길이 책상머리에서 사라진다는 얘기다. '현장 심사 30분' 은 '신의 선물' 과 동의어인 셈이다. 나는 일곱 번째 수혜자였다.

2시, 심사장으로 들어섰다. 정면에 긴 다갈색 탁자가 놓여 있고 다섯 사람이 앉아 있었다. 문을 닫자 시선들이 일제히 내게로 향했다. 불안이 밀려왔다. 기시감이 따라왔다. 심사장은 오래전, 세 가지 죄목으로 기소된 한 미친 사내가 오들오들 떨며 서 있던 어느 법정 풍경과 비슷했다.

누군가 앉으라고 말했다. 의자는 바로 내 앞에 있었다.

"오래 기다렸을 텐데 지루하지 않았어요?"

왼쪽 끝에 앉은 여자가 물었다. 그녀 앞에 놓인 종이 명패를 보며 나는 고개를 저었다. '정신과 전문의 박혜신' 이라 씌어 있었다. 옆에 앉은 초로의 남자는 임상심리의, 중앙에 자리한 중년여자는 시 보건복지국장으로 이 심사위원회의 위원장이었다. 그 옆이 변호사인 안경잡이 남자, 오른쪽 끝자리 남자는 국가인권위원회 소속으로 그들 중 가장 젊었다. 다섯 사람 뒤로 큰 창문이 나 있었다. 창밖에선 떡갈나무 우듬지가 비바람에 몸을 떨었다. 먹구름은 잿빛 눈으로 방 안을 들여다봤다.

"이수명, 남자, 1980년 서울 출생."

변호사가 서류를 뒤적이며 말문을 열었다.

"공주감호소에서 2년을 지냈군요. 출소 후 2년 동안 병원 네 곳을 돌아다녔고……."

그가 과거사를 시시콜콜 들추며 내 평판에 해를 입히는 사이, 나는 하릴없이 벽시계만 흘끔거렸다. 2시 03분 30초, 04분, 04분 10초. 시간이 쓱쓱 사라지고 있었다. 초조했다.

"2004년 6월 9일입니다."

내가 불쑥 입을 열자 변호사는 안경 너머로 나를 봤다. 뜨악해하는 눈이었다.

"그날도 오늘처럼 비가 왔습니다. 저는 몇 시간째 거리를 헤매고 있었죠. 피곤하고 흠뻑 젖은 데다 부, 불안해서……."

임상심리의가 팔짱을 끼며 의자등받이에 머리를 기댔다. 따분한 표정이었으나 말을 막지는 않았다. 나는 땀으로 축축해진 손바닥을 바지에 문질러 닦았다. 숨을 길게 들이마셨다. 침착하자고 되뇌었다.

가야 할 길이 멀고도 멀었다.

등을 펴고 눈을 들었다. 다섯 사람과 차례차례 시선을 맞췄다.

"저는 집으로 가고 싶었습니다."

# 1부

# 덤 앤 더머

나는 집으로 가고 싶었다. 그뿐이었다. 그 때문이었다. 폭우가 쏟아지는 수요일 저녁, 낯선 동네의 파출소에 무릎을 꿇고 앉아 있었던 이유를 밝히자면. 죄목은 성폭행 미수였다.

머리가 불붙은 덤불 같았다. 열아홉 살 이후 잘라본 적이 없는 머리털을 두 움큼도 더 잡아 뜯긴 탓이었다. 눈은 퉁퉁 부어 눈에 뵈는 것이 없었다. 코피를 막느라 콧구멍에 쑤셔 넣은 휴지 때문에 숨은 입으로 쉬어야 했다. 숨 쉴 때마다 갈비뼈가 욱신욱신 쑤셨다. 셔츠 단추는 모조리 떨어져 나갔고 신발마저 잃어버려 시커먼 맨발이었다.

아버지는 순경에게 빌고 있었다. 나를 두들겨 팬 남자와 머리를 쥐어뜯은 여자에게도 연방 머리를 조아렸다. 일주일 전에 정신병원에서 퇴원한 정신없는 놈이니 용서해달라고.

족히 한 시간은 빌었지 싶다. 훈방으로 풀려날 무렵, 파출소 벽시계가 8시를 가리키고 있었다. 아버지는 당신의 일터이자 집인 '신림책방'으로 고물 픽업을 몰았다. 가는 내내 말이 없었다. 두고 쓰는 소리, 대한민국에서 가장 입원비가 싸고, 가장 시설이 나쁘고, 가장 질 나쁜 인간들만 모인 정신병원에다 죽을 때까지 처박아놓겠다는 악담도 하지 않았다. 휴대전화로 누군가와 짤막한 통화를 했을 따름이다. 조짐이 불길했다. 아버지는 침묵할 때가 가장 위험한 인물이었다.

"가방 싸라."

책방에 들어서자마자 아버지가 내뱉은 인심 사나운 말이다. 나는 콧구멍에서 휴지를 뽑았다. 뽑고 보니 휴지통이 제자리에 없었다. 아버지는 내 손을 예의 주시하고 있었다. 휴지를 본래 자리로 밀어 넣었다.

"이번에 가면, 죽기 전엔 못 나온다."

가방을 푼 바 없으니 쌀 필요도 없었다. 책방 구석에 있는 내 방으로 가서 들고 나오기만 하면 되었다.

LA 다저스 모자를 쓴 남자가 카운터 부근에 서 있었다. 비닐우비를 입었고 포수 미트만 한 손에 밧줄을 쥐고 있었다. 그는 내 가방을 빼앗더니 팔을 뒤로 꺾어 상체와 함께 포박했다. 내가 비행기 납치를 하려다 파출소에 잡혀갔다고 들은 모양이었다.

책방 앞에 흰 봉고가 대기 중이었다. 풍문으로만 들어본 '169 택배차' 였다. 고객의 주문이라면 아프리카물소라도 잡아다 정신병원 침대로 배달해준다는 사설 후송업체 차량. 나는 책방 입구에 서 있는 아버지를 돌아봤다. 아버지는 내 면전에서 책방 셔터를 내려버렸다.

LA 다저스가 봉고 뒷문을 열었다. 중앙에 시트도 없는 이동침대가 놓여 있었다. 오른쪽 차창 옆에는 산소통이 붙어 있고, 야구 배트 하나가 앞좌석 등받이에 세워져 있었다. 나는 냉큼 기어 들어가 산소통 옆에 앉았다. LA 다저스가 내 머리를 야구공으로 착각할까봐 겁이 났다. 식성만 좋았더라면 그놈의 야구 배트를 날름 삼켜버렸을 것이다.

차문이 닫혔다. 봉고가 출발했다. 나는 멀어지는 책방을 멀거니 바라봤다.

아침나절 – 어쩌면 점심때였는지도 모른다 – , 아버지가 노크도 없이 내 방으로 쳐들어왔다. 기분이 그리 좋지 않은 듯했다. 이불을 걷어 젖히더니 다짜고짜 시비를 걸어왔다.

"아침에 자고, 낮에 자고, 밤에 자고. 밥 먹고, 똥 누고, 담배 피우고. 종일 골방에 처박혀 할 짓이 그것뿐이더냐?"

"책도 봐요."

읽고 있던 소설을 들어 보였다. 아버지는 탁 낚아챘다.

"나이가 스물다섯이다. 알고는 있냐?"

묻는 아버지의 귀가 벌겠다. 목덜미도 붉었다. 뻣뻣한 백발은 하늘로 곤두설 채비를 하고 있었다.

"밖에 나가 바람이라도 쐬면, 누가 너를 잡아먹는다던?"

생존 본능이 황색등을 켰다. 어서 나가라고 등을 떠밀었다. 그러지 않으면 아버지가 나를 잡아먹을 거라고 충고했다. 그래서 나갔다. 갈 곳도 없고, 돈도 없어 무작정 걸었다. 눈 뜬 장님처럼 걸었다. 걷다 정신을 차려보니 어느 초등학교 옆길을 지나고 있었다. 주변에는 참새 한 마리 없었다. 집도, 가게도, 심지어는 이정표 하나도 보이지 않았다. 스산한 도로 위로 빗줄기만 포악스레 쏟아졌다. 그제야 깨달은 건데, 나는 더할 나위 없이 완벽한 거지꼴을 하고 있었다. 짝짝이로 신은 슬리퍼, 담뱃불 구멍이 난 트레이닝 바지, 함빡 젖은 아버지의 헌 셔츠, 어디서 둘러썼는지 기억나지 않는 밀짚모자. 시궁쥐도 물어가지 않을 더러운 모자챙 밑으로 빗물이 줄줄 샜다.

그날 처음으로 시계를 본 것 같다. 학교 옥상에 시계탑이 있었다. 4시 15분. 담장 밑에 앉았다. 젖은 몸을 웅크리고 생각을 해보려 애썼다. 얼마나 걸었던가. 어느 거리를 거쳐 왔나. 내가 있는 곳이 어디쯤인가.

내게는 재주가 하나 있다. 의도적이든 아니든, 한번 인식한 일은 좀처럼 잊지 않는다. 신림책방에 꽂힌 책들의 제목과 위치가 전화번호부처럼 머릿속에 정리돼 있다면 '좀처럼'의 기준을 짐작하시려나. 참고로 신림책방이 '거기에 없는 책은 국회도서관에도 없다'라고 소문난 헌책방이었음을 알려드린다.

그렇기는 하나 눈 뜬 장님처럼 본 것까지 복기하는 재주는 없다. 나는 집으로 가는 길을 끝내 기억해내지 못했다. 대신 가장 하기 쉽고, 가장 하고 싶은 일을 하고 있었다. 아버지 탓하기.

퇴원하던 날부터 아버지는 나를 달달 볶았다. 가방을 내려놓자마자 주소 하나를 불러주더니 등기소에 가서 등기부등본을 복사해 오라고 했다. 8평짜리 원룸으로, 아버지가 관심을 가질 만한 건물은 아니었다. 다음엔 호적등본을 떼러 동사무소에 다녀왔다. 은행에 가서 세금도 냈다. 마트에 가서 장을 봤으며 저녁식사를 준비했다. 식탁에 마주 앉은 후에는 어땠던가. 아버지는 밥을 먹고 나는 욕을 먹었다. 남들은 한 시간에 끝낼 일을 한나절 걸려 한다고 말이다. 의심이 확신으로 굳어지는 순간이었다. 아버지는 내게 쓸데없는 일을 시키는 걸로 쓸데 있는 놈인지 평가하고 있었던 것이다. 속이 '훌떡' 뒤집어졌다. 평가라면 병원에서 당해온 것만으로도 지긋지긋했다. 귀머거리가 돼서 내 방에 틀어박힌 건 그 때문이었다. 거리를 헤매다 길을 잃은 것도 그 때문이요, 거지꼴을 하고 학교 담장 밑에 앉아 있게 된 것도 근본적으로는 그 때문이었다.

아, 나는 몹시도 궁금했다. 아버지는 왜 내가 내 방에 박혀 평온하게 지내는 꼴을 눈 뜨고 못 봐주는 건지. 하나밖에 없는 아들을 비바람 몰아치는 거리로 내몰면 책장수 인생이 좀 덜 따분해진다던가? 자식의 평온한 삶에 이바지해볼 도량은 정녕 없는 것인가?

5시경, 해골처럼 깡마른 여자가 학교 앞에 나타났다. 그녀는 우산과 핸드백을 움켜쥐고 곁눈질로 나를 흘끔대며 종종걸음 쳤다. 마치 '개 조심' 팻말이 붙은 집 앞을 통과하는 동네 꼬마 같았다. 여자를 따라간 건 길을 묻기 위해서였다. "아줌마, 신림본동 어디로 가요?"

그때 내가 등신같이 말을 더듬지만 않았더라면, 여자가 무턱대고 우산을 휘두르며 비명을 지르지만 않았더라면, 당황한 나머지 여자 팔을 붙잡는 실수만 하지 않았더라면, 때마침 출몰한 동네 청년이 머리보다 민첩한 주먹을 지니고 있지 않았더라면…….

'라면' 타령을 하고 있노라니 가슴이 답답해왔다. 못 나온다고? 죽기 전에는?

산소통에 머리를 기대고 맞은편 차창을 봤다. 자동차의 전조등들이 주황빛 선을 그으며 창을 스쳐 갔다. 누가 죽어야 하나. 나? 아버지? 둘 중 아무나?

눈의 초점이 헤실헤실 풀어졌다. 그냥 아버지가 오래 사세요. 천년만년, 신물 날 때까지.

졸음이 덮쳐왔다.

"저 새끼 왜 저래?"

우렁우렁한 목소리가 귀를 쑤셨다. 나는 실눈을 떴다. 잠시, 아무것도 보이지 않았다. 망막을 베는 듯한 섬광이 사방에서 난사되고 있었다.

"저거, 완전히 미친놈일세."

LA 다저스였다. 뒤를 돌아보며 미친놈을 연발하고 있었으나 나한테 하는 말 같지는 않았다. 고개가 뒤창에서 왼쪽 차창으로 돌아가고 있었다. 내 고개도 같은 궤도를 따라갔다. 잠이 확 깼다.

파란 승용차 한 대가 비상등을 깜박이며 중앙선을 넘고 있었다. 차선 맞은편에서도 불빛이 움직이고 있었다. 폭우와 물보라와 어둠 때문에 차체가 보이지 않았지만 빠른 속도로 다가오는 것만은 분명했다. 광각의 크기가 쑥쑥 커지고 있었다. 봉고 뒤에는 소방차처럼 빨갛고 큰 지프가 바짝 붙어왔다. 우악스러운 캥거루 범퍼를 봉고 꽁무니에 붙였다 뗐다 하며 공격적으로 상향등을 번쩍이고 경적을 울려댔다.

파란 승용차는 더욱 속도를 올렸다. 단숨에 봉고를 제치고 전방으로 돌진했다. 앞바퀴는 물보라를 일으키며 도로 위로 붕 떠갔다. 마치 활주로 끝에서 막 이륙하는 전투기를 보는 기분이었다. 나도 모르게 다리와 어금니에 힘이 들어갔다. LA 다저스는 등받이를 쥐어뜯으며 얼빠진 소리를 토해냈다. “저, 저, 저…….”

백색 반사광 뒤에서 덤프트럭이 튀어나왔다. 파란 승용차는 봉고 앞으로 푹 치고 들어왔다. 나는 눈을 질끈 감았다. 경적과 비명이 뒤얽혔다. 도로를 긁어 파는 브레이크 소리가 고막을 내찌르고 차체 뒤쪽이 빙그르 돌았다. 내 몸은 볼링 핀처럼 튕겨 나가 등허리를 찧으며 어딘가에 떨어졌다. 등뼈들이 연쇄 폭발을 일으켰다. 나는 몸을 뒤틀며 신음을 삼켰다. 눈은 뜨지 않았다. 당장 죽을지언정, 무서운 일은 보지 말자는 게 내 생활신조였다. 봤다 하면 죽을 때까지 잊지 못할 것이므로.

“이봐! 계속 그러고 갈 거야?”

LA 다저스의 목소리가 가까이에서 들렸다. 한쪽 눈만 떴다. 파란 모자챙이 내 이마 위에 떠 있었다. 두 눈을 다 떴다. 나는 앞좌석 등받이 밑에 누워 있었다.

"네 자리로 데려다줘?"

됐네. 다리를 버둥거려 몸을 일으켰다. 무릎걸음으로 본래 자리에 돌아와 앉았다. 그제야 봉고가 갓길에 서 있다는 걸 알아차렸다. 도로는 텅 비었다. 파란 차도, 빨간 지프도, 덤프트럭도, 오가는 차량도 없었다. 그런데도 몹시 시끄러웠다. 천둥이 포효하고 빗줄기가 차창을 퍽퍽 쳤다. 라디오에서는 어떤 여자가 뜬구름 잡는 소리를 늘어놓고 있었다.

"아무 걱정거리 없는 곳이 있을까요? 그런 곳이 있다면, 당장 달려가고 싶겠죠. 〈오즈의 마법사〉에 나오는 도로시도 그런 생각을 하며 무지개 너머 세상을 꿈꾸었을 텐데요. 영화 속 한 장면처럼 눈을 감고 발꿈치로 바닥을 세 번 치는 것만으로 원하는 곳에 갈 수 있다면 얼마나 좋을까, 생각해봅니다. 브람스와 함께 〈밤과 음악〉 3부를 시작하겠습니다. 브람스의 교향곡 1번 1악장 C단조, 운 포코 소스테누토-알레그로(Un Poco Sostenuto-Allegro)."

팀파니 연타가 천둥을 제압하며 울려 퍼졌다. 콘트라베이스의 와류가 빗소리를 쓸어내렸다. 봉고가 출발했다. 나는 뒤창으로 밖을 살폈다. 2차선 도로가 따라오고 있었다. 바로 옆 가드레일 너머로 숲이 이어졌고, 건너편 차선 옆에는 기찻길이 붙어왔다. 불안이 슬슬 고개를 들었다.

말귀가 트일 무렵부터 라디오는 내 시계였다. 〈밤과 음악〉 3부가 시작됐다는 건 자정에서 10분이 지났다는 의미였다. 신림책방을 떠난 지는 세 시간이 넘었다. 전에 입원해 있던 용인 로뎀 병원이 목적지였다면 악천후와 도로 사정을 감안해도 11시 안에 도착했어야 했다. 병원으로 가는 길에 기찻길도 없었다. 단언컨대, 봉고는 그곳으로 가는 게 아니었다.

이 사람, 나를 어디로 데려가는 걸까. 목을 쭉 빼고 앞창을 내다봤다. 시계의 끝에 갈림길이 있었다. 이정표도 하나 있었다.

수리↗20km

봉고는 이정표가 가리키는 곳으로 들어섰다. 뜨문뜨문 보이던 인가의 불빛이 완전히 사라졌다. 도로는 산과 물길을 양쪽에 끼고 굽이굽이 돌았다. 기사는 타령을 뽑고 있었다. 날씨에 대해, 험악한 산길에 대해, 폭우 속을 질주하던 어떤 건달에 대해, 다른 건달이 몰던 '허머' 라는 빨간 외제 지프에 대해, 폐차 직전인 봉고로 나사 빠진 놈이나 배달하고 있는 자기 신세에 대해.

1시 뉴스가 시작되자 LA 다저스가 휴대전화를 열었다. 내 이름이 튀어나와 귀를 세웠으나 통화 내용은 듣지 못했다. 라디오가 뉴스와 지글지글 끓는 잡음을 뒤섞어 내보내고 있었다.

"지난 9일 오후…… 세주백화점 물류창고 신축현장 화재사건을 수사 중인…… 고 류원식 세주그룹 회장의 삼남인…… 방화 혐의로 수배하는 한편, 출국금지 조치를……."

엿듣기를 포기하고 앞창을 내다봤다. 분주하게 움직이는 와이퍼 사이로 쇠기둥에 매달린 표지판 세 개가 보였다.

수리댐 1.5km↑

수리유원지 3.5km↑

수리 희망병원 1.2km↱

병원으로 가는 길목에 다리가 있었다. 물길을 가로지르는 콘크리트 다리였는데 파란 승용차가 입구 난간을 들이박은 채 멈춰 있었다. 옆엔 빨간 허머가 상향등을 켜고 비스듬히 서 있었다. 수리댐 쪽 길에도 자동차 한 대가 상향등을 켜두고 정차 중이었다. 강렬한 섬광 때문에 자동차는 그저 부연 덩어리로 보였다. 두 차의 전조등이 만나는 무대에선 싸움이 벌어지고 있었다. 아니다. 싸움이 아니었다. 두 남자의 다리가 검은 양복을 입은 남자를 향해 휙휙 날고, 검은 양복은 그들의 다리에 채여 붕붕 날아다녔다. 그러므로 두 남자가 검은 양복을 손보고 있었다고 해야 맞겠다.

봉고는 허머를 지나 다리로 진입했다. 특별히 바쁜 일도 없고 해서, 나는 뒤창으로 상황을 계속 지켜봤다. 한 남자의 다리가 검은 양복의 등허리로 날고 있었다. 다른 남자의 다리는 고꾸라지는 검은 양복의 뒷목을 찍었다. 그걸로 끝이었다. 검은 양복은 흙탕물에 턱을 박았다.

다리를 벗어날 즈음, 댐 쪽에 정차한 자동차의 온전한 형태를 볼 수 있었다. 흰 세단으로 차체가 스포츠카처럼 날렵했다.

기사는 '수리 희망병원' 이라 씌어 있는 입간판을 끼고 우회전해 숲길로 진입했다. 좁은 콘크리트 도로가 완만한 반원을 그리며 이어졌다. 쭉 오르막이었고 주변에 덩치 큰 교목들이 우거져 있었다. 1분? 길어야 2분쯤 지났을 것이다. 뒤창에 불빛이 비쳤다. 빛의 발원지가 빨간 허머임을 확인했을 땐 이미 봉고 뒤에 붙어 있었다. 흰 세단은 보이지 않았다. 기사는 뭐라 툴툴대며 길가로 봉고를 붙였다. 허머는 봉고 옆구리를 들이박듯 스쳐서 숲 사이로 사라져버렸다. 봉고는 푸들푸들 떨며 남은 오르막을 올라갔다.

길이 끝났다. 거대한 철문이 나타났다. 어두운 숲 속에서, 길을 가로막듯, 불쑥 모습을 드러냈다. 통과 절차 같은 건 밟지 않았다. 정문은 활짝 열려 있었고, 우산을 든 경비가 손을 흔들어 통과 신호를 보내고 있었다. 경비실은 정문 왼편에 있었다. 병원은 경비실에서 30여 미터쯤 올라간 장방형 분지에 위치했다. 기차처럼 길고 하얀 5층 건물이었다. 각층 중앙부에 기다란 베란다가 붙어 있고 병실 창문들 안에서는 푸르스름한 빛이 내비쳤다. 병원 주변은 철조망 담장이 에워싸고 있었다. 담장 꼭대기에 10여 미터 간격으로 매달린 수은등들은 비바람에 흔들리는 주변 숲과 물안개가 깔린 앞마당에 창백한 빛을 뿌렸다.

봉고는 중앙 현관을 지나 건물 오른편으로 돌았다. 지하주차장 입구가 정면에 나타났다. 측벽에는 비상구 표시등이 붙은 흰 철문이 있고, 직원으로 보이는 세 남자가 우비 차림으로 서 있었다. 허머는 그 앞에 정차해 있었다. 봉고는 허머 뒤에 섰다.

남자 직원들 중 하나가 봉고로 다가왔다. LA 다저스는 내 가방을 쥐고 차에서 내려 남자와 함께 뒷문으로 걸어왔다.

"이리 나와."

문을 열며 LA 다저스가 말했다. 나는 쏟아져 내린 머리칼 사이로 따라온 남자를 훔쳐봤다. 미간에 박힌 새끼손톱만 한 점이 매우 인상적이었다.

"뭐해? 나오라니까."

LA 다저스가 재촉했다. 점박이 남자는 미간의 점보다 더 인상적인 환영인사를 보여줬다. 기습적으로 팔을 뻗어 내 머리채를 움켜쥐고 쓰레기 봉지처럼 끌어냈던 것이다. 끌어낸 다음엔 밀치듯이 손을 놨다. 나는 볼썽사나운 뒷걸음질 끝에 어찌어찌 중심을 잡았다. 허리를 펴자 이번엔 매서운 빗줄기가 얼굴을 후려쳤다. 말라가던 셔츠는 순식간에 젖어버렸고 발은 흙탕물에 잠겼다. 그때까지도 나는 맨발이었다.

허머에서도 비슷한 일이 벌어지고 있었다. 검은 양복이 두 남자의 손에 양팔을 잡힌 채 차에서 끌려 내려왔다. 나만큼이나 얻어터진 얼굴이었고, 나처럼 팔이 뒤로 꺾여 포박당했으며, 나보다 더 휘청거리고 있었다. 검은 양복은 다른 직원에게 인계돼 흰 철문으로 끌려갔다. 나도 점박이에게 인계됐다. 내 가방은 우체통처럼 땅딸막한 직원이 인수했다.

철문 앞에서 뒤를 돌아봤다. 봉고와 허머가 들어올 때와 반대 순서로 후진해 떠나고 있었다. 두 차의 불빛은 곧 건물 모퉁이 뒤로 사라졌다. 잠시 복잡한 감정이 뒤엉켰다. 다시 세상으로부터 쫓겨나고 말았다는 박탈감, 철문 안에는 적어도 바깥세상보다 안전한 세계가 있을 거라는 기대감, 폭우 속으로 냅다 도망쳐버리고 싶은 충동. 무릎이 움찔움찔했다.

"뭐하시나?"

뒤에 서 있던 점박이가 가뜩이나 아픈 옆구리를 손가락으로 쿡 찔렀다.

안으로 들어서자 등 뒤에서 묵직하고 단호한 소리가 울렸다. 딸깍. 철문의 자동 잠금장치가 작동되는 소리였다. 세상의 문이 닫히는 소리였다. 아버지가 언행일치라는 미덕을 구현한다면, 무기징역을 선고하는 소리이기도 했다. 내 앞에는 어둡고 긴 복도가 놓여 있었다.

발가락을 한껏 오그리고 걸음을 뗐다. 바닥이 기분 나쁘게 미끈거리고 선득했다. 점박이는 내 오른편 어깨 뒤에 붙어 왔다.

복도는 넓지도 좁지도 않았다. 두 사람이 걷기엔 여유가 있고 셋이 걸으면 꽉 차겠다 싶었다. 전체 조명은 꺼져 있었으나 주변을 보는 데는 무리가 없었다. 사람이 지나가면 센서가 작동되며 천장에서 노란빛이 쏟아졌다. 외래 진료실들을 통과하는 복도였다. 천장에 붙은 CC카메라를 선두로 원장실과 원무부장실, 정신과 1, 2진료실이 있었다. 건너편은 신경과, 방사선/CT실, ECT실/대기실. 무심코 지나치다가 멈칫 섰다. 고개를 돌려 팻말을 재확인했다.

**ECT실**

전기 경련요법(Electroconvulsive Therapy)실이었다. 지나간 20세기의 전설인 줄로 알았던 방이었다. 그것이 실재한다는 것이 놀라웠다. 그 앞에 내가 서 있다는 사실이 어쩐지 기분 나빴다. 설마 저 방에 들어갈 일은 없겠지, 하면서도 뒷골이 으스스했다. 점박이의 손가락이 갈비뼈를 쑤시는 바람에 목에 핏대까지 곤두섰다.

"그 방에 관심 있나?"

별 개 같은 말씀을 다. 다시 걸음을 뗐다. 다른 일행은 두어 발짝쯤 앞서 가고 있었다. 키가 전봇대만 한 남자가 검은 양복의 한쪽 팔꿈치를 잡고 걸었다. 내 가방을 든 땅딸이 남자는 두 사람 뒤에 바짝 붙어 걸었다. 검은 양복은 전봇대보다 키가 약간 작았다. 어쩌면 고개를 숙이고 있어 그렇게 보였는지도 모른다. 몸의 움직임은 여전히 위태위태했다. 전봇대에게 어깨를 기댄 채 구두 끝으로 바닥을 더듬으며 부자연스럽게 발을 끌었다. 마치 안개에 휩싸인 벼랑길을 걷는 사람 같았다. 그런데도 그의 뒷모습엔 어슬렁거리는 표범처럼 위험해 보이는 데가 있었다. 근거는 없어도 느낌은 명확했다. 그걸 감지한 자가 나 혼자만도 아니었다. 물리치료실을 코앞에 두고 점박이가 버럭 고함을 질렀던 것이다.

“꽉 잡아, 자식들아!”

땅딸이와 전봇대가 흠칫하며 돌아봤다. 검은 양복은 고개를 들고 등을 쭉 폈다. 그리고 일이 터졌다. 검은 양복은 온몸을 던져 전봇대를 벽에 들이박고 콧등을 정조준해 박치기를 먹였다. 내 가방을 들고 우왕좌왕하는 땅딸이의 턱으로는 구둣발이 날았다.

그 이상은 못 봤다. 생활신조를 지키느라 안 본 게 아니었다. 복도 바닥에 급한 볼일이 생긴 탓이었다. 상황을 설명하면 이렇다. 검은 양복의 긴 다리가 내 얼굴까지 짓쳐들었고, 다리를 피하느라 한 발짝 뒤로 물러났으며, 물러난 지점이 하필 점박이의 발등이었다.

점박이는 멧돼지처럼 성미를 부리며 내 등을 밀쳤다. 팔이 뒤에 붙어 있던 나로서는 뭘 해보고 자시고 할 게 없었다. 나는 숟가락처럼 엎어졌다.

시야에서 별들이 점멸했다. 이윽고 어두워졌다.

삐걱삐걱, 소리가 점점 가까워지고 있었다. 그가 2층 안집과 책방을 연결하는 나무계단을 내려오는 소리였다. 나는 전화기를 움켜쥐고 112를 눌렀다. 통화 중 신호음이 울렸다. 두 번, 세 번, 몇 번을 눌러도 마찬가지였다. 삐걱삐걱 소리는 어느새 덜컹대는 소리로 바뀌었다. 걸쇠를 걸어둔 계단 문이 가랑잎처럼 들썩거리고 있었다. 닥치는 대로 번호를 눌렀다. 119, 113, 114……. 천장 형광등이 박살났다. 문짝이 통째 떨어져 내렸다. 전화기가 내 손에서 빠져나갔다. 그것이 오고 있었다. 날이 긴 가위를 쥔 손, 해병대 반지를 낀 크고 거친 손. 나는 고개를 저으며 뒷걸음질했다. 그러나 두 발짝도 내딛지 못하고 책 탑에 발이 걸려 나뒹굴고 말았다. 어둠속에서 웃음소리가 울리기 시작했다. 뱃속으로부터 끓어오르는 듯한 광기 어린 웃음이었다. 거리에는 비바람이 몰아치고 있었다. 검은 하늘에선 번개가 섬광의 촉수들을 뻗었다. 그중 하나가 책방 안을 파랗게 비췄을 때, 가윗날이 목을 뚫었다.

알고 있었다. 잘 알고 있었다. 꿈이었다. 비슷한 패턴으로 반복돼온 악몽이었다. 아는데도 벗어날 수가 없었다. 움직일 수가 없었다. 가위가 완강하게 목을 찍어 누르고 있었다. 비명은 뱃속으로 빨려 들어갔고 핏물처럼 찐득한 침이 목을 틀어막았다. 죽음만큼 무서운 시간이 흘러갔다. 악몽의 자장에 영영 갇히고 마는가 싶었다. 그 상태가 몇 초만 더 지속됐다면 그랬을지도 모르겠다. 발작적인 기침이 터진 덕택에 나는 가까스로 가위에서 풀려났다.

어둠이 한꺼번에 가셨다. 시야가 온통 백색이었다. 사물들은 윤곽이 뭉개진 채 한데 뒤엉켜 있었다. 눈의 초점을 잡아준 건 정면에 보이는 검은 점이었다. 그것이 무엇인지 보려고 고개를 들었다. 순간 목뼈로부터 등뼈, 정강이와 발가락뼈까지 차례차례 부러지는 듯한 격통이 왔다. 눈은 물기가 말라버려 감으면 쓰리고 뜨면 따가웠다. 눈꺼풀 안에 눈알 대신 3년쯤 말린 곶감이 들어 있는 것만 같았다. 그래도 그 곶감으로 몇 가지 정보를 얻었다.

내가 있는 곳은 기다랗고 좁고 하얀 방이었다. 벽, 천장, 형광등, 발치 쪽 철문까지 희었다. 벽에는 창문 하나 없었다. 철문에 손바닥만 한 쪽창이 나 있을 뿐이었다. 검은 점으로 보였던 건 문틀 위에 붙은 CC카메라였다. 내가 죽지 않았음을 확인시켜 준 물건이기도 했다. 저승에 CC카메라가 있다는 말은 못 들어봤으므로. 다만 살아 있는 모양새가 꼴사나웠다. 자해 방지용 억제대—라고 썼으나 결박용으로 읽는 게 정확하다—에 사지가 묶인 채, 만세를 부르는 자세로 철제 침대에 누워 있었다. 청색 줄무늬 환자복을 입었고, 바지춤으로는 폴리 카테터(Foley Catheter, 요도를 통해 방광에 삽입한 뒤 물풍선으로 고정해 소변을 흘러나오게 하는 고무관)가 빠져나와 있었으며, 변함없이 맨발이었다.

조금씩 생각이 돌아왔다. 지금 어떤 처지인지, 앞으로 어찌 될지 감이 잡혔다.

하얗고 긴 방은 폐쇄병동 격리실이었다. 문에 쪽창이 뚫릴 만한 장소는 그곳뿐이었다. 그 점에 대해서는 별 불만이 없었다. 갓 입원한 환자가 격리실을 거쳐 병실로 가는 건, 수술 환자가 회복실을 거쳐 병실로 가는 것과 비슷한 이치였다. 신경이 쓰이는 것은 뼈의 격통과 곶감눈이었다. 그건 복도 바닥과 박치기를 한 후유증이 아니었다. 약발이었다. 사태를 수습하러 온 '진압팀'이 나까지 탈주자로 간주해 주사를 꽂은 거였다. 확인 사살 차원이었을 것이다. '할로페리돌'을 썼을 테고. 흥분한 환자를 제압할 때 쓰는 1차 약제였으니까. 문제가 거기에 있었다. 나와 할로페리돌 사이에는 타협이 불가능한 불화가 존재했다. 전문용어로 '추체외로 증후군', 환자 용어로 '나무늘보'라 불리는 약의 부작용이었다. 실제로 할로페리돌을 썼다면, 규칙적으로 투여했다면, 투여한 지 이틀이 넘었다면, 사태는 자못 심각했다.

침을 돼지같이 흘릴 터였다. 머리와 손과 다리를 부들부들 떨고 파킨슨 환자 걸음을 걸을 터였다. 오줌을 못 눠 안달복달할 터였다. 항문이 나팔처럼 벌어져 물똥을 쏘아댈 터였다. 숨 쉬는 것도 귀찮아질 터였다. 창가에 붙어 광합성이나 하려 들 터였다.

죄다 그 인간 탓이었다. 포박당한 몸으로 세 장한을 때려눕히고 탈출하려던 정신없는 인간, 정신뿐 아니라 정신병원에 대한 존경심도 없는 인간. 닫힘과 잠금이 동의어인 자동문과 CCTV를 끼고 앉았을 경비와 비상벨이라는 3중 관문을 무슨 수로 뚫고 나가려 했을까. 내가 상상할 수 있는 방법은 하나뿐이었다. 몰려드는 적을 박치기로 섬멸하고 마스터키를 빼앗아 자동차보다 더 빨리 달아난다.

문밖에서 열쇠 돌리는 소리가 났다. 얼른 눈을 감았다. 자는 척 숨을 죽이고 귀만 열어두었다. 문 열리는 소리, 발소리를 들었다. 하나가 아니라 떼로 몰려오는 소리였다.

"이수명 씨, 눈 떠보세요."

배꼽 옆에서 여자 목소리가 들렸다. 좋은 냄새도 났다. 거기에 혹해 실눈을 떴다. 흰 투피스에 수간호사 신분증을 목에 건 중년여자가 보였다. 옆에는 중년남자가 뒷짐을 지고 서 있었다. 머리털이라곤 한 오라기도 없는 알대머리 남자였다. 눈매가 맹금류처럼 사나웠고 안색이 푸르뎅뎅했다. 왜소한 몸에는 흰 스탠드칼라 셔츠와 검은 바지를 걸치고 있었다. 신비주의를 지향하는지 신분증을 착용하지 않아 정체는 알 수 없었다. 의사 같기도 하고, 수단 차림의 사제 같기도 하고, 사제로 변장한 한니발 렉터 같기도 하고.

뒤에는 두 남자가 서 있었다. 하늘색 가운을 입은 남자는 30대 후반쯤 돼 보였고 인상과 체격이 군인처럼 다부졌다. 신분증을 빌려 찬 게 아니라면 이름은 최기훈, 직책은 간호사였다. 청록색 가운은 '보호사 박정철'이라는 명찰을 달고 있었다. 입원하던 밤에 만난 남자였다. 미간의 까만 점 외에 양 눈두덩에까지 시커먼 멍을 달아, 한층 강렬한 인상을 풍겼다. 검은 양복과 육체적 소통을 한 흔적이었다. 두 번 생각할 것도 없었다.

"함께 들어온 친구라고?"
렉터 박사가 수간호사를 돌아보며 물었다.
"예, 목소리 환청과 편집증적 사고가 주 증상으로……."
"보호자 다녀갔나?"
"예? 아, 어제 전화 통화만 했는데 사정이 있어서 다음 주 금요일에 오신다고……."
수간호사의 대꾸는 느릿했고 렉터 박사의 표정에는 성급한 짜증이 어렸다.
"전원(다른 병원에서 옮겨오는 것)인가?"
"예, 아니, 그건 아니고요. 지난주에 용인 로뎀 병원에서 퇴원했다가……."
"사고를 쳤나?"
"예, 그게, 거리에서 여자를 쫓아다니다 파출소에 잡혀갔답니다."
렉터 박사가 나를 내려다봤다. 나도 그를 봤다. 입술이 배추벌레처럼 시퍼렇고 퉁퉁했다.
"여자가 마음에 들었나? 목소리가 그러라고 부추기던가?"
로뎀 병원 주치의는 내가 귀엽거나 섹시해서 데리고 살려고 퇴원시킨 게 아니다. 내가 '놈'이라 부르는 목소리는 6개월 전에 사라졌다. 항정신병약도 두 달 전부터 이틀에 한 번꼴로 먹고 있었다. 주치의는 이를 두고 '증상이 성공적으로 완화되었다'라고 말했다. 나는 그걸 가르쳐주지 않기로 했다. 렉터 박사의 관상을 보아하니, 가르쳐줘 봐야 입만 아플 듯했다.
"1정신과에서 보고 있나?"
렉터 박사는 최기훈을 돌아봤다. 최기훈은 열중쉬어 자세로 대답했다.

"아닙니다, 부장님. 2과장님이 오실 때까지 원장님이 봐주시기로 했습니다."

말투도 군인처럼 정연했다. 렉터 박사는 가볍게 고개를 끄덕였다.

"병실로 옮기지. 두발부터 정리하고. 온 병원에 이가 바글거리기 전에."

이번엔 점박이가 대답했다.

"걱정 마세요, 외삼촌."

렉터 박사는 한쪽 눈초리만 치켜 올려 점박이를 봤다. 애정 어린 외삼촌의 눈빛은 아니었다. 갈고리처럼 날아가 박히는 고약한 곁눈질이었다. 점박이는 신경 쓰지 않는 눈치였다. 나를 보며 야릇한 미소만 흘리고 있었다. 그 미소가 왠지 마음에 들지 않았다. 렉터 박사의 명령 또한 불길하기 그지없었다. '두발 정리'와 '이가 바글거리기 전에'를 연결할 만한 상황이 그리 많지 않았다. 머리를 감기라는 건가. 머리에다 DDT라도 뿌리라는 건가. 설마, 이발을 시키라는 건 아니겠지? 렉터 박사는 답을 알려주지 않고 격리실을 나갔다. 최기훈과 수간호사도 나갔다. 내 곁엔 점박이만 남았다.

"쭉 용인 로뎀에 있었다면서?"

점박이는 폴리 카테터를 잡아 뽑았다. 아랫도리가 숨 막히게 화끈했다. 요도 터지는 소리가 '빵' 하고 들리는 듯했다. 카테터의 물풍선에서 물을 빼지 않은 채 뽑아버린 게 틀림없었다. 나는 신음을 삼켰다. 점박이는 입꼬리를 말아 올리고 소리 없이 웃었다. 송곳니가 길고 날카로웠다.

"응석받이로 살아온 모양인데, 알아둘 게 하나 있어."

점박이는 손목과 발목 억제대를 차례차례 풀었다.
"여긴 로뎀 애들처럼 네 응석을 받아줄 사람이 없어. '이수명 님' 같은 같잖은 호칭으로 불러줄 사람도 없고. 거기와는 급이 다르거든. 이틀이면 군기가 팍 박힐 거다."
점박이의 손가락이 갈비뼈에 군기를 박았다.
"일어나."
나는 차렷 자세로 섰다.
"총알같이 나가."
그건 불가능했다. 사면 벽이 빙빙 돌고 있었다. 방바닥이 이마빼기로 진군해왔다. 무릎이 푹푹 꺾였고 발목 아래로는 감각조차 없었다. 걷는지, 미끄러지는지도 모를 지경이었다. 점박이 교관님께 한 말씀 여쭙고 싶었다. 댁은 이동침대나 휠체어라는 이동수단을 언제 사용하라고 배우셨는지요? 시체 나를 때?
문밖으로 나서자마자 최기훈과 다시 만났다. '장미'라는 팻말이 붙은 옆방 문간에 팔짱을 끼고 서 있었다. 내가 있었던 방은 '백합방'이었다. 점박이는 백합방 문에 등을 기대고 서며 내게 "거기 서" 했다. 나는 명령대로 했다. 몸도 추스를 겸, 렉터 박사의 불길한 발언도 분석할 겸, 동네 구경도 할 겸, 겸사겸사.
우리가 있는 자리는 병동 중심부였다. 백합방 왼편으로 장미방, 보호실, 간호사실 전면창이 일렬로 자리했다. 전면창 옆에는 원기둥이, 원기둥 옆으로는 일직선으로 뻗은 긴 복도가, 복도 입구 천장에는 '5-A'라는 팻말과 CC카메라가 나란히 붙어 있었다. 전면창 앞은 휴게실로 초등학교 교실만 했다. A동 쪽 벽을 따라 청색 소파들이 일렬로 배치돼 있고 맨 안쪽 소파 위에 공고 게시판이 붙었다. 휴게실 전면은 유리벽이었다. 벽 너머로 베란다 형태의 공간이 내다보였고, 중간쯤에 '흡연실' 팻말이 붙은 유리문이 있었다. 소파 맞은편 벽엔 대형 텔레비전 한 대, 그 위에 일일 달력과 벽시계가 걸려 있었다. 백합방 오른편에도 복도가 있었다. '5-B' 팻말과 CC카메라가 A동과 같은 위치에 붙어 있고 복도 형태도 똑같았다.

정리하자면 백합방, 장미방, 보호실, 간호사실을 기준으로 양편에 복도가 하나씩 뻗어 있는 구조였다. 백합방 옆이 B동 복도, 원기둥 옆이 A동 복도. 간호사실 전면창 앞은 휴게실, 휴게실 앞은 흡연실이었다.

"뭘 꾸물대고 있나?"

최기훈이 장미방 안을 들여다보며 물었다. 안에서 굵고 시원스러운 남자 목소리가 영어로 대꾸했다. 품격 있는 말 같지는 않았으나 유창하다는 점에서 별 다섯 개를 줄 만했다. 최기훈도 못지않게 유창한 한국말로 응수했다.

"영어 쓰지 말라고 했을 텐데."

한 남자가 문간에 모습을 드러냈다. 손목을 쓱쓱 문지르며 어정어정 걸어 나와 최기훈과 마주 섰다. 누군지 척 알아봤다. 포크레인 버켓으로 얻어맞은 듯한 얼굴에, 수염이 꺼뭇꺼뭇 자라고 환자복을 입었지만, 어슬렁거리는 표범 분위기는 그대로였다. 남자는 검은 양복이었다. 그는 자기보다 반 뼘쯤 작은 최기훈을 내리누르듯 들여다보며 히죽 웃었다.

"최기훈 간호사 선생님은 개와 성적으로 친밀하다, 라고 한국말로 하면 화낼 거면서."

최기훈은 자기보다 한 뼘쯤 작은 나를 끌어당겨 검은 양복 앞에 세웠다.

"류승민, 이놈 기억하나?"

나는 본의 아니게 류승민이라는 인간과 마주 선 꼴이 됐다. 기분이 조금 나빠졌다. 푸르뎅뎅하게 멍든 눈이 드높은 상공에서 나를 굽어 보고 있었다. 시선을 내리자 발목에서 달랑거리는 짤라뱅이 바짓단이 보였다. 내 바짓단은 발등을 덮고도 남아 복도 바닥에 한 자락이 깔려 있었다. 우리 사이에 공통점이 있다면 맨발이라는 것뿐이었다.

"그젯밤, 너 때문에 피를 본 놈이야. 네 짝꿍이기도 하고. 이름은 이수명이다."

승민은 휘익, 휘파람을 불었다. 얼굴에 웃음기가 종이배처럼 떠다니고 있었다.

"사이좋게 잘 살아봐. 나이도 같고 아이큐도 비슷한 거 같으니까."

"아아……."

승민은 몸을 건들거리며 나와 눈을 맞췄다. 눈만 웃고 있었다. 그런데도 온 얼굴이 웃고 있는 느낌이었다. 어슬렁거리는 표범의 인상은 일시에 뭉개졌다. 그 자리에 동네 날건달이 들어섰다. 문득 의구심이 생겼다. 이 인간이 장미방에서 한잠 주무셨을 그 인간이 맞나? 주사를 나만큼은 맞았을 텐데 말투와 표정이 멀쩡하고도 자연스러웠다.

"가지."

최기훈이 승민의 팔꿈치를 잡고 A동 쪽으로 몸을 돌렸다. 점박이는 내 옆구리를 찔렀다.

당연한 말인지도 모르지만, 승민의 몸놀림은 입원하던 밤과 완전히 달랐다. 발을 끌지도, 바닥을 더듬지도 않았다. 사마귀처럼 긴 다리로 간호사실 전면창 앞을 성큼성큼 건너갔다. 다리 짧은 나는 종종걸음을 칠 수밖에 없었다.

간호사실 전면창은 버스 터미널 매표소와 흡사했다. 전체가 통유리였고 밑에 사과상자만 한 개폐창이 하나 뚫려 있었다. 전면창과 원기둥 사이에는 벽감처럼 쑥 들어간 공간이 숨어 있었다. 거기에 병동 정문이 있었다. 희고 큰 철문이었다.

기둥을 지나 A동으로 들어서자 바로 병실이 시작됐다. 흡연실 쪽인 건물 전면으로 홀수 병실이 이어졌다. 509호, 507호, 505호, 503호. 기둥 쪽인 후면은 짝수 병실이었다. 510호, 508호, 화장실, 샤워장, 506호. 모두 8인실이었다. 문짝에 붙은 이름표가 여덟 개였다. 복도 끝 방인 501호와 502호만 4인실이었다. 가는 동안, A동 주민은 한 사람도 보지 못했다. 샤워장 앞에서 세탁물통을 실은 대차와 마주쳤을 뿐이다. 곰 한 마리는 너끈히 담을 만한 고무통에 빨래가 반쯤 차 있었다.

최기훈은 승민을 끌고 501호로 들어갔다. 나와 점박이도 따라 들어갔다. 옆으로만 긴 방이었다. 게다가 2인실 크기였다. 인구밀도가 두 배로 높은 셈이었다. 그런 만큼 실내 정경도 두 배로 비상식적이었다. 창문 얘기부터 하자.

방문에서 마주 보이는 벽 전체를 가로지르는 창이었다. 세로 길이는 40센티가 될까 말까 했으며 위치가 천장 바로 밑이었다. 승민에겐 창문이겠으나 내겐 쇠창살이 달린 바람구멍이었다. 창 밑에는 싱글 침대보다 더 작은 나무침대 네 개가 있었다. 두 개씩 맞붙여서 한 쌍은 왼쪽 벽에, 한 쌍은 오른쪽 벽에 배치한 형태였는데 벽과 침대 사이에는 한 치의 공간도 없었다. 양쪽 침대 사이에 이동침대가 드나들 만한 통로를 남겨뒀을 뿐이다. 문을 향해 있는 양편 침대 발치에는 두 칸짜리 사물함이 붙박여 있었다. 문 오른쪽엔 라디에이터가 있고 뚜껑도 없는 쓰레기통이 밑에 놓여 있었다. 문틀 위에는 파란 알전구만 끼운 취침등과 총신이 짧은 권총 모양의 CC카메라가 나란히 붙었다. 천장은 두 줄짜리 형광등, 선풍기, 송풍구가 차지했다. 형광등과 취침등 스위치는 문밖에 있었다.

"자기 자리에 앉아."

최기훈이 오른편 침대들을 가리켰다. 머리맡에 이름, 성별, 나이순으로 기록한 명찰이 각각 붙어 있었다.

류승민/M/25

이수명/M/25

'짝꿍' 의 의미가 분명해지는 순간이었다. 승민이 통로 쪽, 내가 벽 쪽, 우리는 침대 짝꿍이었다. 새 시트를 씌운 내 침대에는 가방과 온갖 물건을 쓰서 담은 비닐봉투, 하늘색 담요와 베개가 놓여 있었다. 승민의 자리엔 담요와 베개, 물건 봉투만 있었다. 건너편 두 침대는 비어 있었다. 담요가 개켜져 있고 명찰이 붙은 걸로 보아 잠시 자리를 비운 듯했다.

승민이 먼저 제 침대 쪽으로 발을 뻗었다. 동시에 쓰레기통이 각종 쓰레기를 와르르 토해내며 건너편 침대로 날아갔다. 최기훈은 야단치는 눈으로 승민의 발을 봤다. 승민도 야단치는 눈으로 쓰레기통을 봤다. 쓰레기통이 자기 발을 걷어차고 건너편으로 도망갔다는 듯.

최기훈은 건너편 침대 옆에 섰다. 승민은 제 침대 가장자리에 한쪽 다리를 걸치고 앉았다. 발바닥에 휴지조각이 붙었건만 뗄 생각도 하지 않았다. 나는 내 침대 발치에 앉았다. 점박이는 내게 시선을 붙박은 채 라디에이터 위에 앉았다. 입가에 백합방에서 봤던 야릇한 미소가 걸려 있었다.

"지금부터 병동 규칙을 알려주겠다."

최기훈이 열중쉬어 자세로 서며 입을 열었다.

"기상시각은 6시 30분, 취침시각은 10시. 그 사이에는 병실 밖으로 나올 수 없고 비상시에는 창문 밑에 붙은 빨간 단추를 누르면 된다. 보호자 면회나 전화 연락은 2주 후부터 허락되고, 사적인 외부 연락은 절대 금지야. 몰래 비둘기를 날리다 걸리면 격리실 3일이다."

"급히 연락할 일이 있는 사람은 어쩌라고?"

승민이 침대에 걸쳐놓은 다리를 달달 떨며 물었다. 발바닥에 붙은 휴지가 함께 떨었다.

"연락 신청서를 작성해서 간호사실에 제출해. 내용을 검토해서 대신 전해줄 테니까."

"내용 검토에 대리 연락이라. 댁들이 왜 그런 걸 해주는데?"

거침없는 태도요, 버릇없는 말투였다. 내가 상관할 일은 아니었지만 마음이 조릿조릿했다. 간호사나 보호사에게 버릇없이 구는 인간치고 잘 지내는 꼴을 못 봤다. 그들은 버릇을 들이는 분야에 조예가 깊은 종족이다.

최기훈은 승민을 물끄러미 응시했다. 당장 버릇을 들일지, 나중에 들일지 갈등하는 기색이었다. 그 사이 회색 작업복을 입은 남자가 방으로 들어왔다. 표정이 우울하기 그지없었다. 머리는 제대 군인처럼 짧았고 고개는 6시 5분 각도로 기울어 있었다. 어깨는 축 늘어졌으며, 족쇄라도 찬 사람처럼 발꿈치를 질질 끌었다. 등에는 유치원생용 가방이 걸려 있었는데 머리와 같은 각도로 비뚜름했다. 그는 건너편 침대 발치에 서더니 시트를 걷어내기 시작했다.

"술은 어떤 경우에도 마실 수 없다."

최기훈이 다시 입을 열었다.

"걸리면 격리실 3일, 소지하기만 해도 마찬가지야. 단, 담배는 흡연실에서 피울 수 있다. 휴게실 공고 게시판에 일정표와 규칙 편람이 붙어 있으니까 편히 살려면 잘 읽어두도록. 규칙 위반 1회면 경고 1회, 경고 3회 후엔 격리실 특급을 타게 될 거다. 아울러 자기가 속한 그룹에서 한 등급 강등되고 연락, 면회, 외출, 산책 등 개인이 누릴 수 있는 혜택도 한 달간 정지된다. 침대에 놔둔 봉투에는 소모품이 들어 있으니까 도둑맞지 않게 알아서 간수해. 소지가 금지된 물품은 날카롭고 긴 쇠붙이, 유리컵, 병, 거울, 휴대전화, 라이터 등이야. 특히 10센티가 넘는 줄은 종류 불문하고 소지할 수 없다."

최기훈은 나를 쳐다봤다.

"네 가방에서도 빠진 게 있을 거야. 가방 끈, 이어폰, 만년필, 잉크병, 사복. 병동에서 사복 착용은 금지돼 있고 필기도구는 소모품으로 지급하는 볼펜만 쓸 수 있다. 원칙대로 하면 손목시계도 압수해야 하지만 금속이 아니라 놔둔 거야."

마지막은 승민에게 한 말이었다. 승민은 오른쪽 손목에 우레탄 밴드로 된 흰 시계를 차고 있었다. 본체는 플라스틱 소재로 보였고 크기가 밥그릇만 했다.

"연락 문제는 언제 설명할 건데?"

승민은 멀뚱하게 물었다.

"연락은 2주 후야. 직접 통화 여부는 네게 달려 있지. 평가 기준은 순응도. 예를 들면, 지금의 네 말투는 D마이너스다."

시트를 걷어낸 회색 작업복이 방을 나갔다. 손가락에 걸린 시트 두 장이 바닥을 청소하며 질질 끌려 나갔다. 시트도 퍽 우울하겠다 싶었다.

"매주 금요일 오후 2시부터 3시, 그러니까 지금은 전체 목욕 및 이발시간이야. 우리 병원은 남자의 경우, 반삭을 하도록 규정하고 있다."

직감의 화살은 늘 최악의 과녁에 가서 꽂힌다. 설마 했던 이발이 정답이었다. 나는 자리에서 일어났다. 뭔가 잘못되었다. 뭐가 잘못됐는지 알아야 했다.

"하, 할 말이 있어요. 난……."

본론은 꺼내보지도 못했다. 점박이가 성큼 다가오더니 어깨를 눌러 주저앉혀 버렸다. 입 닥치라는 듯, 손가락으로 목울대를 쿡쿡 찌르기까지 했다. 머리가 어질어질했다. 가슴이 터질 것 같았다. 사람 살려, 라고 외치며 뛰어나가고 싶었다. 최기훈은 말을 이어갔다.

"마지막으로 가장 중요한 사항을 전달하겠다. 탈출과 폭력 행위는 이유 불문하고 격리실 5일이다. 그젯밤 같은 일이 일어나지 않게 주의해. 두 가지를 같이 저지르는 경우 기한을 기약할 수 없으니까. 이번엔 처음이라 이 정도로 끝냈지만 다음에는 고생 좀 하게 될 거야."

나는 침착해지려고 안간힘을 썼다. 상황을 평가하고 판단해보고자 했다. 알고 있는 '사실' 을 정리하면 이랬다. 격리실에서 이틀을 보냈다. 당장 이발을 해야 한다. 아버지는 일주일 후에 온다. 상황에 대한 추측은 이랬다. 어찌 된 일인지는 몰라도, 소견서는 아직 도착하지 않았을 것이다. 고명하신 데다 이 방면에 정통한 원장은 약에 취해 잠든 모습만 보고 입원 오더를 냈으리라. 환자의 병력을 알아보려고 다른 병원에 연락하는 건 애송이들이나 하는 짓이니까. 결론은 마찬가지였다. 내가 직접 소견서 노릇을 해야 했다. 나는 어깨를 누르고 있는 점박이의 손을 뿌리치며 일어섰다.

"난 이발 못 해요. 난……."

"이의는 받아들이지 않겠다. 이발은 전체 구성원의 청결과 위생을 위한 규칙이야. 예외가 있을 수 없겠지? 지금은 샤워장이 꽉 차 있으니까 연락이 있을 때까지 침대에서 대기해."

최기훈은 대꾸할 틈을 주지 않고 병실을 나갔다. 점박이는 나를 홱 밀어버리고 사라졌다. 나는 맥없이 주저앉았다가 다시 일어났다. 문간으로 냅다 튀었다. 승민의 눈이 뒤통수를 따라왔지만 무시해버렸다. 이발사 앞으로 끌려가지 않는 게 우선 과제였다. 무조건 숨고 봐야 했다. 최기훈과 점박이가 간호사실에 도착하기 전에, CCTV 화면으로 나를 감시하기 전에. 사태 해결을 위한 묘수는 그 다음에 궁리할 작정이었다.

문틀에 등을 붙이고 복도를 살폈다. 사람은 보이지 않고, 샤워장 부근에서 웃고 떠드는 소리만 들려왔다. 점박이와 최기훈은 복도를 나란히 걷고 있었다. 서로 얘기도 나누지 않고 앞만 보며 걸었다. 우울한 세탁부도 보이지 않았다. 세탁물통을 실은 대차는 503호 부근에 멈춰 있었다. 눈대중으로 미뤄 열 발짝 안쪽 거리였다. 실제로는 여섯 발짝 만에 도착했다.

세탁물을 되는 대로 꺼내 품에 안고 통 안으로 들어갔다. 통 입구가 가슴께에 차서 들어가기 쉽지 않았으나 일단 들어앉고 나자 그 점이 안도감을 가져왔다. 물탱크 속에 퐁 빠진 느낌이었다. 품에 안은 빨래를 머리 위에 덮었다. 뒤늦게 수간호사가 떠올랐지만 방법이 없었다. CCTV 열혈 시청자가 아니길 바랄 밖에는. 등을 말고 무릎 사이에 머리를 박았다. 목덜미에 축축하고 지린내 나는 것이 붙었으나 내버려두었다. 인기척을 들은 탓이다. 머리 위로 빨래가 던져지는 것도 느꼈다. 이어 드르륵 드르륵 소리와 바퀴가 구르는 느낌이 바닥으로부터 전해져 왔다. 대차가 어디론가 가고 있었다. 가다가 멈춰 빨래를 쌓으며 한없이 느리게, 끝도 없이 멀리멀리.

뱃속에서 꾸르륵꾸르륵 소리가 울렸다. 창자들이 꼬이고 수축하면서 내는 소리였다. 낭패감이 전신을 휘감았다. 하필 이 중차대한 시점에 할로페리돌의 심술이 시작되다니. 대차는 시계 방향으로 반 바퀴 돈 뒤 멈췄다.

"문 열어줘요."

우울한 목소리가 말했다. 조금 먼 곳에서 기다리라는 대답이 들려왔다. 나는 이를 악물었다. 내장이 경련하듯 뒤틀리고 있었다. 복부대동맥은 심장처럼 맥동하며 복벽을 쳤다. 세탁물통 밖에서는 유리창 치는 소리가 났다.

"나 바빠요. 빨리 열어줘요."

"바쁘다는 놈이 뭐하다 이제 와?"

점박이의 목소리였다.

"화장실 점검했어? 좌변기 뒤에 팬티를 꽂아놓는 놈들도 있어."

"그런 놈 없었어요. 문이나 열어줘요."

철문이 열리는 육중한 금속성 소음이 났다. 대차는 느릿느릿 미끄러졌다. 점박이의 목소리가 앞쪽에서 들려왔다.

"대체 언제 도착할래? 엘리베이터까지 한 십 리 되냐?"

엘리베이터라는 말에 머리끝이 쭈뼛 섰다. 어쩐지 뭔가 중요한 것을 잊어버린 것 같더라니. 그게 세탁물 차의 종착역이 세탁장이라는 빤한 사실이었을 줄이야.

고무통 바닥이 밑으로 꺼지는 것처럼 출렁거렸다. 대차가 엘리베이터 안으로 들어가는 모양이었다. 불안이 뒷덜미로 치달았다. 꼬이던 아랫배는 당구공만 하게 뭉쳤다. 머릿속에서는 '잠깐만!' 하고 외치고 싶은 충동이 일어났다.

"여자 샤워장 안도 들여다봤지?"

점박이가 물었다. 우울한 목소리가 대꾸했다.

"여자들 목욕하는 데를 어떻게 들여다봐요? 밖에 던져놓은 것만 집어왔죠."

"하여간 이 칠뜨기는 가르쳐주지 않으면 오줌 누고 털지도 못할 놈이야. 여자 작업반은 구색으로 둔 줄 알아?"

점박이는 짜증스럽게 혀를 찼다.

"기다리고 있을 테니까 5초 안에 다녀와. 만약 빼놓고 오는 거 있으면 다시 불러서 입으로 물고 가게 할 거야."

질질 끄는 발소리가 엘리베이터 밖으로 멀어졌다. 통 밖은 고요해졌다. 고요한 만큼 불안했다. 불안한 만큼 안달이 났다. 머릿속의 갈등은 점점 격렬해졌다. 차라리 자수해버릴까. 그랬다간 꼼짝없이 이발사한테 끌려갈 텐데. 내친 김에 세탁장까지 가? 거기라면 숨을 곳이 있을까? 불현듯 집채만 한 세탁기에 내던져져 세제를 뒤집어쓰고 휘휘 도는 내 몸뚱이가 떠올랐다. 뜨거운 물을 쏟아부어 헹구고, 고속 회전으로 비틀어 짜고, 압착해서 고열 소독하면 물뚱이…… .

아랫배의 당구공이 급기야 볼링공이 됐다. 더는 참을 수가 없었다. 당장 죽더라도 화장실부터 가야 했다. 나는 벌떡 일어섰다. 빨래들이 머리에서 우수수 떨어졌다. 다 떨어지고 나자 점박이와 눈이 딱 마주쳤다. 손으로 열림 단추를 누른 채, 멍청하게 입을 벌리고 엘리베이터

문 앞에 서 있었다. 어스름한 저수지에서 물귀신과 맞닥뜨린 낚시꾼 같은 표정이었다. 잠시 후 벌어진 입에서 고함이 터져 나왔다.

"너 거기서 뭐해?"

글쎄, 나도 그걸 묻고 싶었다. 언제 따라온 것인지, 점박이 등 뒤에 승민이 서 있었던 것이다. 승민의 어깨 너머에는 정문이 입을 쩍 벌리고 있었다. 도대체 무슨 수로 간호사실 눈을 피해 여기까지 나왔을까.

"이리 나와!"

소리치는 점박이의 등으로 승민의 다리가 날아와 찍혔다. 점박이는 선 자세 그대로 나를 향해 날아왔다. 나는 내가 세탁물통 안에 서 있다는 것을 잊어버리고 옆으로 몸을 날렸다. 그 결과 세탁물통과 함께 대차 밑으로 곤두박질치고 말았다. 이어 통에서 튕겨져 나와 엘리베이터 문 앞까지 쭉 미끄러졌다. 눈을 들어 보니 세탁물통도 내 옆으로 굴러와 있었다. 승민은 통을 가볍게 뛰어넘어 엘리베이터 안으로 들어섰다. 점박이는 대차에 허리를 걸친 채 고꾸라져 있었다.

엘리베이터 문이 닫혔다. 곧바로 내려갔다. 작동 단추의 불은 지하 1층에 들어와 있었다. 점박이는 대차 바닥에 손을 짚고 꿈틀꿈틀 일어났다. 승민은 그의 엉덩이 사이를 걷어차 버렸다. 숨넘어가는 비명과 함께 점박이의 몸뚱이는 대차 너머로 굴러떨어졌다. 나는 엘리베이터 작동 단추 밑에 웅크려 앉았다. 정황을 지켜보기에 좋은 자리였다.

병원 엘리베이터들이 대부분 그렇듯, 이 병원 엘리베이터도 내부 공간이 컸다. 커도 터무니없을 정도로 컸다. 501호 침대 네 개가 모조리 들어올 수 있을 법한 크기였다. 그 넓은 내부의 맨 안쪽에 점박이가 있고, 그 앞에 대차가 있고, 대차 앞에 승민이 있었다. 서 있는 승민과 나자빠진 점박이 사이를 대차가 가로막고 있는 셈이었다.

승민은 대차로 뛰어 올라가더니 다리를 들어 점박이를 내리찍었다. 점박이는 손으로 대차를 밀쳤다. 누가 점수를 땄는지 알려고 목 빼고 기다릴 필요는 없었다. 대차 바퀴가 미끄러지면서 승민은 균형을 잃고 대차 밑으로 나뒹굴었다. 그 틈을 타서 일어난 점박이는 대차를 건너뛰어 와 승민의 옆구리를 걷어찼다. 한 번, 두 번째에서 승민이 점박이의 발목을 틀어잡아 넘어뜨렸다. 그들은 바닥을 뒹굴며 엎치락뒤치락하기 시작했다. 둘의 격투 장면을 구석에 붙은 CC카메라가 신나게 찍어댔다. 머리 위에서는 비상벨이 울리고 있었다. 엘리베이터는 롤러코스터처럼 흔들리며 1층을 지나 지하로 떨어졌다. 곧 문이 열렸다.

나는 몸을 일으키고 고개만 내밀어 밖을 내다봤다. 오른쪽은 벽으로 막혀 있었다. 정면엔 '세탁실' 팻말이 붙은 철문과 전기실, 관리실 문이 나란히 위치했다. 왼쪽에는 지하 주차장 표지판이 붙은 철문이 있었다. 비상계단은 미처 찾을 틈이 없었다. 세탁실과 전기실, 관리실 문이 동시에 열렸기 때문이다. 반사적으로 닫힘 단추를 눌렀다. 남자들의 고함소리가 닫히는 엘리베이터 문 사이로 파고 들어왔다. "거기 서!"

엘리베이터는 1층에서 섰다. 곤봉을 쥔 경비원이 엘리베이터 앞으로 달려들었다. 나는 세탁물통을 발로 차서 밖으로 밀어버렸다. 경비원은 풀쩍 뛰어 옆으로 비켜났고 엘리베이터 문은 닫혔다. 그리고 쌩하니 올라갔다. 고민이 시작되었다. 이제 어째야 하나. 뒤에서는 격투가 벌어지고, 천장에선 비상벨이 울리고, 각 층마다 체포조가 나타나는 데다, 아랫배는 터지기 직전인데.

엘리베이터가 F층에 도착했다. 문이 열렸다. 그때까지도 나는 아파오는 배를 움켜쥐고 고민만 하고 있었다. 승민은 점박이를 깔고 앉아 최후의 일격을 가하기 직전이었다. 엘리베이터 앞에는 최기훈과 회색 작업복을 입은 사내들이 포위 대오로 서 있었다. 그중 두 사내가 눈에 거슬리는 물건을 보여줬다. 윤기가 자르르 흐르는 까만 곤봉이었다.

나는 공손하게 고개를 숙였다. 두 손도 공손하게 모아 최기훈에게 바칠 예정이었다. 곤봉이 무서웠다. 알아서 기는 게 매를 덜 맞는 길이었다. 내가 추구한 바는 '탈출' 이 아닌 '은신' 이었다는 해명이기도 했다. 승민은 들었던 주먹을 슬그머니 내리며 히죽 웃었다.

"우리 도망치려던 거 아닌데. 오빠 말 맞지, 수명아?"

얼결에 고개를 끄덕였다. 반 박자 늦게 '오빠' 라는 말이 귀에 들어왔지만 그걸 따질 경황이 없었다. 승민은 제 엉덩이 밑에 깔린 점박이 형상의 오징어를 가리켰다.

"얘가 한판 붙자고 꼬드겨서 탄 거야. 그렇지, 수명아?"

열렬하게 고개를 끄덕여 동의를 표명했다. 사태 무마에 도움이 될까 해서.

"둘 다 손들고 나와 벽 짚고 서."

최기훈이 말했다. 우리는 그렇게 했다. 등 뒤에서 현란한 난타 공연이 시작됐다.

"탈출과 폭력 행위는 5일이라고 했던 거 기억나나?"

최기훈이 물었다.

"동시에 저지르면 무기한이라는 말도 잊지 않았겠지?"

나는 백합방 침대에 묶였다. 승민은 장미방으로 갔다. 얻은 것 없이 원점이었다. 아니, 혀 빠지게 얻어맞고 기약 없이 누웠다는 점에서 손

해만 막심했다. 터지기 직전이던 설사에 대해서는 말하지 않겠다. 세상에는 듣지 않는 게 나은 얘기도 있는 법이니까. 최기훈은 덕담을 남기고 퇴장했다.

"모쪼록 우리 서비스가 마음에 들기 바란다."

과연 끝내주는 서비스였다. 목숨까지 끝내줄까 봐 걱정이었다. 형광등이 24시간 방을 밝혔다. 휘황한 불빛은 잠귀신들을 몰아냈다. 덕택에 악몽을 염려할 필요가 없었다. 억제대는 침대에서 굴러떨어지는 불상사를 방지해줬다. 밥은 떠먹여줬으므로 금붕어처럼 입만 벌리면 됐다. 그마저 귀찮아 고개를 저었더니 위관 튜브를 꽂아 주사기로 밀어 넣겠다는 말로 근면 성실의 미덕을 일깨워주었다. 대소변 역시 침대에서 받아냈다. 나는 화장실 변기에 빠져 죽는 더러운 최후를 모면하는 대신, 물똥 웅덩이를 몸으로 탐사하는 과학자적 삶을 얻었다. 어디 그뿐이겠는가. 간호사들은 매일같이 '주사 한 방' 이라는 은혜를 궁둥이에 내려주었다. 약 이름은 모른다. 마음을 안정시켜 주고 충동적 본성과 야만성을 억눌러주는 마법의 약이라고 설명해준 기억만 난다. 내게 떨어진 지상 과제는 '마법에서 살아남기' 였다.

주사를 맞고 나면, 온몸의 뼈가 불에 타서 오그라드는 듯한 불쾌하고도 혹독한 통증이 몰려왔다. 갈증이 나고 맥박이 빨라졌다. 심장이 흉곽 밖으로 튀어나오는 착각에 빠졌다. 턱과 목의 근육이 뒤틀리고 굳어졌다. 그로 인해 음식을 제대로 씹을 수가 없었다. 침조차 삼키기 힘들었다. 안구는 극심한 경련을 일으켰다. 방바닥이 하얗게 물결치며 천장으로 올라가고 천장은 발밑에서 요동쳤다. 나로서는 한 번도 도달해본 바 없는 부작용의 신천지였다.

내 시중을 든 자들은 회색 작업복 2인조였다. '작업반' 이라 불리는 종족으로 로뎀 병원에도 있었다. 대개 갱생의 길에 들어선 알코올, 혹은 약물 중독자들인데 직원과 환자 사이를 오락가락하는 특수계급이다. 그들은 끊을 것만 끊으면 비교적 말짱해지는 데다 전직들도 다양하다. 약간의 급료면 요긴하게 써먹을 수 있는 전력인 것이다. 따라서 환경이 열악한 병원일수록 작업반에 대한 의존도가 높다. 환자 시중에서부터 청소나 세탁 같은 단순노동, 미용이나 건물 보수 같은 기술노동, 환자들의 말썽을 정리하는 진압조로도 활용한다. 수리 희망병원도 그런 경우였다. 격리실 일거리 대부분을 작업반이 해치웠다. 입원하던 밤에 만난 땅딸이와 전봇대도 그들의 일원이었다. 의사는 코빼기도 못 봤다. 간호사는 주사를 놓을 때 외에는 나타나지 않았다. 잊을 만하면 보호사가 나타나 서비스 만족도를 점검했을 뿐이다.

백합방을 나온 건 닷새하고도 한나절을 넘긴 뒤였다. 예상보다는 짧았으나 나를 골로 가게 만들기에는 충분한 기간이었다. 시간을 어찌 계산했느냐고? 물론 격리실 안에 시계 따위는 없었다. 창문이 없어 밤인지 낮인지조차 알 수 없었다. 내게 때를 가르쳐주는 자도 없었다. 그래도 길은 있는 법이다. 그런 말도 있지 않은가. 사람을 독방에 오래 가둬놓으면 바퀴벌레를 길들이고 수저로 그림을 그린다고. 앞서 말했다시피, 내게도 '좀처럼' 잊지 않는 재주가 있었다. 땅딸이와 전봇대 2인조가 들어와 억제대를 풀어줬을 때, 나는 열일곱 번째 식사를 끝낸 참이었다.

들어올 때와 달리, 나갈 때는 내 발로 걷지 못했다. 몸을 세울 힘이 없었다. 땅딸이와 전봇대는 내 팔을 틀어잡고 도살용 돼지처럼 끌고 나갔다. 백합방 앞은 구경꾼들로 발 디딜 틈조차 없었다. 내가 그들을 따분하게 만들지는 않았을 것이다. 똥투성이 머리에는 새집이 여섯 개쯤 들어앉고, 몸에서 구린내와 지린내가 진동하고, 눈알이 휙휙 뒤집히는 돼지는 나름 볼만한 구경거리다. 나는 고개를 숙여 머리칼로 얼굴을 가렸다. 그런다고 수치심이 가려진 건 아니었지만 입가로 흐르는 침은 감출 수 있었다. 마음 한편에선 기대감도 돋아났다. 통과의례를 치렀으니 씻고 나면 방으로 돌아가겠지.

그것은 순진한 기대였다. 샤워장 창문 밑에 점박이가 서 있었다. 용모가 며칠 전과 또 달랐다. 얼굴 복판에 코 대신 다리미가 붙어 있었다. 이번엔 코뼈가 결딴난 듯했다. 멍이 채 가시지 않은 옴팡눈은 섬뜩한 빛을 발하고 있었다. 마치 종을 쳐대는 듯한 눈빛이었다. 제2라운드가 시작됐다고 말이다.

샤워장 정경도 점박이의 눈빛 못지않게 살풍경했다. 아우슈비츠 가스실로 끌려 들어온 기분이었다. 내부 공간은 신림책방만큼이나 컸고, 천장 중앙부에 스프링클러처럼 생긴 샤워꼭지 수십 개가 어깨 넓이 간격으로 붙박여 있었다. 양쪽 벽엔 비누가 든 비누통, 세면대, 강철 거울들이 붙어 있었으며, 거울 위에 긴 철제선반이 설치돼 있었다.

전봇대는 나를 왼편 세면대 밑에 꿇어앉힌 뒤, 내 등 뒤에 버티고 섰다. 잠시 후 다른 2인조가 승민을 끌고 들어왔다. 그들은 승민의 양팔을 뒤로 꺾어 누르며 내 맞은편에 꿇어앉혔다. 땅딸이는 승민과 나 사이에 섰다. 이발용 가위를 손에 쥐고.

머릿속에서 사이렌이 울리기 시작했다. 도망쳐, 도망쳐.

“이놈부터 시작해.”

점박이가 윗도리 주머니에서 어떤 도구를 꺼내 들고 나를 가리켰다. 정신없는 와중에도 도구의 정체를 정확히 알아봤다. ‘켈리’라는 처치용 집게로 끝부분이 호일에 싸여 있었다.

"똥 묻은 데만 쳐내. 지난번처럼 벌채를 해놨다간 네놈 목줄을 따버릴 줄 알아."

점박이는 호일을 벗겼다. 반으로 쪼갠 면도날이 모습을 드러냈다. 나는 소스라쳐서 엉덩이를 뒤로 뺐다. 흔들리는 시야로 몇 년 전 봤던 어떤 장면이 지나가고 있었다.

독감으로 고열에 시달리다 응급실에 실려 간 밤이었다. 내 옆 침대에는 교통사고로 머리를 다친 젊은 여자가 혼수상태에 빠진 채 응급수술을 기다리고 있었다. 그때 수술 준비를 하던 인턴이 면도날을 물린 켈리를 쥐고 있었다. 그가 켈리를 몇 번 흔들자 머리카락이 응급실 바닥에 건초처럼 쌓였다. 여자의 머리는 감자칼에 껍질이 벗겨진 알감자처럼 보였다. 점박이도 내게 감자칼 솜씨를 선보일 모양이었다. 이유와 목적은 이해되지 않았지만.

사실은 이해하려 힘쓰고 싶지도 않았다. 이미 이해하고 있는 사실만으로도 숨이 가빴다. 바야흐로 대재앙이 머리통에 떨어지려는 순간이었다. 무조건 도망쳐야 했다. 그런데 도망칠 길이 없었다. 코앞에 가위를 든 땅딸이 이발사가 서 있었다. 옆은 켈리를 쥔 점박이가 지키고 있었다. 전봇대는 무릎으로 내 어깨를 찍어 누르면서 손으로 머리를 틀어잡았다. 나는 죔쇠에 낀 나무토막처럼 꼼짝할 수가 없었다.

숨이 단숨에 거칠어졌다. 수도 없이 꾸어온 악몽들이 불길처럼 너울거렸다. 공포가 먹구름처럼 진군해왔다. 익히 겪어왔으나 죽을 때까지 익숙해질 수 없을 공포였다. 나는 어금니를 악물었다. 솟구치는 비명을 필사적으로 눌렀다.

이 바닥 밥을 먹어본 자는 안다. 정신병원은 치료 기관이 아니라 교육 기관이라는 걸, 순응을 익히는 학습장이라는 걸, 반항은 더 지독한 궁지와 같은 말이라는 걸, 도와달라고 소리쳐봐야 누구 하나 나서지 않는다는 걸. 그러나 아무리 잘 알아도 참을 수 없는 일은 참을 수 없다. 그건 자명종이다. 야수를 깨우는 자명종.

번쩍이는 가윗날이 목덜미로 들어왔을 때, 아드레날린이 온몸의 피를 뒤흔들었다. 비명이 터졌다. 역사에 길이 남을 비명이었다고 자부한다. 내 소리에 내 귀청이 터질 지경이었으니까. 땅딸이는 손으로 귀를 막으며 승민 쪽으로 뒷걸음질 쳤다. 전봇대는 같이 악을 쓰며 내 머리채를 잡아 흔들었다. 점박이는 주먹으로 침묵을 강요해왔다. 턱이 옆으로 홱 돌아갔다. 가슴에, 배에, 옆구리에 잇달아 주먹이 박혔다. 나는 더 크게 악을 썼다. 계속 썼다. 하나도 아프지 않았다. 주먹이 겁나지도 않았다. 주먹 따위로 통제할 수 있다면 이미 야수가 아니다. 고양이다.

점박이도 뒤늦게 그 점을 깨달은 듯했다. 주변을 둘러보더니 벽에 세워둔 밀걸레를 집어 들고 달려왔다. 그것은 곧장 내 입으로 처들어왔다. 나는 축축한 걸레를 입에 물고 바닥으로 널브러졌다. 비명이 멈췄다. 잔기침이 터지며 휘파람 같은 천명이 새어나왔다. 욕지기와 거위침이 올라오고 불쾌한 경련이 전신으로 퍼졌다. 목구멍은 풍선처럼 부풀어 오르더니 삽시에 기도를 틀어막았다. 그 순간에도 걸레는 입술과 혀를 짓이기고 있었다.

이윽고 올 것이 왔다. 더는 숨을 쉴 수가 없었다. 검은 해일이 몰려오고 있었다. 그것이 세상을 덮어버리기 직전, 2인조의 손을 뿌리치고 달려와 점박이를 걷어차 버리는 승민의 성난 얼굴을 보았다.

나는 표류하고 있었다. 잠의 심연과 죽음의 표면 사이에 바다가 있었다. 꿈과 기억과 환각의 섬들이 있었다. 부드럽고도 강한 조류는 나를 휘감아 그중 하나로 데려가곤 했다. 어느 날은 신림책방의 구석에 앉아 책을 읽고 있었다. 어느 날은 책 창고로 쓰는 지하실의 계단을 내려가고 있었다. 어느 날은 2층으로 오르는 계단 문 앞에 서서 걸쇠에 달린 자물쇠를 들여다보고 있었다. 공원 벤치에서 하염없이 시간을 보내기도 했다. 이상한 거리에서 하늘을 올려다보고 있기도 했다. 태양이 잿빛이었다. 대기도 잿빛이었다. 거리 곳곳에는 사람 형상을 한 잿빛 그림자들이 사막의 선인장처럼 서 있었다.

마지막으로 가닿은 곳은 다시 신림책방이었다. 열아홉 살, 9월의 어느 아침이었다. 책방 바깥에 사람들이 몰려들고 거리에선 사이렌 소리가 울렸다. 내 머릿속에서는 세상이 폭발하고 있었다. 나는 책들을 거리로 집어 던졌다. 책장들을 어깨로 들이받아 무너뜨렸다. 에어컨을 발로 차서 부숴버렸다. 아버지는 부옇게 피어오르는 먼지 속에 유령처럼 서 있었다. 시끄럽게 울리던 사이렌 소리는 책방 앞에서 멎었다. 곤봉을 쥔 순경 둘이 안으로 뛰어 들어왔다. 그때, 거대한 조류가 밀려와 나를 어딘가로 들어 올렸다. 신림책방이 까마득하게 사라졌다.

눈을 떴다. 푸르스름한 빛이 흐르는 방이었다. 주변은 안개 속 풍경처럼 흐릿했다. 그 안에 한 남자가 나무처럼 서 있었다. 얼굴이 또렷하게 보이지는 않았지만 남자가 나를 바라보고 있다고 느꼈다. 어쩌면 내가 무얼 물었는지도 모르겠다. 남자가 "지금은 새벽이야"라고 했다. 마치 '잘 잤니?' 하고 묻는 듯한 목소리였다.

꿈인지 현실인지 분간할 수 없었다. 시간이 멋대로 뒤엉킨 듯도 하다. 저 남자는 누굴까, 생각했을 때 방 안에는 나 혼자 남아 있었다.

시야는 여전히 푸르스름하고 흐릿했다. 아직 새벽일까, 벌써 밤일까. 스르르 눈이 감겼다. 잠든 것도, 깨어 있는 것도 아닌 상태가 시작됐다. 나는 그날로 돌아갔다. 내 인생으로부터 쫓겨난 날, 열아홉 살 9월 어느 날, 세상이 폭발하던 아침, 곤봉을 쥔 순경들이 책방으로 뛰어들던 시점으로.

순경들은 나를 로뎀 병원으로 데려갔다. 아버지가 그리로 가자고 했을 것이다. 어머니가 생전에 입원해 있던 병원이라는 걸 안 건 훨씬 뒤의 일이다.

담당과장은 입원을 권했다. 아버지가 입을 열기까지는 한참이 걸렸다.

"혹시, 이것도 유전되는 병입니까?"

묻는 목소리가 떨리고 있었다. 의사가 대꾸했다.

"유전병은 아닙니다. 가족력을 무시할 수는 없습니다만."

나는 조그만 방에 갇혔다. 갈색 나무문에 쪽창이 뚫리고 블라인드가 창 절반을 가리고 있는 방이었다. 창문 앞 의자에는 여자의사가 앉아 있었다. 그녀는 여러 가지 이야기를 했다. 내가 들어온 곳이 폐쇄병동 격리실이고, 당분간 거기서 지내야 하며, 자신이 내 주치의라는 것 등등. 나는 도리질했다. 당혹감과 두려움에 떨며 거듭 주장했다.

"나는 미치지 않았어요."

내 문제는 정신이 아니라 귀였다. 정확히 말하면, 귓속에 사는 그놈이었다.

놈이 내게 말을 걸어온 건 고등학교 2학년 가을이었다. 어머니가 돌아가신 지 두어 달쯤 됐을 때였다. 처음엔 놈의 말을 알아듣지 못했다. 봄날의 바람처럼 미약한 소리였기 때문이다. 강물이 흐르는 소리처럼 들릴 때도 있었다. 먼 역에서 들려오는 기차소리 같기도 했다. 흥얼대는 노랫소리였던 적도 있고, 기분 좋은 웃음소리였던 적도 있다. 심오하지만 이해는 할 수 없는 철학자의 장광설로 들리기도 했다.

나는 그 소리들이 귓속에서 들려온다는 걸 깨달았다. 집중해서 들어본 결과, 무얼 말하고 있는지도 눈치로 알아차리게 됐다. 시간이 흐르면서 우린 상대의 언어를 익혔고 마침내 말을 트게 되었다.

'수명아.'

놈이 내 이름을 불러주던 순간을 잊지 못한다. 오한처럼 밀려들던 수줍은 기쁨을 기억한다. 너, 내 이름을 아는구나.

놈은 말을 튼 기념으로 이야기를 들려달라고 했다. 난감한 요구였다. 놈을 위해서라면, 내 이름을 불러준 놈을 위해서라면 뭐든 할 준비가 돼 있었다. 하지만 이야기는 아니었다. 어린 시절부터 내게 말을 시키는 사람은 없었다. 동네에, 학교에, 아이들 사이에 소문이 파다하게 나 있었다. 아침에 말을 걸면 저녁에야 대꾸를 들을 수 있다고. 어느 정도는 사실이었다. 나는 지독한 말더듬이였다. 당황하면 말더듬 중에 횡설수설이 겹쳤다. 다급해지면 비명이 말을 대신했다.

한번은 책 창고로 쓰는 지하실에 누전으로 불이 붙은 적이 있다. 나는 당황했고 다급했다. 아버지에게 뛰어 올라가 '지하실에 불이 났어요' 라고 말하려 애쓰는 사이, 지하실의 책은 절반 가까이 타버렸다. 이후 아버지도 내게 말을 시키지 않았다. 대신 쪽지를 쥐어주었다. 특수학교를 면한 건 타고난 기억력 덕택이다. 얼뜨기 취급을 당하기 일쑤였지만 학교 성적만큼은 독보적이었다.

놈은 나를 격려했다.

'더듬어도 괜찮아. 횡설수설해도 괜찮아. 비명을 질러도 괜찮아.

다 괜찮아. 내가 알아서 알아들을 테니까.'

나는 말문을 열었다. 내보내지 못하고 쟁여둔 탓에 터지기 직전이었던 주머니가 열린 것이다. 이야기들이 쏟아졌다. 쓸쓸했던 어린 시절 이야기, 좋아하는 작가와 책 이야기, 좋아하는 책을 표절한 이야기, 순수하게 지어낸 이야기. 때로 몇 시간, 때로 밤새, 때로는 며칠씩 이야기가 이어졌다. 놈은 웃어줬으면 하는 데서 웃었다. 울어야 할 때 울었다. 화를 내야 하는 대목에서 어김없이 화를 냈다. 이수명은 세상에서 가장 이야기를 잘하는 놈이라고 치켜세웠다. 신이 났다. 행복했다. 황홀해서 어쩔 줄을 몰랐다. 잠도 자지 않고 밥도 먹지 않았다. 시간이 아까웠다. 그때의 내 혈관은 비바람 몰아치는 날의 강이었다. 혈류 대신 이야기의 급류가 흘렀다. 그리고 나는 이미 말더듬이가 아니었다.

놈은 내게 삶의 열락을 가르쳤다. 밤마다 이불 속에서는 이런 일들이 일어났다.

'수명아, 아까 책방에서 봤던 화보 기억나지? 보자마자 뻑 갔던 거. 아냐, 아냐. 순진한 척하기는. 축구공 말고 파멜라 앤더슨 젖통. 축구공은 하나지만 그건 두 개나 된단 말이지. 자, 자, 네 물건을 손에 쥐어봐. 몸이 하늘을 날고 머리에서 폭죽이 터질 때까지 북북 문지르는 거야.'

해가 있을 때는 지하실에 틀어박혔다. 문을 걸어 잠그고, 낡은 소니 전축에 헤드폰을 꽂아 함께 로큰롤을 들었다. 전축은 지하실 책더미 뒤에서 우연히 발견한 것이었다. 오래된 음반 수십 장도 같이 있었다. 처비 체커, 제리 리 루이스, 빌 핼리, 엘비스 프레슬리, 지미 헨드릭스……. 물건의 주인이 누군지는 지금도 알지 못한다. 젊은 날의 아버지였을 거라고 짐작만 할 뿐이다.

전축의 선들을 연결하고 코드를 꽂기까지는 꼬박 열흘이 걸렸다. 턴테이블 위에서 엘비스 프레슬리가 환생하는 데는 10초면 충분했다. 우리는 열광했다. 환호하고 즐겼다. 나는 상상 속의 피아노를 제리 리 루이스처럼 연주했다. 지미 헨드릭스처럼 기타를 쳤다. 처비 체커처럼 트위스트를 췄다. 엘비스처럼 다리를 떨었다. 이수명의 외톨이 시대는 이야기와 마스터베이션, 로큰롤의 축복 속에서 막을 내렸다. 그렇다고 믿었다. 놈이 언제까지나 친구일 거라 믿었다. 동반자라 믿었다.

이 믿음이 깨지는 데는 그리 긴 시간이 걸리지 않았다. 겨울이 가고 봄이 되면서 우리의 밀월은 끝났다. 놈이 나와 거리를 두기 시작했던 것이다. 다가가면 갈수록, 의지하면 할수록 딱 그만큼씩 물러났다. 어떤 이야기를 들려줘도 시큰둥한 반응만 보였다. 놈이 좋아하는 처비 체커의 음반을 틀어놓아도, 다리가 풀리도록 트위스트를 춰도 즐거워하지 않았다. 간섭하고, 트집 잡고, 난감한 요구만 쏟아냈다.

'나 대신 죽을 수 있어? 그럼 혀 물고 엎어져 봐.'

'못해? 못하면 네 아비 혀라도 물어.'

요구를 묵살하면 가차 없는 응징이 뒤따랐다. 말을 걸어오지도 않고 불러도 대답하지 않았다. 눈물을 흘리고, 용서를 빌고, 시키는 대로 하겠다고 맹세할 때까지 나를 홀로 버려두었다. 나는 놈과의 싸움에서 번번이 졌다. 패인은 '콧구멍은 두 개다' 라는 사실만큼 자명하다. 관계를 지속하고 싶었기 때문이다. 어떻게든 좋았던 시절로 돌아가고 싶었기 때문이다. 외톨이로 돌아가는 게 두려웠기 때문이다. 외로움이란, 외롭지 않았던 적이 있는 자만이 두려워하는 감정이라는 걸 그때 처음으로 알았다. 놈이 원하는 것도 나의 패인만큼이나 분명했다. 내 삶을 완전히 장악하는 것. 오만 가지 변덕과 의미 없는 요구로 끊임없이 자신의 영향력을 확인하는 것.

'이리 와.'

'저리 가.'

'이쪽이라니까, 멍청아.'

학교 운동장은 한낮의 행진 장소였다. 책방은 야밤의 행진 장소였다. 아버지는 그걸 몰랐다. 책방 문을 닫고 2층으로 올라가면 아침까지 내려오지 않았다. 아버지가 뭘 하며 밤을 보내는지 모르기는 나도 마찬가지였다. 어머니가 돌아가신 후, 안집에서 잠을 자본 적이 없었으니까. 더불어 우리 부자에게는 절대로 입에 담지 않는 일이 하나 있었다. 어머니와 '그날 밤' 에 관한 얘기였다. 그것은 극복할 수 없는 우리의 상처였다. 극복하려는 시도 자체가, 풀밭에 잠든 독사를 맨발로 걷어차는 짓만큼 위험한 상처였다. 가까이 가지 않도록, 눈뜨지 않도록 조심하며 살아가는 게 최선인 상처였다. 야비하게도 놈은 그걸 건드리기 시작했다.

'네 엄마는 미쳐서 자살한 게 아냐.'

나는 고개를 저었다.

'그날 밤 네 엄마 목에 가위를 꽂은 게 누군지 알아? 네 아버지야.'

거듭 고개를 저었다.

'내가 봤다니까.'

맥없이 고개를 저었다. 거짓말이야, 라고 반박할 수가 없었다. 그러려면 '그날 밤' 이야기를 꺼내야 했다. 꺼내려면 스스로 잠근 문을 열어야 했다. 문을 열면 죽을힘을 다해 가둔 기억들이 몰려나와 내 숨통부터 끊어놓을 터였다. 기억은 거기 그대로 있어야 했다. 겨울 뱀처럼 동면해야 했다. 아니, 죽은 자처럼 영면해야 했다. 나는 버틸 수밖에 없었다.

수업 중에 귀를 막고 엎드려 있거나 책상 밑에 숨어 있는 내 모습은 선생들의 분노를 샀다. 보이지 않는 상대에게 화내고, 고함치고, 그만하라고 애원하는 모습은 아이들의 웃음을 샀다. 놈은 점점 집요해지고 대담해졌다. 귓속에서 뛰쳐나와, 사방에서, 수십 개의 목소리로 충동질하고 악담을 퍼부었다. 어머니의 복수를 하라고. 아버지 목에 가위를 꽂아버리라고. 그러지 않으면 나까지도 어머니 꼴이 될 거라고.

놈이 두려웠다. 내가 두려웠다. 놈의 사악한 속삭임을 진실이라 믿어버릴까 봐, 놈이 시키는 대로 저질러버릴까 봐. 무엇보다 잠드는 것이 무서워 미칠 지경이었다. 잠만 들면 놈의 속삭임이 이야기의 틀을 갖추고 악몽으로 재현됐다. 가위를 든 손의 주인은 어머니에서 아버지로 바뀌어갔다. 목이 뚫리는 자의 역할은 늘 내가 맡았다. 의식이 제아무리 저항해도 무의식은 세뇌의 공격을 이겨낼 수 없었던 것이다.

공황 장애가 시작된 것도 그 무렵이다. 전에는 가위 만지기를 꺼려하는 정도에 불과했다. 악몽이 거듭되면서 껄끄러움이 공포라는 괴물로 진화해갔다. 나는 석 달 만에 가위를 든 사람만 봐도 얼어붙는 지경이 되고 말았다. 그러니 이발이라면 더 말할 것도 없겠다.

학교를 포기한 건 고등학교 3학년 7월이다. 담임이 아버지를 불러 병원에 데려가라고 충고한 게 발단이었다. 병원에 실려 간 사람은 내가 아니라 담임이었다.

아버지의 분노는 아마 '거부'의 한 형태였을 것이다. 아버지에게도 당신의 아들이 세상에다 써주길 바라는 신화가 있었을 테니까. 그럴 재목이 아님을 인정하고 싶지 않았을 것이다. 오래전 '여기'와 '거기'의 경계선을 넘었다는 걸 받아들일 수 없었을 것이다. 내 안에서 악령처럼 발현하는 아내의 모습을 못 본 척하고 싶었을 것이다. 병원에 가는 순간부터 그 모든 것을 받아들여야 한다고 생각했을 것이다. 9월이 되도록 병원에 데려가지 않은 아버지의 고집을 그것 말고 뭐로 이해할 수 있을까.

아버지는 아침마다 나를 검정고시 학원으로 내몰았다. 나는 가지 않겠다고 버텼다. 내 방에 있고 싶었다. 아버지도 무서웠지만 바깥은 더 무서웠다. 책방만 나서면 놈이 등을 떠밀었다. 달리는 차 앞으로, 한남대교 난간으로, 지하철 선로로, 학교 옥상으로. 나는 남의 집 담벼락 밑에 숨었다. 건물 화장실에 숨었다. 공원 쓰레기통 뒤에 숨었다. 이로 인해 파출소에 들르는 일이 왕왕 생겨났다. 그때마다 아버지는 마귀 형상을 하고 나를 데리러 왔다.

그날 아침의 일은 아버지와 놈의 합작품이다. 여느 때처럼, 아버지는 나가지 않으려 드는 내게 빗자루를 휘둘렀다. 놈은 책방 구석에서 쥐어 터지고 있는 나를 볶아쳤다. 빗자루를 뺏어 저 살인자를 후려쳐 버리라고. 귀를 틀어막았다. 그러자 귓속에서 뇌관이 터졌다.

'차라리 나가 죽어, 등신아!'

'못 죽어? 그럼 책방에 불이라도 질러.'

'뒤집어엎기라도 하란 말이야.'

나는 최선의 선택을 했다고 믿는다. 책방에 불을 지르는 것과 책방을 뒤집어엎는 것은 복원 가능성 차원에서 비할 바가 아니지 않는가. 아버지 입장에서야 나가 죽는 게 가장 훌륭한 선택이었겠지만 나는 그렇게까지 훌륭하고 싶지 않았다.

주치의는 어린 나이에 발병한 게 걸린다고 말했다. 가족력도 걸린다고 했다. 그래도 희망적인 정황들이 있다고 했다. 환청에 저항하고 있는 점, 주 증상이 양성이라는 점, 어머니의 죽음이라는 큰 사건을 겪은 후 갑자기 발병했다는 점, 지능 훼손이 없는 점. 환청만 완화되면 공황 장애도 좋아질 것이며 정상 생활로 복귀할 수 있다는 게 최종적인 소견이었다. 이 낙관적인 소견이 아버지에게 인내심을 줬을 거라 본다. 품격 있는 표현으로 치료 환경과 의료진이 좋은, 법적 용어로 비급여항목이 많은, 통상적 의미로 입원비가 더럽게 비싼 로뎀 병원에서 쭉 치료를 받게 해줬으니 말이다.

치료 과정은 더디기 그지없었다. 입원 직후부터 놈과 나 사이에 무시무시한 전쟁이 일어났다. 약과 놈의 전쟁이기도 했다. 약은 육신을 고문했다. 미쳐서 미치는 게 아니라 약 때문에 미치는 줄 알았다. 놈은 약을 먹지 말라고 유혹했다. 옛날처럼 이야기를 들어주겠다고 했다. 약을 토해버리고 로큰롤을 함께 듣자고 꼬드겼다. 약이 나를 죽일 거라고 협박을 해왔다. 급기야는 같이 죽자고 했다. 죽음은 삶보다 진실하며 삶보다 공평하다고 설득했다. 성공적으로 죽는 101가지 방법을 일러주는 친절도 베풀었다.

주치의는 저항하는 법을 가르쳤다. 딴짓하기, TV 보기, 다른 사람과 대화하기, 노래 부르기 등. 그중 무시하기를 택했다. 반쪽짜리 효과가 있었다. 대꾸하지 않으면 놈도 조용해졌다. 한마디 하면 어김없이 튀어나왔다. 나는 아예 말을 하지 않기로 했다. 침묵이 계속되자 놈은 교활하게도 귓속 깊숙한 곳에 숨어 죽은 척하고 지냈다. 그간 입원과 퇴원을 수없이 되풀이한 건, 거기에 속아 입을 열었기 때문이다.

지난겨울, 놈은 나를 떠났다. 안녕이라고 말하지는 않았으나 분명하게 알 수 있었다. 아슬아슬하게 감지되던 놈의 숨결이 느껴지지 않았다. 열흘이 지나고 한 달이 지나도 마찬가지였다. 입을 열어도 돌아오지 않았다. 내 안에 둥지를 튼 지 7년 만에 깨끗이 손 털고 떠난 거였다. 이별을 확신하던 날, 나는 화장실에 숨어 몰래 울었다. 열여덟 살 외톨이 소년이 울었다. 두려워했지만, 증오했지만, 나를 통째 거덜 내버린 놈이었지만, 내 인생에서 유일하게 사랑한 존재였다.

"목소리와 연애한 사람이 어디 수명 씨뿐이겠어요. 도파민의 마법에 걸린 사람들이 이 병원에도 수두룩해요."

주치의는 침울해하는 나를 격려했다.

"마법이 풀렸다고 슬퍼하면 안 돼요. 자기 삶으로 돌아가는 문이 열렸잖아요."

그녀는 공황 장애를 극복해야 한다는 새 과제를 내놓았다. 내가 수행해야 할 첫 임무는 누군가와 대화를 하는 것이었다. 그녀는 상대가 자신이길 원했다. 나는 그녀를 원하지 않았다. 관계를 맺고 싶지 않았다. 나를 잘 알게 된 그녀가 놈처럼 나를 옭아매고 간섭하고 영향력을 행사하려 들까 두려웠다. 그리하여 '관계와 영향력'의 위험이 없는 노트를 대화 상대로 삼았다.

소소한 기억들을 썼다. 눈 감으면 떠오르는 신림책방의 풍경, 그리운 책 냄새, 놈과 내 방과 지하창고와 로큰롤의 추억, 입원 후 놈과 벌인 기나긴 사투. 한 달 만에 쓰기를 그만두었다. 재미가 없었다. 노트는 위험만 없는 게 아니라 반응까지 없었다. 그 정서적 거리감을 좁힐 길도 없었다. 노트를 펴면 추수가 끝나버린 텅 빈 들판으로 들어선 심정이었다. 놈이 그리웠다. 때때로, 아니 사실은…….

날마다.

"잘 잤나?"

최기훈이 처치 트레이를 들고 머리맡에 서 있었다. 의심할 여지가 없었다. "지금은 새벽이야"라고 말하던 목소리와 똑같았다. 그의 뒤를 오가며 밀걸레질을 하는 사람은 우울한 세탁부였다. 방 안은 환했고 모든 것이 또렷하게 보였다. 방바닥이 물결치며 올라가지도 않았다. 뼈의 통증이나 편두통도 없었다. 팔에는 노란 링거액이 꽂혀 있었다.

"사흘 동안 착란상태에 빠져 있었어. 어젠 꼬박 잤고."

최기훈은 링거가 달리지 않은 팔에서 피를 뽑아 검사 튜브에 담았다. 이어 뿌연 주사약을 링거액 줄로 밀어 넣었다.

"여기서 며칠 더 지내야 할 거야. 몸이 어느 정도 회복돼야……."

그의 목소리가 희미하게 멀어졌다. 다시 눈을 떴을 땐, 젊은 의사가 있었다. 그는 자신이 내 주치의이자 2정신과 과장이라고 소개했다. 며칠 전 아버지가 소견서를 가지고 주치의 면담을 하러 왔다는 것, 병실로 돌아가면 로뎀 병원에서 쓰던 약을 그대로 먹게 될 것이라는 얘기를 들려줬다. '내게 무슨 짓을 했는가' 에 대한 설명은 일절 없었다. 나도 좀스럽게 캐묻지 않았다. 관심도 없었다.

보호사들은 나를 예전보다 조심해서 다뤘다. 간호사들은 규칙적으로 피를 뽑아 가고 뿌연 주사를 놓았다. 의식은 약의 반감기에 따라 널뛰기를 했다. 주사를 맞고 나면 잠이 왔다. 평소와는 다른 잠이었다. 꿈조차 없는 심연이었다. 죽음만큼이나 깊은 어둠이었다. 약기운이 떨어지면 곧장 현실로 진입했다. 주로 죽 그릇을 든 작업반이 나를 맞이했다. 나는 자동인형처럼 받아먹었다.

잠과 현실을 수없이 오가는 사이, 풀렸던 생체시계의 태엽이 서서히 되감겼다. 감각들이 하나둘 깨어났다. 욕구와 직감과 생각과 인지

능력이 돌아왔다. 수치심이 돌아온 건 내가 기저귀를 차고 있다는 걸 깨달았을 때였다. 그곳에서 고약한 냄새가 솔솔 풍겨왔다.

주사 횟수가 차차 줄어들었다. 잠드는 시간은 짧아졌고 깨어 있는 시간이 늘어났다. 간호사실에선 하루 한 번, 백합방 바깥 출입을 시켰다. 처음엔 작업반이 휠체어에 태워 A동 복도를 돌았다. 몸이 나아지자 '워커' 라는 보조기구를 잡고 걷게 했다. 복도는 늘 어두웠고 사람이 없었다. 작업반은 낮잠시간이라 그렇다고 말해주었다. 백합방으로 돌아오면 억제대에 묶여 누웠다. 그때야말로 억제대는 자해 방지라는 본연의 임무를 수행하고 있었다.

믿지 않을지 모르지만 나는 자살을 시도한 적이 없다. 상상 속에서야 백 번도 더 죽었다. 놈이 죽자고 할 때마다, 스스로 죽고 싶어질 때마다 죽었다. 그때마다 사망 기념으로 머리털 하나씩을 뽑았다면 이발 문제로 고생할 일은 없었으리라. 렉터 박사처럼 알대머리가 됐을 테니까. 시도하지 않은 이유는 단순하다. 공포 때문이었다. 죽음 자체가 아니라 죽는 순간에 대한 공포. 그 순간을 상상하는 것마저 싫었다. 가윗날이 춤추는 악몽만큼 무서웠다.

그러나 백합방의 나날에는 공포가 스며들 틈이 없었다. 그저 피곤했다. 같은 소동을 되풀이하며 살 힘이, 더는 없었다. 나는 죽고 싶었다. 죽기로 했다. 문제는 죽을 방법이 마땅치 않다는 것이었다. 굶어 죽는 건 시간이 너무 많이 걸렸다. 간호사실에서 굶도록 내버려두지도 않을 터였다. 혀를 물어버릴까? 아아, 끔찍했다. 피 보지 않고, 죽는 줄도 모르고 한 방에 가고 싶었다. 그때, 한 방에 곱게 갈 길을 모색하던 그 순간에, 신이 훼방꾼을 보내셨다. 소리 없이 문이 열리더니 점박이가 들어왔던 것이다. 그는 목쉰 소리로 인사를 건넸다.

"오랜만이야."

오랜만인지는 몰라도 이발 소동 이후 처음 만나는 건 확실했다. 모습이 그때와 또 달랐다. 이번엔 목뼈가 틀어져 버렸는지 '토마스 칼라' 라고 불리는 경추보호대를 끼고 있었다. 승민이 수여한 새 훈장이었다. 모르는 사람은 물론 없겠지만.

"지난번에 우리 못 끝낸 일이 있었지?"

점박이는 주머니에서 켈리를 꺼내 호일을 벗겼다. 나는 혀 밑에 신침이 고이는 걸 느꼈다. 그는 내가 저항할 수 없는 틈을 노려 머리를 밀어버리려고 들어온 거였다. 마치 강간을 하듯이.

"오늘 마무리를 해볼까?"

눈을 가늘게 뜨고 점박이를 쏘아봤다. 나 비록 덫에 걸린 생쥐처럼 무력한 신세였으나 아직 쓸 만한 것이 남아 있었다. 스물여덟 개나 되는 튼튼한 저작도구. 턱에 힘을 모았다. 가까이 오기만 하면, 이해할 수 없는 신념과 도착증으로 중무장한 손을 물어버리리라. 둘 중 하나가 끝장날 때까지, 물고 놓지 않으리라.

신은 가끔 공평하다. 훼방꾼을 보내더니, 훼방꾼을 훼방 놓을 훼방꾼도 보내셨다. 최기훈이었다. 이동침대를 밀고 들어오던 그는 점박이의 켈리를 보고 금세 상황을 알아차렸다.

"그만해 둬."

"뭘요?"

점박이는 곁눈질로 최기훈을 봤다. 토마스 칼라 때문에 고개 돌리기가 거북했을 것이다.

"켈리 치우란 말이야."

"왜 그러시는데요? 이런 새끼들 처음 봅니까? 쇼하는 거 몰라요?

어디서 돼먹지 못한 발작 흉내를……."

"그만 나가봐."

최기훈은 점박이를 밀치고 이동침대를 내 침대 옆에 댔다. 점박이의 눈이 반항의 빛을 띠고 커졌다. 입술은 틱을 일으키는 아이처럼 씰룩거렸다.

"외삼촌이 알면 좋아하지 않을 텐데요."

"환자를 보는 사람은 부장님이 아냐, 과장님이지. 자네가 끼어들 일도 물론 아니겠지?"

"내가 끼어들 일이 아니라고요? 내가 말이죠, 이 새끼 때문에 두 번이나 황천길로 갈 뻔했어요. 이걸 멋으로 찬 줄 알아요?"

점박이는 켈리에 끼운 면도날로 토마스 칼라를 툭툭 쳤다. 그 바람에 애먼 내 다리가 흠칫흠칫 떨었다.

"이런 식으로 봐주다간 말랑말랑하게 보고 덤비는 놈들이 수두룩하게 생겨날걸요. 그렇게 되면 고달파지는 건 이 새끼들하고 살 비비는 우리예요. 고매하신 최기훈 간호사 선생님이나 과장님이 아니고."

"자네 아직 병가 중인 걸로 아는데. 아닌가?"

최기훈의 목소리에 싸늘한 날이 섰다. 점박이는 심사가 무진장 뒤틀린 눈으로 최기훈을 노려보다 몸을 돌렸다.

"기대해. 나 곧 출근하거든."

힘 뻗치는 대로 문을 걷어차고 나가며 내게 남기신 말씀이다. 최기훈은 억제대를 풀고 나를 안아 올려 이동침대로 옮겼다. 나는 본능적으로 몸을 움츠렸다.

"긴장할 거 없어. 씻고 병실로 갈 거니까."

샤워장으로 가는 동안, 열심히 최기훈의 눈을 살폈다. 신뢰할 만한 빛을 찾아보려 애썼다. 나를 더 건들지 않겠다는 뜻일까. 정말로? 아무것도 읽히지 않았다. 화강암 같은 눈이었다. 최기훈은 이동침대 짐칸에서 새 환자복과 수건을 꺼내 샤워장 선반에 올려놓았다. 몸소 목욕을 시켜줄 심산 같았다. 윗도리 주머니에서 라텍스 장갑을 꺼내 손에 끼기 시작했다. 곧 환자복이 훌렁 벗겨져 나갔다. 뺨으로 피가 몰렸다. 가슴 언저리에서 와르르 소리가 났다. 나도 혼자 옷 벗을 줄 안다. 씻을 줄도 안다. 감추고 싶은 비밀도 있다. 이 인간은 '수치심'이라는 단어가 자기 사전에만 있는 줄 아나?

다리를 오므리고 최기훈을 올려다봤다. 최기훈은 나를 내려다봤다. 그가 입을 벌리자 쇠망치처럼 무신경한 말이 이마로 떨어졌다.

"다리 벌려. 기저귀 떼게."

승민은 나보다 먼저 돌아와 있었다. 병실이 텅 비어 있었지만 단박에 알아차렸다. 제 침대, 내 침대 할 것 없이 온통 난장판이었다. 구깃구깃한 시트에 시커먼 발자국들이 찍히고 개키지도 않은 이불에는 잡동사니가 나뒹굴었다. 길게 풀어 헤쳐진 두루마리 화장지, 비닐봉지, 전기면도기, 양말짝, 물 컵, 손톱깎이. 베개는 둘 다 병실 바닥에 떨어져 있었다. 게으름뱅이의 기개가 하늘을 찌르는 광경이었다.

"혹시 과장님께 할 얘기가 있다면 간호사실에 면담 신청서를 제출해."

최기훈은 내 침대 발치에 이동침대를 붙였다. 나는 스스로 이동침대를 내려갔다. 내 침대를 침범한 물건들은 손으로 대충 쓸어 주인의 자리로 귀환시켰다.

"힘들더라도 밥은 식당에 직접 가서 먹고. 몸을 자꾸 움직여야 회복이 빨라."

창밖에는 비가 내리고 있었다. 유리창을 뚫고 들어올 듯한 장대비였다. 나는 벽을 보고 모로 누웠다. 뒤통수로 잔소리가 쏟아졌다. 식당은 B동 첫 번째 방이라는 둥, 식당 맞은편에 면회실이 있다는 둥, 나머지는 죄다 여자 방이니 얼씬거리지 말라는 둥, 여자 샤워장을 기웃거리다 이마가 터지면 꿰매주지도 않는다는 둥.

최기훈이 퇴장한 지 1분이나 지났을까. 밖에서 요란한 벨소리가 울렸다. 복도는 사람 소리로 시끌벅적해졌다. 된장국 냄새가 눅눅한 공기를 타고 흘러왔다. 반대편으로 몸을 돌렸다. 승민의 침대 구석에 탁구공만 하게 구겨서 내던진 빈 담뱃갑이 있었다. 식욕보다 흡연 욕구가 먼저 되살아났다. 몸을 일으켰다.

오른편 사물함 두 칸 중 위쪽이 내 것이었다. 이름표가 붙어 있고 열쇠가 꽂혀 있었다. 소모품 봉투는 텅 비어 있었다. 가방도 비었다. 팬티 두 장, 양말 세 켤레, 5천 원이 든 지갑, 로션과 샴푸, 건전지와 충전기, 심지어 머리를 묶는 고무줄까지 없어졌다. 이가 하나 부러진 플라스틱 포크 수저만 바닥에 뒹굴고 있을 뿐이었다.

다리가 후들거렸다. 사물함을 붙잡지 않고는 서 있을 수가 없을 지경이었다. 최악의 병원, 남의 속옷까지 털어가는 인간들. 보나마나 입원비도 아주 매혹적인 수준이겠지. 아버지한테 전화라도 드리고 싶었다. 평소 악담을 실현하셨으니 좋아서 미치고 계시겠어요. 그렇더라도 우리, 같은 병원에서 만나지는 말자고요.

어쩌면 진짜 하고 싶었던 말은 이거였을지도 모른다. 아버지, 정녕 나를 버리시나요.

이 빠진 포크 수저를 손에 쥐었다. 그 남루한 생존 도구는 머릿속에서 혼란을 걷어냈다. 제정신이 봄날의 제비처럼 돌아왔다. 신경이 빠릿빠릿하게 정비되고 생각이 한 방향으로 흘러갔다. 지나간 며칠은, 태어나면서부터 줄기차게 재수 없었던 인간이 맞닥뜨린 좀 더 재수 없는 날이었을 뿐이라고. 죽겠다는 생각은 이쯤에서 접자고. 질기게 살아남아 내 신세가 어디까지 흘러가는지 지켜보자고.

사물함을 잠그고 열쇠를 상의 주머니에 넣었다. 빈 소모품 봉투도 한데 쑤셔 박았다. 돌아서서 건너편 침대의 이름표들을 확인했다.

통로 쪽 : 홍만식/M/66

벽 쪽 : 김용/M/42

병실을 나가 원기둥 앞에 도달하기까지는 한세월이 걸렸다. 실제 거리가 얼마든 간에 심정적으로는 마라톤 풀코스였다. 한번 상상해 보시라. 한 손에 포크 수저를 쥐고, 다른 손으로 복도 벽의 안전 바를 잡고 식당을 향해 행군하는 맨발의 나무늘보를. 바지는 길고도 커서 한 발짝을 떼면 바짓단을 밟아 엎어질 뻔하고, 두 발짝을 떼면 허리춤이 줄줄 흘러내렸다. 지르르 떨어지는 침도 짬짬이 닦아줘야 했다. 속모르는 사람이 봤다면, 홀딱 벗은 여자가 다리를 벌리고 누워 있는 줄 알았으리라. 남부끄러웠던 나머지 깡통이라도 목에 걸고 싶었다.

와중에 엄청나게 바쁜 사나이를 만났다. 30대 중반쯤으로 보이는 남자였는데 경보 속도로 맞은편에서 걸어왔다. 가까이에서 보니 눈썹과 코가 눈사람처럼 삐뚤어져 있었다. 입가와 턱에는 식사의 흔적이 빨갛게 남아 있고 담배꽁초가 귓바퀴에 끼워져 있었다. 셔츠와 바지는 땀에 젖어 후줄근했다. 신발은 신지 않았고 양말은 발등까지 젖었다. 이는 '발바닥에 땀 나도록 걸었다' 라는 의미가 아니었다. 양말

바람으로 어디어디를 들락거렸는지 자백하는 진술서였다. 남자는 털썩털썩 소리 나게 바닥을 찍으며 나를 지나갔다. 쉰내와 지린내가 젖은 양말 자국과 함께 남았다.

샤워장 앞에서 뒤를 돌아봤다. 남자가 반환점을 찍고 돌아오고 있었다. 오나, 했더니 바람의 속도로 나를 스쳐 갔다. 간호사실 전면창을 지나 B동 복도로 사라지기까지는 5초도 걸리지 않았다. 보아하니 양편 복도를 트랙 삼아 육상 경기를 하고 있었다. 종목이 경보인 걸로 미루어 경주 상대는 두 발로 걷는 짐승이었다. 기차나 자동차라면 달렸을 것이다. 비행기나 우주선이라면 날아다닐 것이고.

전면창 앞에는 키 큰 남자가 서 있었다. 군인머리를 한 승민이었다.

"대체 왜 안 되는데요?"

원기둥 앞에 도착하자 승민의 목소리를 들을 수 있었다. 전면창 안쪽에서 울리는 최기훈의 대꾸까지 청취가 가능했다.

"어지간히 해. 보호자 다녀간 지 겨우 일주일 됐어."

나는 기둥에 기대섰다. 거기서 둘의 대화가 끝나기를 기다리기로 했다.

"보호자라는 인간은 나와 아무 상관도 없다니까요. 대리인일 뿐이에요. 얘기할 상대는 따로 있단 말입니다."

승민이 말했다.

"병원은 무법천지가 아냐. 대리인이 입원시키는 경우는 없어."

"이보세요, 최기훈 선생님. 당신 눈앞에 있잖아요. 댁이 가족이라고 우기면 가족이 아닌데 가족이 됩니까? 난 호적상 가족과 마주 앉아서 얘기를 하고 싶다고요."

승민의 목소리는 격앙돼 있었다. 누가 듣든 말든 개의치 않겠다는 태도였다. 나도 개의치 않고 엿듣기로 했다.

"보호자에게 용건을 전해주는 건 고려해보지. 그 이상은 안 돼."

승민은 창턱에 두 손을 짚고 얼굴을 창으로 바짝 들이댔다.

"직접 통화를 원해요. 중요한 일이라고 말했잖아요."

"직접 통화를 원하는 사람은 늘 중요한 일이 있지. 청와대에 급히 보고할 것이 있다는 국정원 직원도 있고, 각국 정상을 저녁 만찬에 초대해야 한다는 버킹엄 공주님도 있어. 소개시켜 줄 테니까 동호회라도 해보겠나?"

승민은 창에 이마를 붙인 채 꼼짝하지 않았다. 침묵이 지루하게 흘렀다. 나는 정문 앞 공간을 뜯어보며 시간을 보냈다. 간호사실로 통하는 철문이 정문 왼편에 있었다. 반대쪽인 기둥 뒤쪽 벽에는 소화전이 있었다. 별 생각 없이 손잡이를 당겨봤다. 저항도, 소리도 없이 쓱 열렸다. 나는 지레 놀라 소화전을 닫고 천장을 봤다. 그쯤에 있으리라 짐작했던 CC카메라가 없었다. 필름이 돌듯 기억들이 되감기다 엘리베이터 사건에서 정지했다. 승민이 아무런 제재 없이 정문 밖으로 나올 수 있었던 이유를 알 것 같았다. 병동 내에서 발가벗고 삼바를 출 수 있는 곳이 있다면 바로 그곳이었다. A동 카메라는 A동만, B동 카메라는 B동만 비추고 있었다. 휴게실에는 CC카메라가 없었다. 간호사실 전면창으로 훤히 내다보이므로 있을 필요가 없었다. 정문 앞은 CC카메라의 사각지대였다.

"신청서 제출하면 곧바로 연락은 해줍니까?"

승민의 목소리가 기나긴 침묵을 깼다.

"월요일에."

"아니, 전화 한 통 하는 데 이틀씩 걸린단 말이에요? 대체 이놈의 병원은…….”

“둘 중 하나야. 계속 거기서 열 내고 있거나, 연락 신청서 쓰고 가서 저녁을 먹거나.”

잠시 후, 승민은 몸을 돌려 B동으로 들어갔다. 경보 선수는 내 앞을 지나 A동으로 들어갔다. 벌써 B동 복도를 한 바퀴 돌아온 모양이었다. 나는 승민이 있던 자리로 갔다. 내 볼일을 볼 차례였다.

간호사실엔 아무도 없었다. 사적인 일을 하는 방이 보이지 않는 어딘가에 있는 듯했다. 커피를 마시거나, 밥을 먹거나, 옷을 갈아입거나, 편안하게 앉아 졸 수도 있는 곳. 나를 맞아준 건 고무줄로 묶어 창틀에 매단 가스라이터 다섯 개였다. 창턱에 볼펜과 메모지가 놓여 있고, 창 안쪽 테이블에는 두 번 접힌 쪽지가 던져져 있었다. 달달 떨리는 손을 뻗어 쪽지를 집었다. 변명 같지만 내가 한 짓이 아니었다. 약에 호되게 당한 나머지 알딸딸해진 나무늘보의 손이 저지른 일이었다. 소화전 뚜껑을 열 듯, 아무 생각 없이.

연락처 : 자칭 보호자

내용 : 그쪽 요구대로 거래하겠음

조건 : 류재민이 직접 올 것

류재민. 류승민. 돌림자를 쓴다면 친형제일 확률이 컸다. 형일까, 동생일까. 물론 나와 상관없는 일이었다. 내용도 흥미롭지 않았다. 간호사실 창 앞은 범우주적이고 묵시록적인 연락사항이 콩 줄기처럼 널린 곳이었다. 쪽지를 테이블로 밀어놓고 휴게실을 둘러봤다. 달력과 시계가 먼저 눈에 들어왔다. 7월 2일, 금요일, 오후 6시 40분. 며칠이 지난 게 아니었다. 무려 22일을 격리실에서 보낸 거였다. 나는 멍청이가 된 기분으로 멍청하게 서 있었다. 최기훈이 간호사실 에어컨 뒤에서 불쑥 나타날 때까지.

"이수명, 거기서 뭐하나?"

그는 곧장 내게로 걸어왔다.

"식사는 했나?"

빈 소모품 봉투를 보여주었다. 의미가 통한 듯했다. 최기훈은 테이블 밑에서 새 소모품 봉투를 꺼내 창밖으로 내밀며 운동화 사이즈를 물었다. 승민의 쪽지는 펴보지도 않고 윗도리 주머니에 담았다. 나는 유리창에 250이라고 썼다.

"남자 건 그렇게 작은 게 없는데. 여자 거라도 줄까?"

내겐 취향이라는 게 없었다. 옷은 걸칠 수 있으면 되고 신발은 발에 맞으면 그만이었다. 그렇다고는 해도 중국풍의 진홍색 운동화는 살짝 낯간지러웠다. 첫 재산을 취득한 김에 포크 수저로 라이터를 툭 건드려봤다. 마술 봉으로 친 것처럼 디스 한 갑이 내 손에 놓였다.

"하루 한 갑이 규정량이야. 몸도 안 좋고 하니까 조금씩 피워."

한 대 피울까, 봉투를 먼저 옮길까. 고민하는 사이, 식사를 끝낸 사람들이 휴게실로 우르르 몰려나왔다. 남자들은 한결같이 제대군인 머리였다. 여자들은 상고머리였다. 그중 한 여자는 스님머리였다. 그녀에게서 점박이의 향기가 났다.

봉투를 먼저 옮기기로 하고 방으로 향했다. 한숨이 50번도 더 나왔다. 501호가 올 때보다 두 배는 멀어 보였다. 위장에선 굶주린 늑대가 울었다. 진땀이 뻘뻘 났고 한잔 꺾은 동네 아저씨처럼 걸음이 갈지자를 그렸다. 그나마 얼마 가지도 못했다. 샤워장 앞에서 어떤 손에 어깨를 틀어 잡혔다. 나는 새된 소리를 토하며 뒤로 돌아섰다. 승민이 양손을 번쩍 쳐들고 있었다. 마치 내가 '손들어' 라고 고함이라도 친 것 같았다.

"나야, 나. 나 몰라?"

묻는 승민의 등에 괴상한 인물이 붙어 있었다. 헤드 랜턴이 달린 광부용 노랑 헬멧을 쓴 노인이었다. 앙상한 팔을 승민의 목에 갈고리처럼 걸고 두 다리로는 허리를 착 휘감고 있었다. 매우 안정적인 자세였다. 사람이 아니라 배낭이 걸린 것 같았다.

"일단, 살아 돌아온 걸 축하하고."

승민은 내게 손을 내밀었다.

"잘 살아보자는 의미에서."

손을 한 번 보고 승민의 얼굴을 한 번 봤다. 눈만 웃는 예의 뺀질뺀질한 표정이었다.

"뭐해? 오빠랑 악수 한 번 하자니까."

잘 살아보자. 좋은 말이었다. 최기훈의 권장사항이기도 했다. 악수가 법으로 금지된 행위도 아니었다. 그런데 왜 이 우호적이고도 합법적인 친목도모 행위에서 지극히 불량스러운 냄새가 나는 것일까. 허둥지둥 몸을 돌렸다.

"어딜 도망가? 잘 살아보자는데."

우악스러운 손이 팔꿈치를 낚아챘다. 나는 소모품 봉투를 냅다 휘둘렀다. 그것은 과녁에서 한참 빗나간 곳으로 날아가 떨어졌다. 봉투에서 물건들이 쏟아졌다. 두루마리 화장지, 새 속옷, 양말, 수건, 슬리퍼, 플라스틱 컵, 칫솔, 치약, 빨강 플라스틱 대야, 그 외 잡동사니.

"그 자식 성미 참 이상하네. 악수나 한번 하자는데 이게 웬 히스테리야."

승민은 사정거리 밖에서 투덜거리고 있었다. 노인은 승민에게 묻고 있었다.

"또별, 담배는?"

"가만있어, 좀. 지금 옆집 미스 리랑 통상외교 중이잖아."

또별? 옆집 미스 리? 통상외교? 나는 흩어진 물건들을 봉투에 주워 담았다. 부들부들 떠느라 절반은 흘리고 절반은 빠뜨리면서. 대체 담배가 어디로 간 거야…….

"반 남겨다 줄게."

고개를 들었다. 승민이 휴게실 쪽으로 가고 있었다. 노인은 담배를 흔들며 낄낄 웃었다.

"미스 리, 얘 말 믿지 마."

맥이 쭉 빠졌다. 승민이 발을 디딜 때마다 흩어진 내 물건들이 욕을 보고 있었다. 치약은 배가 터지고, 속옷은 밟히고, 세숫대야는 벽으로 날아갔다. 살아남은 물건은 경보 선수가 마저 작살내고 지나갔다. 나는 세 번째 소모품 봉투를 타러 갔다.

"차오."

방으로 들어서자 김용의 침대에 앉아 있던 남자가 아는 척을 해왔다. 전직이 배우였나 싶을 만큼 잘생긴 남자였다. 다만, 표정이 좀도둑질을 하다 걸린 꼬마처럼 어색했다. 나는 사물함으로 갔다.

"난 김용이걸랑."

윗도리 주머니에서 사물함 열쇠를 꺼냈다. 그걸 열쇠구멍에 꽂기가 바늘구멍에다 낙타를 꽂는 것보다 힘들었다. 손 떨림이 경련 수준이었다. 김용은 침대에서 내려오더니 초라니걸음으로 다가왔다.

"너 스키조라며?"

열쇠가 어렵사리 구멍에 꽂혔다. 나는 김용이 보지 못하도록 문을 반만 열어 장벽을 세우고 봉투에서 망가진 소모품들을 꺼냈다. 최기훈은 소모품을 세 번씩 줄 만큼 인심이 후하지 않았다. 담배도 주지 않았다. 원치도 않은 연고제만 하나 건넸다. 먹지 말고 기저귀 발진이 생긴 엉덩이에 바르라고 했다. 교육적인 표정으로 미루어 유머는 아니었다.

"난 바이폴란데."

김용이 나를 이리저리 살폈다. 나는 소모품들을 손질해 사물함에 쌓았다. '바이폴라' 라는 말을 들은 순간부터 김용 쪽으론 곁눈질도 하지 않았다. 봤다가 눈이라도 마주치면 낭패였다. 스키조는 정신분열증, 바이폴라는 조울증을 가리키는 약어다. 난 바이폴란데, 하며 말을 걸어오는 바이폴라는 조증기일 경우가 많다. 조증기의 바이폴라는 입을 꿰매기 전엔 말을 막을 수 없다. 허풍은 또 어찌나 센지 가랑잎을 타고 대동강을 건넌 전력 정도는 전력 축에도 못 낀다. 달에다 발을 걸고 거꾸로 매달려 지구를 들어 올리는 일 정도는 해야 바이폴라 맞구나, 인정해준다. 바이폴라와 충돌 없이 사는 방법은 두 가지다. 그들의 허풍을 경배하여 떠받들거나, 처음부터 무시하거나. 어중간하게 대응했다가는 태풍을 맞는다. 나는 후자를 택했다. 내 병명을 어찌 알았는지 궁금하긴 했다. 간호사실에는 환자 현황판이 없었으니까. 적어도 전면창 앞에서 볼 수 있는 시야각도 안에는 들어 있지 않았다.

"나도 원래는 스키조하고 말 안 하거든. 통해야 하지, 말 절반이 횡설수설인데. 그래도 한식구가 됐으니까 인사나 나누자는 거였지."

수긍할 수는 없었으나 취지는 이해했다. 스키조와 바이폴라 사이에는 계층적 갈등 관계가 존재한다. 바이폴라들은 기회만 생기면 자기 병명을 밝히려 든다. 이는 '난 나사가 빠진 게 아니라 변덕이 문제걸랑' 과 같은 말이다. 스키조는 스키조대로 콧방귀를 뀐다. 우린 미치기만 했지, 너네는 미친 데다 시끄럽기까지 하잖아.

"병실 귀환 기념으로 그놈 이야기도 해줄까 했는데. 면도날을 끼운 켈리를 가운 주머니에 담고 다니는 놈인데, 본 적이 있으려나?"

끈덕지게 이어지던 말이 뚝 끊겼다. 내 반응을 살피는 눈치였다. 알면서도 그를 돌아보고 말았다. 다급한 심정이었다. 김용은 입술만 길게 늘여 웃었다.

"여자만 좋아하는 놈이야. 그것도 막 입원한 초짜만. 면도날 들이대면 소리치고 울고불고 애원하고 난리도 아니걸랑. 제 머리껍질을 벗기려는 줄 아는 거라. 그걸 즐기는 거지. 여기서 그놈 면도날을 피해간 여자는 없어. 한번 밀어버린 여자는 다시 손 안 대지만. 지나온 길은 돌아보지 않는 게 제 인생관이라나 뭐라나. 남자한테도 손 안 대. 겁나서 못 대는 거지. 특히 나한테는 눈도 똑바로 못 뜨잖아."

그는 가드를 올리더니 어깨를 권투선수처럼 흔들어 보였다. 주먹 좀 쓴다는 뜻인 듯했다.

"남자한테 손을 댄다면, 그건 그놈 눈에 여자로 보였다는 얘기야. 까놓고 말해 네가 좀 헷갈리게 생기긴 했잖아? 스물다섯 살이나 된 놈이 수염도 없고, 울대뼈도 안 나오고."

비로소 그림이 맞춰졌다. 점박이의 야릇한 미소, 옴팡눈에서 번득이던 빛의 의미. 성적 흥분이었다. 그는 두발 규정을 악용해 제 변태

성향을 공공연하게 구현하고 있는 것이었다. 이해가 안 되는 건, 간호사들이 그 짓을 눈감아주는 이유였다. 김용은 눈치 빠르게 의구심을 해결해줬다.

“개가 오너 조카 아냐. 머리가 금붕어라 사무직으로 못 쓰고 여기다 박아둔 거야.”

사물함을 잠그고 침대로 가서 누웠다. 기분이 지랄 맞았다.

“앞으로 몸조심 좀 해야 할 거다. 찍었다 하면 끝을 보는 놈이걸랑.”

김용이 더 말을 걸지 못하도록 담요를 얼굴까지 뒤집어썼다. 면도날을 끼운 켈리가 담요 속에서 검무를 추었다. 얼른 눈을 감았다. 켈리는 가뿐하게 눈꺼풀을 베고 들어왔다. 나는 머릿속을 뒤졌다. 켈리와 나 사이를 벌려놓을 무언가를 찾았다. 찾다가 몇 시간이 갔다.

승민은 점호시간 직전에야 방으로 돌아왔다. 등에 저녁때 봤던 헬멧 노인이 잠들어 있었다. 침대 짝꿍을 바꾸면 어떨까 싶었다. 왜 노인을 업고 다니는지 몰라도 둘은 천생연분으로 보였다. 승민은 노인을 홍만식 씨의 자리로 데려갔다. 기껏해야 문에서 세 발짝 거리였다. 그 세 발짝을 떼는 동안 방 안의 물건들이 정신없이 자리를 바꿨다. 쓰레기통이 중앙 통로로 날았다. 옆에 세워둔 빗자루는 김용의 침대 밑으로 미끄러졌다. 노인을 눕히고 돌아서면서 제 침대를 정강이로 들이받았고, 밑에 놓인 플라스틱 대야를 밟아서 박살냈다. 김용은 엉덩이를 치켜들고 바닥을 둘러봤다.

“오늘도 딱 세 발짝만에 방을 초토화시키는구나. 눈에다 망원경이라도 찼냐?”

나는 머리칼을 앞으로 늘어뜨리고 몰래 실험을 해봤다. 양손을 망원경처럼 말아 눈에 대고 전 방위를 살폈다. 앞만 보였다. 고개를 움직이지 않고는 좌우, 위아래가 보이지 않았다. 누가 알아채기 전에 실험을 마쳤다. 뵈는 게 없는 놈이란 말을 뭘 그리 어렵게 하는지, 원.

"이 쓰레기들은 또 언제 치울래?"

김용이 턱으로 바닥을 가리키며 물었다. 승민은 셔츠를 훌러덩 벗어 던지는 걸로 대답을 대신했다. 정작 벗어야 할 슬리퍼는 그대로 발에 꿴 채 침대에 드러누웠다.

"오늘도 형님이 치우리?"

승민은 깍지를 껴서 머리를 받쳤다. 뒤늦게 생각났다는 듯, 누운 채 발을 터는 방식으로 슬리퍼를 벗었다. 한 짝은 노인의 발치에, 한 짝은 창 밑에 불시착했다. 담뱃갑은 머리맡에 내던졌다. 반절을 남겨온다더니 두 개비밖에 남아 있지 않았다.

"방 청소는 원칙적으로 신참이 하는 건데."

김용의 세 번째 발언은 나를 향한 것이었다. 못 들은 척했다. 그보다는 승민의 몸에 눈이 팔려 있었다. 오른쪽 팔꿈치에서 시작해 빗장뼈와 갈비뼈 부근까지 길고 붉은 흉터가 세 개나 있었다. 언뜻 보기에도 큰 수술을 받은 자국이었다. 승민과 처음 만난 국도가 생각났다. 폭우 속으로 질주하던 파란 승용차, 다리 난간에 처박힌 파란 승용차. 이 두 장면으로 몸이 뜨더귀가 된 이유를 짐작할 수 있었다. 이놈 정체가 뭘까.

승민은 다리를 꼬고 내 손가락만큼이나 긴 발가락을 깐닥거리며 CC카메라를 쏘아보고 있었다. 표정이 말도 못하게 사나웠다. 쏘아보는 게 CC카메라가 아니라 제 코를 쥐어박은 누군가의 주먹 같았다. 그쯤에서 탐색을 마쳤다면 좋았을 것이다. 그랬다면 도루하다 들킨 1루 주자처럼 허둥거리지 않았으리라. 승민이 턱을 틀어 나를 봤을 때, 시선을 정면으로 마주쳐 왔을 때, 나는 꼼짝없이 녀석의 눈에 붙들리고 말았다.

땅거미 같은 눈이었다. 야밤의 도로로 튀어나왔다가 자동차 전조등에 갇혀버린 날짐승 같은 눈이었다. 그러나 미친 자의 눈은 아니었다. 그런 걸 어찌 아느냐고 묻는다면, 우리 편이 아닌 놈을 알아보는 동물적 직관이라고 답할 수밖에 없다.

쓸데없는 호기심이 모락모락 일어났다. 몇 시간 전에 봤던 승민의 연락 쪽지에 의미가 부여되기 시작했다. 류재민이 누굴까. 그가 승민에게 요구하고 있는 건 뭘까. 승민의 요구가 퇴원이리라는 건 사해동포가 알고 있을 일이었다. 그렇다면 승민이 가진 패는 뭘까.

승민의 고개가 갸우뚱하게 기울어졌다. 눈모양이 어느새 '웃는 눈'으로 구부러져 있었다. 한쪽 눈꺼풀은 느릿하게 감겼다가 다시 위로 말려 올라갔다. 내가 알기로 그런 걸 세간에서는 윙크라고 부를 것이다.

"우리 심심한데 스파링이나 뛸까?"

입술 새로 느글느글한 목소리가 흘러나왔다. 나는 벽을 보고 돌아앉았다. 자기한테 신경 끄라는 말을 에로배우처럼 하는 놈은 머리털 나고 처음 봤다.

밤이 깊어갔다. 비가 와서인지, 산골짜기라 그런지, 7월 초인데도 방 안이 싸늘했다. 나는 잠을 이루지 못하고 이리저리 몸을 뒤척였다. 침대 밑에 비치된 소변기를 열 번도 더 들었다 놨다 했을 것이다. 오줌은 한 방울도 나오지 않았다. 화장실에 가면 나올 것도 같았으나 갈 방법이 없었다. 밤번 보호사가 소등을 한 후 밖에서 문을 잠가버렸다. 호출 벨은 먹통이었다. 그리 놀랍지는 않았다. 밤에 호출기를 켜놓는 근무자는 최기훈밖에 없다고, 사전에 들은 바 있었다. 이 점에 대해

언질을 줬던 김용은 반듯하게 누워 보이지 않는 존재와 신학 토론을 하고 있었다. 승민도 깨어 있었다. 눈을 감고 있었지만 숨결이 불규칙하고 거칠었다. 코를 고는 사람은 노인뿐이었다.

창밖에서 밤의 소리들이 들려왔다. 바람소리, 나뭇가지가 부러지는 듯한 뚝 하는 소리, 부엉이소리. 먼 복도에서는 '쿵쿵' 소리가 울렸다. 누군가 문을 두들기고 있었다. 잠시 후, 여자인지 남자인지 모를 목소리가 절규하기 시작했다. "현선아, 현선아……." 절규 끝에 깔깔거리는 웃음소리가 터졌고, 이내 숨넘어가는 흐느낌으로 바뀌었다. 머리끝이 칼처럼 섰다. 귀신 곡소리를 듣는 기분이었다.

복도에서 구두소리가 들려온 건 곡소리가 잦아들던 무렵이었다. '라운딩(병실 순시)' 을 나온 밤 근무자의 발소리였다. 그는 한 번도 멈추지 않고 곧장 501호로 다가왔다. 김용은 입을 닫고 눈을 감았다. 문이 열렸다. 보호사와 작업반 하나가 나타났다. 화장실 얘기는 꺼내볼 틈조차 없었다. 왔구나, 하는 순간 갔으니 말이다. 밖에서 문 잠그는 소리가 났다.

발소리가 502호로 옮겨가자 승민이 눈을 떴다. 손목시계를 눈에 들이대고 어딘가를 만졌다. 숫자판에 주황색 불이 들어왔다. 2시 04분.

승민은 눈을 감았다. 김용은 토론을 재개했다. 나는 아랫배를 싸안고 엎어졌다.

# 2부

# 수리 희망병원

기상 벨이 울리고 있었다. 화재경보가 울리듯 따르릉, 따르릉.

501호로 돌아온 후 맞는 네 번째 아침이었다. 그런데도 익숙해질 기미조차 없는 것이 있었으니, 바로 기상 벨 소리였다. 잠을 깨우는 소리라기보다 심장마비를 부르는 소리 같았다.

보호사는 각방 문을 열어주고 다녔다. 작업반들은 호루라기를 불고 문짝을 두들기며 병동을 돌았다. 광명의 아침이 왔으니 불끈 일어나 체조를 하라는 캠페인이었다.

나는 하릴없이 눈만 껌벅거렸다. 몸을 움직일 재간이 없었다. 억센 팔 하나가 목을 조르고, 긴 다리가 허리를 감아 누르고, 단단한 몸통이 가슴을 깔아뭉개는 데다, 코고는 소리가 귀청을 내쏘시고 있었다. 숨도 막히고 기도 막혔다. 이 인간은 알고 있을까. 밤이면 밤마다, 나팔 부는 문어가 내 꿈속으로 습격해온다는 걸. 성미대로 하면, 승민을 침대 밑으로 차버리고도 남았다. 성미를 받쳐줄 힘이 없어 그 꼴을 하고 있었던 것이지.

“거기 두 놈, 보듬고 자빠져서 뭐하는 거야?”

2인조가 문간에 나타나 호루라기를 길게 불었다. 승민은 게슴츠레 눈을 떴다. 초점 풀린 눈을 까막까막하며 나를 살폈다. 한참을 살핀 후에야 제 밑에 깔린 게 시트가 아니라는 걸 알아차린 듯했다. 반대편으로 스윽 돌아누웠다. 팔다리는 자동으로 치워졌다. 나는 몸을 일으켰으나 침대에서 내려갈 수가 없었다. 건너편 침대에 헬멧 노인이 서 있었다.

전날에도, 전전날에도, 전전전날 아침에도 노인은 거기 서 있었다. 눈을 알전구처럼 또릿또릿하게 뜨고, 손을 허리에 얹고, 보초병 자세로 전방을 주시하면서. 아버지 연배라는 게 믿기지 않았다. 아버지의 아버지라 해도 통할 법한 외모였다. 푹 꺼진 죽사발 눈, 닭 볏처럼 피부가 늘어진 턱, 이가 다 빠져 합죽한 입매. 노란 헬멧과 꽃무늬 트렁크를 입은 – 그런 것도 입는 것에 속한다면 말이지만 – 몸은 어찌나 말랐는지, 팬티를 끼운 연탄집게처럼 보였다. 저 다리로 걸을 수나 있을까 걱정스러웠다. 승민에게 업혀 다니는 건 그 때문인가, 추측해보기도 했다. 그것이 쓸데없는 걱정이었음을, 승민이 침대에서 일어나던 순간에야 알았다. 노인은 "또오별"을 외치며 몸을 날렸다. 눈 한 번 깜박이고 보니 승민의 등에 착 붙어 있었다.

이 상황에 대한 김용의 해설이 있었다. 승민은 노인의 17대 '또별'이었다. 원조 또별은 노인이 마상 재주를 부리던 서커스단 시절의 애마였다. 9,998회 공연에 기립박수를 9,997번, 앙코르 요청을 9,480번이나 받았으며, 낙마 사례는 한 차례도 없었다고 하니, 거장의 반열에 올라 마땅한 말과 배우였겠다. 사람들은 거장에 대한 예우로 노인을 '만식 씨'라 불렀다. 나도 똑같이 예우하기로 했다. 할아버지나 어르신으로 불렀다간 턱에 연탄집게가 꽂힌다는 소문을 들었다. 별로 중요한 사항은 아니지만, 2대 또별이 승민의 자리에 있었던 광부 출신의 중년 말이었다는 것도 밝혀둔다. 16대 또별은 같은 자리에 있었던 열일곱 살 망아지였다.

또별이 존재한다는 건 신의 각별한 배려였다. 승민을 뺀 '우리'의 등이 안전하다는 보증서였다. 뒤로 걷지 않아도 된다는 허가서였다. 이 역시 김용의 해설이었다. 해설을 듣고도 만식 씨 앞에만 서면 등이 오그라들었다. 벼락이 늘 피뢰침으로만 떨어지는 건 아니지 않는가.

"501호! 빨리 안 나올 거야?"

2인조가 문짝을 두들겼다. 승민은 자는 척 누워 버텼다. 노인은 서서 버텼다. 나는 앉아서 버텼다. 승민이 일어나기 전엔 절대로 움직이지 않을 작정이었다. 2인조는 결국 잡으러 들어왔다.

"꼭두새벽마다 이게 웬 난리야? 사람들이 도대체 양식이라는 게 없어요."

승민이 덜미를 잡혀 일어나며 툴툴거렸다. 2초 후, 쓰레기들이 눈보라가 되어 휘날렸다. 쓰레기통은 복도를 총알처럼 통과해 502호로 사라졌다. 승민의 등에는 만식 씨가 붙었다.

A동 사람들은 간호사실을 향해 일렬횡대로 서 있었다. 이 대형에도 병동 규칙이 엄격하게 적용됐다. 각방 여덟 사람의 자리가 다 정해져 있더라는 얘기다. 4인실인 502호와 501호는 한 팀으로 취급받았다. 내 자리는 김용 뒤였다. 승민과 만식 씨가 내 뒤.

천장 스피커에서 체조 음악이 쏟아졌다. 체조가 시작됐다. 작업반들은 호루라기를 불고 구령을 붙였다. 사람들은 일사불란하게 움직였다. 대한민국 남자라면 누구나 안다는 '군대 체조'였다. 군대 근처에도 못 가본 내겐 '모르는 체조'였다. 그래서 '아는 체조'를 했다. 금세 숨이 턱에 걸렸다. 머리가 띵띵 울렸다. 팔다리는 제대로 구부러지지도 않았다. 그래도 최선을 다해 움직였다. 굳어진 신경과 근육이 이에 자극받기를 바랐다. 약에 마비된 심장과 혈관이 순환을 시작해 주길 바랐다. 둔화된 지각과 사지에 민첩성이 되살아나길 바랐다. 최소한 방광에 고인 암모니아수라도 제 흐름을 찾아주길 바랐다.

승민은 체조를 하지 않았다. 만식 씨를 매단 채 내 뒤에 퍼질러 앉아 시종 낄낄거리고 있었다. 체조시간마다 번번이 그랬다.

모르지 않았다. 웃는 그 심정, 이해하고도 남았다. 얼굴을 가리고 등허리를 뒤덮은 양치식물 머리, 팔을 돌리면 팔랑개비처럼 따라 도는 몸통, 진홍빛 중국 꽃신, 음악 및 타인과의 조화를 무시한 나 홀로 체조, 잊을 만하면 바짓단에 발이 걸려 비칠거리기. 이 다채로운 쇼가 놈을 얼마나 웃겨줬겠는가. 그러나 이해와 관용은 다른 문제였다.

나는 분투하고 있었다. 주저앉아 양이나 세고 싶다는 욕망과 싸우는 중이었다. 자폐의 골짜기로 추락하지 않으려 기를 쓰는 중이었다. 생존 투쟁은 웃을 일이 아닌 것이다. 웃는 입을 꽃신으로 패주고 싶었다.

체조 후, 일용품 배급이 있었다. 사람들은 간호사실로 몰려갔다. 나는 화장실로 기어갔다. 방광이 응급신호를 보내고 있었다. 지금 쏜다고.

양변기 앞에 서자, CC카메라가 아랫도리로 탐색의 눈길을 보내왔다. 몸이 움찔 움츠러들었다. 요도는 찐득한 노랑 방울 두어 개를 내놓고 수문을 닫아버렸다. 안달이 났다. 얼굴이 벌겋게 돼서, 침이 줄줄 새는 턱을 악물고 손을 덜덜 떨며 요도를 치약 짜듯 쥐어짰다. 제발 몇 방울만 더……. 하필 그 시점에 승민이 화장실로 들어왔다. 만식 씨는 어찌했는지 홀몸이었다. 놈은 곁으로 와서 서더니 고개를 아래위로 움직여 내 손과 얼굴을 훑어봤다. 희고 가지런한 이를 드러내며 히죽 웃었다. 나는 돌아서서 바지를 올리고 손등으로 침을 훔쳤다. 인간아, 차라리 뭘 했느냐고 물어라. 히죽거리지 말고.

"수명아."

승민의 팔이 뒤에서 목을 감아왔다.

"오빠가 그렇게 좋아?"

나는 놀라서 목을 빼려 했으나 팔은 꿈쩍도 하지 않았다. 오히려 숨통을 꽉 조여왔다.

"밤마다 몸을 던져 안겨오는데 말이지, 뭐 좋다 이거야. 그래도 팔뚝에 침을 한 사발씩 바르는 건 좀 그렇지 않냐? 오빠가 더럽겠냐, 안 더럽겠냐."

승민은 주먹을 내 눈에 들이대고 흔들었다. 두 번.

"또 그러면 죽는다."

좌변기 칸으로 들어가는 승민의 뒤통수를 쏘아봤다. 되갚아줄 말을 찾았으나 머릿속이 먹통이었다. 눈뜨면 나무늘보한테 시달려, 잠들면 나팔 부는 문어가 습격해, 방광은 속 썩여, 그 판국에 머리인들 제대로 돌까. 눈 치켜뜨고 쏘아봤더니 눈물만 주르르 흘렀다.

승민은 다리가 훤히 내다보이는 반토막짜리 좌변기 문 안에서 노래를 불렀다. 화장지를 가져오라고. 긴 발가락이 슬리퍼 앞으로 튀어나와 깐닥깐닥 리듬을 타고 있었다. 옆칸에서 휴지통을 가져다 그 발가락 위에 엎었다. 골라 써.

배급이 얼추 끝난 것 같았다. 간호사실 앞이 한산했다. 야근을 했던 보호사는 담배 한 갑과 커피믹스 두 봉지를 '또 지각하면 배급은 없다'는 협박과 함께 건넸다. 나는 담배 한 개비를 꺼내 물고 라이터를 켰다. 연기가 기관지를 통과하자 머리가 핑 돌았다. 그래도 전날처럼 다리가 풀려 주저앉지는 않았다. 몸 상태가 조금씩 나아지는 느낌이었다. 서둘러 흡연실로 갔다.

흡연실은 입원하던 밤에 본 건물 중앙부의 베란다였다. A동 509호 앞에서 시작해 식당 중간쯤에서 끝나는 긴 공간으로, 병동에서 전망이 가장 좋았다. 베란다 형태였던 만큼, 우선 창문 크기부터 시원스러웠다. 전면을 가로지르는 창이었고, 창턱은 배꼽 높이인 데다, 앞으로 돌출돼 있어 병원 주변 풍경을 한눈에 내다볼 수 있었다. 흠이라면 공간 폭이 좁다는 것이었다. 특히 식당 앞이 심했다. 탁구대 하나를 시작으로, 구식 스텝퍼 두 대가 일렬로 놓이고, 2미터쯤 떨어져 샌드백 하나, 안쪽 벽에 펀칭볼이 붙어 있었다. 사람들은 이 번잡스러운 공간으로 잘 들어오지 않았다. 진정한 흡연실은 509호 앞이었다. 나무벤치가 벽을 따라 설치되고, 간장독 몇 개가 재떨이 대용으로 놓여 있었다. 언제, 어디서나 우리를 굽어보시는 CC카메라님은 맨 안쪽 벽에 자리하셨다.

그날도 끽연 인파는 509호 앞에 몰려 있었다. 환풍기 두 대가 쉼 없이 돌았지만 공기는 우윳빛에 가까웠다. 남녀노소는 이에 개의치 않고 평등하고도 평화롭게 담배를 피웠다. 이는 바깥세상에선 보기 드문 정신병동만의 미풍양속이다. 머리가 하얀 노인이 머리에 피도 안 마른 놈에게 불도 빌려준다. 나도 병원에서 담배를 배웠고 풍습이 뼛속까지 박혔다. 그 바람에 퇴원 후 아버지와 맞담배질을 한 적이 있다. 곧바로 인류 역사상 가장 유서 깊은 법, 가장의 주먹이 무너진 가풍을 바로잡았다. 아버지는 귀신도 때려잡는다는 해병대 출신이다.

풍습의 기원이 궁금할지도 모르겠다. '과부 사정 홀아비가 안다'라는 속담에서 비롯됐다면 답이 될까. 담배와 커피는 항정신병약이

주는 부작용의 고통을 완화시킨다. 원리는 모른다. 효과가 탁월하다는 것만 안다. 병원 측이 흡연실을 만들고 담배와 커피를 제공하는 데는 그만한 이유가 있는 것이다. 폭력과 격리, 약제가 통제수단이라면 두 기호품은 젖병이다. 물리면 바로 조용해진다. 물론 젖병 값은 법적 보호자가 댄다. 보호자가 없거나, 보호자가 돈이 없거나, 보호자가 돈 낼 의사가 없거나, 보호자가 현재의 고통보다 미래의 폐암을 중대사로 여긴다면 알아서 해결해야 한다. 꿇든, 빼앗든, 훔치든, 구걸하든, 노역으로 돈을 벌든.

나는 보호자가 물려준 젖병을 빨아대며 탁구대 쪽으로 방향을 잡았다. 탁구대 앞에서는 김용이 떠들고 있었다. 자신감 넘치는 목소리와 단호한 손짓으로 보아 세계 정상회담에 참석하신 게 아닌가 싶었다. 상대 정상은 최기훈이 승민에게 소개해주겠다고 제의한 바 있는 버킹엄 공주였다. 그녀는 반백의 상고머리에 왕관 머리띠를, 손가락 사이에는 담배를 끼우고 몽롱한 표정으로 서 있었다.

나는 샌드백이 있는 창가에서 걸음을 멈췄다. 특별한 매력을 가진 자리였다. 이틀 전 우연히 발견한 사실인데 창살 하나가 정상이 아니었다. 무심코 잡았더니 흔들흔들했고, 슬쩍 당겼더니 구멍에서 쑥 빠졌다. 두 배로 넓어진 창살 틈은 세상의 어떤 틈새보다 유혹적이었다. 눈을 대면 바깥 풍경이 창살에 잘리지 않고 한 화면으로 보였고, 코를 내밀면 숲에서 밀려오는 공기를 직접 마실 수 있었다.

창살을 뽑아 쥐고 틈새에 눈을 댔다. 안개가 짙은 아침이었다. 긴 반원 형태의 앞마당, 병원과 정문을 잇는 T자형 길, 아직 소등을 하지 않은 철망 담장의 수은등들, 병원 왼편에 우거진 숲, 숲 사이로 내려가는 굽이진 정문 길, 오른편 자작나무 숲, 숲에 가려 끝부분만 보이는 댐, 수문을 통과해 흘러내리는 검푸른 물길, 기암절벽을 올라타고 앉은 건너편 연봉, 시야에 잡히는 모든 것들이 부옇게 젖어 있었다.

나는 담배를 뱉어버리고 숨을 들이마셨다. 말랐던 콧속이 촉촉해져 왔다. 안개 냄새가 폐부까지 밀려들었다. 차갑고 비릿했다.

수리 희망병원이 있는 곳은 강원도 정선 어디쯤 되는 산골짜기였다. 근방 4킬로 안에는 마을도 없다고 했다. 사람이 사는 곳은 댐 건너편에 있는 희망농원뿐이었다. 개를 키우고, 벌을 치고, 버섯농사를 짓는 장애인 자활농원으로 2-B동의 지적 장애자들이 노역을 하는 곳이라 했다. 농원 앞 도로는 늘 한산했다. 유원지 셔틀버스와 승용차가 왕왕 눈에 띄는 정도였다. 말 그대로 산골짜기 외딴 정신병원이었다. 볼거리라야 호수와 산, 하늘밖에 없는 곳.

등 뒤에서 이상한 기척이 났다. 소리를 죽인 발소리였다. 마치 살금살금 다가와 '왁' 하고 놀래주려는 것처럼. 나는 뒤를 돌아봤다. 순간, 귓가에서 날아든 주먹이 목젖 옆을 후려쳤다. 숨통을 막아버리는 일격이었다. 시야가 하얗게 변하고 쓴물이 목구멍으로 솟구쳤다. 쥐고 있던 창살이 '쨍강' 소리를 내며 바닥으로 떨어졌다. 점박이였다.

"힘도 좋지. 이걸 몸소 뽑아내셨어?"

점박이는 창살을 주워 들더니 내 눈에 들이대고 흔들었다. 눈의 멍자국은 사라졌지만 아직 토마스 칼라를 끼고 있었다. 뒤에는 땅딸이와 전봇대가 버티고 있었다. 잊고 있던 경고가 기억났다. '기대해. 나 곧 출근하거든.'

"왜, 이번엔 쇠파이프 들고 설칠 생각이었나?"

그럴 리가. 고개를 저었다.

"그럼 이건 엿가락이야?"

창살이 허공을 갈랐다. 나는 머리를 숙이며 샌드백 밑에 주저앉았다. 정수리를 스쳐 간 창살은 창틀에 가서 부딪쳤다. '깡' 소리가 났다. 함께 터진 신음은 아마 점박이의 것이었으리라. 그는 독 오른 눈으로 나를 내려다보며 창살을 쥔 손을 흔들어 털었다.

"거기 앉았단 말이지. 앉은 자리에서 죽여달라, 그 얘기겠지, 응?"

맹렬하게 고개를 저었다. 살려달라고. 구원의 손길은 엉뚱한 데서 뻗어왔다.

"박 주임, 거기서 뭐하나?"

흡연실 입구였다. 최기훈이었다. 나는 내다볼 엄두도 내지 못했다. 샌드백 밑에 웅크린 채 귀만 세웠다.

"바쁘지 않으면 508호 박우진 씨 옷 좀 갈아입히지."

점박이는 반보 뒤로 물러섰다. "좋아, 좋아"를 연발하며 몸을 돌렸다. 퇴장을 하려는 듯, 입구 쪽으로 한 발을 내디뎠다. 나는 샌드백 밑에서 나와 몸을 일으켰다. 동시에 사타구니로 구둣발이 날아들었다. 무릎이 툭 꺾였다. 흡연실이 눈앞에서 불을 뿜었다. 지옥불 속에서 점박이의 목소리가 들려왔다.

"1차 경고다. 또 창살을 만지다 걸리면 그땐 뭉개버릴 줄 알아."

아침식사 후, 방송이 나왔다. 휴게실에 책장수가 왔으니 반납할 건 반납하고 빌려갈 건 빌려가라는 내용이었다. 책장수란, 화요일 아침마다 위층 도서실의 책을 수레에 싣고 와 대여해주는 작업반이었다. 어느새 책 한 권을 들고 돌아온 김용이 알려준 얘기다. 승민은 엎어져 자고 있었다. 만식 씨는 승민의 엉덩이에 눌러앉아 헬멧의 전등을 손보는 중이었다. 나는 침대에서 내려갔다. 점박이를 만날까 불안했지만 책의 유혹이 더 컸다.

멀고도 먼 길이었다. 남들은 30초 걸리는 거리가 내게는 아직도 5분 거리였다. 낯간지러운 중국 꽃신을 벗지 못하는 이유가 거기 있었다. 슬리퍼로는 걷는 것 자체가 불가능했다.

휴게실에는 사람이 없었다. 책장수도 보이지 않았다. 우울한 세탁부만 소파에 앉아 볼펜으로 머리를 긁어 파고 있었다. 들여다보고 있는 건, 간단한 일차방정식 문제가 씌어 있는 연습장이었다. 헛기침을 한번 해봤다. 그가 고개를 들었다.

"알아서 골라가. 이름만 적어놓고."

그는 대여 장부를 던져주고 방정식으로 돌아갔다. 참, 가지가지 하는 사람이었다. 그간 파악한 직책만도 세 가지였다. 화요일과 금요일 오후엔 우울한 세탁부, 저녁마다 밀걸레를 밀고 복도와 병실 바닥을 누비는 우울한 청소부, 화요일 아침은 우울한 책장수.

나는 수레를 살폈다. 대부분 오래된 잡지였다. 만화도 몇 권 있었다. 소설은 하나뿐이었다. 그나마 표지와 앞쪽 20여 페이지가 통째 떨어져 나간 상태였다. 아쉬웠지만 선택의 여지가 없었다. 대여 장부의 제목 기입 칸에 《높은 창》이라고 썼다. 쓰고 나자 반갑잖은 안내방송이 나왔다. 신문 활용교육이 있으니 주민 일동은 하던 일을 멈추고 식당으로 오시라.

식당은 병동에서 가장 큰 공간이었다. 전체 환자를 한꺼번에 수용할 수 있는 유일한 장소였고, 다목적으로 활용하는 공간이었다. 교육실, 작업실, 오락실, 끼니때면 식당. 그런 만큼 없는 게 없었다. 왼쪽 벽에 식수기와 자물쇠를 채운 영업용 냉장고, 맞은편 벽엔 캐비닛 두 개와 책상 높이로 쌓인 신문지더미, 중앙에는 8인용 식탁과 의자 열두

세트가 놓여 있었다. 이 역시 체조 대형처럼 각 호실별로 구획해놓은 자리였다. 사람들은 반드시 자기 자리에서 식사를 해야 했다. 501호와 502호는 입구 쪽 식탁 하나를 함께 썼다.

신문 활용 교육시간의 자리 배치는 평소와 좀 달랐다. 의자만 식당을 가로지른 형태로 세 줄씩 놓여 있고 식탁은 입구 쪽으로 밀쳐진 상태였다. 자리 배정도 따로 하지 않아 501, 2호 사람들은 자유롭게 흩어져 있었다. 창 밑에는 점박이가 의자를 놓고 앉아 신문을 읽는 중이었다. 나는 오른쪽 끝자리에 앉았다. 앞에 신문더미가 있어 점박이의 눈에 덜 띌 것 같았다. 바람이 불 땐 머리를 숙이는 것이 생존 전술의 기본 아니던가. 어떤 인간이 산통만 깨지 않았다면, 몰래 책을 볼 수도 있었을 것이다. 침대처럼 생긴 쓰레기통에 엎어져 있던 인간. 작업반 2인조가 승민의 양팔을 잡아끌고 들어왔다. 만식 씨는 부록으로 따라왔다.

"놔, 내 발로 갈 테니까."

승민은 2인조를 뿌리치고, 빈자리도 많건만 꾸역꾸역 내 옆으로 왔다. 발 한 번 내디딜 때마다 밀쳐둔 식탁들이 미끄러지고, 부딪히고, 엎어졌다. 엉덩이 밑은 볼 염조차 없는 인간 같았다. 분위기가 어수선해졌다. 점박이는 울화통이 치미는 얼굴로 그 꼴을 지켜보다 애먼 사람을 잡았다.

"이수명, 우용재, 일어나. 거기서 뭣들 하는 거야?"

내가 먼저 일어났다. 우용재라 불린 남자도 엉거주춤 일어났다. 그는 반대편 끝자리인 냉장고 옆에 숨어 있었다. 502호 식구 중 하나로 범상치 않은 배통을 지닌 남자였다. 이름보다는 주로 '거리의 악사'라 불렸으며, 미니 하모니카를 보물처럼 가지고 다녔다. 연주는 한 번도 들어보지 못했다.

"식탁 똑바로 세워놓고 교육 끝날 때까지 둘 다 저기 꿇어앉아 있어."

점박이가 가리킨 곳은 신문더미 아래였다. 성미만 이상한 게 아니라 계산법도 이상한 인간이었다. 신문더미 뒤에 앉은 벌로, 승민이 쓰러뜨린 식탁들을 세워놓고 신문더미 밑에 꿇어앉으라니. 찍소리도 못하고 시키는 대로 했다. 벽 쪽에 내가, 승민이 차지한 의자 뒤에 거리의 악사가 다소곳하게 꿇어앉았다.

"오늘 토론 주제는 '주인에게 총을 쏜 개' 에 대한 기사다."

점박이는 기사를 읽기 시작했다.

"최근 미국에서 자신이 기르던 사냥개한테 주인이 총을 맞는 일이 벌어졌다. 영국 〈텔레그라프〉 지는 지난 30일 메인 주에 사는 제임스 리라는 37세의 남성이……."

거리의 악사는 곰발바닥 같은 손으로 참새만 한 하모니카를 더듬고 있었다. 깃털 가닥을 헤아리듯 조심스러운 동작이었다. 반만 뜬 눈꺼풀엔 야성적으로 자란 속눈썹이 차양처럼 달려 있었다. 배통만큼이나 범상치 않은 눈이었다. 보는 이를 기필코 졸음에 빠뜨리고야 말 마성의 눈이었다. 나는 잠귀신이 들리는 걸 느꼈다. 몸이 나른해지고 시야가 어룽댈 무렵, 거리의 악사가 고개를 들었다. 눈꺼풀이 홱 걷히고, 눈썹 차양이 위로 올라가며 눈에서 빛이 뻗어 나왔다. 빛이 가닿은 곳은 승민의 의자였다.

승민은 양팔을 등받이 뒤로 늘어뜨리고 발을 쭉 뻗은 채 엉덩이로 의자를 굴리고 있었다. 드러누웠다고 봐도 무방할 자세였다. 점박이에게 특별대우를 받고 있는 게 아닌가 의심이 가는 자세이기도 했다. 만식 씨는 승민의 허벅지에 시소를 타는 자세로 앉아 있었다. 의자가 흔들릴 때마다 삐걱삐걱 소리가 났다. 의자다리와 엉덩받이 연결 부위의 대못 두 개가 절반쯤 빠져나와 있었다. 계속 굴려대다가는 의자가 내려앉을 판이었다.

거리의 악사는 손을 의자로 뻗었다. 나는 넋을 놓고 구경했다. 곰발바닥 손이 부들부들 떨며 대못을 향해 가는 것을. 엄지가 대못머리를 쓰다듬는 것을. 망치로 친 것처럼, 대못이 나무판 속으로 박혀버리는 것을. 거기까지였다면 못구멍이 헐거워 그랬겠지, 했으리라. 다른 대못은 아예 뽑아서 옆자리에 눌러 박았다. 엄지로 꾹. 의자가 삐걱거리는 소리를 멈췄다. 김용이 해줬던 말이 전율과 함께 되살아났다.

"5병동에서 전력이 최고로 스펙터클한 놈이야. 탈출 전력, 격리실 전력. 힘이 장사걸랑. 스무 살 때, 제 동생 목을 눌러서 보내버렸다더라고. 그냥 한 손으로 꾹. 공주에서 12년 채웠는데 형기 마치고도 가족들이 안 받아줘서 이리 온 거야. 그래도 우리 목을 누른 적은 없어. 하모니카를 예술로 불어서 되레 인기가 최고였지. 담배 하나면 안 되는 레퍼토리가 없었거든. 저놈만 뜨면 춤판이 벌어졌어요. 그래서 다들 거리의 악사라고 부르는 거잖아. 뭐 지금이야 하모니카 부는 법도 잊어버렸지만. 하모니카가 다 뭐냐, 제 엄마 이름도 모르는데. 여기 온 지 석 달 만에 ECT실에 들어가더니 곰이 돼서 나왔어요."

거리의 악사는 '곰발바닥으로 하모니카 더듬기' 놀이로 되돌아갔다. 눈꺼풀 차양도 제자리로 내려왔다. 나도 눈꺼풀을 내렸다. 행여 시선이라도 마주칠까봐. 내 목도 대못처럼 보일까봐. 슬금슬금 무릎을 옆으로 밀었다. 마음 같아선 그의 엄지가 닿지 않을 곳으로 가고 싶었으나 그러려면 벽으로 들어가야 했다. 벌릴 수 있는 거리는 20센티에 불과했다. 그래도 거리를 벌렸다는 자체가 심리적 안정감을 주었다. 무시무시한 엄지와 점박이의 눈을 경계하며 딴짓을 할 여유도 생겼다. 나는 무릎에 소설을 올려놓았다. 아마 40여 쪽이나 넘겼을 것이다. 식당 문이 빠끔 열리더니 우울한 책장수가 얼굴만 들이밀었다.

"류승민, 면회야."

어느새 의자에는 만식 씨만 남았다. 나와 거리의 악사가 심혈을 기울여 정리한 식탁들은 기관총에 난사당한 소떼처럼 쓰러졌다. 점박이는 토마스 칼라를 목에서 뜯어내며 벌떡 일어났다. 칼라를 쥔 손이 부르르 떨리고 있었다. 승민의 뒤통수로 날리고 싶은 걸 간신히 참고 있는 것처럼 보였다. 승민은 우리 방 식탁을 걷어찬 걸 끝으로 식당에서 모습을 감췄다. 점박이는 대리 과녁을 찾아냈다.

"2차 경고."

토마스 칼라와 옐로카드가 내 이마를 찍었다.

"누가 토론시간에 책을 보라고 했나?"

점박이는 만장하신 동네 주민 앞에 나를 세워두었다. 그냥 서 있었던 것도 아니다. 교육이 끝날 때까지 책을 입에 물고, 침을 질질 흘리며, 손들고 서 있었다. '땅속으로 꺼지고 싶다'는 관용구를 온몸으로 이해한 수업시간이었다.

방문이 닫히고 병동이 조용해졌다. 낮잠시간이었다. 만식 씨는 눕자마자 잠이 들었다. 승민은 다리를 꼬고 드러누워 생각에 잠겨 있었다. 김용은 창문과 방문 사이를 오가며 승민의 기색을 살피고 있었다. 말 걸 건수를 찾는 눈치였다. 나는 베개를 책상 삼아 중대 문건을 집필 중이었다. 과장 면담 요청서였다. 떨리는 손으로 수도 없이 볼펜을 놓쳐가며 십수 번도 더 고쳐 썼다. 이렇게 저렇게 표현을 바꿨지만 요지는 하나였다. 다른 병동―점박이가 없는 곳―으로 이주 요망.

"갈 데가 없어."

머리 위에서 김용의 목소리가 났다. 뭔 소린가 싶어 눈을 들었다.

"여긴 병동별로 과를 나누걸랑. 꼭 가고 싶다면 방법이 아주 없는 건 아니지만."

담배 한 개비를 건네줬다. 김용은 잇새에 담배를 물고 코끝을 툭툭 치는 재주를 한참이나 보여줬다. 한 개비를 더 바쳤다. 대답이 나왔다.

"똥 싸서 벽에다 바르면 돼. 곧장 2병동으로 보내줄 거다."

병원 진료체계에 대한 설명이 지리멸렬하게 이어졌다. 그대로 전하는 건 패악 행위가 될 것이므로 요약한다.

희망병원에는 병동이 네 개 있다. 작업반의 거처인 1병동과 치매 환자와 지적 장애아를 수용한 2병동은 반 개방병동, 3병동과 5병동은 폐쇄병동이다. 원장은 70대 의사로, 2주에 한 번 특진 환자 차트에 'all repeat(예전 처치와 똑같이)' 라는 오더를 갈기는 게 주 업무이다. 1정신과 과장은 1병동과 2병동을 담당한다. 취임한 지 한 달도 안 된 공보의(군인 신분을 가진 의사)인 2정신과 과장은 3병동과 5병동 담당. 상근의사는 대학병원에서 파견된 신경과 레지던트 '정 선생' 하나다. 그는 2병동 치매 환자들을 돌보고 있다. 그들 중 정기회진을 하는 자는 하나도 없다. 병동에 얼씬대는 자가 있다면, 이사장의 아들이며 실제 경영자이고 원무부장인 렉터 박사뿐이다. 그는 범죄심리학 박사로 환자들에게는 하등의 쓸모가 없는 자이다. 시시콜콜 자기 방식대로 통제한다는 점에서 없는 게 나은 인간이라고도 할 수 있다.

김용은 '보너스' 로, 내 머리털이 여태 무사한 건 렉터 박사가 여름 휴가를 갔기 때문이라고 알려줬다. 나는 그쯤에서 귀를 닫았다. 그만

하면 그간의 상황을 재구성하고 공과를 따지기에 모자람이 없었다. 나를 때려눕힌 인간은, 임시 주치의로서 습관적으로 루틴 오더(관행적 처치 명령)를 휘갈긴 원장과 머리털 예술가인 점박이였다. 나를 황천길에서 끌어낸 자는 정식 주치의인 2정신과 과장, 양쪽에 공로가 있는 자는 뒤늦게 진료 소견서를 가져온 아버지였다.

"용이 형, 작업반도 직원처럼 스케줄 짜서 근무해?"

내가 귀를 닫자 승민이 입을 열었다. 김용은 고개를 갸웃하며 되물었다.

"그건 왜 물어?"

"아아, 유비무환의 정신으로 묻는 것이지. 밤중에 불이라도 나면 어쩌나 싶어서."

"아하, 불. 불이 걱정스럽단 말이지."

김용이 묘하게 웃었다.

"근데 너 라이터라며?"

승민의 표정이 멍청해졌다.

"502호에도 라이터가 있걸랑, 십운산 도사라고. 걔가 동족 만났다고 좋아하던데?"

승민과 라이터. 뜻밖이면서도 그럴싸한 조합이었다. 승민이 정상으로 보였던 이유나 침대에 어질러진 물건들이 무사한 이유도 알 것 같았다. 모 정신의학자의 말을 그대로 옮기면, 라이터는 이런 사람이다. 소방서를 물 먹이며 광범위한 지역을 무대로 활동하는 불놀이 선수. 병동 주민들은 라이터를 사이코패스의 범주에 넣는다. 사이코패스는 미친놈으로 인정하지 않는다. 그냥 우라지게 무서운 놈이다. 우라지게 무서운 놈의 물건과 비위는 건드리지 않는 게 철칙이다. 방울

뱀 소굴에 손을 넣고 휘젓는 짓은 미친놈도 안 한다는 말씀이다.

“이번엔 어디다 싸지르고 들어온 거냐? 네 무용담부터 들어보자.”

김용은 만식 씨의 침대에 엉덩이를 걸쳤다. 본격적으로 대화를 나눌 자세였다. 승민은 털이 숭숭 난 발가락을 새 꽁지처럼 깐닥이며 대꾸했다.

“작업반 스케줄부터 듣자니까.”

“아까 면회 온 남자 말이야, 책장수 말로는 접때 온 그 안경잡이라던데. 가족 아니지?”

부지중에 귀가 김용 쪽으로 늘어났다. 방문자가 류재민이 아니었단 말이지.

“아무리 안 닮아도 핏줄끼리는 특유의 분위기라는 게 있거든. 가족도 아니면서 일주일 새에 두 번씩 온 걸 보면 중대 용무가 있다는 건데, 그놈 집에 불이라도 질렀냐?”

승민이 꼬고 있던 다리를 갑자기 내 쪽으로 뻗었다. 피할 틈도 없이 다리가 목에 걸렸다. 나는 풀썩 쓰러졌다. 다리 걸기가 풀렸을 때, 상의 주머니에 넣어둔 담배가 승민의 손에 들어가 있었다. 승민은 담배 네 개비를 뽑아 김용에게 내밀었다. 나머지는 제 주머니에 담아버렸다. 김용도 담배를 자기 주머니에 담았다.

“유비무환 정신이라는데, 형님이 좀 도와주지 뭐. 자기 담당 병동이 있어. 낮에는 담당 병동에서 지내고 밤에는 부를 때만 올라오는 식이야. 특히 보호사 혼자 밤 근무 할 때. 간호사가 부족해서 야간근무를 안 할 때가 꽤 있거든. 생각해봐라. 지금이 백수의 시대라고들 하지만 밥 굶는 시대는 아니잖아? 이 산골짜기까지 일하러 올 처자가 몇이나 되겠느냐 말이지. 와봐야 경력 쌓으려고 거쳐 가는 애들이 대부분이야. 숙소나 별장처럼 때깔 나느냐, 그것도 아니고. 바로 위층 A동 쪽이 직원 기숙사잖아. 최기훈이 방은 우리 방 바로 위야. 걔가 올해 서른아홉인데 여태 장가를 못 갔어요. 어디가 모자라는지는 모르지만……."

"밤에는 어떤 경우에 부르는데?"

승민이 말을 잘랐다. 샛길로 새려던 김용은 떨떠름한 표정으로 투덜댔다.

"아, 그 자식 사람 말을 귀로 듣는 거야 코로 듣는 거야. 보호사 혼자 야근할 때 부른다니까. 너도 봤잖아, 밤에 라운딩할 때 하나씩 끼고 다니는 거. 점박이는 전담조를 달고 다니는 놈이고. 그 자식이 야근하면 라운딩도 안 해. 2인조 끼고 밤새 섰다판 벌이느라고 바쁘거든. 너도 알지? 에어컨 뒤쪽에 있는 탈의실. 거기가 그놈 전용 하우스라니까. 까불고 다니는데 언제 한번 크게 델 거다. 최기훈이가 현장 잡으려고 조용히 지켜보고 있걸랑."

"그러니까 간호사가 야근할 때는 오지 않는다, 이거네?"

"그땐 올 필요가 없지. 작업반 대신 보호사가 붙거든."

"최기훈은 보호사 없이 혼자 하는 거 같던데."

"걔만 그렇지. 야간에 환자가 오거나 사고가 터지기 전에는 작업반도 안 부르잖아."

발동이 걸린 김용은 최기훈의 신상명세서를 쫙 읊었다. 흥미로운 얘기는 딱 두 가지였다. 보호사 출신으로 뒤늦게 간호대학을 졸업한 3년차 간호사이며, 병동 주민들에게 가장 존경받는 간호사라는 점. 거리의 악사를 한 방에 제압한 바 있는 주먹의 달인이라는 점.

승민은 입을 꾹 다물고 천장만 올려다봤다. 나는 치미는 부아를 삭이며 승민을 쏘아보고 있었다. 놈은 점심때도 되기 전에 제 담배를 홀랑 피워버리고 내 담배를 강탈해갔다. 하루 이틀이 아니었다. 날마다 그랬다. 사이좋게 살려야 살 수가 없는 인간이었다. 병동을 옮길 수 없다면 놈을 손봐야 했다. 다시는 내 담배를 넘보지 못하게…… 당장 죽여버려야지.

승민을 살려준 건 낮잠시간 종료를 알리는 벨소리였다. 손볼 용기가 없었던 게 결코 아니다. 그보다 더 급한 용무가 있었다는 걸, 친애하는 CC카메라는 알고 계신다. 화장실에 도착한 이후의 내 행각을 낱낱이 찍고 있었으니까.

나는 좌변기 칸 문에 등을 기대고 서서 바지를 내리고, CC카메라를 향해 물대포를 쐈다.

휴게실이 북새통이었다. 간호사실 창 앞은 사식 신청자들로 붐볐다. 텔레비전 앞에서는 버킹엄 공주를 비롯한 20여 명의 여자들이 요가 수련을 하고 있었다. 화면 안의 강사가 시키는 대로 두 팔을 앞으로 뻗고, 가슴을 땅에 붙이고, 허리를 쭉 늘인 다음, 엉덩짝을 위로 쳐든 상태에서 숨 마시고 정지.

멋진 자세들이었다. 거론할 여지가 없었다. 뒤쪽 소파에 앉은 김용의 반응만 봐도 알 수 있었다. 촉촉하게 젖은 눈이 버킹엄 공주의 엉덩짝 아래 어디쯤을 찬양하고 있었다. 천국의 문을 찾는 순례자의 눈길 같기도 했다. 김용 주변에도 순례자들이 바글바글했다.

공고 게시판 앞은 새파란 것들 둘이 독차지하고 있었다. 5병동 공식 커플인 한이와 지은이였다. 지은이는 아주 예쁘게 생긴 소녀였는데 지능 장애가 심했다. 노상 짝짝이 양말을 신고, 침을 흘리고, 음절로 된 말은 한마디도 구사하지 못했다. 한이 역시 지적 장애가 있는 열여덟 살 소년이었다. 502호 멤버 중 가장 어렸고 키도 가장 작았다. 등이 굽은 데다 다리가 짧아 더 작아 보였을 것이다. 대신 팔이 땅에 끌릴 정도로 길었다. 메기처럼 큰 입속에는 치아가 네 개밖에 없었다. 손톱은 하나도 없었다. 발톱도 없었다. 채송화 씨 같은 흔적들이 까맣게 남아 있을 뿐이었다. 그래도 할 줄 아는 게 많은 아이였다. 지은이의 침을 닦아줄 줄도 알고, 제가 좋아하는 빨강색 양말을 요구해 신을 줄도 알고, 지은이의 짝짝이 양말 위에 빨강 양말을 덧신겨 커플 룩을 만들 줄도 알았다. 몸짓으로 자기 의사를 표현하고 눈치로 상대 의사를 알아차릴 줄도 알았다. 아침식사 때에는 나와 승민에게 지은이를 데려와 소개도 시켰더랬다. 제 옆에 지은이를 세우고 손가락 열 개를 폈다가 다시 여덟 개를 접어 보였다. 이어 지은이의 손을 제 가슴에 가져다 댔다. 승민은 나름의 해석을 내놓았다.

"아아, 열여덟 딸기 같은 지은이가 네 여자친구다, 그거지?"

김용이 검지를 흔들었다. 한이가 일방적으로 공들이는 관계 이상도 이하도 아니라는 거였다. 지은이는 한이를 제 베개 정도로 안다고 했다. 있으면 좋고, 없으면 말고. 그렇든 어떻든, 둘은 노상 붙어 다녔다. 매일 아침 9시면 희망농원으로 손을 꼭 잡고 출근했다. 끌고 가는 쪽이 한이, 귀찮다는 듯 몸을 꼬며 끌려가는 쪽이 지은이. 오후 6시면 그 모습 그대로 돌아왔다. 어떤 땐 남매 같고 어떤 때는 연인 같은 커플이었다.

두 사람이 사흘간의 여름휴가를 받아 노역을 나가지 않았던 그날은 연인 분위기가 짙었다. 내가 지은이 옆에 비집고 앉자 한이가 눈으로 총질을 해댔다. 중대한 볼일이 있으니 자리를 비켜달라는 의미였다. 지은이의 윗도리 단추가 두 개나 풀려 있는 걸로 봐서 볼일이 그

구역에 있는 듯했다.

나는 일정표와 규칙 편람을 확인할 생각이었다. 점박이의 마수에 걸리지 않으려면 뒤늦게나마 숙지를 해둘 필요가 있었다. 그런 다음 식당으로 가서 커피를 마실 예정이었다. 침에 절어버린 책 《높은 창》을 어쩔 것인가, 궁리도 해봐야 했다. 커피와 책, 컵을 싸들고 소파 등받이 뒤로 들어간 건 그 때문이었다. 들어앉고 보니 자리가 마음에 들었다. 등받이가 높아 머리까지 다 가려졌다. 이만하면 점박이 눈에도 띄지 않겠다 싶어 안심이 되었다. 일단 게시판에 나붙은 일정표부터 살폈다.

| 5병동 일정표 | | | | | | | |
|---|---|---|---|---|---|---|---|
| 시각 | 월 | 화 | 수 | 목 | 금 | 토 | 일 |
| AM 6:30 | 기상 | | | | | | |
| 6:30~8:00 | 아침 체조/ 방 청소/ 환의, 속옷, 양말 교환/ 담배, 커피 분배 | | | | | | |
| 8:00~9:00 | 아침식사/ 투약 | | | | | | |
| 9:00~10:00 | 자유시간/ 책 대여/ 회진 | | | | | | 예배 |
| 10:00~12:00 | 웰니스 다이어트 | 신문 활용교육 | 미술요법 | 그룹 조정 (월1회) | 미술요법 | 사이코 드라마 | |
| 12:00~1:00 | 점심식사/ 투약 | | | | | | |
| 1:00~2:00 | 낮잠시간 | | | | | | |
| 2:00~4:00 | 미술요법 | 사식 신청 | 영화 감상 | 미술요법 | 전체 목욕/이발 | 사식 분배 | |
| 4:00~6:30 | 산책/ 운동 | | | | | | |
| 6:30~7:30 | 저녁식사 | | | | | | |
| 7:30~10:00 | 자유시간/ 저녁 투약 | | | | | | |
| 10:00 | 점호/ 취침 | | | | | | |

눈길이 가는 건 산책뿐이었다. 501호로 돌아온 지 나흘째였건만, 밖으로 나가본 적이 한 번도 없었다. 날마다 비가 오락가락하는 바람에 계속 자유시간으로 대체되고 있었다.

일정표 옆에는 '그룹 명단' 이라는 게시물이 붙어 있었다. 5병동 주민을 다섯 개 그룹으로 분류해 정리한 것이었다.

나눔반 : 독립적 생활이 가능하며 타의 모범이 되는 그룹. 10명.
(다 모르는 사람)
자율반 : 대인 관계가 원만하고 치료에 자발적인 그룹. 12명
(죄다 모르는 사람)
희망반 : 감정 조절과 위생 관리를 스스로 할 수 있는 그룹. 18명.
(아는 사람 : 501호 김용)
인내반 : 적극적인 보호 관찰이 필요한 그룹. 45명.
(아는 사람 : 501호 류승민, 이수명. 502호 양선우/십운산 선생, 우용재/거리의 악사, 강호성/경보 선수)
사랑반 : 깊은 관심과 사랑이 필요한 그룹. 10명.
(아는 사람 : 501호 홍만식. 502호 박한이. 511호 김지은)

그룹별로 허용된 활동이 달랐다. 산책은 나눔, 자율, 희망반까지만 허용됐다. 나는 날씨와 관계없이 밖으로 나갈 수 없는 영어의 몸이었던 것이다. 일정표를 재확인했다. 매달 1회 그룹 조정이 있었다. 간호사실에 잘 보여 점수를 따면 상위 그룹에 진입할 수 있다는 의미였다. 나는 점수를 따지 않기로 마음먹었다. 이미 자아에 상처를 받아버린 참이었다. 2군도, 3군도 아닌 4군이라니. 병원 생활 6년에 그토록 혹심한 평가는 처음이었다. 게다가 내 이름 옆에 빨간 X표가 두 개나 붙었다. 김용도 두 개, 만식 씨 하나, 승민은 세 개.

규칙 편람은 A4 용지로 다섯 장이나 됐으므로 아예 떼어내 무릎에

놓았다. 막 첫 장을 넘겼을 때, 소파 등받이 너머에서 야릇한 신음이 울렸다. 한술 더 떠 신혼부부 침대처럼 요동치며 벽으로 밀려왔다. 한이와 지은이가 소파에서 찍고 있을 베드신이 나를 잠시 갈등에 빠뜨렸다. 남의 연애질에 초를 치느냐, 소파와 벽 사이에 끼어 압사하느냐. 초를 치기로 하고 일어났다. 일순, 왜들 저러나 했다. 지은이가 한이의 손등을 개처럼 물어뜯고 있었다. 한이는 손을 빼거나 지은이를 밀치지 않았다. 손등에서 피가 나는데도 지그시 눈을 감고 신음만 흘렸다. 또 갈등이 일었다. 저것들을 떼어놔야 하나, 놔둬야 하나. 한이의 반응으로 미루어 애정 행각의 일종으로 보였다. 휴게실의 순례자들도 그저 보고만 있었다. 뭔가를 한 사람은 버킹엄 공주였다. 그녀는 프리마돈나처럼 발끝으로 걸어 간호사실 앞으로 가더니 우아한 목소리로 말했다.

"이봐요. 시간 있으면 저기 좀 가봐요. 지은이가 한이를 잡아먹나 봐요."

병원 뒷산에서 산사태가 나도 '이봐요. 일 없으면 창밖이나 내다봐요. 산이 무너지나 봐요' 라고 말할 여자였다. 점박이는 공주의 말을 다 듣지도 않고 휴게실로 튀어나왔다. 내막 역시 들어보려고 하지 않았다. 구경꾼들을 밀치고 달려들어 지은이의 머리에 주먹부터 날렸다. 작업반은 나가떨어진 지은이를 보호실로 끌고 갔다. 다른 작업반은 피를 흘리는 한이를 간호사실로 데려갔다. 한이는 엉덩이를 뒤로 빼고 자꾸 지은이를 돌아봤다. 눈물을 뚝뚝 떨치며 꾸억꾸억 거위처럼 울었다. 뭔가 하소연을 하는 눈치였는데 알아들은 사람은 아무도 없었다. 점박이는 한이를 따라가며 호루라기를 불었다.

"호떡집 불났어? 하던 짓들이나 마저 해."

사람들은 흩어졌다. 흡연실로, 제 방으로, 복도로. 나도 소파 뒤에서 나오려고 몸을 움직였다. 순간 간호사실로 가던 점박이가 돌연하게 나를 보고 돌아섰다. 내가 움찔하는 사이, 점박이는 소파를 발로 차서 벽에다 밀어붙여 버렸다. 금속으로 된 등받이 가장자리가 갈비뼈 밑에 들이박혔다. 뒤통수는 게시판을 찍었다. 비명과 눈이 한꺼번에 튀어나왔다.

"한글 읽을 줄 모르나? 읽어줄까?"

점박이는 손톱으로 게시판 위에 붙은 경고문을 두들겼다.

게시물에 손대지 말 것

"3차 경고. 이다음은 격리실이다."

그는 빨간 펜을 꺼내 내 이름 옆에 X자를 그려 넣고 간호사실로 들어갔다. 나는 등받이에 가슴을 걸치고 엎어졌다. 식은땀이 목을 타고 흘렀다.

고양이가 세수 한 번 할 시간쯤 지났을까. 어떤 손이 나를 부축해 일으켰다. 김용이었다.

"널 어쩌면 좋냐? 경고 세 개를 한나절에 다 받아버리는 놈은 보다 보다 처음 본다."

내 물건들을 집어 들고 소파 뒤에서 나왔다. 혼자 있고 싶었다. 다행히 식당은 비어 있었다. 커피믹스를 컵에 털어 넣고 식수기의 온수 단추를 눌렀다. 몸 상태가 조금씩 호전되고 있었지만 손 떨림은 좋아질 기미조차 없었다. 온수꼭지에 컵을 대고 있는 몇 초를 못 버티고 달달 떨어댔다. 그 바람에 뜨거운 물이 발등으로 튀었고 반사적으로 컵을 놔버렸다. 컵은 커피를 발등에 뒤집어씌운 뒤 탁자 밑으로 굴러갔다. 책은 겨드랑이에서 빠져나가 축축한 바닥에 떨어졌다.

엉덩이를 깔고 바닥에 주저앉았다. 화끈거리는 발과 손을 입에 대고 정신없이 불었다. 불다가 왈칵 눈물이 났다. 목젖은 꺽꺽 소리를 내며 떨었다. 나는 무릎에 얼굴을 묻고 입을 앙다물었다. 입을 열기만 하면 둑이 무너지듯 울음이 터져버릴 것 같았다.

"또별, 미스 리 저기 있다."

기차 화통을 삶아먹은 목소리가 입구 쪽에서 들려왔다. 만식 씨였다.

"미스 리 운다. 아침에도 울더니 또 운다."

승민은 기차를 통째 삶아먹은 목소리로 대꾸했다.

"목소리 좀 죽여. 미스 리가 들으면 얼마나 쪽팔리겠어?"

목에서 끓던 울음이 뱃속으로 떨어졌다. 저 인간들은 자기들 목소리가 내게 들리지 않는다고 생각하는 걸까. 동네방네 다 들리게 고함을 지르면서?

승민이 내 쪽으로 다가왔다. 어김없이, 길목에 있던 의자들이 쓰러졌다. 이젠 의자들이 알아서 쓰러져 주는 분위기였다. 승민은 만식 씨를 식탁에 내려놓고 내 앞에 쪼그려 앉았다. 젖은 바짓단과 운동화, 벌겋게 덴 발등을 찬찬하게 살폈다. 나는 발을 뒤로 뺐다. 창피하고 당혹스러웠다. 제 볼일이나 보고 후딱 나가줬으면 싶었다.

승민이 만식 씨에게 손을 내밀었다. 만식 씨는 바지춤을 벌렸다. 꽃무늬 트렁크 속에서 짤막한 고무줄이 달린 삼베 주머니가 나왔다. 때가 반들반들하게 묻은 주머니 안에서는 커피 한 봉지가 나왔다. 주머니의 줄은 트렁크 라벨에 묶여 있었다.

"하나 더 있잖아."

커피 봉지를 흔들거리며 승민이 말했다. 만식 씨는 뭐라 투덜대며 하나를 더 내놨다.

승민은 내 컵을 주워 와 커피 두 봉지를 털어 넣고, 뜨거운 물을 붓고, 빈 봉지를 스푼 삼아 휘휘 저었다. 나는 오른손으로도 못하는 걸 왼손으로 잘도 해치웠다. 그 자연스러운 손놀림을 보고 있다가 뒤늦게 기억해냈다. 글씨도 왼손으로 쓰고 밥도 왼손으로 먹는다는 걸.

"발을 데서 운 건 아닌 거 같고. 커피를 못 마셔서 부아가 난 거야. 그렇지?"

승민이 내 손을 끌어당겨 컵을 쥐여주었다. 나는 놈의 윗도리 밑단에 감겨 있는 검정 고무줄을 뚫어지게 봤다. 아무리 봐도 도둑맞은 내 머리 고무줄이었다. 당장 돌려달라고 말하고 싶었다. 오빠 운운하는 주둥이를 묶어두기에 딱 좋았다. 하지만 증거가 없었다. 이 세상에 쌔고 쌘 것이 검정 고무줄이었다. 고무줄에 내 이름을 새겨둔 것도 아니고. 승민은 떨어진 책을 주워 올리더니, 작품 해설이 있는 마지막장 한 구절을 읊었다.

> 남자라면 이 비열한 거리를 통과하여 걸어가야 한다. 그 자신은 비열하지도 않고, 물들지도 않고, 두려워하지도 않으면서.

책이 내 손에 돌아왔다.

"챈들러를 좋아한단 말이지. 표지며 책장까지 침 발라서 씹어 먹을 정도로, 응?"

만식 씨가 승민의 등에 올라탔다.

"마저 씹어라. 오빠는 퇴장하신다."

승민은 손으로 키스를 날리고 돌아섰다. 돌아서다 허벅지로 식탁 모서리를 들이받았다. 이에 기죽지 않고 좀 전에 걷어찬 의자들을 다시 걷어차며 걸어갔다. 휘파람을 불면서 뚜벅뚜벅. 나는 가만히 듣고 있었다. 라디오 영화음악 프로에서 수도 없이 들었던 노래, 〈비열한 거리〉의 OST인 'Be my baby' 였다.

의자에 걸터앉았다. 커피를 후후 불어 마셨다. 커피 맛이 어떻더냐고 물어봐 달라. 꼭 얘기해드리고 싶다.

달콤했다. 진했다. 뜨거웠다. 덤으로 건더기도 있었다. 꼬불꼬불한 회색 털 한 가닥.

연사흘 비가 내렸다. 대기는 꿉꿉했지만 덥지 않아 좋았다. 저녁마다 정문 앞엔 '509호 거시기' 라 불리는 남자가 출몰했다. 그는 바지를 훌러덩 내리고 찬송가를 부르며 약 30여 분에 걸쳐 자기 물건을 홍보했다.

"주님께 귀한 것 드려, 젊을 때 힘을 다하라. 구원의 갑주를 입고 끝까지 싸워라."

찬송가가 들려오면 사람들은 이렇게 이해했다. 내일도 비님이 오시겠구나.

목요일 저녁에도 그가 등장했다. 다만 물건 홍보시간이 5분에 불과했다. 소나기 예고가 아니었다. 휴가를 갔다던 렉터 박사가 불쑥 나타나는 바람에 강제 퇴장을 당했다. 그때 나도 509호 문 뒤에 있었다. 간호사실로 가던 참에 렉터 박사의 등장에 놀라 그리로 숨었다. 그리고 한동안 거기 서 있었다. 509호 거시기가 방으로 끌려 들어오고, 렉터 박사가 면회실로 들어가고, 최기훈이 승민을 찾아 면회실로 데려가는 것을 문틈으로 지켜봤다. 지켜보는 내내 뭔가 이상하다는 생각에 사로잡혀 있었다.

승민은 아침부터 수간호사를 달달 볶았다. 보호자가 수요일 오후에 퇴원시켜 주겠다고 약속했다. 원장 사인이 든 퇴원 서류도 봤다. 오늘이 목요일이다. 어떻게 된 일이냐. 수간호사의 대답은 한결같았다. 퇴원 오더를 받은 바 없다. 오후에도 그 문제로 최기훈을 물고 늘어졌다. 원장과 만나게 해달라. 보호자와 연락하게 해달라.

병원에 처음 들어온 초짜들은 대개 승민과 비슷한 행동을 보인다. 나도 그랬다. 보호자와 연락하기를 원하고 면회를 요구한다. 면회를 오면 퇴원을 조른다. 애원하고, 울고불고 죽는다는 협박도 서슴지 않는다. 보호자들은 흔들리기 마련이다. 막 투약이 시작돼 나무늘보로 변한 환자의 모습을 보면, 충격에 빠진 나머지 그 길로 퇴원을 시켜버리는 경우도 적지 않다. 병원 측이 입원 후 얼마 동안은 면회를 시켜주지 않는 이유가 거기에 있다. 이런 과정을 몇 번 되풀이하면 환자도 가족도 무덤덤해진다. 포기에 이르는 것이다.

그러나 승민의 경우는 입원 초기반응으로 보기 어려웠다. 거래를 하겠다는 승민의 쪽지가 헛소리가 아니었기 때문이다. 안경잡이 보호자가 찾아왔다는 게 그 증거였다. 보호자가 퇴원 서류를 보이며 퇴원을 약속했다는 점도 그랬다. 보편적 의미의 보호자는 그런 번거롭고도 치졸한 수까지는 쓰지 않는다. 목적이 있는 속임수일 공산이 컸다. 퇴원 서류가 곧 퇴원을 의미하는 것은 아니었으니까. 퇴원 절차를 밟지 않으면 그만이었다.

최기훈은 원장 면담도, 보호자 연락도 거절했다. 연락 신청 자격마저 박탈했다. 승민의 마지막 요구는 렉터 박사를 불러달라는 것이었다. 그로부터 30분 후에 렉터 박사가 등장했다. 환자의 요구에 휴가 중인 오너가 재깍 움직인 것이다. 아무래도 자연스러운 일이 아니었다.

면회실 문이 열렸다. 최기훈과 렉터 박사가 나왔다. 그들은 간호사실로 들어갔다. 문간을 서성이던 509호 거시기는 잽싸게 기둥 앞으로 나갔다. 나도 문 뒤에서 나와 간호사실 창문 앞으로 갔다. 승민은 그제야 면회실에서 나왔다. 표정이 무서울 정도로 굳어 있었다. 시선을 정면에 두고 있었지만 아무것도 보고 있지 않은 듯했다. 간호사실을 향해 빠른 속도로 걸어오다가 나와 부딪히기 직전에 걸음을 멈췄다. 나는 움찔해서 물러섰다. 승민은 내게 일별조차 없이 몸을 돌리더니 저벅저벅 걸어 흡연실로 가버렸다. 공연히 무안했다. 509호 문 뒤에 숨어 놈의 일을 생각하고 있었던 것이 기억나자 무참해졌다. 간호사실 창 안에 최기훈이 서 있다는 걸 알았을 땐, 얼굴까지 달아올랐다. 눈을 내리깔고 용건을 말했다.

"저, 아버지에게 부탁할 게 있어서 화요일에 연락 신청서를 제출했는데요."

"아, 그거. 못 해준다고 하시던데."

최기훈이 대답했다. 어째 연달아 무시당한 기분이었다.

"왜요?"

"지금 병원에 계신 모양이야."

전혀 예상치 못했던 답변이었다. 아버지와 병원은 장례식장과 나이트클럽만큼이나 안 어울리는 단어였다. 쇠말뚝처럼 튼튼한 양반이었다. '거기서 뭐하신대요?' 라고 물으려다 입을 다물었다. 내가 언제부터 아버지한테 관심이 있었다고. 건강검진이나 받으려고 입원했겠지. 당면한 문제는 책이었다. 신문 활용 교육시간에 입에 물고 있었던 책,《높은 창》.

내 속셈은 그랬다. 반납 독촉을 받을 때까지 책을 감춰두자. 책장수가 독촉하는 걸 잊어버리면 더 좋고. 일이 틀어진 건 그런 생각을 하던 그 순간이었다. 밀걸레를 밀며 병실로 들어온 우울한 청소부가 내 손에 들린 문제의 책을 보고 말았던 것이다. 나는 책 문제에 골몰한 나머지 우울한 책장수의 직책이 조석으로 바뀐다는 걸 간과해버린 거였다.《높은 창》은 그를 절망에 빠뜨렸다. 내 침대에 털썩 주저앉더니 양손으로 머리를 싸맸다.

"어쩌면 좋아. 표지도 앞장도 없고, 이빨 자국에 침 자국에 책장은 죄 오글오글하고."

그는 머리를 박박 긁어 팠다. 어찌나 격렬하게 파는지, 5초 후엔 골이 텅 비고 말 것 같았다.

"도서실 책임자가 이걸 보면, 나를 세탁장에 아주 처박아버릴 거야. 거기서 종일 빨래하고, 빨래 개키고, 빨래 다림질하고. 오후엔 청소도 해야 하고. 공부할 시간은 10분도 없어. 시험이 한 달도 안 남았는데. 아이고, 어쩌면 좋아."

표지와 앞장은 애초부터 없었다고 말할 엄두가 나지 않았다. 그랬다간 501호 벽까지 파버릴 기세였다. 연락 신청서를 제출한 것은 그 때문이었다.

> 연락처 : 신림책방 주인
>
> 내용 : 레이먼드 챈들러의《높은 창》을 보내주기 바람.
>
> 추신 : 출간년도나 출판사는 모름. 참고, 뒤쪽에 '간단한 살인기술' 이라는 에세이를 언급한 작품 해설이 붙어 있음.

그런데 못 보내준다는 답을 받았다. 맥없이 휴게실 소파에 앉았다. 나도 벽을 파고 싶었다.

8시 20분, 우울한 청소부가 나타났다. 끌고 온 밀걸레를 벽에 세워두고 게시판 앞 소파에 앉아 유치원생 가방을 열었다. 안에서 연습장과 책이 나왔다. 고입 검정고시 기출문제집. 책을 펴자마자 그는 머리를 파기 시작했다. 나는 발소리를 죽여 다가갔다. 연습장에 일차방정식 문제가 씌어 있었다. 예전에 본 그 문제였다.

a(x+2)-3=0, 해가 x=1일 때 상수 a의 값을 구하라.

문제 밑에는 볼펜 똥만 새까맣게 깔려 있었다.

"먼저 괄호를 풀고 이항을 해요."

우호적 분위기를 조성하고 싶은 마음에, 그의 방정식에 참견을 하고 말았다. 우울한 책장수는 슬쩍 눈을 들었다.

"미지항의 계수로 양변을 나누면 1이 나오잖아요."

그는 답안지를 들춰보고 나를 한 번 봤다. 표정이 묘했다. 싫다는 표정도 아니고 좋다는 기색도 아니고.

"이것도 한번 해봐."

가느다란 손가락이 문제 하나를 가리켰다. 다항식의 곱. 다음은 도형. 이어 인수분해. 나는 연습장에 수식과 답을 써주었다. 손 떨림 때문에 글씨가 날아다녔지만 그는 제대로 알아봤다. 해답지와 연습장을 번갈아 살피는 눈에 '반색' 이라 해도 좋을 표정이 떠올랐다.

"너 대학교 나왔구나?"

나는 당황했다. 그런 데는 가본 적이 없으며, 예전에 배운 수식을 기억하고 있을 뿐이라고 말하려 했다. 그는 내 손을 덥석 잡는 걸로 말문을 막았다.

"일차방정식부터 가르쳐줘. 식 같은 건 써줘 봐야 모르니까 유치원생 가르치듯, 하나하나 쉬운 말로 설명해야 해."

수식을 이해하는 데 우울한 책장수가 쓴 시간은 20분이었다. 비슷한 유형의 다른 문제는 내 조언을 받아가며 10분 만에 풀었다. 세 번째 문제는 혼자 해결했다. 식과 답이 맞았다는 걸 확인한 그는 눈을 끔벅끔벅했다.

"이런 거였어? 몇 날 며칠, 죽도록 고민했는데……."

거의 울 듯한 얼굴이었다. 나도 울고 싶었다. 후회 때문이었다. 그로부터 한 시간 반이나 인질로 잡혀 있었다. 열여덟 살 이후로 가장 말을 많이 한 밤이었다. 점호 벨이 울릴 무렵엔 혀가 마비상태에 이르렀다. 책장수는 아쉬워하며 책을 접었다. 꾸무럭꾸무럭 가방을 쌌다. 미련이 가득 담긴 얼굴로 내 스케줄을 물어왔다.

"내일 저녁에 약속 없지?"

재앙의 전조가 보였다. 싹을 잘라야 했다.

"청소 끝내고 네 방에 가도 돼? 간단한 거 몇 문제만 물어볼게."

우울한 청소부의 눈에 애원이 어렸다.

"나, 그만 포기할까 했거든. 1차 시험에서 평균 80점을 못 받았어. 수학을 다시 봐야 하는데, 더도 말고 60점만 넘으면 되는데, 그놈의 x, y만 보면 죽고 싶어서. 해설 봐봐야 외국말 같고, 누구한테 물어보기도 창피하고, 물어볼 데도 없고……."

나는 혀에 물고 있던 침을 꿀꺽 넘겼다. 저기요, 용이 형 대학교 나왔대요. 명문대 출신이래요. 입을 열자 엉뚱한 소리가 튀어나왔다.

"그 《높은 창》요. 구하려고 해봤는데 잘 안 됐어요."

우울한 청소부의 얼굴이 환해졌다. 밀걸레를 끌고 사라지며 진짜 외국말을 날렸다.

"굿 나이트, 미스 리 티쳐."

멍하니 되짚었다. 내가 무슨 짓을 저지른 걸까. 눈 뒤에서 두통이 시작되고 있었다.

주말에도 비가 내렸다. 나는 오후 내내 침대에 붙어 있었다. 점박이가 퇴근하던 4시까지 담배도 피우지 않았다. 일대일로 마주치는 걸 피하고 싶었다. 경고가 세 개였다. 격리실행 특급열차가 뒤통수에서 기적을 울리고 있는 것이다. 그러나 피 말리는 존재는 기차 하나만이 아니었다. 귀신도 있고 거머리도 있었다.

귀신이 먼저였다. 우리는 식당 앞에서 만났다. 나는 커피를 타러 가던 길이었고 그쪽은 B동에서 걸어왔다. 오랜 세월에 걸쳐, 정신병원에 한밑천 털어 넣은 자의 전형적인 모습이었다. 검고 거친 피부, 흐리멍덩한 눈, 구부정한 목과 축 늘어뜨린 팔, 다리를 골반으로 들어서 옮기는 듯한 거북한 걸음새. 상고머리가 아니었다면 여자인 줄도 몰랐으리라. 키가 나보다 10센티는 컸고 몸통은 두 배도 넘었다.

그녀는 휴게실 쪽으로 잘 가다가 느닷없이 고개를 돌려 나를 봤다. 나는 후다닥 벽을 보고 돌아섰다. 그러나 늦었다. 발소리가 쿵쿵 울리더니 뒷덜미에 미지근한 숨결이 훅 끼쳐왔다. 숨결이 닿는 곳마다 소름이 돋아났다. 뻣뻣한 손이 머리를 만졌을 땐, 그만 오줌까지 지릴 뻔했다. 나는 어깨와 목을 움츠리고 눈을 질끈 감았다. 그녀는 내 머리칼에 손가락을 집어넣고 쓱 훑어 내렸다. 사냥개처럼 킁킁대며 머리 냄새를 맡았다. 귓불에 입술을 대고서 굵고 탁한 목소리로 속삭여 왔다.

"현선아. 현선아……."

오, 하느님. 그녀는 밤이면 밤마다 문을 두들기며 현선이를 찾는 '곡소리 귀신' 이었다.

"현선 엄마, 드디어 딸내미 만난 거야?"

식당 문간에서 김용의 목소리가 났다. 여자는 뭐라 웅얼거리며 머리칼을 놓았다. 나는 도마뱀처럼 달아났다. "하, 하, 하." 책을 낭독하는 듯한 김용의 웃음소리가 뒤통수를 따라왔다.

거머리는 저녁나절 흡연실에서 만났다. 수험생으로 변신한 우울한 책장수 말이다. 그는 탁구대 밑에 숨어 있는 나를 용케 찾아냈다. 우리는 점호 직전까지 탁구대 밑에서 방정식으로 탁구를 쳤다.

만식 씨는 또 승민의 등에서 잠든 채 방으로 돌아왔다. 김용은 간호사실에서 노란 약 두 알을 받아먹고 흐물흐물 늘어졌다. 밤마다 토론하는 소리가 간호사실까지 들렸나 보다.

나는 김용만큼 약을 많이 먹는 사람은 본 적이 없었다. 한 줌이었다. 거기에 수면제 두 알까지 추가된 거였다. 이쯤 되면 무릎 꿇고 경배해야 마땅했다. 그 많은 약을 먹고도 죽지 않다니. 김용은 내 표정에 어린 경외심을 졸린 눈으로 접수했다.

"네 엄마는 나보다 더 많이 먹는단다, 현, 선, 아."

자리에 눕기 전, 내 담요를 개켜 승민과 나 사이에 놓았다. 그 위에 베개로 둑을 쌓았다. 나팔 부는 문어의 침공을 막아볼까 해서. 효과가 있을지는 미지수였다. 밤마다 이런저런 수를 써보고 있으나 소용이 없었다. 아침이면 어김없이 승민의 배 밑에서 눈을 떴다.

"이것 봐라? 이거 진짜 골 때리는 놈이네."

승민은 손가락으로 담요를 찔러대며 나를 노려봤다.

"나한테 침 바르는 건 너지 내가 아냐, 인마."

나는 벽에 붙어 모로 누웠다. 승민은 침대에 널어놓은 물건들을 비닐봉투에 쓸어 담아 내 머리 옆에 내려놓았다.

"머리털 한 올만 넘어와 봐. 그 길로 밥숟갈 놓는다, 언더스탠드?"

하, 코웃음을 쳤다. 물론, 속으로 쳤다. 승민은 옷을 모두 입은 채로 누웠다. 목이 긴 흰 양말까지 신고 있었다. 쓸데없는 호기심이 도졌다. 밤마다 팬티 바람이더니 갑자기 보수적 생활태도로 회귀한 이유가 뭘까.

야근자는 최기훈이었다. 그는 안을 둘러보고, 형광등을 끄고, 취침등을 켜고, 문을 잠갔다.

나는 밤이 깊도록 잠을 이루지 못했다. 처음 얼마간은 코끝에서 앵앵대는 모기가 거슬렀다. 다음 몇 시간은 온갖 잡념이 모기 대신 앵앵댔다. 그것들을 간신히 재우고 나자 현선 엄마 차례가 돌아왔다. 문 두들기는 소리, 웃음소리, 흐느끼는 소리, 절규가 이어졌다.

"현선아, 현선아아, 혀언서언아아아……."

눈언저리로 내려앉던 잠이 푸르르 날아갔다. 정신이 말똥말똥해져 버렸다. 문만 열려 있었다면 아마 뛰쳐나갔을 것이다. 김용보다 약을 더 많이 먹고도 잠들지 못하는 현선 엄마에게 현선이를 잡아다 바치러.

승민도 깨어 있었다. 쭉 깨어 있었는지는 확실치 않았지만 무슨 짓을 벌이고 있는 것만은 분명했다. 부스럭대고 뒤척거리는 소리가 담요와 베개의 둑을 넘어왔다. 나는 슬쩍 머리를 들고 옆을 살폈다. 승민이 시계의 점등 단추를 눌러 시각을 확인하고 있었다. 1시 50분. 가만 보니 시계에 손목 밴드가 없었다. 달랑 시계 본체만 손에 쥐고 있었다. 다른 손엔 양말 한 짝을 쥐고 있었다. 입에 문 건 내 것이 아닐까 의심하던 검정 고무줄이었다. 이 세 가지 물건을 조립하자 의미심장한 연장이 됐다. 조립 공정은 실로 간단했다. 시계를 양말에 넣는다. 고무줄로 시계 밑둥치를 묶는다.

승민은 양말목을 짧게 쥐고 두 번 돌렸다. 윙, 프로펠러 도는 소리가 났다. 시험 가동을 마치자 물건을 손아귀에 감춘 뒤 다시 눈을 감았다. 잠이 든 것처럼 가슴이 규칙적으로 오르내렸다. 나는 CC카메라를 봤다. 취침등 옆에서 검은 눈을 부릅뜨고 있었다. 심장이 뛰기 시작했다. 모기를 때려잡으려고 저걸 만들지는 않았으리라. 게다가 눈을 감고 누군가를 기다리는 기색이었다. 누군가가 누군지 추측하는 건 그리 어렵지 않았다. 다만 플라스틱 시계가 임무를 수행할 수 있을지 의심스러웠다. 좀 더 흉악무도한 연장이 필요할 것 같았다. 상대는 거리의 악사를 때려눕힌 주먹의 달인이라는데.

현선 엄마가 절규를 멈췄다. 복도에서는 구두소리가 들려왔다. 승민은 몸을 일으키고 침대 발치로 내려섰다. 동작이 필요 이상으로 조심스러웠다. 발끝으로 바닥을 더듬으면서, 자기 보폭으로 한 발짝 거리를 세 발짝에 옮겼다. 그런 다음 멈춰 서서 손으로 허공을 더듬었다. 만약 찾는 게 벽이라면 그렇게 더듬거릴 필요가 없었다. 손끝과 한 뼘밖에 떨어져 있지 않았다. 조금 이상하다는 생각이 들었다. 방안은 그런 식으로 행동할 만큼 어둡지 않았다. 취침등의 조도는 사물을 구별할 정도는 되었다. 설령 취침등이 없다 해도 암순응이 되고 남았을 시간이었다. 내 눈에 보이는 벽이 승민에게만 보이지 않을 리도 없었다. 구제불능의 야맹증 환자라면 또 모를까.

야맹증…… 이라고? 퍼뜩, 입원하던 밤에 봤던 걸음새가 기억났다. 다친 시늉을 하느라 그랬으려니 여겼던 부자연스러운 걸음새.

번지수를 못 찾던 승민의 손이 어찌어찌 벽을 짚었다. 그 상태에서 손바닥으로 벽을 쓸며 문을 향해 옆으로 움직였다. 그 결과, 그날 두 번이나 걷어찬 쓰레기통을 또 걷어차고 말았다. 쓰레기통은 데굴데굴 굴러 만식 씨의 침대 밑으로 들어갔다. 구르는 소리가 예배당 종소리만큼이나 요란했다. 지나간 자리에는 휴지조각들이 널렸다. 그것들은 조명등의 푸른빛을 받아 강가의 조약돌처럼 하얗게 빛났다. 바깥의 구두소리는 문 가까이에서 울리고 있었다. 숨이 막혀왔다. 긴장을 표출하는 극단의 언어가 '비명' 이라면, 나는 이미 소리 없는 비명을 지르고 있었다. 돌아와, 인마.

구두소리가 문 앞에서 멈췄다. 승민도 문 옆에 도착했다. 도착하자마자 손을 올려 조명등 전구를 빼버렸다. 병실은 일시에 어두워졌다. 바닥과 3센티쯤 벌어진 문 밑 틈으로 복도의 불빛만 희미하게 새어 들어왔다. 나는 어깨에 힘이 들어가는 걸 느꼈다. 승민은 거기 있어서는 안 되었다. 왼손잡이였으므로 문이 열리는 방향인 건너편에 서야 왼손 공격이 가능했다. 그러나 움직일 시간이 없었다. 이미 문이 열리고 있었다. 문간에는 복도의 비상등 빛을 등지고 선 최기훈의 검은 형체가 나타났다.

거의 동시였을 것이다. 양말이 허공을 가른 것과 최기훈이 고개를 돌려 조명등을 올려다본 것은. '퍽' 소리와 함께 나직한 신음이 울렸다. 최기훈의 형체가 복도로 사라졌다. 승민도 따라 나갔다. 뒤미처 몸싸움을 벌이는 소리가 났다. 넘어지고 뒹구는 둔탁한 소리가 잇달아 들려왔다.

하나, 둘, 셋…… 서른둘, 서른셋. 나는 수를 헤아리며 벌떡벌떡 일어나려는 몸을 억눌렀다. 그러나 결국 50도 채우지 못했다. 복도에서 들려오는 소리가 멱살을 잡아 일으켰다. 생활신조를 지키라는 머리의 명령을 무시하고 다리가 멋대로 움직였다. 이 소란에도 김용과 만식 씨는 자고 있었다.

조급했던 탓이리라. 나는 바닥을 제대로 보지 못했다. 문간에 발을 디뎠을 때, 딱딱한 물체가 발바닥에 밟히며 한쪽 다리가 쭉 미끄러졌다. 그로 인해 피겨 스케이팅을 하듯 한쪽 다리를 들고 복도로 나가버릴 뻔했다. 문틀을 붙들고 가까스로 중심을 잡은 뒤 발밑을 살폈다. 밟고 있는 물체는 승민의 시계였다. 하얀 양말목은 내 발밑에서 복도 쪽으로 비죽 튀어나가 있었다. 발끝으로 당겨 발바닥 밑에 밀어 넣고 복도를 내다봤다.

복도는 군데군데 비상등만 켜져 있어 어두침침했다. 승민과 최기훈은 맞은편 502호와 506호 사이에서 대치하고 있었다. 승민은 복도 벽의 안전 바를 등지고 가드를 올린 채 서 있었다. 들어오는 주먹을 피하지도 않았고 서 있는 위치를 바꾸지도 않았다. 먼저 공격하지도 않았다. 두 대를 얻어맞으며 한 번 휘두르고 연타를 얻어맞으면서 두 번을 휘두르는 미련한 싸움을 하고 있었다. 공격이 들어오는 방향으로 상대의 위치를 감지해 받아치는 게 분명했다. 내 짐작은 틀리지 않았던 것이다. 승민의 눈에 문제가 있었다. 어둠 속에서 더욱 치명적인 문제라는 건 말할 것도 없고.

최기훈도 머리에 부상을 입었다. 귓바퀴와 턱을 타고 가운 속으로 스며드는 검은 얼룩은 분명 핏줄기였다. 그런데도 충격을 받은 기색이 보이지 않았다. 당황한 기색도 없었다. 소리를 지르거나 간호사실로 도망치거나 하지도 않았다. 도움을 청해야 마땅한 상황이건만 그럴 의사도 없어 보였다.

싸움은 팬터마임처럼 소리 없이 진행됐다. 더하여 일방적이었다. 승민이 휘두르는 주먹은 허공만 혼내주고 있었다. 다리는 이미 풀려버린 상태였다. 거칠게 내뿜는 숨소리는 내 귀에까지 들려왔다. 반면 최기훈의 몸놀림은 느긋했다. 무너져 가는 승민을 상대로 조롱하고 장난질을 하는 것 같았다. 뺨을 툭 갈기고, 허벅지를 툭 차고, 턱을 후려치고, 옆구리를 걷어찼다. 입가엔 옅은 미소가 떠올라 있었다.

비로소 알아차렸다. 내가 알고 있는 것을 최기훈도 알고 있다는 걸. 승민의 눈에 문제가 있음을 알아차리고도, 한 방으로 끝낼 수 있는 상황인데도, 끝내지 않고 있는 것이었다. 오늘 밤 네가 건드린 사람이 누군지 알려주겠다는 듯, 다시는 덤빌 꿈조차 꾸지 말라는 듯, 자근자근 길들이고 있는 것이었다.

오한이 났다. 메스꺼웠다. 이상한 배신감을 느꼈다. 최기훈은 적어도 점박이보다 나은 줄 알았다. 공정한 사람인 줄 알았다. 따지고 보면 근거 없는 생각이었다. 그를 사적으로 겪어본 적도 없고 그가 그렇게 생각해달라고 부탁한 적도 없었다. 나 혼자 '나쁜 놈이 아니니까 착한 놈이다' 라는 식의 판단을 했을 뿐이었다. 어쩌면 "지금은 새벽이야" 라고 말하던 꿈결 같은 목소리 때문이었을지도 모르겠다.

내 자리로 가야겠다고 생각했다. 아무것도 보지 않은 걸로 하고 싶었다. 그러나 움직일 수도, 눈을 뗄 수도 없었다. 최기훈의 구둣발이 승민의 머리로 날고 있었다. 그 일격으로 승민의 거구가 허물어졌다. 복도 바닥에 얼굴을 박으며 고꾸라졌다. 최기훈은 승민의 어깨를 발로 밀었다. 승민의 몸은 반듯하게 돌아누웠다. 고개는 옆으로 툭 떨어졌다. 비상등의 초록빛이 얼굴 한쪽을 비췄다. 눈을 뜨고 있었다. 커다랗게 벌어진 눈동자에 분노와 절망이 펄떡거리고 있었다. 나는 그걸 봤다고 확신한다.

발바닥 밑에서 시계가 찌르르 울었다. 꿈틀꿈틀 움직이며 점점 커졌다. 급기야는 발칵발칵, 맥동하기 시작했다. 시계가 아닌 승민의 눈동자를 밟고 있는 것 같았다. 최기훈은 승민의 뒷덜미를 잡아끌고 어두운 복도를 걸어가고 있었다. 나는 발을 치웠다. 시계를 주웠다.

만식 씨와 김용은 여전히 자고 있었다. 자리에 누워 담요를 끌어다 덮고 나자 최기훈이 문간에 나타났다. 눈을 감았다. 멀미가 나는 기분이었다. 최기훈이 나를 봤으면 어떡하나. 김용이나 노인이 나를 봤으면 어떡하나. 차라리 지금 자수해버릴까.

문이 닫히는 소리가 났다. 잠그는 소리도 들렸다. 딸깍.

501호는 아침 체조에 참여하지 못했다. 기상 벨이 울리자 머리에 붕대를 감은 최기훈이 작업반 2인조를 끌고 방으로 들어왔다.

"다들 자리에서 내려와 자기 침대 앞에 서요."

최기훈이 말했다. 나는 맥박이 빨라지는 걸 느꼈다. 그는 자신을 공격한 무기가 뭔지 알아낸 것이었다.

"간밤에 뭔 일 있었우?"

김용이 실실 웃으며 침대에서 내려섰다.

"해골이 완전히 묵사발이네. 누구한테 쥐어 터졌우?"

"김용 씨, 입 다물고, 팔다리 벌리고 서라고 했어요."

나직했지만 권위와 위압이 실린 목소리였다. 나는 침대에서 내려섰다. 허수아비처럼 팔을 들고 다리를 벌리고 고개를 들었다. 마치 달리는 트럭 위에 선 것처럼 몸이 좌우로 기우뚱거렸다. 만식 씨는 그대로 누워 있었다. 최기훈이 물었다.

"홍만식 씨, 제 말 안 들립니까?"

만식 씨는 담요 끝을 입에 물고 어물어물 대꾸했다.

"나 빼고 해. 힘없어서 못 일어나. 잠도 아직 안 깼고……."

"일으켜드려."

최기훈의 명령이 떨어지자 2인조는 만식 씨를 일으켜 김용 옆에 세웠다. 만식 씨는 얼른 무릎을 오므렸으나 간밤에 저지른 일을 숨길 수는 없었다. 꽃무늬 트렁크에서 물방울이 뚝뚝 떨어졌다. 셔츠는 등판까지 젖었고 시트 위엔 황금빛 물웅덩이가 고여 있었다.

"오줌통이 없었어."

만식 씨의 목소리가 목 안으로 기어들어 갔다. 얼굴이 한잔하신 것처럼 발그레했다.

"제가 보기엔 침대 밑에 잘 있습니다만."

최기훈은 소변기를 가리켰다.

"아깐 없었다니까."

"저라면 더 고집 안 부리겠습니다. 기저귀는 부끄러운 물건이 아니에요."

"난 안 찰 거야. 그런 건 2병동 애들이나 차는 거야."

"한 번 더 이런 일이 일어나면 강제로 채울 겁니다."

최기훈은 작업반에게 샤워장으로 데려가라고 지시했다. 작업반은 만식 씨를 번쩍 들어서 옆구리에 끼고 나갔다.

"또별은 어디 갔냐? 밤새 또 사고 쳤냐?"

김용이 내게 귀엣말을 걸어왔다. 곧장 최기훈의 불호령이 날아왔다.

"똑바로 서요."

우리는 똑바로 섰다. 몸수색이 시작됐다. 최기훈의 손은 김용을 샅샅이 훑고 내게로 건너왔다. 입속, 팔, 겨드랑이, 몸통과 사타구니, 종아리, 발바닥까지 뒤졌다. 아무것도 나오지 않자 한 발짝 뒤로 물러나 우리를 훑어봤다.

"병실을 뒤져서 나오기 전에 반납하면 없었던 일로 하겠습니다. 사건의 재발을 예방하는 차원에서 회수하려는 거지 벌주려는 게 아니니까."

"뭘 말이우?"

김용이 물었다.

"시계 말입니다."

"아, 시계."

고개를 끄덕이던 김용은 어색하게 놀라는 시늉을 했다.

"뭔 시계?"

"갖고 있습니까? 그럼 내놓기만 하면 됩니다."

"나한테 없지. 어제 수면제 먹여서 강제로 재운 사람이 누군데? 난 자고 있었다니까."

체조 음악이 그쳤다. 작업반은 방 수색을 시작했다. 각자의 침대, 매트리스 속, 침대 밑, 사물함, 쓰레기통까지 뒤집었다. 와중에 사라졌던 내 물건들이 튀어나왔다. 김용의 서랍장에서 한꺼번에. 김용은 당황한 얼굴로 내 눈치를 살폈다. 나는 못 본 척했다. 도둑을 심판할 경황이 없었다. 최기훈이 나를 주시하고 있었다. 목을 조르는 듯한 시선이었다. 숨이 턱턱 막혔다.

분위기를 깬 사람은 만식 씨였다. 그는 새 옷을 입고 의기양양한 표정으로 개선했다. 그와 함께 수색 작업이 끝났다. 수확물은 승민의 소모품 봉투에서 나온 흰 시곗줄과 라디에이터 위에 있던 파란 전구뿐이었다. 최기훈과 작업반은 502호로 건너갔다. 그 방도 체조를 하지 못한 듯했다. 마스터키로 문을 열고 들어간 최기훈의 목소리가 복도를 건너왔다. 지난 밤 문틈으로 미끄러져 들어온 시계를 주운 자는 자수해서 광명 찾으시라.

"만식 씨, 또별은 어디 갔어?"

김용이 승민의 침대를 두들기며 물었다. 만식 씨는 고개를 한쪽으로 기울이고 승민의 침대를 봤다. 다음엔 김용을 봤다. 마지막으로 나를 봤다. 눈에 물음표가 가득했다. 우울한 수험생이 방정식을 푸는 표정과 비슷했다. 김용이 내게 속삭거렸다.

"지금 또별하고 어디서 헤어졌는지 알아내려고 애쓰는 중이야. 아마 퇴원했다고 대답할 거다."

"아냐, 외박 나갔어. 제 엄마가 데리고 갔어. 세 밤 자고 다시 온다고 했어."

만식 씨가 기분 상한 표정으로 반박했다. 김용은 코끝을 주물럭대며 웃었다.

"들었지? 저 양반 머릿속에 염소가 한 마리 살잖아. 밤마다 그놈이 기어 나와 하루 일을 뜯어먹는 통에 다음 날 아침이면 기억이 듬성듬성 비는 거야. 사람들 얼굴 구분하는 것도 용할 지경이지. 그걸 숨기려고 거짓말을 하는 건데 속는 사람이 몇이나 되겠냐?"

일용품 배급을 시작한다는 방송이 나왔다. 점박이 목소리였다.

"아직 벽에다 똥칠은 안 하니까 여기 있지만 언제 2병동으로 갈지 아무도 몰라. 실은 똥칠을 안 하는 게 아니라 칠할 똥이 없는 거야. 변비가 말기 증세라 캐스터 오일(피마자유)이나 한 병 마셔야 눌까 말까 하거든. 둘코락스는 내성이 생겨서 기별도 안 가요. 지금도 사물함에 캐스터 오일 병이 몇 개쯤 들어 있을걸. 간호사들이 먹으라고 주면 안 먹고 감춰놓잖아. 똥칠할까봐 겁나서 그러는 건데, 감춰놓고서 감춘 것까지 잊어버린다니까."

염소에서 출발한 이야기는 똥과 캐스터 오일을 거쳐 관장과 치질을 찍고 치매로 돌아왔다.

"만식 씨가 제일 무서워하는 게 2병동이걸랑. 기저귀 차고 치매병동 가느니 차라리 목을 매겠다는 거야. 거긴 장외거든. 만식 씨 꿈이 또별 데리고 컴백하는 거 아니냐. 배우가 장외로 밀려나면 볼장 다 보는 거지."

김용은 양치도구를 챙겨 들고 뒷걸음질로 방을 나갔다.

"여하튼 등 조심해라. 꿩 대신 닭이라는 말도 있잖아."

아니나 다를까, 만식 씨가 헬멧을 머리에 쓰고 침대에 올라섰다. 나는 사나운 표정을 하고 그에게 눈치를 줬다. 만식 씨, 닭 잡으러 안 가요?

최기훈이 502호에서 나왔다. 그 방 사람들이 뒤따라 몰려나왔다. 만식 씨는 사냥꾼의 눈으로 문밖을 주시하더니 휙 사라졌다. 잠시 후, 한이의 거위 울음이 애처롭게 울렸다. 닭 대신 앞집 거위를 조지는 모양이었다.

나는 빗자루를 들고 창문 밑으로 갔다. 시계가 창밖에 있었다. 머리털 세 올을 시계태엽에 감고 묶어서 창살에 매달아두었다. 간단한 작업이었지만 쉬운 일은 아니었다. 방이 어두웠다는 점, 열쇠 구멍도 못 맞출 만큼 손 떨림이 심했다는 걸 기억해주시라. 머리털은 뽑는 족족 어디로 가버렸다. 하도 뽑아대서 나중에는 머리 가죽이 다 뜨끈뜨끈했다. 일은 두어 시간 만에 끝났는데 과업을 완수했다는 보람은 맛보지 못했다. 마냥 황당하기만 했다. 내내 무슨 짓을 한 건지, 왜 했는지.

위안거리라면 내 머리털이 머리털 나고 처음으로 어떤 일에 공헌했다는 정도였다. 아, 하나 더 있다. 높다고 홀대했던 창문이 모처럼 쓸모가 있었다. 높았던 덕에 2인조나 최기훈의 눈에 띄지 않았으므로. 하지만 계속 거기 둘 수는 없었다. 바로 위층 방이 최기훈의 거처라 했으니 당장 옮겨야 했다. 장님이 아닌 이상 창문만 열면 곧바로 보일 테니까.

환기를 하는 척 창문을 열고 시계를 낚아챘다. 청소를 하는 척 비질을 하며 셔츠 주머니에 담았다. 양치도구를 챙기는 척 사물함 문을 열었다. 문짝으로 CC카메라를 가리고 시계를 꺼내 살폈다. 입이 헤벌어졌다. 어쩐지 무겁더라니.

시계는 플라스틱이 아니었다. 흰 세라믹을 입힌 쇳덩어리였다. 정통으로 맞았다면 최기훈은 영안실에 누웠을 것이다. 최소한 중환자실에라도. 그가 멀쩡한 정신으로 수사에 열을 올릴 수 있는 건 조준이 잘못된 탓이었다. 야맹증에 걸린 왼손잡이가 오른손으로 쏜 총 아니던가. 취침등을 빼버린 건 표적을 보기 위해서였으리라. 방이 복도보다 어두워야 빛을 등지고 나타나는 최기훈의 검은 형상이나마 보일 테니까.

새로운 고민이 시작됐다. 이 물건을 어디다 숨겨야 하나. 좌변기 수조, 천장 송풍기, 식당 냉장고 뒤, 흡연실 재떨이 항아리……. 마땅치가 않았다. 하나같이 CC카메라가 있거나 사람 눈에 띌 공산이 컸다. 밤새 나를 괴롭힌 후회가 되살아났다. 어쩌자고 이걸 주웠을까. 승민이 주워달라고 부탁한 것도 아닌데. 지난 밤 그걸 줍게 만들었던 어떤 '힘'은 아침이 되는 사이에 실체를 잃어버렸다. 어두침침한 복도에서, 그것도 댓 발짝 이상 떨어진 거리에서 승민의 눈을 봤다는 게 말이 되는가 말이다.

의심과 후회는 나에 대한 성찰을 불러왔다. 간밤에 저지른 일은 내가 어떤 인간인지를 확인시켜 주는 일례였다. 결사적으로 재앙을 불러들인 얼간이. 가치라곤 CC카메라만큼도 없는 일에 헌신한 머저리.

일용품 배급 방송이 재차 나왔다. 퍼뜩 정신이 돌아왔다. 한탄은 한가할 때나 하는 일이었다. 해결이 먼저였다. 시계태엽에 붙은 머리칼을 제거하고 머리털 세 올을 새로 뽑아 태엽에 묶었다. 묘수가 없다면 성공한 방법을 재활용하는 게 나았다. 다만 CC카메라가 없고, 사람 눈이 닿지 않을 창문이라야 했다. 그런 곳이 어디인지는 간호사실로 가면서 생각할 참이었다. 시계를 셔츠 주머니에 담고 둘둘 만 화장지를 그 위에 꽂았다.

점박이가 소모품 배급을 하고 있었다. 자다가 불려 나왔을 텐데도 짜증스런 표정이 아니었다. 벌어지는 입을 단속하느라 애를 먹는 기색이었다. 안도하며 창문 앞에 섰다.

"뭘 줄까? 담배, 커피, 수건, 양말?"

점박이가 요들송을 부르는 목소리로 물었다. 요들송을 선사한 최기훈은 2인조를 끌고 506호로 들어가고 있었다. 나는 커피와 담배를 받아 들고 흡연실로 가며 잽싸게 격리실 문들을 훑어봤다. 장미방 이름 칸에 류승민이라고 적혀 있었다.

흡연실 문 옆 벤치에 십운산 선생이 앉아 있었다. 장기판으로 철학을 하신다는 전직 '운명철학자'로 502호 식구 중 최고 연장자였고,

승민과 동족인 '라이터' 였다. 그는 늘 한쪽 옆구리에 골판지 장기판을, 주머니에 장기짝 노릇을 하는 종이학을, 반대편 옆구리에 사람들을 끼고 다녔다. 십운산 선생의 '장기판 운세' 신도들이었다. 그의 계시는 대상을 적시하지 않아 다수에게 불안감을 준다는 것이 특징이었다. 예를 들어 '아랫도리를 조심하라' 라는 계시가 떨어지면 사람들은 너나없이 사타구니를 가리고 다녔다. 아무리 그래도 누군가의 아랫도리는 반드시 화를 입었다. 내가 문 옆에서 들은 '오늘의 계시' 도 그런 범주에서 벗어나지 않았다.

"닭 잡는 날이로다."

선생의 희고 긴 얼굴을 흘겨봤다. 나도 알고 김용도 아는 식상한 계시만 날리지 말고 대책을 알려달라는 의미에서. 만식 씨 이마에 부적이라도 한 장 붙여주시든가.

담배 네 개비를 연기로 날리고 나자 정문으로 '밥차' 라 불리는 배식차가 들어왔다. 잠시 후 식사 벨이 울렸고 사람들은 식당으로 몰려갔다. 최기훈과 2인조는 간호사실 안으로 철수했다. 돌차간에 쓸 만한 생각이 떠올랐다. 서둘러 흡연실을 나갔다.

정문 기둥 앞에서 걸음을 멈췄다. A동을 돌아온 경보 선수가 내 뒤를 지나쳐 식당으로 들어갔다. 주변에는 모기 한 마리 남지 않았다. 주머니에서 시계를 꺼내 쥐고 소화전 문을 열었다. 안에 회색 소방호스 다발이 가득 채워져 있었다. 그 속으로 시계를 깊숙이 밀어 넣었다. 부리나케 문을 닫고 기둥 앞을 떠났다. 완벽한 마무리야, 라고 자평했다. 승민이 나올 때까지 잊어버릴 생각이었다. 그 전에 발각된다면 오리발을 내밀 작정이었다. 그런데 식판에 밥을 받으면서 '오리발' 이 불가능하다는 걸 깨달았다. 머리카락. 구원처럼 떠오른 묘수에

홍분한 나머지 태엽에 묶어둔 머리카락을 제거하지 않았던 것이다.

기둥으로 돌아갔다. 소화전 뚜껑 밑으로 머리털 끝이 코털처럼 삐져나와 있었다. 목 안에서 한숨이 끓었다. 시계를 꺼내 머리털을 제거하고 도로 집어넣는 건, 시계를 주운 것에 필적하는 어리석은 짓이었다. 그 짓을 해야만 했다. 놔뒀다간 머리털이 발목을 잡을 판이었다. 1미터도 넘는 머리털을 가진 자는 환자와 직원을 통틀어 나 한 사람뿐이었으니까. 숨을 한 번 크게 쉬고 소화전으로 손을 뻗었다. 순간 다리가 휘청 흔들리면서 등이 뒤로 휘어졌다.

"미스 리."

귀청과 간이 한 묶음으로 떨어졌다.

"여기서 뭐해?"

만식 씨가 등 뒤에서 천진난만하게 물었다. 나는 눈을 감았다. 직시하고 싶지 않은 현실이었다.

"담배 피우러 안 가?"

흡연실로 향했다. 한 발짝 뗄 때마다 등짐을 패대기치고 싶은 욕구가 불끈불끈 솟구쳤다. 그러나 저항 의지를 받쳐줄 힘이 모자랐다. 내 몸 하나 건사 못하는 처지였다. 천장이 노랬다. 등이 휘다 못해 부러질 지경이었다. 다리가 후들거려 철퍼덕 무릎을 꿇을 판이었다. 반대로 만식 씨는 힘이 넘쳐났다. 반란의 싹부터 죽여놓겠다는 듯, 밧줄 같은 팔로 사정없이 숨통을 조여왔다. 갈비뼈를 찍어 누르는 무릎의 힘은 괴력에 가까웠다. 흡연실 문에 도착하자 이번에는 머리채를 당겨 걸음을 멈추게 했다.

"미스 리, 식당에다 내 커피 두고 왔어."

머리털 제거 프로젝트는 물 건너갔다. 나는 연탄집게에 등을 찍힌

닭이었다. 솥단지든, 냄비 속이든, 가자는 데로 가야 했다. 그 밖에 할 수 있는 일이라면 조신하게 기다리는 것뿐이었다. 만식 씨가 닭 잡기에 싫증을 내거나, 17대 또별이 장미방에서 출소하는 그 날을.

9시경, 점박이가 방송을 때렸다.

"곧 예배실에서 예배가 있을 예정이오니 참석하실 분은 복도로 나와주십시오."

이 말은 이렇게 들어야 맞다. 전원 완전 군장하고 집합.

호루라기가 울리자 사람들은 찬송가 책과 성경으로 무장하고 체조 대형으로 섰다. 그들이 B동 비상구를 빠져나가는 데는 담배 한 대 피우는 시간도 걸리지 않았다. 병동에 남은 자는 나와 만식 씨뿐이었다. 면회실에서 대기하라는 최기훈의 전언이 있었다. 재빨리 소화전의 머리털부터 확인했다. 아직 붙어 있었다. 만식 씨는 내 등에서 내려가 휴게실 소파에 앉았다. 스스로 내려간 건 아니고 작업반이 강제로 떼어냈다.

면회실은 5병동에서 최고로 호화로운 공간이었다. 뒷산 쪽으로 면해 있는 창문에는 블라인드가, 벽에는 멋진 풍경화가 걸려 있었다. 널찍한 공간에는 포마이카 원탁과 의자 네 세트가 뚝뚝 떨어져 놓여 있었다.

나는 창가로 가서 뒷산을 내다봤다. 안개가 중턱까지 끼어 있었다. 희붐한 숲 어딘가에서는 뻐꾸기가 울었다. 부엉이 울음만큼이나 마음을 심란하게 하는 소리였다.

"오래 기다렸나?"

최기훈이 소리도 없이 면회실로 들어와 있었다. 얼굴이 빵 반죽처럼 부어 있었고 피곤해 보였다. 우리는 원탁을 사이에 두고 마주 앉았다.

"네가 깨어 있었어, 그렇지?"

그가 말했다. 나는 침묵했다.

"CCTV에 네 모습이 남아 있었어."

'헉' 소리를 토할 뻔했다. 그걸 간신히 삼키고 나자 실토해버리고 싶은 충동을 느꼈다.

"난 네가 승민이를 도와줬다고는 생각하지 않아. 미리 계획을 알고 있었을 거라고도 생각하지 않고. 어쩌다 그 장면을 봤겠지. 엉겁결에 시계를 주웠고, 겁이 나서 숨긴 거야."

깍지를 꼈다. 손가락에 감각이 없었다. 다리에도 감각이 없었다. 무릎이 후들거린다는 느낌만 살아 있었다. 나는 깍지 낀 손을 무릎에 내려놨다. 떨지 않으려고, 아니 떠는 걸 들키지 않으려고 필사적이었다.

"시계 가져와. 그러면 없었던 일로 하겠다고 내 이름을 걸고 약속하지."

눈을 내리떠 표정을 감췄다. 지난 밤 기억을 더듬었다. 방이 어두웠다. 복도의 불빛은 방 안을 밝힐 만큼 환하지 않았고 CC카메라는 어둠 속에서는 무용지물이었다. 만약 적외선 카메라라면 빨간 표시등이 있어야 했다. 최기훈은 또 나를 바보 취급하고 있었다.

"아까도 말했지만 벌주려는 게 아냐. 사고 재발을 막으려는 거지. 승민이 장난질에 누가 또 다쳐서는 곤란해. 한 달도 안 되는 새에 탈출 시도만 세 번, 직원을 공격한 건 네 번째야. 제대로 맞았다면 난 죽을 수도 있었어. 법에서 쓰는 말로 하면 살인미수. 시계를 계속 숨기고 있으면 넌 공범이 되는 거야."

"저는 자고 있었어요."

"거짓말도 경고 항목이야. 내가 알기론 경고가 벌써 세 개일 거다. 네 번째는 없다는 거, 알고 있겠지?"

알지. 알고말고. 그게 불거나 내놓을 수 없는 이유였다. 내놓든 들통 나든, 결과는 마찬가지니까. 백합방에 드러누워 기저귀를 차고 천장이 자전하는 꼴을 다시 봐야겠지. 그건 빌딩 옥상에서 뛰어내리면 땅바닥에 떨어진다는 진리만큼이나 빤한 이치라고, 최기훈 본인 입으로 말하고 있지 않는가. 애당초 승민의 눈을 보지 말았어야 했다. 시계를 줍지 말았어야 했다. 그러나 봤고 주웠으니 버텨야 했다. 설사 최기훈이 팔 걷고 나섰다 하면 끝장을 보는 유의 인간이라 할지라도.

"난 네가 격리실로 가는 걸 원치 않아. 아직 격리실을 견딜 만한 상태도 아닐 테고."

그는 일어나 문 쪽으로 걸어갔다.

"지금부터 일주일 동안 간호사실 마이크 옆에 내 가운 윗도리를 걸어놓을 생각이다. 커다란 주머니가 달린 옷이지. 우체통으로 쓰기에 딱 좋은 주머니야."

최기훈은 양면 작전을 폈다. 간호사실 창가에 가운을 걸고 승민의 시계에는 현상금을 걸었다. 담배 한 보루, 그것도 말보로. 눈 달린 사람들은 저마다 시계를 찾아 나섰다. 말보로쯤 된다면 젖병이 아니었다. 젖통이었다. 만식 씨는 속도 없이 왕년에 자기는 말보로만 피웠다고 속닥거렸다.

병동은 점심식사 때에야 조용해졌다. 메뉴는 비빔밥과 된장국이었다. 식탁에 앉자 십운산 선생이 자신의 달걀프라이를 내 그릇에 얹어 주었다. 나머지 사람들은 밥 한 술씩을 덜어줬다. 똥을 만들지 않으려고 노력하는 만식 씨는 절반을 퍼줬다. 밥맛이 뚝 떨어졌다. 보아하니, 만식 씨가 내 등에 안착한 걸 다들 기뻐하는 기색이었다.

식사를 하는 동안, 승민의 신분에 관한 '썰'로 주변이 떠들썩했다. 김용은 '불놀이를 하다 버림받은 재벌가의 왕자'라고 박식한 어조로 주장했다. 누군가는 모 국회의원의 개망나니 동생이라는 의견을 내놨다. 다른 누군가는 재미유학생이라는 견해를 밝혔다. 다들 같은 이름을 쓰는 소식통을 정보 출처로 댔다. '정통한' 소식통이라고.

"그놈은 미치광이야."

십운산 선생이 모처럼 상대를 적시한 점괘로 말잔치를 정리했다.

"미치광이는 미쳐야 사는데, 못 미치게 하니까 미쳐버린 거야."

왕자, 개망나니, 유학생, 못 미치게 해서 미쳐버린 미치광이. 승민은 누구일까. 누구든 간에, 놈이 자기 패를 잃었다는 것만은 명백했다. 제대로 거래했다면 장미방에 누워 있을 리가 없었다. 이미 퇴원을 했겠지.

나는 반나절 만에 지병을 얻었다. 증세는 이러했다. 가슴이 뛰고 진땀이 솟는다. 앉으면 일어나고 싶고 일어나면 소화전으로 달리고 싶다. 자기고백 욕구에 시달리고 소화전 앞에 사람이 얼쩡대면 위경련이 온다. 도둑들의 직업병으로 널리 알려진 '제 발 저림 병'이었다. 머리털이 무사한 걸 보면 마음이 놓였다. 돌아서면 불안이 뒷골을 쑤셨다. 그렇다고 소화전 앞에서 보초를 설 수도 없었다. '여기 시계 없다'라는 말밖에 더 되겠는가. 결국 경보 선수와 동지가 되고 말았다. 그것도 만식 씨를 등에 매달고.

해 질 무렵, 우울한 수험생과 휴게실에서 만났다. 내 쪽의 제안이었다. 방정식 문제와 소화전 감시 문제를 한 번에 해결할 수 있는 곳은 거기뿐이었다. 등짐을 잠시나마 내려놓고 싶기도 했다. 신기하게도 만식 씨는 순순히 떨어졌다. 담배를 피우러 가자고 보채지도 않았다. 우리가 방정식과 싸우는 동안 TV 드라마에 푹 빠져 있었다. 함께 시청하겠다고 덤비는 용감한 주민은 없었다. 만식 씨가 땅에 내려와 있다는 건 그들에게 공습경보였다.

공부는 점호 10분 전에 끝났다. 뒤늦게 생각났다는 듯, 우울한 수험생은 장미방 소식을 전해줬다. 승민은 깊이 잠들어 있다고 했다. 청소를 끝내고 나올 때까지 미동도 하지 않더라는 것이다. 불현듯 저녁식사 때 들은 소문들이 생각났다. 갈비가 깡그리 나가 숨도 못 쉰다느니, 최기훈이 골병을 들여놓아 허리 아래를 못 쓴다느니, 혼수상태에 빠져 정신이 없다느니. 그게 다 사실인가 싶었다. 그렇다면 나는 18대 또별로 등극하게 되리라.

여름밤이 지루하게 갔다. 현선 엄마는 현선이를 불렀고 나는 애타게 잠을 불렀다. 온몸이 쑤시고 아팠다. 죽도록 피곤했다. 그런데도 정신은 말짱하기만 했다. 시계 때문이 아니었다. 전날 밤 본 승민의 눈이 신경을 자꾸 건드렸다. 어둠 속에서 마주쳤던 눈빛이 생생하게 기억났다. 그럴 때마다 슬그머니 고개를 드는 불편한 '무엇'이 있었다. 그 '무엇'의 정체가 뭔지 알 수가 없었다. 알려 들면 들수록 혼란만 커졌다. 머릿속 한구석에서는 현자의 목소리가 타이르고 있었다.

'그놈한테 신경 꺼.'

개구리처럼 엎어져 베개로 뒤통수를 눌렀다. 승민의 시계를 특급우편으로 보내버리리라. 수취인 주소는 수리 희망병원 5병동 최기훈 간호사 윗도리 주머니님 안. 내일 아침에, 반드시 내일 아침에.

휴게실에 건장한 남자 스무 명이 모여 있었다. A동 주민 중 희망반 이상인 사람들이었다. 옷차림이 똑같았다. 회색 모자, 회색 트레이닝복, 운동화. 모자와 상의 가슴팍에는 '수리 희망병원' 이라는 활자가 큼직하게 박혀 있었다. 올림픽에 출전하는 정신병원 대표선수단 같았다. 김용도 뽑혔는데 대표선수로서 자긍심이 통 없었다. 불어터진 얼굴로 같은 말을 열 번은 되풀이했을 것이다.

"글쎄, 누가 이 더위에 그런 데를 가고 싶겠냐고."

'그런 데' 란, 수리댐 상류에 있다는 수리 유원지였다. 매달 두 번째 월요일이 정기 휴장일이라 했다. 휴장일은 쉬는 날이라기보다는 다음 한 달 장사를 준비하는 날이었다. 그중 가장 인력이 많이 드는 작업이 청소였다. 보트장, 유원지 내 시설, 낚시터, 주변 잔디밭, 댐 기슭 등등 구석구석을 손봐야 했다. 이를 저렴한 가격과 성실한 태도로 수행해줄 용역업체를 찾는 건 쉬운 일이 아니었다. 그런 면에서 유원지 사장은 운이 좋았다. 완벽한 조건을 갖춘 형제업체가 곁에 있었으니까. 렉터 박사는 유원지 사장의 친형이었다. 휴게실에서 대기하는 자들은 유원지 청소 선수단이었다. 선수단 인솔자인 보호사는 각 선수에게 담배 한 갑씩을 나눠주며 돌아다녔다. 김용의 말로는 그것이 하루 일당이었다.

청소 선수단은 9시 10분 전에 출발했다. 그들이 정문을 빠져나가는 사이 나는 문밖을 구경했다. 엘리베이터를 중심으로 오른쪽에 간호사실 외부 문, 왼쪽에 램프가 있었다. (램프는 비상계단과 용도가 같은 통로다. 형태도 비슷하다. 바닥이 계단 대신 경사면이라는 점만 다를 뿐이다. 때문에 사람은 물론, 바퀴 달린 물체의 통행도 가능하다. 휠체어, 이동침대, 대차, 밥차 등등.) 병동 출입구가 세 개라는 점이 확인되는 순간이었다. B동 끝에 있는 비상램프, 정문 앞 중앙램프, 엘리베이터. 청소 선수단은 램프를 통해

아래로 내려가고 있었다. 마지막 두 사람이 사라지자 최기훈이 정문을 닫았다. 행여 그가 말을 걸어올까 봐 나는 B동으로 내뺐다.

해 질 녘, 우울한 수험생이 희망을 물고 왔다. 승민이 깨어났다고 했다. 멀쩡하다고 했다.

"내가 미스 리 선생님이 걱정이 많다고 했더니 이따 스파링이나 한 판 하자고 전하래."

'스파링이나 한판' 은 목요일 저녁까지도 이뤄지지 않았다. 만식 씨와 나, 우울한 수험생은 여느 때처럼 휴게실에 있었다. 그날, 쭉 낮 근무를 하던 점박이가 하루 쉬고 저녁 근무를 나왔다. 과외를 시작한 이후 처음 하는 저녁 근무였다. 우리는 그 점을 염두에 두고 있었어야 했다. 그러지 못한 건 '40점' 에 정신이 팔렸던 탓이다. 40점은 그날 우울한 수험생이 푼 모의고사 점수이다.

"이번에는 합격할 것 같아. 예감이 좋아. 찍은 게 아니라 풀었잖아. 열 문제나. 다 미스 리 선생님 덕택이야."

그는 40점에 덜컥 감격해버렸다. 나는 때 이른 공치사에 마음이 찔렸다. 공부를 시작한 지 겨우 일주일째였다. 성의를 다하는 것도 아니었다. 귀찮고 힘든 걸 간신히 표 내지 않는 정도였다. 어쨌거나 그는 승민의 소식을 전해주는 파랑새였으므로.

"이번에 합격하면 곧바로 대입 검정을 준비할 거야."

호기심이 생겼다. 이 남자는 왜 이토록 검정고시에 목을 매는 것일까. 그는 밀걸레 자루를 만지작거리며 수줍게 자신의 꿈을 피력했다.

"사회복지사가 될 생각이거든."

언뜻 의구심이 스쳐 갔다. 사회복지사 자격증이 F코드를 단 자에게도 주는 것이던가.

F코드란 정신병자의 전과기록이다. 정신병원 신세를 진 적이 있는 자라면 이 주홍글씨의 의미를 잘 알고 있을 것이다. 내가 아는 것들 중 하나는, F코드 주민에게 허용하지 않는 직업군이 있다는 사실이었다. 다만 구체적으로 무엇, 무엇인지는 알지 못했다. 관심을 가져본 적도 없었다. 그러므로 '줄 것이다' 라고 결론지었다. 받고자 하는 사람이 누구보다 잘 알고 있지 않겠는가.

"대입 검정 합격하고 24주간 교육받으면 3급 자격증을 준대. 그때 쓰려고 열심히 돈을 모으는 중이야. 교육받는 동안엔 서울에서 지내야 하거든."

그의 우울한 눈에 뭉게구름 같은 흰빛이 어룽거렸다.

"자격증 받으면 알코올 중독자 재활원에 취직할 생각이야. 거긴 나 같은 밑바닥 인생들이 많아. 난 잘할 자신 있어. 때리지도 않을 거고 점박이처럼 못되게 굴지도 않을 거야."

망중한이었다. 그는 자기 꿈에 젖었고 나는 그의 뭉게구름에 눈을 팔았다. 만식 씨는 드라마에 빠져 있었다. 짝짝짝, 박수소리를 들은 후에야 우리는 제4의 존재를 알아차렸다. 점박이였다.

"대단해, 대단해."

나와 우울한 수험생은 동시에 일어났다. 책은 점박이 손에 들어갔다.

"중학교도 못 나온 칠뜨기가."

점박이는 책 모서리로 우울한 수험생의 머리를 탁탁 때렸다.

"고등학교도 못 나온 팔푼이한테 배워서."

내 머리를 때렸다. 탁, 탁, 탁.

"사회복지사가 되시겠다?"

점박이는 책을 양쪽으로 갈라 쥐고 힘을 가했다. 우울한 수험생은 비명을 토하며 책으로 손을 뻗었다. 하지만 막을 수 없었다. 책은 이미 두 개로 쪼개진 후였다.

"나처럼 못되게 굴지도 않고 때리지도 않겠다?"

쪼개진 책이 우리의 머리를 나란히 내리찍었다.

"원대한 포부야. 주정뱅이에 노숙자로 굶어 죽어가는 놈 데려다 치료해주고 일자리 줬더니 이렇게 훌륭한 재목으로 자랄 줄이야. 근데 사회복지사 자격증은 달라면 주는 거래? 인생기록부에 권총 차고 있는 놈한테도 막 준대? 내가 알기론 너넨 이발사도 못 하거든."

사악한 혀가 뭉게구름을 조각냈다. 포악한 손은 책을 쪼갰다. 네 쪽, 여덟 쪽…….

"꿈 깨고 일이나 해, 세탁장에 말뚝 박아버리기 전에."

우울한 수험생은 팔을 떨어뜨리며 고개를 숙였다. 나는 미간에서 확확한 것이 번득이는 걸 느꼈다. 분노였다.

"넌 네 앞가림이나 잘하시고, 응?"

점박이는 뜯어 발긴 책장들을 손아귀에 말아 쥐고 내 뺨을 두 번 후려쳤다. 한쪽 뺨은 포핸드로, 다른 뺨은 백핸드로.

"경고 세 개면 그 다음은 아웃이야, 조심하라고."

그는 책장들을 흩뿌리듯 내던지고 간호사실로 가버렸다. 우울한 수험생은 복통이 오는 사람처럼 깍지 낀 손으로 배를 감쌌다. 나는 시선만 움직여 흩어진 책장들을 둘러봤다. 어째야 할지 알 수가 없었다. 할 말도 없었다. 번득이던 분노는 찰나로 끝나버렸다. 아웃되지 않았다는 안도감만 남았다.

책장을 수습한 사람은 만식 씨였다. 찢겨나간 조각까지 모아 소파에 올려놨다. 나는 그를 업었다. 우리가 휴게실을 떠날 때까지, 우울한 수험생은 배를 감싼 채 움직이지 않았다.

땅거미가 깔리고 있었다. 하늘도, 숲도, 수리호도 온통 먹빛이었다.

땅거미의 먹빛은 동트기 전의 먹빛과 의미가 다르다. 불안을 부르는 빛이었다. 충동을 깨우는 빛이었다. 머리를 낮추고 포복해오는 광기의 그림자였다. 크고 작은 사고, 폭력과 자살 소동이 가장 많이 일어나는 시간이 바로 땅거미가 내릴 무렵이었다. 누군가는 약 기운이 힘을 잃는 때라 그렇다고 했다. 어떤 이들은 다가오는 어둠에 대한 동물적 공포 때문이라고 했다. 뭐가 맞는지는 신이나 알 일이었다. 내가 아는 건 나도 예외가 아니라는 것뿐이다. 매일은 아니지만 자주 불안을 느꼈다. 가볍게 지나가는 날도 있었고, 습격하듯 들이닥치는 날도 있었다. 습격의 날엔 둘 중 하나를 택해야 했다. 뭐든 저질러버리거나, 숨거나. 사람들은 그걸 '땅거미의 주술' 이라 불렀다.

금요일이었던 그날, 수리 희망병원 5병동 주민들도 땅거미의 주술에 걸렸다. 나와 만식 씨가 TV 앞에 서서 〈8시 뉴스〉를 보고 있는 사이, 세 군데서 소동이 벌어졌다. 정문 기둥 앞은 버킹엄 공주가 접수했다. 그녀는 왕족의 품위를 벗어던지고, 509호 거시기의 바지춤을 잡아 흔들어댔다. 509호 거시기는 사타구니를 손으로 가린 채 쩔쩔매고 있었다. 공주 엉덩이에 몰래 방망이질이라도 하다 걸렸나 했더니 그것이 아니었다. 절도 혐의로 추궁을 당하고 있었다. 공주는 전체 목욕시간에 왕관을 도둑맞았고, 누군가 509호 거시기의 물건에 걸려 있는 걸 봤다고 밀고한 거였다. 밀고자가 김용이라고 단정할 수는 없을 것이다. 공주가 목격자로 내세운 '드라곤 백작' 이 반드시 김용이라는 법은 없으니까.

간호사실 창 앞에서는 한이가 시위를 벌였다. 창문을 주먹으로 치고, 발을 구르고, 목청을 바르르 떨며 거위 울음을 울었다. 한이 옆에는 작업반 하나가 멀뚱하게 서 있었다. 달래봐야 더 시끄러워질 거라고 판단한 태도였다. 한이는 평소에도 시위가 잦은 편이었다. 이유는 대개 두 가지였다. 빨강 양말을 받지 못했을 경우, 빨강 양말이 젖거나 더러워져서 바꿔달라는 경우. 그러나 그날은 분위기가 좀 달랐다. 우선 퇴근이 평소보다 두 시간이나 늦었다. 셔츠는 목 주변이 찢어진데다 피투성이였고, 눈두덩은 부어올라 있었으며, 코와 입 주변은 핏자국으로 벌겠다. 어디서 늘씬하게 얻어맞고 온 몰골이었다. 억울함을 호소하는 표정이었다.

창 안에서는 멀쩡한 여자가 한이처럼 굴고 있었다. 책임간호사 윤보라였다. 이름도 예쁘고, 얼굴도 예쁘고, 시대의 요구에 부응하는 젖가슴까지 지닌 그 여자의 정체를, 나는 첫 대면에서 알아본 바 있다. 그녀는 여자로 변장한 점박이였다. 울음이나 고집, 괴성과 소란으로 대변되는 환자들의 의사 표현을 단 1분도 봐주지 못했다. 특히 한이의 시위를 참지 못했다. 그녀는 숨넘어가는 소리로 작업반을 불렀다.

"뭐해! 보호실로 끌고 가."

작업반은 한이의 팔을 틀어잡았다. 이를 기점으로 한이의 호소는 반항을 향해 치달았다. 성난 수소처럼 몸을 점프해가며 이마로 유리창을 찍어댔다. 울음은 울부짖음이 되었다. 작업반은 한이를 제어하지 못했다. 제어는커녕 속절없이 끌려다녔다. 윤보라의 인내심은 거기서 끝장났다. 간호사실 밖으로 뛰어나오는가 싶더니 새하얀 손이 곧장 허공을 갈랐다. '짝' 하는 앙칼진 소리가 터졌다.

"입 좀 닥치란 말이야!"

동시에 B동 입구에서도 무시무시한 소리가 울렸다. 경보 선수가 복도에서 튀어나오며 터트린 단말마의 비명이었다. 추적자는 현선 엄마였다. 전면창 앞은 삽시에 아수라장이 됐다. 1백 킬로를 넘나드는 거구가 몸을 좌우로 흔들어대며 덤프트럭처럼 쇄도해오자, 감히 막아서는 자가 없었다. 구경꾼들은 비둘기 떼처럼 흩어졌다. 윤보라는 간호사실로 뛰어들었다. 작업반은 한이를 현선 엄마 앞으로 홱 떠밀어버렸다. 현선 엄마는 온몸으로 한이를 들이받고, 509호 거시기의 발에 걸려 버킹엄 공주 위로 엎어졌다. 그 틈을 타 뒤늦게 등장한 다른 작업반이 그녀를 덮쳤다.

경보 선수는 정문 기둥 뒤에 숨어 새된 소리를 지르고 있었다.

"난 아무 짓도 안 했어. 그냥 소문을 전해줬을 뿐이야. 현선 아빠가 새장가를 가서 현선이가 면회를 안 오는 거라고……."

언제 나왔을까. 장미방 문 앞에 승민이 서 있었다. 눈과 입이 동그랗게 벌어져 있었다. 뺨에 손만 갖다 붙이면, 복사판으로 익히 봐온 어느 대가의 그림과 똑같을 듯했다. 그 심정 백번 이해할 수 있었다. 이런 일을 숱하게 봐온 나도 얼이 빠지는데 오죽하겠는가. 더하여 녀석의 등엔 만식 씨가 매달려 있었다. 언제 그리로 날아갔는지, 내 재주로는 알아낼 길이 없었다.

승민을 데리고 나왔을 최기훈도 만식 씨와 맞먹는 민첩성을 보여줬다. 내가 그를 발견했을 때, 그는 현선 엄마의 팔뚝에 주사를 꽂고 있었다. 현선 엄마는 축 늘어져서 백합방으로 행차했다. 바닥에 드러누워 발을 구르던 한이는 보호실로 갔다. 현선 엄마에게 깔려 납작해진 버킹엄 공주는 작업반 등에 업혀 방으로 귀환했다. 509호 거시기는 알아서 사라졌다. 승민은 만식 씨를 매달고 샤워장으로 갔다. 나는 복도를 돌기 시작했다. 왈츠 스텝을 밟았다.

시계를 꺼내자. 승민이 돌아왔다. 해방이다. 자유다.

시계는 간단하게 회수했다. 복도를 두어 바퀴 돌고 나자 간호사실 앞이 싹 비었다. 정작 힘들었던 건 주인에게 돌려주는 일이었다. 도무지 승민과 둘이 있을 틈이 나지 않았다. 김용이 내리 독점하고 있었다. 시계 때문에 자기 혼자 수난을 겪은 양 엿새간의 일을 끝도, 두서도 없이 늘어놓았다. 자기 사물함에서 나온 내 물건 얘기만 쏙 뺐다. 대신 나와 경보 선수가 동지가 됐다는 소식을 첨가했다. 승민은 히죽히죽 웃고 맞장구를 쳤다. 자신이 끼친 민폐를 그런 식으로 무마해보려는 속셈 같았다. 얼마 후 세 사람은 해후를 기념하여 담배를 빨러 갔다. 병실에는 나만 남았다.

시계를 휴지에 말아 들고 승민의 사물함으로 갔다. 위험천만한 일이었지만 베개 밑에 두는 것보다는 덜 위험했다. 게다가 열쇠도 필요 없었다. 놈의 사물함은 늘 열려 있었다. 반환은 3초 만에 끝났다. 문 열고, 시계 넣고, 문 닫고. 만족스러웠다. 이만하면 손을 잘 턴 축이었다. 시계와 내가 연관됐다는 증거는 어디에도 없었다. 시계를 발각당하더라도 그건 승민의 문제였다.

커피와 컵, 담배와 책을 들고 병실을 나갔다. 간호사실 앞에서 최기훈을 만났다. 그는 B동으로 가려다 걸음을 멈추고 나를 돌아봤다. 한 손에 컵을 들고, 한 손에 담배를 쥐고, 겨드랑이에 책을 끼고 서푼서푼 걷는 내 묘기가 신기하다는 표정이었다. 손을 떨지 않고 담뱃불을 붙이자 놀라워하는 기색이 역력했다. 나는 흡연실로 가며 창문에 걸린 그의 가운에 우쭐한 시선을 던졌다. 저 바보 같은 물건은 이제 우울한 세탁부한테 넘기지그래요.

담배 두 대를 연달아 피우고 식당으로 향했다. 커피를 마시고 싶었다. 자축하는 의미였다. 불면증 걱정은 하지 않았다. 한 세숫대야를 마셔도 쿨쿨 잘 듯한 기분이었다. 근심 걱정 없는 밤 아니겠는가. 범죄자의 시간이 끝난 것이다. 대타의 시절도 갔다. 나무늘보 시대도 막을 내렸다. 만식 씨가 등에서 떨어지자 중력이 사라진 기분이었다. 다리만 뻗으면 곧장 달로 날아가 버릴 것 같아 불안하기까지 했다. 만식 씨를 매달고 다니는 동안 근육에 초인적인 힘이 붙었던 것이다. 안면 마비는 완벽하게 풀렸다. 침도 흘리지 않았다. 손 떨림까지 사라졌다. 목 터지게 떠들고, 손에 쥐가 나도록 수식을 휘갈겼더니 어느 틈에 그렇게 돼 있었다. 팔자에 없는 선생 노릇이 낳은 '부작용' 이었다.

식당에서 우울한 수험생과 마주쳤다. 그는 눈인사만 보냈을 뿐 별말이 없었다. 눈에 뭉게구름도 없었다. 등에 유치원생 가방도 없었다. 나는 커피를 탔고 그는 밀걸레질을 계속했다. 휴게실에는 끝내 나타나지 않았다. 나는 기다리다 돌아갈 수밖에 없었다.

타임 워프(Time Warp), 버뮤다 삼각지대, 엘도라도, X-파일, UFO. 나열한 단어들의 공통점은 무얼까? 그렇다. 불가사의다. 인간의 변덕도 이 단어로 규정해야 한다고 생각한다. 그날 밤, 또 잠이 오지 않았다. 커피 탓이 아니었다. 문 두들기는 소리와 현선이를 찾는 절규가 들리지 않자 이번에는 불안해서 잠이 안 오는 것이었다. 현선 엄마는 백합방에서 뭘 하며 지내려나?

2시가 좀 못 됐으리라. 보호사가 라운딩을 하기 전이었으니까. 승민이 말을 걸어왔다.

"넌 괜찮든?"

밑도 끝도 없는 물음이었다. 발음이 분명한 걸로 미루어 잠꼬대는 아니었다.

"내가 장미방에서 나왔을 때 벌어진 소동 말이야."

승민의 시선이 내 얼굴을 더듬었다. 깨어 있는 줄 안다고 말하는 시선이었다.

"난 충격받았는데."

그 충격이라면 잘 알고 있었다. 나도 처음에는 그랬다. 소동을 벌인 이들 역시 처음엔 그랬을 것이다. 정신병원에 처음으로 끌려온 자라면 누구든 그럴 것이다. 그러나 그보다 더한 충격이 온 건 그들이 나의 현재이자 미래라는 걸 깨달았을 때였다.

"저 사람들은 왜 저럴까 궁금하기도 하고, 내가 어디 있는지 실감도 나고."

입원 후 우리가 벌인 소동도 만만치 않았다고 말해주고 싶었다. 우리에게 이유가 있듯 그들에게도 이유가 있다. 타인과 교신할 수 없는 내용이라는 게 비극일 뿐이지. 사람들은 스스로 그걸 '영화'라고 칭했다. 병동은 각자의 영화가 동시 상영되는 극장이었다. 그러니 시끄러울 밖에.

"샤워를 하는데 그제야 기억났어. 12년 전에도 똑같은 생각을 했었다는 거. 그땐 5병동이 아니라 3병동이었지만."

턱을 돌려 승민을 봤다. 히죽 웃고 있었다.

"들어오던 날엔 같은 병원인 줄도 몰랐어. 장미방에서 알대머리를 만나면서 알았지. 그 작자, 그때도 머리 꼴이 그랬거든."

입이 벌어졌다. 상상을 넘어가는 이야기였다. 나도 모르게 묻고 말았다.

"그때부터 불놀이를 했어? 열네 살에?"

“세상에 불만이 좀 있었거든. 아니, 그렇다고 생각했지. 열네 살은 자기 자신을 알기에는 아직 어린 나이잖아. 모든 게 다 그 영감 탓이라고 여겼어. 불을 지르지 않았으면 그 영감을 죽였을 거라고. 그런데 그게 아니었어. 그놈은 샴쌍둥이처럼 태생적으로 내 등에 붙어서 나온 거야. 지금도 들을 수 있어. 그놈이 내 심장을 두들기는 소리. 보채는 거야. 활활 타서 내 발밑에 무너지는 병원을 보고 싶다고.”

목덜미에 소름이 돋았다. 충격이 푸른 파도처럼 몰밀어오고 있었다. 승민은 나직하게 소리 내어 웃었다. 입안에서 자갈이 구르는 듯한 소리였다.

“왜, 겁나냐?”

“이번에도 그럼…….”

“아니. 열네 살 이후로는 그래 본 적 없어.”

“그럼 여긴 왜 들어왔는데?”

승민은 뒷머리에 손을 받치고 반듯하게 누웠다. 한동안 침묵이 흘렀다. 나는 기다렸다.

“형제가 있어. 맏이는 큰마누라 아들이고, 둘째는 둘째 마누라 아들. 그룹 회장님을 아버지로 뒀는데 후계자 자리를 놓고 피 튀기게 싸우는 중이야. 걔네들 밑으로 20년 터울이 지는 놈이 하나 더 있어. 얘는 이 집안 피를 반만 받은 반편이야. 갓난애 때 영감이 데려다가 둘째 마누라 손에 떨어뜨려 놓은 혼외자고. 어머니가 누군지도 모른 채 그 여자를 사모님이라고 부르면서 자란 거지. 어려서부터 싹수가 남다른 놈이었어. 열네 살 나이에 품행 장애 판정씩이나 받았다니까. 너 품행 장애가 뭔 줄 알아?”

김용의 주장과 십운산 선생의 계시가 연달아 머리를 쳤다. 불놀이를 하다 버림받은 재벌가의 왕자. 못 미치게 해서 미쳐버린 미치광이.

"사모님이 정신병원행을 주장했어. 놔두면 사이코패스가 될 불덩이라고 의사가 단언했다는 거야. 영감은 허락했고. 나 때문에 혈압이 좀 올라 있었거든. 여섯 살 때 사모님의 애완견 꼬리로 시작한 불놀이가 영감 별장에서 마침표를 찍었으니까. 병원에서 나간 건 한 달 후야. 민 실장이라고 영감 수족 노릇을 하던 사람이 와서 꺼내줬어. 날 불쌍하게 여기던 양반이야. 내가 사고를 칠 때마다 수습하느라 바빴던 사람이고. 그 양반이 영감을 설득했던가봐. 나를 비밀리에 미국으로 보내자고. 프랭클린이라는 곳에 도착한 게 두 달 후야. 스모키 산맥 안에 처박힌 산골마을이었어. 날 맞아준 사람은 '소어링' 이라는 산장을 운영하는 한국인이었고. 산장 현관에 인상적인 사진이 하나 걸려 있었어. 거대한 산군과 그 위를 날고 있는 패러글라이딩 조종사, 독수리 한 마리. 한참 들여다봤더니 산장 주인이 '안나푸르나' 라고 말해줬어. 단박에 좋아졌어. 사진 속의 남자, 산장 주인, 둘 다. 그 남자가 그 남자였거든. 젊어서는 걸어서 안나푸르나를 넘었대. 중년이 돼서는 글라이더를 타고 날았고. 나는 아저씨가 마음에 든다고 말했어. 그랬더니 자기도 그렇대. 대장이라고 불러주면 더 마음에 들겠대. 그러겠다는 의미에서 악수를 청했더니 손을 꽉 잡고 흔들면서 '짜식, 건방진데' 하는 거야. 그게 내 귀엔 '짜식, 쓸 만한데' 로 들렸어. 기분 째졌지. 그리고 얼마 안 가 프랭클린이 대장만큼이나 좋아졌어. 대학 때문에 내슈빌로 가기 전까지는 그곳을 떠나본 적이 별로 없었어. 행복했거든. 자유로웠고. 세상에 대한 불만, 영감에 대한 증오, 심장을 두들기는 불의 충동, 나를 구속하던 것들에서 완전히 풀려났으니까."

승민의 이야기는 내슈빌 시절을 생략하고 한 달 전으로 점프했다.

"한밤중에 민 실장 전화를 받았어. 영감이 죽었대. 장례식에 오지 말래. 사정을 다 말하자면 복잡하고, 요약하면 이런 거야. 영감이 생전에 아무도 모르게, 형제와 사모님 모두를 열 받게 만들 지분을 내게 증여해놓았다. 상속 내용이 밝혀지면 내 인기가 폭발할 거라는 얘기였어. 큰아들은 상속 포기 각서를 요구할 테고, 사모님과 둘째아들 복식조는 내 지분을 접수하려 들 거라고. 충고 무시하고 귀국했어. 이유는 나도 잘 몰라. 유산 같은 건 흥미도 없고, 후계자도 관심 밖이고, 새삼스레 효자로 돌변한 것도 아니었는데. 어쩌면 정말 죽었나 확인하고 싶었는지도 모르지. 분명한 건, 내가 벼랑을 빤히 내다보면서도 저벅저벅 걸어가 떨어져 버리는 머저리라는 거야."

승민의 목소리에 자조가 어렸다.

"장례식 끝나고 평촌으로 갔어. 내슈빌에서 알게 된 선배가 거기서 패러글라이딩 클럽을 해. 하룻밤 신세를 지고 아침 일찍 한국을 빠져나갈 생각이었어. 그러니까 변호사가 상속 내용을 밝히기 전에. 목적지에 도착하면 유산 포기 각서를 우편으로 보낼 참이었고. 난 그 인간들 혈투에 끼어들고 싶지 않았어. 희생물이 될 생각도 없었고. 아마 10시가 좀 넘었을 거야. 클럽에 내 짐을 내려놓고 백운호숫가로 저녁을 먹으러 나갔어. 막 음식을 시켜놓고 앉아 있는데 텔레비전 뉴스에서 내 이름이 나오는 거야. 모 백화점 물류창고에 방화로 보이는 불이 났다. 창고 두 동이 전소됐고 경비원 두 명이 중화상을 입었다. 경찰은 그룹 회장의 셋째아들을 용의자로 수배하고 신병 확보에 들어갔다, 뭐 그런 뉴스. 감이 오더라. 큰형님께서 발 빠르게 정보를 입수하고 움직이셨구나. 족쇄부터 채워놓고 거래할 생각이었을 거야. 자유냐, 상속권 포기냐. 어쩌겠어. 언제 경찰이 들이닥칠지 모르는 판인데 우선 튀어야지. 내겐 무죄를 입증할 시간이 없었어. 상황도 여러모로 나빴고. 방화 경력이 결정적으로 발목을 잡을 테니까. 선배가 자기 차 키를 주면서 원주로 가라고 하더라. 동료한테 연락을 해놓겠다고. 그런데 고속도로로 나서니까 빨간 허머가 계속 따라붙는 거야. 갈림길에서 흰 승용차가 나타나 이쪽으로 나를 몰아넣은 거고. 당연히 큰아들 쪽인 줄 알았어. 두들겨 맞고 잡힌 후에야 사모님 쪽이구나, 했지. 흰 차에 류재민이가 타고 있더라고."

방화, 백화점, 출국금지 조치. 기억에서 빠져 있던 것, 입원하던 밤에 들었던 라디오 뉴스가 토막토막 떠올랐다. 세주백화점 물류창고 신축현장 화재사건, 고 류원식 세주그룹 회장의 삼남, 방화 혐의로 공개 수배, 출국금지 조치…….

"내 보호자라는 인간은 류재민이 수족이야. 처음 찾아왔을 땐 내가 요구조건을 내놨어. 원하는 대로 할 테니까 경찰 쪽 족쇄를 풀어달라. 나가게만 해주면 다시 돌아오지 않겠다. 류재민과 큰아들 관계를 생각하면 어려운 조건이긴 했지. 그래도 이사회가 며칠 안 남은 데다 내가 가진 지분이 필요할 테니까, 어떻게든 할 거라고 기대하고 기다렸어. 근데 안 오더라고. 이사회를 연기시키는 게 더 수월했던 모양이야. 나는 그쪽이 원하는 대로 할 수밖에 없었어. 급했으니까. 지난 토요일에야 렉터 박사가 류재민이 속내를 확인시켜 주더라. 방화광은 반사회적 인격 장애를 가진 자고, 반사회적 인격 장애는 도덕의 정신병이며 치료법은 영원한 격리뿐이라고. 난 웃었어. 하도 암담하니까 웃음밖에 안 나오데. 난……."

승민은 CC카메라를 물끄러미 응시했다. 감정을 다스리느라 애쓰는 기색이었다.

“가야 할 곳이 있어. 지금, 당장, 어떻게든.”

복도에서 구두소리가 들려왔다. 라운딩이 시작됐음을 알리는 소리였다.

“날마다, 순간마다 실감 나. 점점…….”

승민은 눈을 감았다. 발소리가 문간에서 멈췄을 때, 맥락을 훌쩍 건너뛴 말이 들려왔다.

“시간이 없어. 그래서 미치겠어.”

문이 열리고 보호사와 2인조가 나타났다. 시계사건 후부터 야간 라운딩 때엔 늘 세 사람이 한 팀으로 움직이고 있었다. 그들은 문밖 안전지대에서 방을 둘러보고 문을 닫았다. 승민은 다시 입을 열지 않았다. 잠든 것처럼 고른 숨소리만 들려왔다.

나는 혼란에 빠졌다. 승민의 이야기는 충격적이었으나 거기에서 온 혼란은 아니었다. 내 안에서 고개를 드는 혼란이었다. 시계를 주웠을 때부터 나를 괴롭혀온 그 혼란이었다. 땅거미가 질 때 찾아드는 불안감과 비슷한 혼란이었다. 승민 옆으로 한 발짝만 더 움직이면 낯선 세상으로 통하는 문이 와락 열려버릴 것 같은 막연하고도 불길한 육감이었다.

머릿속의 현자가 ‘삑삑’ 호루라기를 불었다. ‘무조건 정지, 진입 금지, 유턴.’

옳은 충고였다. 불편하고 불안하고 불길한 것들은 거미줄 같은 내 삶에 이미 차고 넘쳤다. 슬픔과 절망, 고통과 두려움, 공포. 뭔가를 더 끌어들이면 거미줄은 끊어져 버릴지도 모른다. 승민의 것은 승민의 것으로 두어야 했다. 거미줄 아래 도사린 성미 사나운 악운들이 깨어나지 않도록, 나는 내 자리에 있어야 했다.

담요를 이마까지 끌어 올렸다. 몸이 추운 게 아니었다. 기분이 서늘했다. 잠은 이미 서울역까지 달아나 버렸다. 그 자리를 생각이 채웠다. 현자의 충고를 거스르고 본능의 흐름을 타는 생각이었다. 승민을 향해 날아가는 화살 같은 호기심이었다.

지금 가야 하는 곳이 어디일까. 무엇이 실감 난다는 것일까. '점점'과 '시간이 없어' 사이에 생략된 말이 뭘까. 그것들이 연결되는 꼭짓점에 승민을 미치게 만드는 것이 있을 텐데. 십운산 선생은 혹시 알고 계실까?

# 3부

# 광란자

7월 세 번째 일요일 아침이었다. 병동 주민들은 복도에 체조 대형으로 섰다. 예배 행렬이었다. 호루라기가 울리자 B동 끝 방인 516호부터 병동을 빠져나갔다. 마지막은 501호였다.

비상구 문간에 우울한 수험생이 서 있었다. 그의 일요일 직책은 문지기였다. 임무는 나가는 사람과 들어오는 사람 머릿수 맞추기. 예배가 끝난 후 비상구를 닫는 일도 그의 몫이었다. 우울한 문지기는 임무를 수행할 의사가 없어 보였다. 사람들을 쳐다보지도 않았다. 나까지도 외면했다. 벽에 등을 기대고 발치만 내려다봤다. 마지막으로 김용이 나오자 문을 열어둔 채로 문 옆에 쪼그려 앉았다. 눈에 졸음인지 슬픔인지 헷갈리는 것이 가득했다. 예배가 끝날 때까지 그러고 있을 심산으로 보였다.

비상램프는 건물 측면에 붙어 있었다. 허리께에 닿는 콘크리트 벽 위로 철제 난간이 둘러쳐지고 그 위로 초록색 철망 지붕이 덮여 있었다. 램프 아래는 운동장이었다. 실내 야구장 두 개를 합쳐놓은 듯한 크기요, 모양새였다. 모래가 깔린 직사각형 평지를 램프와 같은 색의 철망 담장과 그물 지붕이 둘러싸고 있었다. 그 너머로 자작나무 숲이 펼쳐졌다. 숲은 흡연실 창으로 내다볼 때와는 인상이 달랐다. 러시아 벌판을 연상시킬 만큼 드넓고 울창했다. 30여 년 전, 병원이 재활원이었던 시절 수용된 환자들이 심어 조성했다는 숲이었다.

"저기가 산책로 입구야."

김용이 담장과 숲 사이에 뚫린 아치형 문틀을 가리켰다. 희망농원 노역 팀이 출퇴근할 때 지나다니는 길이라고도 했다. 숲길 끝에 다다르면 바로 댐이 나온다는 설명을 마지막으로 덧붙였다. 나는 느릿느릿 예배당으로 올라갔다. 램프에는 '빨리빨리'를 외치는 잔소리꾼이 없었다. CC카메라도 없었다.

예배당은 5병동에서 보자면 식당 쪽에 위치했다. 맞은편에 조리실과 도서관이 있었다. A동 쪽은 '직원 기숙사' 팻말이 붙은 철문이 가로막고 있었다. 예배당 안으로 들어서자 정면에 걸린 대형 현수막이 시선을 압도했다.

세계 평화를 위해 기도합니다

현수막 밑에선 여자 작업반들이 찬송가에 맞춰 학예회 율동을 선도하고 있었다. 먼저 자리를 잡은 사람들은 열심히 따라 했다. 예배당도 식당처럼 각 병동과 호실별로 자리가 정해져 있었다. 앞쪽에 1병동과 2병동, 중간에 3병동, 입구 쪽은 5병동. 남자 작업반들은 우왕좌왕하는 사람들을 정해진 자리에 앉히느라 분주했다. 501, 2호는 문 옆에 앉았다.

원목이 등장해 〈이사야서〉 43장 18절을 읽는 것으로 예배가 시작됐다. 그와 함께 사람들의 딴짓도 시작됐다. 김용은 앞자리에 앉은 어

# 무엇이었던 우리가
# 다른 무엇이 되어가는
# 이행의 시간, 인터메초

편재하는 슬픔과 불안을 살아내는 것에 관한
샐리 루니의 정밀한 언어와 통찰

"이 소설은 감정의 미세한 결을 중요하게 다룬다. 사랑과 애증, 죄책감과 회피, 계급과 정상성에 대한 압박을 일상의 장면 속에 녹였다. 인물들은 옳은 선택을 하기보다, 가능한 선택을 붙든 채 다음 수를 고민한다. 그 망설임의 과정이 곧 이 소설의 서사다."

— 〈동아일보〉

"21세기 청년들의 삶을 이토록 세심하고 공감 어린 시선으로 기록하는 소설가는 그 누구도 없다."

— 〈보그〉

"《인터메초》는 샐리 루니를 세계적 현상으로 만든 그 글쓰기를 성공적으로 잇는 작품이다."

— 〈가디언〉

은행나무

떤 남자와 신학 토론을 벌이는 틈틈이 자기 죄를 회개했다. 회개거리가 떨어지자 내 죄를 대신 뉘우쳐주었다. 원죄로 태어난 미스 리의 미친 영혼을 구원해주십사. 오지랖도 빌어먹게 넓은 인간이었다. 내 어머니와 아버지가 재미 봐서 맺은 열매를 왜 자기가 나서서 구원해달라고 난린지 원.

승민은 만식 씨의 등에 얼굴을 묻고 잤다. 한이는 성경을 찢어 종이학을 접었다. 완성된 학은 앞쪽 의자 등받이에 달린 받침대에 나란히 진열했다. 십운산 선생은 간간이 팔을 뻗어 종이학을 접수했다. 그것들은 곧장 그의 주머니로 들어갔다. 예배가 끝난 후 한이는 큰절을 세 번 했다. 김용이 여기에 대한 신학적 해석을 내놓았다.

'종이학을 다 처드신 하느님 아버지, 이제 지은이를 제 손에 안겨주세요.'

종이학을 다 '처드신' 하느님 아버지는 지은이 대신 삶은 달걀 하나씩을 안겨줬다. 내 달걀에는 협박조의 잠언이 쓰여 있었다.

기도가 없는 곳은 사탄의 잔칫집.
기도가 있는 곳은 사탄의 초상집.

501호는 꼴찌로 입장했다가 일등으로 퇴장했다. 김용이 맨 먼저 예배당을 나갔다. 다음은 승민과 만식 씨, 나, 502호 식구들. 5병동 비상구를 4미터쯤 앞두고 승민이 걸음을 멈췄다. 나도 아무 생각 없이 따라 섰다.

"용이 형, 저건 뭐야?"

승민은 한 손으로 햇빛을 가리며 한 손으로 자작나무 숲 너머를 가리켰다. 하늘색 애드벌룬이 떠 있었다. 김용도 걸음을 멈추고 그곳을 봤다.

"아, 저거. 보트장에서 띄운 거야."

"보트장이 저기 있어?"

승민이 되물었다. 햇살이 눈을 찌르기라도 하는 양, 눈꺼풀을 빠르게 깜박거리고 있었다.

"애드벌룬이 저기 있다는 거지. 보트장은 유원지 안에 있어. 요새 비가 잦아서 좀 조용했는데 오늘은 귀깨나 따가울 거다. 봄부터 가을까지 날만 좋으면 모터보트며 수상스키를 타겠다는 인간들이 와글와글 몰려오잖아. 유람선도 떠요. 배 타고 댐을 돌면서 수리봉 암벽도 구경하고. 댐에서 올려다보면 장관이거든. 밑에서부터 정상까지 까만 기암절벽이야."

김용은 숲을 향해 몸을 돌리고 섰다.

"문제는 그 짓 하자고 산을 다 버려놨다는 거야. 유원지가 환경오염의 주범이라니까. 쓰레기 쏟아내지, 오폐수 쏟아내지……."

승민도 김용과 나란히 서서 숲을 내다봤다. 재미난 구경거리라도 나타난 줄 알았는지, 502호 식구들도 같은 자세로 난간에 붙었다. 503호 사람들이 우리 뒤를 스쳐 갔다. 이어 505호, 506호…… 왕관을 되찾고 우아함을 회복한 버킹엄 공주가 프리마돈나 걸음으로 내려왔다. 현선 엄마가 그 뒤를 따랐다. 나는 머리칼을 손으로 움켜쥐고 승민 옆에 숨었다. 김용은 혼자 핏대를 올리고 있었다.

"유원지 때문에 가장 피 보는 건 우리야. 정기적으로 청소 나가야지, 야밤까지 시끄럽지. 재작년부터는 글라이딩 하는 애들까지 몰려들어서 겨울에도 조용한 날이 없다니까."

"활공장이 있어? 어디에?"

승민이 놀란 목소리를 냈다. 김용은 보일 듯 말 듯한 잿빛 능선을 가리켰다.

"수리봉."

미간을 폈다 구겼다 하며 한참 동안 바라보던 승민이 물었다.

"더 잘 보이는 데 없어?"

"산책로 끝에 가면 더 잘 보이지. 오늘은 날이 좋아서 활공장 아래 절벽까지 보일지도 몰라. 근데 인내반은 거기 못 가걸랑. 산책은 희망반 이상만……."

말이 끝나기도 전에 승민은 몸을 돌려 램프를 달려 내려갔다. 김용이 소리쳤다.

"또별, 너 어디 가?"

승민은 시야에서 사라져버렸고 램프에는 501, 2호 사람들만 남아 있었다. 아니, 한 사람 더 있었다. 지은이가 벽에 기대앉아 한이와 시시덕거리고 있었다. 한이의 손등을 물어뜯던 날처럼 연인 분위기가 짙었다.

"뭐야, 이거."

김용이 닫혀버린 5병동 문을 흔들며 중얼댔다. 닫혔다는 건 잠겼다는 뜻이었다. 십운산 선생이 문을 두들겨봤으나 반응이 없었다. 김용은 3층으로 내려갔다. 나와 경보 선수, 십운산 선생과 거리의 악사도 얼결에 따라갔다. 그곳도 닫혀 있었다. 1병동도 마찬가지였다. 김용은 황당하다는 얼굴로 운동장을 돌아봤다. 승민이 산책로 아치 안으로 들어서고 있었다.

"또별, 넌 거기 가면 안 돼. 돌아와, 승민아. 류승민!"

김용의 부름은 메아리에 그치고 말았다. 승민은 잠수하듯 숲으로 빨려들었다. 김용은 나를 운동장으로 밀쳐냈다.

"가서 끌고 와. 들키면 우린 단체로 격리실행이야."

잰걸음으로 운동장을 가로질렀다. 왜 하필 날 시키는 거야, 라는 반항심보다 격리실로 가고 싶지 않다는 일념이 더 컸다. 아치를 통과해 열 발짝쯤 걸었을 것이다. 문득 이상한 기운에 휩싸여 걸음을 멈췄다. 숲 밖 세상이 사라지고 낯선 세상이 나를 품고 있었다.

숲은 기묘한 빛을 띠었다. 어두우면서도 눈을 시리게 하는 흰빛이었다. 아니다. 흰빛이 아니다. 광휘라 해야 옳을 것이다. 곧게 뻗은 나무들의 수피가 뿜어내는 서늘한 광휘. 은빛 나무들 틈바구니에는 이름 모를 잡목과 덤불이 만든 녹색 그늘이 엉켜 있었다. 햇살은 나뭇잎들 위에서만 부유했고, 떠도는 대기에서 물과 이끼와 흙냄새가 났다. 가슴이 고요해져 왔다.

나는 걷기 시작했다. 나무들 사이로 철망 담장과 지붕으로 에워싸인 산책로가 나 있었다. 마치 철망으로 된 터널이 숲을 관통하는 것 같았다. 댓 발짝쯤 더 걷다가 길바닥에 뒹구는 승민의 슬리퍼를 발견했다. 승민은 만식 씨를 등에 매단 채 20여 미터쯤 앞서가고 있었다. 한쪽 팔로 철망 담을 짚고, 발끝으로 바닥을 더듬으며 전진하는 특유의 걸음새였다. 계시라도 받은 것처럼 나도 양말과 운동화를 벗었다. 땅에 맨발을 디디자, 물기를 머금은 땅기운이 종아리를 타고 올라왔다. 차갑고 보드랍고 촉촉했다. 길을 걷는 게 아니라 꿈결을 더듬어 가는 기분이었다. 몸이 저절로 나아가는 느낌이었다. 어쩌면 정말로 그랬을지 모른다. 숲을 에두르는 것처럼 긴 곡선을 그리는 산책로는 줄곧 내리막이었다.

“다들 미쳤어? 왜들 덩달아서 이 난리야?”

김용의 목소리가 숲의 고요를 깼다. 어깨 너머로 뒤를 봤다. 세 사람이 나란히 걸어오고 있었다. 십운산 선생, 경보 선수, 거리의 악사. 모두 맨발이었다. 그들을 쫓아오며 팔딱팔딱 뛰고 소리치는 김용도 맨발이었다.

“가봐야 볼 것도 없다니까. 잡으러 오기 전에 돌아가자고.”

아무도 돌아가지 않았다. 숲 너머에서 피리소리라도 들려오는 것처럼 앞만 보며 곧장 걸어왔다. 저들도 숲에 처음 오는 게 아닐까 싶었다. 생각해보니 모두 인내반이었다.

승민의 걸음은 점점 빨라졌다. 나도 달음박질했다. 잠시 후 우리 셋은 나란히 출구 앞에 다다랐다. 십운산 선생, 경보 선수, 거리의 악사, 김용이 뒤이어 도착했다. 문 앞이 꽉 찼다.

도로와 맞닿은 출구는 철망 문짝으로 막혀 있었다. 문은 쇠사슬과 자물쇠로 잠가둔 상태였다. 철망에 손가락을 걸고 문으로 바짝 다가섰다. 댐이 내려다보였다. 수력 발전을 하는 것 같지는 않았다. 수문 네 개가 모두 열려 있었고 시설도 보이지 않았다. 댐 건너편에 있는 코딱지만 한 건물은 관리실로 보였다. 끝도 없이 긴 댐 비탈에선 붉은 수염을 늘어뜨린 옥수수들이 익어가고 있었다. 그 위로 태양빛이 쏟아졌다. 하늘은 미치도록 파랬다. 나는 허둥거렸다. 가슴 밑바닥에서 낯선 충동이 일고 있었다. 숲의 그늘을 벗어나 댐 비탈로 나가고 싶은 충동. 금빛으로 익어가는 옥수수들처럼, 막 타오르기 시작한 태양 아래 서고 싶은 충동.

승민은 철망에 이마를 대고 우두커니 서 있었다. 나머지 사람들 또한, 그랬다. 그들은 아치문에서 대각선으로 맨 끝지점에 자리한 봉우리를 바라보고 있었다. 수리봉이었다. 김용이 알려주지 않아도 단번에 알아봤다. 수리의 머리 형상을 한 잿빛 암벽이 하늘을 내뚫을 기세로 솟쳐 있었던 것이다. 정상 아래는 굽이진 연봉 능선에 가려 보이지 않았다. 활공장도 보이지 않았다. 거리가 너무 멀었다. 암벽 위로 낮달처럼 희미하게 떠오르는 노란 물체만 육안으로 볼 수 있었다. 김용이 손을 들어 그걸 가리켰다.

"오늘도 글라이더 타는 놈들이 있네."

승민은 눈을 가늘게 뜨고 손가락이 가리키는 곳을 노려봤다. 짐작건대, 글라이더가 아직 눈에 들어오지 않은 듯했다. 글라이더는 구름 하나 없는 하늘로 힘차게 솟구쳤다. 이윽고 댐 수면을 따라 빠르게 비행해 내려왔다. 노란 캐노피가 쟁반만큼이나 커졌을 때, 태양빛 속에서 사람의 형체가 나타났을 때, 승민의 얼굴이 창백하게 굳어졌다. 철망을 움켜쥔 손가락 관절은 하얗다 못해 투명했다.

"뭘 그렇게 넋 빼고 봐? 글라이더 처음 보냐?"

김용이 승민의 옆구리를 쿡 찔렀다. 승민은 대꾸하지 않았다. 거기서 있는 건 승민이 아니었다. 껍데기였다. 실체는 딴 세상에 가 있었다. 아니면 이 지상에 글라이더와 그 자신만 남았든가. 글라이더를 좇는 녀석의 눈은 신을 갓 영접한 광신도의 눈과 똑같았다.

비행이 본격적으로 시작되었다. 빨강, 파랑, 진홍, 초록…… 10여 개의 글라이더들이 일정한 시간 차로 떠올랐다. 가볍게 대기를 가르며 물길을 타고 유영해왔다. 그들의 비행은 아름다웠다. 그들의 발밑에서 역동하는 것은 눈부셨다. 자유였다. 하늘처럼 파랗고 7월의 태양보다 찬란한 자유. 그들의 자유. 그들만의 자유.

나도 철망에 이마를 기댔다. 맥박수가 돌연하게 늘고 있었다. 현기증이 일고 흉곽이 뻐근해져 왔다. 뜨거운 둔통이 전신으로 번졌다. 누군가 신경 절 마디마디에 불을 붙이고 다니는 기분이었다.

마지막 글라이더가 우리가 서 있는 아치문 상공으로 사라졌다. 나는 한동안 움직일 수가 없었다. 글라이더는 사라졌으나 산불처럼 번지던 통증의 여파는 쉬 잦아들지 않았다. 사람들 역시 꼼짝하지 않았다. 백일몽에 빠진 듯한 시선들이 제각기 다른 곳을 더듬고 있었다. 무엇을 더듬는지 궁금했다. 저들도 나와 같은 걸 느꼈는지 궁금했다. 그랬다면 그 통증에 대한 진단을 내릴 수 있으리라. 잃어버린 것에 대한 '그리움', 혹은 기억이 가져다준 '쓸쓸함' 이라고.

백일몽을 깨운 건 요란한 엔진 소리였다. 댐 수면 위로 모터보트 두 대가 달리고 있었다. 제트스키들이 뒤를 따르며 물결을 갈랐다. 김용이 가장 먼저 현실감을 찾았다. 빨리 돌아가자고 보챘다. 점심식사 전에 돌아간다면 숲에 온 걸 모를 수도 있다고.

돌아가는 길은 고달팠다. 숨차고, 다리 아프고, 지루했다. 몸은 땀으로 흠씬 젖었다. 줄곧 내리막이었던 길을 거슬러 올라가야 했으니 당연한 일이었다. 특히 승민이 더뎠다. 담장에 몸을 부딪기도 하고, 발을 접질리고, 자꾸 휘청거렸다. 힘이 빠진 게 아니라 정신이 빠져 그러는 것 같았다. 녀석은 앞도, 옆도, 아래도 보지 않았다. 사라져버린 신기루를 좇는 아이처럼, 멍한 눈으로 뒤만 돌아봤다.

신발들이 흩어진 지점에 다다랐다. 나는 슬리퍼들 속에서 장미처럼 빛나는 중국 꽃신을 주워 들었다. 무심코 승민의 슬리퍼도 주웠다. 승민에 대한 생각으로 머리가 가득 차서 그랬을 것이다. 승민이 소년 시절을 보냈다는 프랭클린. 걸어서, 날아서 안나푸르나를 넘었다는 '대장' 이라는 남자. 글라이더를 좇던 승민의 눈. 승민이 지금 가야 하

는 곳. 승민을 미치게 하는 일……. 머릿속의 현자가 촉새처럼 호루라기를 불었다. '그놈 일에 신경 꺼.'

램프는 아직 조용했다. 김용은 뛰어 올라가려는 사람들을 불러 세웠다.

"그냥 올라가면 어떡해? 숲에 다녀왔다고 알아서 보고할 셈이야?"

우리는 일제히 발을 내려다봤다. 축축한 흙이 발목까지 붙어 있었다.

"하여간 이것들은 저지를 줄만 알지 처리라는 건 할 줄 몰라요."

김용은 우리를 1층 램프 뒤로 데려갔다. 수도꼭지가 있고, 비눗갑이 있고, 손잡이가 달린 솔이 있었다. 노역 팀이 신발을 씻는 곳이라 했다. 우리도 손과 얼굴과 발을 씻었다.

예상대로, 기대대로, 5병동 비상구는 닫혀 있었다. 한이와 지은이도 있던 자리에 그대로 앉아 있었다. 지은이가 앉은 위치만 달라졌다. 한이의 옆자리에서 한이의 다리 사이로. 한이는 지은이의 어깨를 끌어안고 뭐라 속닥거렸다. 두 새파란 것들이 우리가 없는 새에 텅 빈 램프에서 뭘 했는지, 나는 잘 모르겠다. 내 눈으로 본 건 두 가지다. 둘 다 얼굴이 벌겠다는 것, 지은이의 셔츠 단추가 두 칸씩 밀려서 채워져 있다는 것.

김용이 비상구를 두들겼다. 부질없는 짓이었다. 누군가 나오기를 기다리는 수밖에 없었다. 우리는 한이 옆으로 조르르 앉았다. 나는 벽에 머리를 기대고 눈을 감았다. 젖은 살갗이 햇살에 고슬고슬 말라갔다. 기분 좋은 졸음이 몰려왔다.

우리는 수박밭에서 주먹으로 수박을 깼다. 수박은 빨갛고, 달고, 아아, 정신이 번쩍 나게 아팠다. 눈을 떴더니 작업반의 주먹이 우리 머리통을 깨고 있었다. 비상구 문간엔 최기훈이 서 있었다. 놀란 것 같기도 하고, 웃는 것 같기도 하고, 어이없어하는 것 같기도 한 표정이었다. 정리하면 '한심스럽다' 정도가 될 것이다.

우리는 간호사실 앞에 일렬로 섰다. 우울한 데다 풀까지 죽은 문지기도 불려와 옆에 섰다. 그의 변명과 병동 주민의 증언을 짜깁자 아래와 같은 이야기가 완성됐다.

우울한 문지기는 예배가 끝나도록 문간에 앉아 졸고 있었다. 문득 정신을 차려보니, 516호 사람들이 비상구로 들어서고 있었다. 그는 마지막 귀환자를 확인하고 비상구를 닫았다. 516호가 들어왔으니 다 들어온 거려니, 했던 것이다. 우리 뒤로 내려가던 3병동 주민들이 그의 시야를 가린 탓도 있었다. B동 주민들은 문 두들기는 소리에 신경을 쓰지 않았다. 그저 아래층 사람들이 곧잘 하고 가는 장난으로 여겼다. 501, 2호의 부재는 점심시간에야 알려졌다. 식탁이 통째 비었으니 모르면 더 이상할 일이었다. 병동이 발칵 뒤집혔다. 비상벨이 울리고 작업반들이 집합했다. 와중에 문 두들기는 소리를 들었다는 B동 주민의 증언이 접수됐고 최기훈은 비상구를 열었다.

사건은 주의를 듣는 선에서 마무리됐다. 최기훈은 잠깐 한눈을 판 새에 문이 닫혀버렸다는 십운산 선생의 변명을 믿어줬다. 경고도 주지 않았다. 최기훈이 근무했기에 가능한 일이었다. 그는 경고나 체벌을 남발하지 않았다. '수습' 이라는 목적 없이는 환자들에게 손을 대지도 않았다. 그 점이 미덕일 수 있는 곳은 교도소와 정신병원뿐일 것이다. 아마도.

숲에 다녀온 일은 501, 2호만의 비밀로 남았다. 남 탓하기 좋아하는 김용조차 입도 벙긋하지 않았다. 자기 신상에 관한 문제에는 과묵하기가 나에 비견할 만했다.

승민은 오후 내내 침대에서 빈둥거렸다. 다리를 꼬고 누워 할 일 없는 발가락으로 끊임없이 뭔가를 집어 던졌다. 칫솔, 치약 뚜껑, 손톱깎이, 포크 수저…… 침대에 흩어져 있던 잡동사니들이 잇달아 문짝으로 날아갔다. 직구, 커브, 변화구, 아리랑볼 등등 구종도 다양했다. 던질 볼이 떨어지면 제 맘대로 임명한 볼 보이를 발가락으로 내찔렀다. 방 안에 나뒹구는 볼들을 주워오라고. 볼 보이가 누구였는지 정도는 이제 말하지 않아도 아실 것이다. 나는 방에 있을 수가 없었다. 볼 보이 노릇도 싫었지만 뭐가, 언제, 나를 후려칠지 몰라 무서웠다. 그리하여 점호 직전까지 경보 선수와 동지로 지냈다.

밤이 되자 승민은 더 산만해졌다. 뒤채고, 엎어지고, 벌러덩 드러누웠다. 발가락 피칭에, 윗몸 일으키기에, 팔 굽혀 펴기, 1분에 한 번씩 시계를 꺼내 들여다보기. 여기서 잠깐 시계 이야기를 하고 넘어가자.

승민이 돌아온 후 최기훈은 불시에 두 차례나 들이닥쳐 방을 뒤진 바 있다. 승민의 사타구니까지 만져봤다. 그러나 만식 씨의 사타구니는 만지지 않았다. 시계는 꽃무늬 트렁크 속 삼베 주머니에 들어 있었다. 밤이면 승민의 손으로 돌아왔고 아침이면 다시 거기로 들어갔다. 분한 마음이 들었다. 지난 엿새간의 고투가 허무하기 이를 데 없었다. 저토록 간단하게 감출 수 있는 걸 그토록 고생해서 감추다니. 그나마 나만 바보가 아니라는 점에서 위안을 얻었다. 인력과 권력을 총동원하고도 연방 헛발질을 해댄 바보도 있었으니까. 최 모 선생이라고 해야 하나, 모 기훈 선생이라고 해야 하나.

승민은 침대에서 일어났다. 하던 놀이가 모조리 싫증 난 모양이었다. 좁은 방 안을 휘젓고 돌아다니기 시작했다. 창문으로 갔다가 만식 씨의 침대로, 방문으로 갔다가 내 침대로.

'접촉하는 두 물체는 반드시 상대에게 흔적을 남긴다.' CSI가 맹신한다는 로카르의 법칙이 틀렸음을, 덩치 큰 야맹증 환자는 밤새도록 증명해 보였다. 승민의 발에 밟힌 물건들은 모조리 사망 선고를 받았다. 승민의 다리와 충돌한 각 침대들은 수도 없이 자리를 이탈했다. 벽이나 문도 예외는 아니었다. 어슬렁어슬렁 걸어가 온몸으로 '빽' 소리 나게 들이받았다. 그때마다 방 전체가 뒤흔들렸다. 승민은 말짱했다.

곰곰이 생각해봤다. 무엇이 저놈의 뇌관을 건드렸을까. 수리봉, 활공장, 글라이더, 모두 다? 슬리퍼 한 짝이 이마를 탁 쳤다. 사물함 문짝을 박치기로 쳐부수고 돌아와 누운 승민의 발이 범인이었다. 나는 담요를 젖히고 일어나 앉았다. 나도 참을 만큼 참았다. 더는 참아줄 수가 없었다. 침대에서 내려가 침대 밑에 거처를 마련하는 게 현명한 처사였다. 내가 베개를 들고 일어서자 승민은 한 손으로 내 정수리를 감싸 쥐고 눌러 앉혔다.

"스파링 한판 할래?"

그건 내 해골이야. 스파링용 연장은 목이 아니라 손목에 달려 있다고. 나는 승민의 손을 불퉁스럽게 뜯어냈다.

"나, 힘이 남아돌아서 잠이 안 와."

승민은 이를 드러내고 웃었다. 그러나 눈은 웃고 있지 않았다. 웃음기 대신 이상한 광채가 번득이고 있었다. 보는 이를 흠칫하게 만드는 섬뜩한 눈이었다. 복도 바닥에 쓰러지던 밤에 본 눈이었다. 그때 그 눈에서 본 것이 분노와 절망이었다면, 검푸른 새벽 대기 속에서 얼굴을 맞대고 본 것은 노랗게 이글거리는 불길이었다. 누군가 그 불길에 대한 정의를 요구한다면, 나는 주저 없이 '광기' 라는 이름을 붙이겠다.

벽을 보고 모로 누웠다. 먼 숲에서 부엉이가 울었다. 귓전에선 승민의 말이 맴돌았다.

"시간이 없어. 그래서 미치겠어."

담요를 뒤집어쓰고 귀를 틀어막았다.

정신병원의 시계에는 숫자판이 없다. 허구, 망상, 환각, 기억, 꿈, 혼돈, 공포 따위의 이름들이 그 자리를 대신한다. 시간은 바다처럼 존재하고 사람들은 폐허의 바다를 표류하는 유령선이다. 나는 어디에서 왔는가, 어디쯤에 있는가, 어디로 가는가, 하는 것들은 알 길이 없다. 의미도 없다. 자신이 서 있는 지점과 시간의 흐름이 곧 삶이 되는 곳은 반대편 세상뿐이다. 미래가 있는 인간들이 사는 곳, 시계의 숫자판이 의미를 가진 세상. 승민을 미치게 하는 시간은 그쪽 세상의 시계에서 소모되는 시간이었다. 오래전 신이 내게서 거둬 가버린 시간이었다. 어쩌면 애당초 주지 않았을지도 모를 시간이었다. 그러므로 내가 할 일은 잠이나 퍼질러 자는 것이었다. 하고 싶은 대로 하며 살아온 놈, 나와는 다른 시계를 가진 놈, 그런 놈이 미치든 말든, 시간이 없든 말든.

동이 터올 무렵, 가까스로 잠이 들었다. 꿈을 꾸었다. 나는 자작나무 숲에서 길을 잃었다.

휴가 일정이 발표됐다. 병동은 월요일 아침부터 불난 벌집이 됐다. 가고 싶다고 다 갈 수 있는 게 아니었던 탓이다. 조건이 세 가지나 붙어 있었다. 일단 자격 심사를 통과해야 했다. 휴가를 갈 만한 상태인가 아닌가. 기준은 간호사실의 '평가 점수' 였다. 심사를 통과하면 보호자의 의사를 타진해야 했다. 휴가를 가도 되나 안 되나. 마지막 조건은 보호자가 병원으로 데리러 올 수 있어야 한다는 것이었다.

두 번째 조건인 의사 타진은 환자와 보호자의 전화 통화로 이뤄졌다. 시간을 가장 많이 소요하는 과정이었다. 병원 측은 환자의 개인적인 호소를 허락하지 않았다. 환자는 허락 여부를 보호자에게서 직접 듣고 싶어 했다. 병원 측의 전언은 신뢰하지 않는다는 뜻이다. 따라서 자격 심사를 통과한 자는 감시단이 지켜보는 가운데 간호사실의 공중전화로 가족과 통화를 해야 했다. 실로 눈물겨운 작업이라 하지 않을 수 없었다.

미친 짓 말고 뭘 했다고 여름휴가에 목을 매느냐, 하지는 말기 바란다. 지구는 호혜평등의 정신으로 공전하는 행성이다. F코드 주민도 여름에는 덥다. 냉면도 먹고 싶고 피서 행렬에도 끼고 싶다.

전화 작업은 수요일 오후에야 끝났다. 사람들은 몇 가지 부류로 나뉘었다. 허락을 받고 짐부터 싸는 부류, 거부당하고 침울해하거나 울화통을 터트리는 부류, 한 번 더 연락해달라고 조르는 부류, 가족이 자기 몰래 이사를 해버려 황당해하는 부류, 연락을 할 만한 가족이 없는 부류, 휴가에 대해 아예 관심이 없는 부류.

만식 씨는 가족이 없었다. 나는 휴가에 관심이 없었다. 로뎀 병원에서도 휴가를 신청해본 적이 없다. 명절휴가든, 여름휴가든. 가봐야 좋은 일이 없었다. 아버지도 오라고 하지 않았다. 휴가기는 우리 부자가 모처럼 일심동체가 되는 뜻 깊은 시기라 할 수 있었다. 다만 이번에는 전화를 걸 자격조차 주지 않아 속이 뒤집혔다. '안 돼'와 '안 해' 사이의 괴리가 한 인간의 성미를 어떤 식으로 건드리는가에 대해 설명하라면, 열 시간짜리 강의도 할 수 있다. 그냥 한마디로 하라고? 열받았다.

간호사실에 공중전화가 있다는 걸 안 승민은 개폐창 앞을 떠나지 못했다. 창턱으로 얼굴을 들이밀고 필사적으로 매달렸다. 한 통화만 하게 해달라. 30초 안에 끝내겠다. 잘 있다는 한마디만 하겠다.

게시판 앞에 앉아 놈의 청승을 보고 있자니 절로 한숨이 났다. 저게 제정신은 아니지 싶었다. 장미방에서 나온 지 며칠이나 됐다고 연락을 허락할까. 애걸을 하려거든 근무자가 누군지나 보고 하든가. 점박이와 윤보라 커플이었다. 한번 맞춰보시라.

"징징징, 징징징. 무슨 거지새끼도 아니고……"라고 투덜대며 개폐창을 탁 닫아버린 인간이 누굴 것 같은가?

윤보라다. 승민은 창 앞에 뻣뻣하게 서 있었다. 얼굴이 시뻘겠다. 내 곁에 있던 십운산 선생은 옆구리에서 장기판을 꺼냈다.

"저 망할 년이 언제 시집가나 한번 볼까."

501호와 502호를 통틀어 휴가를 받은 자는 김용뿐이었다. 그는 당장 가방을 쌌다. 5분 후 풀었다. 10분 뒤 다시 쌌다. 보아하니 휴가가 시작되는 주말까지 그럴 기세였다. 손 못지않게 입도 분주했다. 이번에 가면 아주 돌아오지 않겠노라고 했다. 며칠 푹 쉬면서 수준 높은 병원을 고를 생각이라고 했다. 내게 로뎀 병원에 대해 꼬치꼬치 묻기도 했다. 소문대로 시설이 기똥차냐, 입원비가 비싸다는데 얼마나 되느냐, 인격적으로 대우한다는데 사실이냐.

'인격적 대우'의 보편적 의미가 상대를 존중하는 행동방식이라면, 정신병원적 의미는 물리적 수단을 쓰지 않고 환자를 통제하는 방식을 의미했다. 어느 쪽을 묻는 것인지 몰라 나는 대꾸하지 않았다.

저녁식사 후, 승민은 흡연실에서 펀칭볼을 치기 시작했다. 나는 커피를 타 들고 내 침대로 갔다. 조금씩 아껴 마시며 우울한 수험생을 기다렸다. 밀걸레를 밀고 나타난 우울한 청소부의 등에 책가방이 붙어 있었던 것이다.

“저어, 나 기다리는 거 아니지?”

8시경, 그가 문간에서 얼굴만 내밀고 물었다. 가만있었더니 쭈뼛대며 들어와 침대 끝에 걸터앉았다. 나를 보는 눈에 뭉게구름이 오락가락했다.

“실은, 여기저기 좀 알아봤어. 도저히 포기가 안 돼서.”

최기훈이 알려줬다고 했다. F코드 주민이 근무할 수 없는 직종 스무 가지. 사회복지사는 거기에 포함되지 않았다.

“그건 해도 된다는 말이지? 자격증 준다는 거지? 최 선생님은 그렇다고 하던데.”

최기훈이 그랬다면 틀림없겠지. 수험생이 건넨 책을 받아 펼쳐봤다. 찢어진 책장들이 풀과 스카치테이프로 정성스레 붙여져 있었다. 구겨진 책장에는 다리미로 누른 흔적이 남아 있었다. 목젖이 묵직해져 왔다. 서글픈 것을 본 탓이리라. 그가 책장과 함께 붙인 것, 다리미로 눌러 없앤 것. 그건 알코올 중독자이자 노숙자였던 한 남자의 희망과 절망이었다.

이후 두 시간, 우리는 머리를 맞댄 채 움직이지 않았다. 처음으로 찰거머리가 귀찮지 않은 밤이었다.

주말 아침, 귀향이 시작되었다. 간호사실 창문을 사이에 두고 설렘과 기쁨, 쓸쓸함과 울화가 엇갈렸다. 간호사실은 휴가자를 데리러 온 가족들로 붐볐다. 나가는 자들은 마치 이민이라도 가는 양 자기들끼리 야단스러운 작별인사를 나눴다. 남은 자들은 휴게실파와 흡연실파로 나뉘어 시간을 죽였다. 텔레비전을 보거나, 담배를 피우거나, 태연한 표정으로 얘기를 나누거나. 그런다고 해서 속내까지 감춰질 리 없었다. 텔레비전 뉴스는 휴가 차량이 몰리는 고속도로를 비추고, 간호사실에서는 엄마, 아빠를 외치는 목소리들이 앵앵대고, 정문 앞에는 승용차들이 줄을 섰는데 신경 쓰이지 않을 강심장이 몇이나 되겠는가. 병동 분위기는 위태로운 파도를 탔다. 누군가 던진 농담에 와르르 웃음이 터졌다가 금세 침울하고 긴 침묵이 찾아들고는 했다.

휴가자들이 빠져나가자 병동 인구는 절반으로 줄었다. 휴가를 마치고 출근한 최기훈은 빈 병실들을 정리하고 있었다. 점박이는 꼬투리를 찾아 여기저기 어슬렁거렸다. 나는 흡연실 벤치에 앉아 있었다. 공평한 아침이었다.

좋은 것, 둘. 맑은 하늘, 모처럼 차지한 창가 벤치.

나쁜 것, 둘. 나돌아 다니는 점박이, 내 어깨를 타고 앉은 만식 씨.

만식 씨가 내 어깨에 자리를 잡은 건 승민 탓이다. 아침식사 후부터 줄곧 샌드백만 치고 있었다. 막 봤을 땐 신기한 마음도 들었다. 승민이 샌드백을 만진 건 처음이었으니까. 두 시간이 넘어가자 '신기함'은 '지루함'을 거쳐 '조마조마함'으로 바뀌었다. 운동이라기에는 지나친 면이 있었다. 작심을 하고 치는 본새였다. 윗옷 벗어던지고, 주먹에 체중을 모두 실어 휘둘러댔다. 펀치를 날리는 팔도 버티는 다리도 휘청휘청했다. 얼굴은 타는 것처럼 붉고 몸은 땀으로 번들번들했다. 바지 역시 푹 젖었다. 만식 씨는 뾰족한 팔꿈치를 내 정수리에 괴고 같은 말을 스무 번이나 물었다.

"또별, 다 끝났어?"

스물한 번째 물었을 때, 스피커에서 윤보라의 목소리가 흘러나왔다. 사이코드라마를 시작하겠으니 지금 식당으로 오라는 거였다. 흡연실 인파는 일제히 투덜댔다. 마음도 심란하고, 사람도 없고, 대한민국 국민이면 다 노는 휴가철에 웬 사이코 같은 사이코드라마 타령이냐고. 그들은 윤보라가 쫓아와 떽떽거리자 마지못해 엉덩이를 들었다.

"거기, 그만하고 나와요."

윤보라는 흡연실 입구에서 손가락만 까닥여 승민을 불렀다. 승민은 스텝을 바꿔 윤보라와 등을 지고 섰다.

"이봐요, 식당으로 가라고."

왼손 잽이 샌드백에 박혔다.

"류승민."

어퍼컷.

"야!"

주먹이 딱 멈췄다. 승민은 눈두덩 땀을 손등으로 한 번 훔치더니 윤보라 앞으로 걸어왔다. 둘은 마주 섰다. 식당으로 가던 사람들은 윤보라 뒤로 다시 모여들었다.

"당신, 나한테 할 말이 그렇게 많아요?"

승민이 얼굴을 들이대며 성큼 다가섰다. 놀라서 어깨를 움찔한 건 윤보라가 아니고 나였다. 그녀는 눈 한 번 깜짝하지 않고 승민의 시선을 맞받았다. 자신을 한 손으로 쥐고 들어 올릴 수도 있을 법한 거구의 남자가 몸을 들이대는 데도 불안해하는 기색조차 없었다. 성미야 어떻든, 대찬 기개와 배포 하나만은 높이 사 마땅했다.

"그럼 호칭이나 통일해서 부르든가. 부를 때마다 바꾸는데 헷갈려서 알아듣겠어요?"

윤보라는 팔짱을 꼈다. 차분하게 전투태세를 갖추는 분위기였다.

"류승민 씨, 지금 나한테……."

"같이 갑시다. 뒷얘기는 샤워하면서 들을 테니까."

승민은 수건을 어깨에 걸치고 흡연실을 나가버렸다. 여기저기서 소리 죽인 웃음이 터졌다. 그 안에 점박이도 끼어 있었다. 윤보라는 팔짱을 끼고 서서 승민이 사라진 곳을 노려봤다. 얼굴이 벌겠다. 서로 사이좋게 한 방씩 주고받은 셈이었다.

나는 만식 씨를 업고 식당으로 갔다. 40여 명 정도가 모여 있었다. 식탁은 양옆으로 치워졌고 의자가 두 줄씩 원형으로 배치돼 있었다. 식수기 앞에만 작은 탁자가 놓여 있었는데 진행자인 윤보라의 자리였다. 무대 중앙에선 여자 작업반이 학예회 무용으로 바람을 잡고 있었다. 따라 하는 이는 두세 명에 불과했다. 무용을 할 기분들이 아닌 듯했다.

사이코드라마에도 장르가 있다. 전문가들이 뭐라고 하든, 내 의견은 그렇다. 로뎀 병원 사이코드라마의 장르는 멜로였다. 멜로는 내 취향이 아닌지라 따분하기 짝이 없었다. 배우로 나서는 짓도 하지 않았다. 아무리 부추겨도 관객에만 머물렀다. 대중 앞에서 '내 이야기'를 한다는 건 인류가 멸망한 후에나 가능한 일이었다.

수리 희망병원 사이코드라마는 스릴러였다. 주워듣기로, 윤보라는 사이코드라마의 자료로 대학원 논문을 쓰고 있었다. 그녀에게는 마땅히 피 끓는 학문의 시간이었겠으나 내겐 끔찍한 시간이었다. 그녀는 점박이의 '군기 잡는 손가락'에 버금가는 독재적인 손가락을 가지고 있었다. 주인공은 그 손가락이 지목하는 대로 정해졌다.

일주일 전에는 역할극을 했다. 여주인공은 현선 엄마에게 돌아갔다. 나는 불길한 예감에 휩싸여 자세를 낮췄으나 독재의 손가락을 벗어날 수 없었다. 현선 엄마의 상대인 현선이 역은 내게 떨어지고 말았다. 그날 일은 돌이켜보고 싶지도 않다. 역할극이 3분 만에 중단됐다는 것과 중단 당시의 상황만 알려드리겠다. 나는 목을 움츠리고, 얼굴을 바닥에 처박고, 식은땀을 뻘뻘 흘리면서 식당 귀퉁이에 엎어져 있었다. 현선 엄마는 현선이에게 젖을 물리려 들고 있었다. 승민은 미친 듯이 낄낄거리다 의자와 함께 뒤로 넘어갔다. 윤보라는 승민을 사이코드라마의 차기 주인공으로 낙점했다. 종목은 모노드라마.

나는 냉장고 옆에 앉았다. 윤보라의 자리와 가깝다는 게 마음에 걸렸으나 달리 도리가 없었다. 반대편에 현선 엄마가 있었다. 만식 씨는 내 허벅지를 타고 앉았다.

학예회 무용이 끝나갈 무렵, 윤보라가 등장했다. 승민이 최기훈에 의해 팔이 뒤로 꺾인 채 뒤따라 들어왔다. 머리에 비누 거품을 뒤집어쓰고 있었다. 홀딱 벗은 상체에도 비눗물이 줄줄 흘렀다. 다급하게 꿰었을 바지는 젖은 허벅지에 딱 달라붙었다. 달라붙은 모양새로 봐서 속옷도 입지 않은 듯했다. 거기에 맨발이었다.

"샤워하는 사람을 끌고 와서 어쩌자는 거요?"

승민은 콧등으로 흘러내리는 거품을 후 불며 물었다. 윤보라는 자기 자리에 앉았다.

"오늘 모노드라마 맡은 거 잊지 않았겠죠?"

"이보세요, 책임간호사 선생님. 난 지금 눈이 맵다고요. 비눗물이나 씻고……."

"다들 기대하고 있어요."

윤보라가 말을 가로챘다. 발톱을 숨긴 고양이 같은 목소리였다.

"아아, 기대."

승민의 입술이 묘하게 일그러지더니 슬그머니 '웃는 눈'이 나타났다.

"그거 좋죠. 기대에 부응해야죠. 우선 책임간호사 선생님의 똘마니 선생님한테 내 팔 좀 놓으라고 해요."

윤보라가 눈짓을 보냈다. 최기훈은 승민을 놔주고 냉장고 옆으로 물러났다. 승민은 팔을 두어 번 흔들어 턴 뒤, 손으로 얼굴을 문질러 비눗물을 훑어냈다.

"자, 내가 어떻게 하면 선생님 기대에 어긋나지 않겠습니까?"

"지난주에 김연순 씨 역할극 하는 거 못 봤나요?"

"그거라면 좀 어렵겠는데. 난 현선이한테 물릴 젖통이 없어요."

화사한 미소가 윤보라의 얼굴에 떠올랐다.

"모노드라마에는 젖통이 필요 없어요. 어렵지도 않고 복잡하지도 않아요. 형식에 매이지 말고 자유롭게 표현하면 돼요. 스스로 택한 주제나 상황과 관련된 생각, 감정, 기억 등등. 가장 큰 목적은 카타르시스니까."

"금방 한 말 그대로 써주실까요?"

윤보라의 얼굴에서 미소가 가셨다. 가느다란 손가락은 볼펜 단추를 신경질적으로 똑딱거리고 있었다.

"확인서 말입니다."

승민은 눈웃음에다 말랑거리는 목소리를 보탰다.

"사인 넣는 거 잊지 마시고."

그녀는 노트를 찢어 몇 자 휘갈긴 뒤 승민에게 건넸다. 한번 해보자는 표정이었다. 식당 안은 고요했다. 숨소리조차 나지 않았다. 시선들은 둘에게 집중돼 있었다.

"자, 우리 류승민 씨에게 격려를 보내드릴까요?"

윤보라가 박수를 쳤다. 여기저기서 산발적인 박수소리가 났다. 승민은 윤보라에게 손으로 키스를 날려 답례했다. 박수가 그치자 확인서를 막대처럼 둘둘 말아 쥐고 창문을 향해 돌아섰다. 만식 씨가 튀어나갈 기세로 엉덩이를 들썩거렸다. 나는 그의 허리를 꽉 끌어안았다.

승민은 한 팔을 높이 들어 올렸다. 손가락을 튕겼다. 딱, 딱, 딱. 휘파람이 흘러나왔다. 한쪽 무릎이 흔들리고 발꿈치가 바닥을 쳤다. 손가락과 휘파람, 몸의 움직임은 내가 익히 아는 리듬을 타고 있었다. 드럼을 두들기는 듯한 트위스트 리듬. 쿵쿵짝짝, 쿵쿵짝짝, 쿵쿵짝짝.

"컴 온 에브리바디, 클랩 유어 핸즈."

시원스럽고 거침없는 목소리가 울려 퍼졌다.

"아, 야, 루킨 굿. 아임 고너 싱 마이 송……."

승민은 서서히 사람들을 향해 돌아섰다. 종이막대를 마이크처럼 입술에 대고 다른 손으로는 허벅지를 두들기면서.

"위아 고너 두 더 트위스트, 앤 잇 고스 라이크 디스!"

어깨가 활짝 열리는가 싶더니 허리와 엉덩이가 유연하게 흔들리기 시작했다. 젖은 맨발은 식당 바닥에 지그재그를 그렸다.

"컴 온 렛츠 트위스트 어게인. 라이크 위 디드 라스트 서머. 예에, 렛츠 트위스트 어게인. 라이크 위 디드 라스트 이어."

윤보라가 손으로 책상을 짚으며 일어났다. 눈알이 눈꺼풀을 뚫고 나오기 일보 전이었다. 승민은 그녀의 심장을 겨누고 손가락으로 6연발총을 쏘았다.

두, 유, 리, 멤, 버, 웬!

"빵야!"

지원사격 소리와 함께 십운산 선생이 일어났다. 경보 선수는 손뼉을 치고 발을 구르며 일어났다. 손과 발의 박자는 전혀 맞지 않았다.

파도타기를 하듯, 앞줄 사람들이 차례로 일어났다. 뒷줄에 앉은 이들은 손바닥으로 무릎을 치며 코러스를 넣었다. 승민은 식당 바닥을 종횡무진으로 미끄러졌고 동조하는 무리는 빠른 속도로 늘어갔다. 나는 인정하지 않을 수 없었다. 승민은 많은 걸 할 줄 아는 놈이었다. 춤을 출 줄 알고, 노래를 부를 줄 알고, 근사한 목소리를 낼 줄 알았다. 자신이 가진 걸 온전히 누릴 줄 알았다. 무엇보다 놈에게서 터져 나오는 강렬한 에너지에 압도당한 기분이었다. 보는 이의 목젖을 간질이고, 심장을 들쑤시고, 뱃속을 충동질하는 전염성 에너지. 그것이 아마 그 남자를 불러냈을 것이다.

내가 흥분해 버둥거리는 만식 씨를 끌고 원 밖으로 물러섰을 때, 어디선가 진짜 연주가 들려왔다. 드럼 소리처럼 박력 있고, 제리 리 루이스의 피아노 연주보다 빠른 하모니카 소리. 전기 침대에 눕는 바람에 기억을 잃어버렸다는 남자, 엄마 이름마저 잊어버렸다는 그 남자가 마침내 망각의 늪에서 일어선 것이었다.

거리의 악사는 하모니카를 물고 트위스트 스텝으로 무대에 등장했다. 승민은 손나팔을 불며 거리의 악사를 향해 미끄러졌다. 둘은 무대 한가운데에서 만났다. 이마를 맞대고 목소리를 맞췄다.

"트위스트 와우!"

뒷줄 사람들이 일제히 일어섰다. 서 있던 사람들은 무대로 몰려 나갔다. 거리의 악사와 승민을 둥그렇게 에워싸고, 발을 까닥거리고 어깨를 흔들며 리듬을 맞췄다. 너 나 할 것 없이 손나팔을 불었다. 승민은 이제 발동이 걸린 기관차였다. "걸, 렛츠 트위스트 어게인"을 외치며 윤보라의 탁자 위로 훌쩍 뛰어올랐다. 그 바람에 살갗에 들러붙었던 바지가 사타구니 솔기부터 주르르 터져나갔다. 일말의 망설임도 없었다. 승민은 바지를 쭉 찢어 내던짐으로써 유전자적 우월성을 만천하에 공개해버렸다. 윤보라는 더는 버텨내지 못했다. 대찬 기개와 배포를 버리고, 자존심과 체면도 내팽개치고, 최기훈 옆으로 퇴각했다. 승민의 손가락이 도망치는 그녀의 뒤통수를 따라갔다.

"저 섹시한 여자 누구야?"

사람들이 대답했다.

"섹시한 년."

나를 가리켰다.

"저 긴 머리 아가씨 누구야?"

"미스 리."

자신을 가리켰다.

"난 누구야?"

"또오별."

"너희들은 누구야?"

"미친놈."

대답과 웃음소리가 함께 터졌다. 승민은 귀에 손을 가져다 댔다.

"새라고?"

"아니."

"비행기라고?"

"아니."

"별이라고?"

이 한마디는 앉아서 버티던 부끄럼쟁이들까지 모조리 일으켜 세웠다. 그들은 허공에다 어퍼컷을 먹이며 소리쳤다.

"오, 예!"

윤보라는 최기훈을 봤다. 어떻게 좀 해보라는 듯.

최기훈은 어깨만 으쓱했다. '날더러 어쩌라고?' 하듯.

사실, 어떻게 해보기엔 너무 늦었다. 하느님이 와도 그들을 말릴 수 없었을 것이다. 하모니카 연주는 점점 격렬해졌고, 사람들은 앞사람의 어깨를 붙잡아 기차를 만들었다. 기관차인 승민이 탁자에서 뛰어내렸다. 기차는 출발했다. 의자들을 걷어차고 쓰러뜨리며 질주하기 시작했다. 쌓이고 쌓였던 울분을 터트리듯, 우렁찬 기적을 울렸다.

치익, 폭. 칙, 칙, 폭, 폭. 칙칙 폭폭, 칙칙 폭폭…….

폭발하는 그들의 에너지는 식당 벽을 무너뜨리고 병동을 뒤엎었다. 기차는 병원을 넘고 대기권을 지나 우주를 향해 날아갔다. 별들은 소리쳤다.

비켜라, 다 비켜라!

렉터 박사가 최기훈과 함께 A동 복도를 걸어왔다. 기차놀이가 끝난 지 10분쯤 지났을 때였다. 방에서 나가려던 나는 소스라쳐서 문 뒤로 숨었다. 거의 동시에 두 사람이 방으로 들어왔다. 놀라웠고 궁금했다. 렉터 박사가 병원을 떠나 있는 시간이 과연 언제인지. 일과 후에도, 주말에도, 휴가 중에도, 일만 터지면 어김없이 출현했다. 509호 거시기가 비 기운만 포착하면 정문 기둥 앞에 출몰하듯. 승민은 발톱을 깎고 있었다. 언제 그런 일을 벌였느냐는 듯 천연덕스러운 얼굴이었다.

"류승민 군."

렉터 박사는 뒷짐을 지며 승민 앞에 섰다. 승민은 대답 대신 왼발을 위로 쳐들고 방금 깎은 발톱들을 검토했다. 렉터 박사는 양 발꿈치를 들어 올렸다가 방바닥을 치듯이 내려놓았다. 구두 뒤축이 '딱' 소리를 냈다.

"자네 엄마는 어른과 이야기할 땐 발이 아니라 얼굴을 들라고 가르치지 않았나?"

승민도 손톱깎이로 반대편 엄지발톱을 '딱' 소리 나게 잘라냈다. 발톱 조각이 렉터 박사의 반들반들한 구두코로 튀었다.

"엄마가 수상한 사람한테는 얼굴 보여주지 말라던데. 이를테면 사람 장사를 하는 알대머리라든가."

렉터 박사의 알대머리에 자줏빛 핏대들이 툭툭 불거졌다. 열선이 과열된 전기스토브를 보는 기분이었다. 그는 입술을 거의 벌리지 않고 물었다.

"좀 전에 재미난 일을 벌였다지?"

"아아. 어떤 여자가 시켜서."

"그럴 리가 있나. 내 병원에 그런 일을 시키는 사람은 없어."

"자필 확인서."

승민은 발바닥 밑에서 윤보라의 확인서를 빼 들고 살랑살랑 흔들었다. 최기훈은 어금니를 물고 자기 발치를 내려다봤다. 화가 났다기보다 재미있어 하는 기색이었다.

"류승민 군, 내 병원에서 그런 일이 다시 일어나지 않았으면 좋겠네만."

"시키는데 안 하면 경고를 주던데."

렉터 박사는 어깨를 굽히고 승민에게 얼굴을 들이댔다.

"나도 경고 하나 주지. 또 까불면, 그땐 새로운 세상을 경험하게 될 거야."

승민은 눈을 크게 뜨고 입을 동그랗게 벌렸다. '아저씨 멋지다' 라고 감탄하는 동네 악동처럼. 렉터 박사는 입술만 길게 늘여 웃었다. 싸늘하게 빛나는 눈이 기대해도 좋다고 말하고 있었다.

"내 이름을 걸고 약속하지."

그는 빙글 몸을 돌려 방을 나가다가 문간에서 섰다. 우리의 눈은 문틈을 사이에 두고 딱 만났다. 그의 검지가 까닥까닥 움직였다. 이리 나와.

나는 나갔다. 제대로 걸렸구나 싶었다.

"이 친구 머리는 왜 여태 이 모양인가?"

갈고리 같은 눈이 내 머리칼을 쭉 긁어내렸다. 최기훈이 대답했다.

"손대지 말라는 과장님 오더가 있었습니다. 가위와 관련해 심각한 공황 발작을……."

"이발을 가위로만 하나?"

"로뎀 병원 소견서에 의하면, 면도칼이나 바리캉도 마찬가지랍니다."

"그래서?"

묻는 목소리가 불길할 정도로 낮고 부드러웠다. 전기스토브에는 다시 불이 들어와 있었다. 주홍빛 정수리 밑에서 열선이 실뱀처럼 꿈틀거렸다.

"약물요법과 인지행동 치료를 병행할 예정입니다만, 환자 상태가 치료를 받아들일 만큼 완전하지 않아서……."

"당장 하라고 해!"

마침내 스토브가 폭발을 일으켰다. 눈과 입에서 불꽃이 튀어나왔다. 최기훈은 입을 다물고 눈을 내리떴다. 나는 겁에 질려버렸다. 이사장의 아들이자 원무부장이자 실제 오너이며 범죄심리학 박사라는 고위인사가 일개 환자의 머리털 문제로 성깔을 부리다니, 이 인간도 머리털 도착증인가. 자기가 알대머리라고 남의 머리털까지 눈 뜨고 못 보는 것인가?

"2과장이 아직 어려서 뭘 모르는 모양인데, 최 선생이 가르쳐. 내 병원에서는 질서와 규칙이 모든 것에 우선한다고."

렉터 박사가 떠났다. 약 1분 후, 간호사실 쪽에서도 스토브 터지는 소리가 났다. 나는 그걸 윤보라가 죽어나는 소리로 이해했다. 5분 후엔 방송이 나왔다. 이수명은 면회실로 오라고. 내가 죽어날 차례였다.

최기훈이 면회실에 나타난 건, 기다린 지 30분이나 지나서였다. 큼직한 종이가방을 들고 성큼성큼 들어와 내 앞에 앉았다. 안에서 거울과 빗, 머리 고무줄과 검은색 야구모자가 나왔다. 내가 놀란 눈으로 쳐다보자 그는 모자를 들어 안을 보여주었다.

"봤나? 이발사 오빠는 없어."

나는 고개를 끄덕였다. 이 인간은 유머 감각을 발휘하지 말았으면 좋겠다고 생각하면서.

"아까 들은 대로 조만간 약물요법과 인지행동 치료를 시작할 거야. 인지행동 치료가 뭔지는 설명 안 해도 되겠지. 로뎀 병원에서 해봤을 테니까. 치료에 앞서 네가 해야 할 일은 머리 단속이야. 산발하고 다니다 부장님 눈에 또 띄면 그땐 나도 어쩔 도리가 없어."

그는 모자를 내 앞으로 밀었다.

"승민이 자리에 있던 고등학생이 두고 간 거다. 새것은 아니지만 깨끗하게 세탁했으니까 쓸 만할 거야."

거울도 내 앞으로 왔다. 샤워장에 있는 것과 같은 것으로, 광을 낸 강철거울이었다. 유리거울보다 흐릿했지만 조각내 무기로 쓸 수 없다는 점에서 목적에 충실한 물건이었다. 최기훈은 좀 전보다 더 한심스러운 유머를 남기고 면회실을 나갔다.

"기왕이면 예쁘게 묶어. 물론, 귀엽게 묶어도 용서해준다."

거울에 비친 자기를 알아보는 짐승은 지구상에 네 종류뿐이라고 한다. 인간, 원숭이, 코끼리, 돌고래. 며칠만 더 거울을 안 봤더라면 나는 4대 짐승에서 탈락했을 것이다. 내 얼굴을 보자마자 '누구세요?' 할 뻔했으니까. 기억을 더듬어보니 3년 전 겨울에 본 게 마지막이었다. 그때는 없었던 턱수염이 세 가닥 나 있었다. 1년에 한 가닥씩 돋은 듯했다. 내게도 수염이 무성해지는 날이 올까. 그런 날이 온다면 턱에도 모자를 씌워야 할 터였다. 그게 예전 주치의가 시도한 인지행동 치료의 성과였다. 가위에 대한 왜곡된 인지를 바로잡고 다양한 관점을 제시하겠다는 그녀의 야심은 불안 유발인자의 범위만 넓혀놓았다. 예를 들어 바리캉 같은 것. 가위는 바리캉과 같은 역할을 하는 도구라는 식의 논리는 실로 유효하게 먹혔다. 다만 가위가 바리캉으로 보이는 게 아니라 바리캉이 가위로 보이는 결과를 가져온 게 문제였다. 전기면도기는 바리캉의 연장선상에 있었다.

거울 앞에서 한량없는 시간을 보냈다. 수염을 만지며 한세월, 머리를 하나로 묶는 데 한세월. 묶은 머리채를 셔츠 등판 속에 숨기고 모자챙을 눌러 내렸다. 거울은 모자챙에 묻혀 입만 보이는 남자를 비춰주었다. 이만하면 머리로 곤욕을 치르는 일은 없겠구나 싶었다. 싫은 사람과 눈 마주치는 일도 피할 수 있겠고. 면회실을 나갔다.

점심식사 후부터 병동은 긴 고요에 빠졌다. 3시가 넘도록 다들 병실에 박혀 있었다. 복도를 삶의 토대로 삼는 경보 선수마저 나오지 않았다. 일상의 평온보다는 괴괴함에 가까운 고요였다. 복도를 도는 내 발소리가 귀에 거슬리는 건 그 때문이었다. 어느 날 갑자기 차량과 사람이 깡그리 증발해버린 거리를 지나는 기분이었다.

A동을 한 바퀴 돌아 간호사실 앞으로 나갔다. 승민도 만식 씨를 업고 간호사실 앞으로 걸어왔다. 윤보라는 슬그머니 일어나 탈의실로 들어가 버렸다. 그것이 승민을 더 건드리지 않겠다는 행동이라면, 시력은 머리만큼 나쁘지 않은 여자였다. 벌과 파리를 구분할 줄 안다는 점에서.

승민은 담뱃불을 붙여 들고 흡연실로 들어갔다. 최기훈은 저녁 근무를 나온 간호사에게 업무 인계를 시작했다. 나는 B동으로 들어갔다.

복도돌이는 2주 사이에 일상이 됐다. 시계사건으로 시작된 일이 점점 좋아하는 일로 변해가고 있었다. 복도 바닥을 내려다보며 터벅터벅 걷노라면 기이하게도 마음이 편안해져 왔다. 불쑥불쑥 목젖을 치받던 삶에 대한 분노도, 아버지를 향한 원망도 견딜 만한 서글픔으로 느껴졌다. 미래에 대한 절망이나 운명에 대한 두려움도 잠시 잊을 수 있었다. 걷다가 흡연실에 들러 담배 한 대 물면, 낙관이 강아지처럼 기어들었다. 이렇게 사는 것도 나쁘지 않겠다. 인생이 별건가. 이래저래 살다 가는 거지. 경보 선수의 끝없는 경주도 그런 관점에서 이해했다. 견디고 잊어야 할 일이 나보다 더 많은 사람이라고.

B동을 일주해 다시 간호사실 앞으로 나왔다. 저녁 번 간호사 혼자 차트를 보고 있었다. 간호사실에서 가장 어린 간호사로, 주민들은 그녀를 막내 간호사라 불렀다.

승민은 흡연실 창가에서 만식 씨와 담배 하나를 돌려 피우고 있었다. 나도 담배나 피워볼까 하고 안으로 들어갔다. 두 사람은 나를 보자마자 세대 연합 앵벌이로 변신했다. 담배 열 개비만 꿔주면 장차 크게 성공하여 열 배로 갚겠다나. 구걸을 외면하자 2인조 강도로 돌변했다. 승민이 뒤에서 목을 조르고 만식 씨가 털었다. 내 손엔 달랑 두 개비가 남았다. 코를 훌쩍이며 만식 씨를 흘겨봤다. 그는 나와 승민을 두고 애정이나 의리를 저울질하는 법이 없었다. 가차 없이 승민 편에 붙었다. 그럴 때마다 나는 실행도 못할 결심을 하곤 했다. 저 노인네를 또 업어주면 내가 성을 간다.

흡연실에서 나오다 한이와 마주쳤다. '뭉개졌다'는 표현으로밖에 설명할 수 없는 얼굴이었다. 옷은 찢어진 데다 더러운 것이 잔뜩 묻었으며 지독한 악취까지 풍겼다. 신발도 없었다. 평소 주말보다 퇴근도 늦었다. 벽시계가 4시를 향해 가고 있었다.

"박한이, 꼴이 왜 그래? 지은이랑 싸웠니?"

막내 간호사가 개폐창으로 얼굴을 내밀며 물었다. 나는 탐구정신을 가지고 그녀의 눈을 관찰했다. 대체 어떤 눈이기에 저 처참한 형상을 지은이와 한판 한 걸로 볼 수 있는 걸까. 지은이가 가라테라도 배웠다면 또 모르겠다. 내 눈엔 누군가 발로 자근자근 밟은 다음, 거름통에 빠뜨렸다가 건져낸 꼴로 보였다. 일주일 전에도 비슷한 일을 당했을 거라고 생각했다.

한이는 저번처럼 울지 않았다. 하소연을 하지도 않았다. 막내 간호사를 흘끔 보더니 제 방으로 냅다 뛰어가 버렸다. 뒤따라가 502호를 들여다봤다. 십운산 선생이 수건으로 한이의 얼굴을 닦아주고 있었다. 거리의 악사는 자기 침대에 앉아 하모니카를 닦았다. 한이는 더러운 주먹을 입에 쑤셔 박은 채 누워 있었다. 시커먼 볼에 흰 눈물자국이 오솔길처럼 나 있었다.

그날 밤, 나는 502호에서 들려오는 하모니카 소리를 들었다.

뜸북뜸북 뜸북새 논에서 울고, 뻐꾹뻐꾹 뻐꾹새 숲에서 울 제,
우리 오빠 말 타고…….

언제부턴가 승민이 따라 부르고 있었다. 가만히 귀를 기울였다. 열네 살에 한국을 떠났던 놈이 나조차도 기억이 가물가물한 옛 동요를 알고 있다는 게 신기했다.

"가끔 꿈을 꿔. 대장이 이 노래를 부르며 석양이 지는 프랭클린 골짜기를 걸어오는 꿈."

승민이 말했다. 잠꼬대처럼 나직하고 몽롱한 음성이었다.

"손에는 도시락 통이 들려 있어. 마을 사람들은 평범한 도시락인 줄 알지만 나는 아니라는 걸 알아. 코렐이 들어 있어. 낮에는 바위틈이나 낙엽 밑에 숨어 있는 야행성 독사야. 대장 눈에 걸려 도시락에 갇힌 놈은 재수 옴 붙은 뱀이지. 밤이 되면 쓸개 빠진 뱀이 되고. 쓸개는 골짜기에서 채취한 온갖 약초에 담긴 채 땅속 저장고로 들어가. 오래전 체로키 인디언한테 배운 비법이라고 했어. 내내 잊고 지내다 내가 도착하면서 만들기 시작한 거야. 프랭클린에서 지낼 때, 유일하게 싫었던 게 그 인디언 약이야. 한 방울만 떨어뜨려도 눈이 타는 것처럼 뜨겁고 아팠거든. 구린내는 위장 속까지 퍼지는 것 같고, 아침이면 눈곱이 덕지덕지 끼고. 이걸 왜 눈에 넣어야 하느냐고 물었어. 대장은 밤눈이 밝아지는 약이라고 했고."

승민은 깍지를 껴서 머리를 받쳤다. 입술 안쪽을 잘근잘근 씹으며 생각에 빠져들었다. 목소리를 다시 들은 건 한참 후였다.

"넌 잠에서 깼을 때, 밤이 지속되고 있을까봐 불안해본 적 있냐?"

'어두운 아침'이라면 알고 있었다. 자폐의 골짜기에서 맞는 아침

이 그랬으니까. 하지만 승민의 '지속되는 밤' 은 그것과 의미가 다른 듯했다. 현실의 어둠을 말하는 것 같았다. 야맹증 얘기인가, 하다 고개를 갸웃했다. 아침까지 지속되는 야맹증이라니. 그런 건 차라리 실명이라고 해야 맞는 게 아닐까.

곁눈질로 승민을 살폈다. 눈을 감고 있었다. 잠든 것처럼 숨소리가 고요했다. 버럭, 답답증이 치밀었다. 나를 일기장으로 쓰려거든 성실한 태도로 쓰든가. 저 하고 싶은 말만 툭툭 던지다 궁금할 때쯤 입을 다무는 건 무슨 심보란 말인가. 그렇다고 흔들어 깨워 꼬치꼬치 물어볼 염도 나지 않았다. 기록한 것만 기억하는 게 일기장의 본질이라고, 머릿속의 현자께서 말씀하셨다.

하모니카 소리는 끝없이 이어졌다. 나는 선잠이 들었다. 눈을 떴을 때, 창 앞에 승민이 서 있었다. 창밖에선 동이 터오고 있었다.

그날 502호 사람들은 체조를 하러 나오지 않았다. 대신 작업반과 보호사가 방으로 달려 들어갔다. 각방 사람들은 502호 문간으로 몰려들었다. 나도 까치발을 하고 그들 사이에 끼었다. 공룡 발톱만 한 송곳니를 손에 쥐고 누워 있는 한이를 볼 수 있었다. 입과 턱, 목이 피에 젖어 벌겠다. 밤새 생니를 흔들어서 뽑아버린 거였다. 누군가 혀를 찼다.

"몇 달 잠잠하다 했더니 또 시작했구나."

나와 승민은 순간적으로 눈을 마주쳤다. 한이는 손톱과 발톱이 하나도 없었다. 이는 네 개뿐이었다. 그것이 뭘 의미하는지, 우리는 뒤늦게 깨달았던 것이다.

정신병동에는 이가 온전한 사람이 드물다. 까맣게 썩어 들어가거나 몇 개 남지 않은 경우가 대부분이다. 약 성분이 이를 부식시켜 그런다고도 하고, 위생 관념의 문제라고도 한다. 어느 쪽이 옳든, 나는 한이의 이를 그런 틀에서 이해했다. 잘못 이해한 것이었다. 네 개 남은 이는 사라진 손톱과 발톱의 다른 버전이었다. 자해 말이다. 그건 한이의 문제 해결방식이었다. 뒤집으면, 한이의 신상에 문제가 생겼다는 의미였다. 문제가 뭔지 알아내야 할 터였다. 이를 다 소모하면 다음은 눈일 테니까. 고흐처럼 귀일지도 모르고.

한이는 백합방으로 갔다. 보호사가 꽂은 주사에 정신을 잃고 이동침대에 실려 갔다. 이는 병원의 문제 해결방식이었다. 당사자가 문제를 인식하지 못하도록 만드는 방식. 한이의 해결방식이 한이가 병원에 들어온 이유를 설명하는 거라면, 간호사실의 해결방식은 한이가 병원을 나갈 수 없는 이유를 설명했다. 생각할 능력을 상실한 자가 바깥세상에서 생존할 길은 없는 것이다.

위장이 비틀리는 기분이었다. 잠시 잊고 있던 두려움이 머리를 들었다. 미래를 떠올리면 어김없이 엄습해오는 두려움이었다. 내 삶에 잠복한 '상실의 날' 에 대한 두려움이었다. 내가 자살 충동에 시달리는 시기는 그런 두려움에 휩싸일 때였다. 생각이 사라지기 전에, 그리하여 죽음을 결심할 능력마저 잃어버리기 전에 끝내고 말자고.

승민이 담배를 피우러 가자고 말했다. 고개를 끄덕였다.

월요일 아침식사 후, 백합방 문이 열렸다. 한이는 나오자마자 지은이부터 찾았다. 지은이는 게시판 앞에 앉아 짝짝이 양말을 신은 제 발만 들여다보고 있었다. 한이가 백합방에 들어가 있었던 것조차 잊어버린 얼굴이었다. 한이는 보호사에게 가서 빨강 양말 두 켤레를 얻어 왔다. 한 켤레는 지은이의 짝짝이 양말 위에 덧신기고 한 켤레는 제 발에 꿰었다. 노역 팀 작업반이 나타나자 지은이의 손을 잡고 비상구로 향했다. 나는 식당 문간에서 잿빛 복도 바닥 위를 자박자박 걸어가는 빨강 양말 두 켤레를 지켜봤다. 그들이 비상구를 빠져나가는 걸 보며 긴 한숨을 내쉬었다. 안도에서 온 한숨이었다. 한이가 여전히 '한이' 라는 안도감, 인간은 그리 빨리 무너지는 존재가 아니라는 안도감, 그러므로 나도 아직은 '상실의 날' 을 두려워할 필요가 없다는 근거 없는 안도감. 기분이 턱없이 가벼워졌다. 가벼운 걸음으로 복도를 돌았다.

습도가 높은 날이었다. 바람 한 올 느껴지지 않았다. 하늘은 햇살 대신 눅눅한 열기만 쏟아냈다. 전기실에서는 사람이 없다는 이유로 냉방을 해주지 않았다. 오후 3시가 넘어가면서 더위는 절정에 달했다. 원래대로라면 영화를 감상해야 했으나 비디오가 고장 나 자유시간으로 대체됐다. 사람들은 선풍기가 있는 자기 방으로 피서를 갔다. 복도를 도는 사람은 경보 선수뿐이었다. 휴게실 소파는 작업반 둘이 독차지했다. 5병동 담당이 아니었는데 전날부터 심심찮게 마주쳤다. 그들은 엘리베이터 사건 때, 곤봉을 들고 기다리던 2인조였다.

간호사실에서는 최기훈이 윤보라에게 업무 인계를 하고 있었다. 수간호사가 휴가를 간 까닭에 최기훈은 이틀째 혼자 낮 근무를 했다. 저녁 근무를 나온 점박이는 에어컨 앞에서 휴대전화를 주물럭대고 있었다.

나는 정문 기둥과 간호사실 전면창 사이를 오락가락했다. 눈은 흡연실에 붙박여 있었다. 승민과 만식 씨가 거기에 있었다. 식사 때와 프로그램 시간 외에는 줄곧 거기 박혀 있었다. 안에서 하는 일은 딱 두 가지였다. 창가 서성이기, 줄담배를 피우기. 가끔 승민이 펀칭볼에 손을 대기도 했지만 두들긴다고 할 만한 정도는 아니었다. 이게 여기 있었지, 하듯 툭 건드려보고 그만이었다. 얼굴은 초췌하기 그지없었다. 수염이 덥수룩하게 자랐고 눈 밑에 꺼먼 그늘이 졌다. 승민은 토요일부터 한순간도 눈을 붙이지 않았다. 창문 앞에 서서 꼼짝하지 않고 밤을 새웠다. 그 뒷모습이 폭풍 전야의 섬처럼 위태로웠다.

"이수명 씨."

내가 계속 오락가락하자 윤보라가 더 참지 못하고 불러 세웠다.

"오늘 몇 바퀴 돌았죠?"

눈에 거슬리니 안 보이는 데로 꺼지라는 얘기였다. 나는 안 꺼지기로 했다. 꺼질 수가 없었다. 승민이 창살을 뜯어낼 듯 움켜쥐고 밖을 내다봤던 것이다. 보이지 않는 곳에서 무슨 일인가 벌어지고 있었다. 이윽고 보이는 곳에서 일이 일어났다.

간호사실 전화가 울기 시작했다. 윤보라는 수화기를 들며 2인조에게 손짓을 보냈다. 그들은 바지 주머니에서 곤봉을 빼 들고 흡연실로 쳐들어갔다. 승민도 문 쪽으로 달려 나오고 있었다. 양측은 흡연실 문간에서 맞닥뜨렸다. 2인조의 곤봉이 허공에서 춤을 추었다. 그들은 체조시간에 호루라기나 부는 2인조가 아니었다. 전문 진압조였다. 가차 없는 손속과 경제적인 움직임, 그건 곤봉질이 아니라 사격이었다. 저항은커녕, 뒤로 물러날 틈조차 승민에겐 없었다. '헉' 하는 새에 바닥으로 고꾸라졌다. 2인조는 승민을 끌고 샌드백이 있는 구석으로 모습을 감췄다. 그 사이 최기훈은 앰플 하나를 따서 주사기에 채운 뒤 간호사실을 나와 흡연실로 들어갔다. 윤보라는 CCTV를 끄고, 개폐창을 닫고, 책상 앞에 앉았다. 이 모든 것이 끝나는 데 1분이나 걸렸는지 모르겠다.

점박이가 엘리베이터로 통하는 간호사실 외부 문을 열었다. 한 남자가 안으로 상체를 들이밀었다. 스포츠머리를 한 젊은 남자였는데 경비원에게 팔이 틀어 잡힌 상태였다. 그는 상기된 표정으로 무어라 말을 건넸고 윤보라는 고개를 슬쩍 들었다. 대꾸를 하기는 하는 것 같긴 한데 알아들을 수가 없었다. 개폐창이 닫히는 순간부터 안쪽의 소리는 전혀 들리지 않았다. 흡연실 문도 닫혀 있었다. 문틈으로 새어나오는 승민의 음성은 수리호 건너편에서 들려오는 것처럼 희미했다.

"여기야, 형. 나 여기 있어……."

이 희미한 외침이 흡연실 문과 간호사실 방음창을 뚫고 남자 귀에 들어갈 리 만무했다. 경보 선수조차 듣지 못한 기색이었다. 그는 샤워장을 지나 자기 방을 향해 걷고 있었다. 간호사실 앞에는 개미 한 마리 얼씬대지 않았다. 나 홀로 거기 서서 꺼져가는 승민의 목소리를 들었다.

혹시나, 했던 일이었다. 그러지 않을까, 짐작했던 일이었다. 짐작은 결국 '그랬구나' 가 되었다. 이런 일이었다. 승민이 비둘기를 날렸다. 전서구를 받은 상대가 날아왔다.

전령사가 누군지 추측하는 건 어렵지 않았다. 믿을 수가 없어 그렇지. 만약 추측이 사실이라면, 승민은 박쥐를 설득해 사냥개를 잡아오게 할 인간이었다.

로뎀 병원에서도 비둘기를 날리는 사람이 종종 있었다. 강제로 입원당한 사람들이었다. 그들의 시도가 실패로 돌아가는 건 전령사 선택이 잘못된 탓이었다. 의대생, 간호대생, 자원봉사자 같은 외부인은 제외해야 한다. 연락처나 전언을 담은 메모의 종착지는 간호사실 책상서랍이라고 보면 맞다. 외출 환자는 본인이 일을 맡지 않는다. 돌아왔을 때 받을 후환이 두려워서이다. 믿고 맡길 대상은 퇴원 환자뿐이다. 퇴원 환자도 회전문을 타는 경우(병원끼리 입원 급여기간이 만료된 환자를 맞바꾸는 행위)라면 낭패만 본다. 잘 구별해야 하는 것이다.

김용은 잠재적 퇴원 환자였다. 본인 입으로 돌아오지 않겠다고 선언했으니, 자칭 퇴원 환자라고 하는 게 더 정확하겠다. 나는 그의 선언을 헛소리로 들었다. 해보는 소리려니 했다. 정말로 결심했다손 쳐도 결심대로 될 가능성은 희박하다고 여겼다. 내 판단이 틀렸고, 믿은 승민이 옳았던 셈이다.

흡연실에서 기다린다는 전략도 현명했다. 평소 생활 근거지였으므로 의심받을 위험이 가장 낮았다. 밤낮으로 밖을 지켜볼 수 있다는 점에서 성공 확률은 높았다. 기다리는 사람이 언제 올지 모르는 일 아닌가. 그가 왔을 때 곧장 무대로 나갈 수 있다는 점에서 위치 선정 또한 탁월했다. 간호사실에서 초대장이 없는 방문객을 안으로 들이는 법은 없으니까.

유일한 문제는 승민 자신이었다. 지난 사흘 승민에게서 발산되던 위태로움, 간호사실에선 그걸 '기다림'의 냄새로 맡은 것이다. 하루 전부터 진압조를 대기시킨 걸 보면 냄새 정도가 아니라 확신이었을 테다.

그 결과, 승민은 보이지 않는 곳으로 끌려갔고 남자는 간호사실로 들어오지도 못했다. 문간에 서서 몇 마디 묻는데도 2 대 1로 몸싸움을 벌이고 있었다. 점박이는 고압적인 태도로 그의 가슴팍을 밀쳤다. 경비원은 팔을 잡아 짐짝처럼 끌어냈다. 윤보라는 차트에 시선을 박았다. 남자는 못내 미련이 남는 듯, 문밖으로 떨려날 때까지 목을 빼고 휴게실을 내다봤다. 필연적으로 나와 눈이 마주치는 순간이 왔다. 숨이 솜뭉치처럼 목에 걸렸다. 그걸 삼키고 나자 간호사실 외부 문이 닫혀 있었다.

점박이가 간호사실을 나와 흡연실로 갔다. 곧 최기훈이 만식 씨를 업고 나왔다. 2인조는 실신해버린 승민을 장미방으로 끌고 갔다. 축 늘어진 다리가 우울한 세탁부의 시트처럼 바닥을 쓸며 내 앞을 지나갔다. 만식 씨는 내게 인계됐다. 얼마나 겁을 먹었는지 몸에 맥이 하나도 없었다. 경보 선수는 얼빠진 눈으로 장미방 문이 닫히는 걸 바라보고 있었다.

나는 전면창 앞에 뻣뻣하게 서 있었다. 당혹감과 충격이 컸으나 그것이 핵심은 아니었다. 중심부에 다른 것이 있었다. 근원과 대상을 직시하고 싶지 않은 불쾌한 감정이었다. 그러나 밤이 찾아오고 적막한 어둠 속에 누웠을 때, '나 여기 있어' 하는 승민의 목소리가 들리는 듯했을 때, 외면하고 싶었던 진실과 끝내 맞닥뜨리고 말았다.

승민을 찾아온 남자와 눈이 마주친 순간, 나는 한 가지를 할 수 있었다. 손가락을 들어 흡연실을 가리켜 보이는 것. 그렇게 했더라면 남자는 알아챘을지도 모른다. 승민의 운명은 달라졌을지도 모른다. 미처 생각할 틈이 없었다는 거짓말은 하고 싶지 않다. 눈이 마주쳤을 때 목에 걸린 것은 숨이 아니라 바로 그 생각이었다. 그런데도 하지 않았다. 승민의 절규를 듣고 있었으면서도, 얼마나 절박한 심정으로 남자를 기다려왔을지 짐작하고 있었으면서도, 창문 앞에서 밤을 새우는 모습을 내내 지켜봤으면서도 하지 않았다. 마냥 서 있기만 했다. 불쾌함의 정체는 혐오감이었다. 손가락 하나를 들어 보이는 게 무서웠던 나라는 인간에 대한 혐오감.

옹송그리고 앉아 밤을 보냈다. 승민의 빈 침대가 농구 코트만 하게 보였다.

화요일 저녁, 김용이 돌아왔다. 간호사실에서 호된 취조를 당한 듯했다. 들어오자마자 가방을 침대에 내던지며 울화통을 터트렸다.

"이거 왜들 이래? 내가 그런 일을 왜 맡아? 머리에 총 맞았어? 일 터지면 제일 먼저 의심받을 텐데. 안 그러냐, 미스 리? 그러고 보니 요새 509호 거시기하고 어울리는 것 같던데. 걔도 휴가 갔냐, 미스 리?"

어찌나 실감 나게 성을 내는지 나도 깜빡 속았다. 김용이 아니라면 누구일까, 골 터지게 연구했으니 말이다. 길길이 뛰는 와중에 김용은 만식 씨와 내게 떡 한 덩어리씩을 돌렸다. 두 장을 겹쳐 손바닥 만하게 썰고 랩으로 싼 백설기였다. 제사떡이라고 했다. 받아서 한쪽에 치워두자 김용은 맛이나 보라고 채근했다. 성가셔하면서도 책장을 넘기는 듯한 손짓이 눈에 걸려 떡을 폈다. 떡 두 장 사이에 둥글고 하얀 물건이 떡하니 박혀 있었다. 승민의 시계였다.

"들어올 때 가방 검사 하잖아. 근데 이건 몰랐을 거다. 내 머리도 꽤 쓸 만하지 않냐."

김용이 문간을 곁눈질하며 소곤거렸다.

"또별이 억지로 쥐여줘서 갖고 갔는데 이것 때문에 퇴원이 물 건너갔잖아. 아버지랑 병원 옮기는 문제를 상의하고 있는데 여동생이 가지고 들어왔더라고. 가방 정리하다 봤다면서 대체 어디서 났느냐고 캐묻는 통에 난처해서 죽을 뻔했다. 진품이면 엄청나게 비싼 시계라는 거야. 엄마가 거품 물었잖아. 아직도 그 버릇을 못 고쳤느냐고. 내가 그 바닥에서 손 씻은 게 언제 적 일인데, 아니라고 해도 당최 안 믿는 거야. 아버지는 다짜고짜 몽둥이부터 휘두르고. 당장 돌아가서 돌려주지 않으면 차입금도 끊어버리겠대. 뭐, 어쩌겠냐. 그러지 않아도 담배를 못 주게 만들어 놔가지고 여기저기서 얻어 피우는 신센데, 가라면 가고 까라면 까야지. 아무튼 내 사정이 이러니까, 네가 갖고 있다가 전해줘."

기가 막혔다. 이 환장할 물건이 또 내 손에 들어오다니. 모자챙을 들어 올리고 김용을 쏘아봤다. 그는 어색하게 웃었다.

"좀 봐주라. 금방 점박이한테 경고 먹고 왔다니까. 나도 이제 세 개야."

돌아서려는 김용의 팔을 붙잡았다. 그는 대가를 받고 임무를 수행했다. 그건 내가 비난할 일이 아니었다. 그와 승민 간의 거래였으니까. 당연히 거래에 대한 책임도 두 사람에게 있었다. 자의건 타의건, 승민은 자신의 몫을 자신이 졌다. 김용은 짐을 내 손에 떠넘긴 것이고. 그렇다면 떠맡은 나도 내막을 알 권리가 있었다.

"누구예요? 평촌이에요?"

김용은 눈을 내리깔고 우물쭈물했다. 표정이 손가락에 엉덩이를 찔린 사람 같았다. 나는 계속 찔렀다.

"민 실장이에요?"

"너까지 왜 그래? 난들 하고 싶어서 했겠냐? 며칠 밤을 고민하다 한 거야. 그놈 눈이 머리에서 떠나질 않아서. 안 해주면 뭔 일 저지를 눈이더라고. 근데 내 꼴이 이게 뭐냐. 취조당하고, 경고받고. 이번에 격리실 가면 나도 인내반이야. 한 달 동안 병동 밖으로 못 나간단 말이야. 그뿐이냐? 집에다 전화도 못하고……."

"그러니까 누구냐고요?"

대답이 없었다. 나는 시계를 손에 쥐고 흔들었다.

"이거 가지고 점박이한테 가요?"

김용은 바로 불었다.

"민가하고는 연락 못했어. 가르쳐준 번호로 전화를 했더니 웬 여자가 받아서 외국 나갔다고 하더라. 누구냐고 꼬치꼬치 묻는데 그냥 끊어버렸어."

"그럼 어제 온 사람은 평촌이에요?"

"병원에 가보라고 그 자식한테 연락한 게 아냐. 혼자 오버해서 나를 곤란하게 만든 거지. 그래 놓고는 되레 제가 성질을 부리잖아. 한밤중에 전화해서 제 아들놈 족치듯이 병원에 갔는데 승민이를 못 만났다고, 거기 있는 게 사실이냐고 하는데 기가 차서 돌아가실 뻔했다. 아니, 누가 저더러 병원에 가보라고 했어? 제깟 게 오면 뭘 할 수 있는데? 승민이가 부탁한 일만 해주면 다 좋았을 거 아냐. 왜 시키지도 않은 짓을 해서 일을 만들어, 만들긴."

"무슨 부탁이었는데요?"

"그건 말 못해. 목에 칼이 들어와도 말 안 한다고……."

김용이 하던 말을 멈추고 문간을 돌아봤다. 듣던 나와 떡을 먹던 만식 씨는 '동작 그만' 상태가 됐다. 맹수의 포효와도 같은 소리가 온 병동을 뒤흔들고 있었다. 장미방 쪽이었다. 김용이 내게로 시선을 돌렸다.

"또별 맞지?"

만식 씨가 내 등으로 날아왔다. 우리는 용수철처럼 튕겨 나갔다. 가는 동안 전율이 온몸으로 내달았다. 울부짖음과 고함소리, 쿵쿵 벽을 치는 소리, 무거운 물체가 연달아 부딪히고 뒤집히는 듯한 소란한 충돌음. 광란이었다. 승민이 무너지는 소리였다. 총알처럼 장미방으로 뛰어드는 점박이와 땅딸이의 모습이 그렇다고 말해주었다. 장미방 앞은 이미 발 빠른 구경꾼들이 장사진을 치고 있었다.

나는 망연해져서 사람들 뒤에 서 있었다. 장미방 안에서 터져 나오는 건 이제 승민의 포효가 아니었다. 점박이의 비명이었다. 땅딸이가 악을 쓰는 소리였다. 2차로 진압조와 주사기를 든 막내 간호사가 투입됐다. 얼마 후, 안이 조용해졌다. 구경꾼들은 숨을 죽이고 장미방 문이 열리는 걸 지켜봤다. 먼저 땅딸이가 점박이를 부축하고 나왔다. 점박이의 왼손과 손목에 감긴 손수건이 피로 벌겋게 물들어 있었다. 뒤이어 막내 간호사와 진압조가 나왔다. 끝으로 우울한 청소부가 밀걸레를 부둥켜안고 나왔다. 정신이 반쯤 나간 얼굴이었다.

자세한 얘기는 우울한 수험생에게서 들었다.

그가 장미방 청소를 끝낼 무렵, 승민이 깨어났다고 했다. 꼬박 스물여덟 시간 만이었다.

"반가워서 그랬어. 미스 리 선생님이 얼마나 낙심하고 있는지 전해주고 싶어서 말을 걸었던 거야. '안녕, 또별' 했더니 억제대를 풀어달래. '안 되는 거 알잖아' 했어. 풀어줘도 소용없다고 말했어. 나도 청소 끝내고 나가려면 호출기를 눌러 문을 열어달라고 해야 한다는 얘기도 해줬어. 그런데 막무가내야. 풀어주면 알아서 나간다는 거야. 덜컥 겁이 나서 호출기를 눌러버렸어. 눈빛을 보니까 제정신이 아니야. 그렇게 무서운 눈은 처음 봤어."

난동이 시작된 건 그때부터였다. 승민은 머리로 벽을 쳐대며 울부짖었다. 사지를 뒤틀고, 억제대를 당겨 침대를 흔들며 몸부림쳤다. 튼튼한 철제 침대는 놈의 힘을 이기지 못하고 뒤집혀버렸다. 점박이와 땅딸이가 뛰어 들어온 건 승민이 조용해진 직후였다. 두 사람은 침대를 뒤집으려 했다. 승민의 다리를 켈리로 찔러봐도 반응이 없자 정신을 잃은 걸로 판단한 거였다. 승민은 침대 밑으로 들어온 점박이의 손목을 물어버렸다. 마치 먹잇감의 목줄에 이빨을 박은 짐승 같았다고 했다. 진압조조차도 선뜻 손을 쓰지 못했다. 승민이 점박이의 손목을 물고 놓지 않아 침대를 뒤집을 수가 없었던 것이다. 승민의 몸에 주사를 찔러 넣고, 정신을 잃을 때까지 기다릴 수밖에 없었다. 점박이의 부상은 예상보다 심각하지 않았다. 손목을 일곱 땀 꿰맸을 뿐, 동맥이나 인대는 다치지 않았다. 김용은 안타까워했다. "그 싸가지 없는 손모가지를 씹어 먹었어야 했는데"라고. 동감이었다.

승민의 광란은 다음 날에도 계속됐다. 약기운에서 깨어나자마자 머리로 벽을 쳐대다가 또 침대째 뒤집혔다. 험악한 얘기들이 잇따라 전해졌다. 피투성이가 된 채 구속복을 입고 마우스피스를 물었다느니. 두피가 짓이겨져서 한 시간 가까이 꿰맸다느니. 가장 무서웠던 건, 정체 모를 주사가 한 시간 간격으로 투여되고 있다는 소식이었다. 새로운 세상을 보여주겠다던 렉터 박사의 약속이 끝내 실행에 옮겨지고 마는 모양이었다.

김용은 거리의 악사에게 썼던 약일 거라고 말했다. 그런 투여방식으로 반나절 만에 뻗게 만드는 걸 봤다고 했다. 일시적으로 뻗는 게 아니라 완전한 나무늘보 단계에 이른다는 얘기였다. 뻗은 당사자, 그러니까 승민과 비슷한 경로를 밟아 ECT실에 도달한 선각자는 조용히 하모니카만 닦고 있었다. 나는 장미방 주변을 떠나지 못하고 서성거렸다. 혹여 이동침대에 실려 ECT실로 가지는 않는가, 가슴을 졸이며 지켜봤다. 그 사이 내 자신에 대한 혐오감은 부끄러움으로, 자책으로, 모습을 바꿔가고 있었다.

저녁나절, 우울한 수험생은 김용 식 표현법을 빌려 승민의 근황을 전했다.

"뻗어버렸어."

7월의 마지막 토요일이었다. 승민이 장미방에 갇힌 지 닷새째 되는 날이기도 했다. 새벽부터 병동에는 심상치 않은 일기를 예고하는 생체 예보가 폭주했다. 체조시간 분위기는 전에 없이 산만했다. A동, B동 할 것 없이 사소한 다툼들로 시끄러웠다. 작업반들의 호루라기 소리는 오케스트라 연주를 방불케 했다. 509호 거시기는 정문 기둥 앞에서 거시기 체조를 했고, 경보 선수는 체조 대신 복도돌이를 시작했다. 거리의 악사는 고개를 숙이고 양팔을 벌린 채 시계탑처럼 서 있었다. 그래도 사람들과 동작이 일치하는 시점이 두 번 왔다. '고장 나 멈춘 시계도 하루 두 번은 맞는다' 는 불멸의 진리를 새삼스레 확인한 아침이었다.

소란은 오후 3시경에야 진정 국면에 들어갔다. 병동 주민들은 호실별로 줄을 섰다. 그들이 가장 좋아하는 사식 분배시간이 돌아온 것이다. 보호사는 사식 신청자 명단을 들고 창턱에 기대섰다. 작업반들은 상자 다섯 개를 들고 나와 간호사실 창 밑에 늘어놓았다. 작업반들은 테이프로 밀봉된 상자 네 개를 뜯었다. 하나는 빈 상자였다. 분배가 끝날 무렵, 네 개의 상자는 텅 비고 빈 상자는 과자나 음료수, 오징어 다리, 컵라면 같은 먹을거리로 채워졌다. 자기 몫을 받은 사람들이 하나씩 떨어뜨리고 간 것들이었다. 차입금이 없어 사식을 못 받는 이들을 위한 십시일반이라고나 할까. 나는 길쭉한 상자를 받아 들고 방으로 냅다 튀었다. 만식 씨가 상자에 깊은 관심을 표했으나 사물함에 넣고 문을 잠가버렸다. 우리가 먹을 것이 아니었다.

그날 처음으로 간호사실 앞이 한산해졌다. 509호 거시기만 기둥 앞에서 찬송가를 부르고 있었다.

"세상은 밭이요. 주는 씨를 부리네……."

나와 만식 씨는 휴게실을 어슬렁거렸다. 간호사실에 사람이 많았다. 낮 번 근무자인 최기훈, 오후 번인 막내 간호사, 보호사, 렉터 박사, 낯선 남자. 낯선 남자는 그리 낯이 설지 않았다. 마흔 살쯤 된 승민을 보는 것 같았다. 키, 체격, 이목구비, 어슬렁대는 표범의 분위기까지 판박이였다. 직감이 단언했다. 저 남자는 류재민이야.

보호사가 먼저 간호사실 밖으로 나왔다. 그는 509호 거시기를 509호에 잡아넣었다. 이어 최기훈이 낯선 남자와 렉터 박사를 데리고 나왔다. 남자는 주변을 슬쩍 둘러보더니 병원이 아주 조용하다고 말했다. 렉터 박사는 나와 만식 씨에게 못마땅한 시선을 던졌다. 나는 움찔해서 흡연실 쪽으로 돌아섰다. 유리벽에 장미방으로 몰려가는 세 사람이 비쳤다.

"단둘이 할 얘기가 있습니다만."

장미방 앞에서 남자가 말했다. 렉터 박사가 대꾸했다.

"그건 위험합니다. 이틀 전부터 진정 기미를 보이고 있습니다만, 아직은 우리 간호사와 함께 들어가는 게 안전할 겁니다."

"5분 후에 데리러 와줬으면 합니다."

부드러운 목소리였으나 어조가 칼날 같았다. 렉터 박사와 최기훈은 간호사실로 퇴장했다. 나와 만식 씨는 B동으로 행선지를 바꿨다. 느릿느릿, 복도를 돌았다. 의문이 꼬리를 물었다. 남자는 왜 왔을까. 비둘기를 날린 데 대한 경고를 하려고? 이틀간의 광란 때문에? 승민에게서 얻어내야 할 게 남아서? 승민의 입을 영원히 다물게 해주려고?

복도를 두 바퀴 돌고 나자 최기훈이 장미방 문을 열었다. 안에서 나온 남자는 간호사실로 퇴장했다. 나는 복도를 한 바퀴 더 돈 다음 흡연실로 갔다. 흰 승용차와 검은 승용차가 먹구름이 몰려드는 숲을 빠져나가고 있었다. 경비는 정문을 닫는 중이었다. 휴게실 텔레비전은 YTN 뉴스에 고정돼 있었다. 앵커의 가슴 아래로 태풍의 상륙을 알리는 자막이 지나갔다.

5시. 병원이 먹빛 대기에 휩싸였다. 비는 아직 내리지 않고 있었다. 나는 식당에서 커피를 타고 있었다. 만식 씨는 창가 식탁에 앉아 밖을 내다봤다. 무슨 생각을 하는지, 합죽한 입을 연방 오물거리고 있었다.

"미스 리, 또별 아직도 자?"

오물거리던 입에서 느닷없는 질문이 튀어나왔다.

"머리에 붕대 감고, 눈 감고, 잠만 자?"

어찌나 놀랐는지 커피를 엎지를 뻔했다. 만식 씨는 전날 저녁 우울한 수험생에게 들은 승민의 소식을 기억하고 있었다. 만식 씨 대신 염소가 여름휴가를 간 모양이었다.

"오늘은 장미방에서 나와?"

여기에 대한 대답은, 식당으로 헐레벌떡 뛰어 들어온 김용이 해주었다.

"왔다, 왔어. 또별 나왔어."

만식 씨를 둘러업고 달렸다. A동 복도가 갑자기 수십 배로 길어져 있었다. 나무늘보였던 시절보다 더 멀었다. 만식 씨는 달리는 말에 박차를 가했다. 빨리, 더 빨리, 바람처럼 달리라고. 나는 고삐를 잡힌 것처럼 방 문간에서 우뚝 서버렸다. 머리에 붕대를 감은 승민이 제 침대 옆에 서 있었다. 만식 씨가 목멘 소리를 냈다.

"또오별."

꺼칠하게 여윈 얼굴이 우리를 돌아봤다. 나무늘보는 아닌 것 같았다. 침을 흘리지도 않았고 표정이 굳어 있지도 않았다. 시선은 정확하게 우리에게 와서 멎었다. 눈동자의 실핏줄들이 빨갛게 불거져 있었다. 할 말을 필사적으로 억누르는 것처럼, 목젖이 아래위로 꿈틀거렸다. 나는 통증을 느꼈다. 눈동자의 실핏줄들이 내 목울대를 뚫고 들어오는 기분이었다.

"오빠 왔다."

승민의 입에서 사탕을 열 개쯤 문 듯한 소리가 흘러나왔다. 나는 모자챙을 내리눌렀다. 미친 새끼……. 기다렸던 만큼 반가웠고 반가운 만큼 어색했다.

승민은 쓰러지듯 침대에 누웠다. 그대로 눈을 감았다. 김용이 다가가 담요를 덮어주었다. 나는 승민에게 가려고 안달 난 만식 씨를 틀어잡고 복도로 나갔다. 삼베 주머니 속의 시계는 굳이 돌려주지 않아도 될 것 같았다. 어차피 그 주머니에서 나와 그 주머니로 들어갈 테니.

저녁식사 벨이 울리자 방으로 돌아갔다. 승민은 아직 자고 있었다. 저녁 먹으러 가자고 어깨를 흔들어 깨웠다. 물을 달라는 대답이 돌아왔다. 컵을 입에 대주자 승민은 머리만 들어 벌컥벌컥 마시고 도로 드러누웠다. 어느새 방에는 502호 식구들까지 들어와 있었다. 십운산 선생이 깨우지 말라고 말했다. 지쳤을 테니 푹 쉬게 해주자는 얘기였다. 우리는 방을 비웠다. 붙어 있어봐야 해줄 것도 없었다. 거치적거리기나 하지.

그날 우울한 수험생은 평소보다 일찍 책을 덮었다. 내가 집중을 하지 못한 탓이었다. 정신이 온통 승민에게 가 있었다. 공연히 불안했다. 이상하게 불길했다. 만식 씨도 방에 가자고 자꾸 보챘다. 비는 그때까지도 내리지 않았다. 컴컴한 하늘에서 번개만 날뛰고 있었다. 종종걸음을 쳐서 방으로 돌아갔다. 문을 열자 불안이 현실로 바뀌었다. 승민이 몸을 뒤치며 고통스러운 신음을 흘리고 있었다.

"또별, 어디 아파?"

만식 씨가 승민의 침대로 뛰어내렸다. 나는 승민을 반듯하게 눕혔다. 얼굴과 목이 벌겠다. 몸이 뜨거웠다. 물기 한 점 없이 메마른 살갗 밑에서는 맥이 약하고 빠르게 뛰었다. 눈꺼풀은 반쯤 열린 상태였고, 눈자위는 얼굴색만큼 벌겠으며, 눈동자는 초점 없이 몽롱하게 흔들리고 있었다. 느낌이 심상치 않았다. 김용도 그렇게 느낀 듯했다. 부리나케 방을 나갔다가 보호사를 끌고 돌아왔다. 보호사는 승민의 체온을 재고 나가더니 막내 간호사를 끌고 돌아왔다. 막내 간호사는 혈압을 재고 나가더니 링거를 담은 처치 트레이와 링거 거치대를 들고 돌아왔다. 거치대가 승민의 침대에 꽂혔다. 링거는 승민의 팔에 꽂혔다. 그녀가 수액 방울수를 조정하고 반창고를 붙이는 사이 김용이 입을 열었다.

"뭐가 잘못된 거 아니우? 열이 펄펄 끓는데."

"어제부터 감기 기운이 있었어요. 링거에 해열제 섞었으니까 곧 괜찮아질 거예요."

"기침도 안 하는데 감기는 무슨 감기. 저녁도 못 먹고 겨우 물만 몇 모금 마셨다니까. 신경과 정 선생이라도 와서 보는 게……."

"낮에 원장님이 보고 가셨어요."

그녀는 김용의 말을 자르고 내게 따라오라는 손짓을 보내며 방을 나갔다. 나는 얼른 따라갔다. 간호사실 창턱에 베갯잇으로 싼 얼음베개와 수건이 놓여 있었다.

"베개 대주고 물수건으로 몸을 닦아주세요. 열 떨어지기 전엔 담요

덮어주지 말고요."

시키는 대로 했다. 베개를 받치고, 대야에 찬물을 떠다 몸을 닦았다. 김용에게 빨대를 얻어 물도 몇 번 먹였다. 링거액이 들어가면서 승민의 상태는 조금씩 나아졌다. 열이 내리는지, 오한이 잦아들고 콧잔등에 땀이 맺혔다. 점호 벨이 울릴 무렵에는 온몸이 땀에 젖었고 깊은 잠이 들었다. 모처럼 막내 간호사와 보호사, 야근자인 점박이가 함께 점호를 했다. 그의 왼쪽 손목에는 아직 붕대가 감겨 있었다. 막내 간호사는 열이 떨어진 것에 안도하는 눈치였다. 나는 또 불안을 느꼈다. 이런 밤에 간호사가 없다니, 하필 점박이가 야근자라니.

밤이 깊어지자 마침내 하늘이 포문을 열었다. 빗줄기가 억센 힘으로 유리창을 들이받기 시작했다. 흡사 물빛 뱀들이 날아와 부딪치는 것 같았다. 천둥 번개는 간단없이 번쩍이고 으르렁댔다. 바람이 숲을 울렸다. 방문과 창문이 엇박자로 뒤흔들렸다. 나는 벽에 기대앉아 잠든 승민을 지켜봤다. 그러다 깜박 졸았던 듯하다. 천둥에 놀라 눈을 떠보니, 승민이 머리를 감싸 쥔 채 나뒹굴고 있었다. 얼른 목덜미부터 만져봤다. 살갗이 축축하고 차가웠다. 열이 다시 오르는 것 같지는 않았다. 링거액도 절반쯤 남아 있었다. 그러나 푸르스름한 취침등 빛에 드러난 얼굴은 고통으로 일그러져 있었다. 눈꺼풀은 두툼하게 부어올라 속눈썹까지 안쪽으로 말려 들어가 있었다. 메말라 갈라진 입술에선 잠꼬대인지 헛소리인지 모를 것들이 뒤섞여 쏟아졌다. 내가 알아들은 말은 한마디뿐이었다. 물.

빨대를 꽂은 컵을 입에 대주었다. 한 모금 삼키는가 싶던 승민은 '웩' 소리를 내지르며 물을 뱉어냈다. 누군가 주먹으로 배를 지르기라도 한 것처럼, 다리를 접고 허리를 말았다. 구토가 시작되었다. 갑작스러운 구토였다. 펌프질을 하는 듯한 격렬한 구토였다. 숨 쉴 틈도 없는 발작적인 구토였다. 목 안에선 고통스러운 신음이 끓었다. 부어오른 눈가로 찐득한 눈물이 쉴 새 없이 흘러내렸다. 나는 기도가 막히지 않도록 녀석의 머리를 옆으로 돌려 뉘었다. 쓰레기통을 찾아다 침대 밑에 받치고 창 밑 호출 벨을 눌렀다. 반응이 없었다. 길게도 눌러보고 짧게 여러 번 눌러보기도 했다. 마찬가지였다.

김용을 깨웠다. 호출 방법을 알 만한 사람은 그뿐이었는데, 꿈쩍도 하지 않았다. 어깨를 흔들고, 눈꺼풀을 뒤집고, 팔뚝을 꼬집고, 소리를 질러도 움찔하는 기미조차 없었다. 수면제가 아니라 독약을 삼킨 모양이었다. 시체를 깨우고 있는 기분이었다. 변화가 있다면 방 안이 갑자기 환해졌다는 것이었다. 언제 일어난 것인지, 만식 씨가 헬멧 전등을 켜고 승민 곁에 앉아 등을 두들겨주고 있었다. 나는 그의 삼베주머니에서 시계를 꺼냈다. 2시 정각. 라운딩을 할 시간이었다. 기다려보기로 했다.

2시 04분. 점박이는 오지 않았다. 호출 단추를 재차 눌러봤다. 여전히 대답이 없었다.

2시 10분. 더 기다릴 수가 없었다. 나는 방문을 두들기기 시작했다. 와달라고 소리를 내질렀다. 그 또한 호출 벨과 다를 바 없었다. 아무리 두들겨도, 아무리 소리쳐도 누구 하나 나오는 기색이 없었다. 그 사이에도 승민은 줄기차게 토하고 있었다. 토할 것도 없어 누런 물만 쏟아냈다. 만식 씨는 물끄러미 나를 바라봤다. 퀭한 눈에 근심과 기대가 함께 담겨 있었다. 내가 어떻게든 할 것이라고 믿는 눈이었다.

나는 아무것도 할 수가 없었다. 생각조차 제대로 할 수가 없었다. 마냥 다급하기만 했다. 막막하기만 했다. 문을 두들겨도 와주지 않는다면 간호사실과 연락할 길이 없었다. 문 앞에 풀썩 주저앉았다. 승민이 구토를 멈춘 것도 그때였다. 시작할 때처럼 갑자기 멈췄다. 뻣뻣하게 굳었던 등에서 긴장이 빠져나갔다. 그와 함께 의식까지 빠져나간 것 같았다. 머리를 떨어뜨리며 축 늘어져 버렸다. 점증하던 불안이 단숨에 공포로 치달았다. 감기가 아니었다. 이토록 모진 감기가 있다는 말은 들어본 바 없었다. 위장이 꼬였을지도 모른다. 뇌염모기에 물렸을지도 모른다. 어쩌면 이대로 죽어버릴지도 모른다. 당장 그럴 것만 같았다.

다시 문을 치기 시작했다. 어깨로 들이박고 발로 찼다. 여기요. 여기 좀 와줘요. 사람이 죽어가요. 다 죽어간다고요. 대체 뭘 하는 거야. 점박이, 이 개자식아…….

울고 싶었다. 밤마다 들려오던 구두소리를 그날 밤엔 끝내 들을 수가 없었다. 믿기지 않는 일이었다. 사람이 죽어가는데 아무도 와보지 않는 병원이 있다니. 문이 부서지도록 두들기는데, 아래층까지 뒤흔들 법한 소음인데 대꾸하는 이가 없다니. 순간 너무도 당연해서 간과해버린 사실 하나를 깨달았다. 내가 두들기고 있는 것은 정신병원 폐쇄병동의 문이었다. 문 두들기는 일이 주목거리에 속하지 않는 곳이었다. 소란에 깨어난 사람이 있다고 해도 비 오는 밤에 누군가가 미쳐서 날뛰고 있다고 생각할 터였다. 내가 소리치고 문을 두들기는 동안, B동에서는 현선 엄마가 현선이를 부르고 있었다. 밖에선 천둥과 번개가 세상을 두들기고 있었다.

힘이 쭉 빠져나갔다. 문짝에 등을 기대고 창문을 건너다봤다. 왜 하필 점박이일까. 점박이만 아니었다면 제시간에 라운딩을 했을 텐데. 적어도 이렇게 방치하지는 않았을 텐데. 그때 어디선가 사람소리가 났다. 안팎의 소음을 뚫고 "깨워"라는 말이 들려왔다. 나는 문에 귀를 대고 숨을 죽였다.

"최 선생을 불러."

502호에서 들려오는 소리였다. 십운산 선생의 목소리였다. 일순 반가웠고, 곧바로 기가 막혔다. 간호사실에 있는 점박이도 못 부르는 판에 기숙사에 잠들어 있을 최기훈을 깨우라니.

"창을 깨버리라니까."

그제야 우리 방 바로 위가 최기훈의 거처라는 사실이 기억났다. 알았다고 대답했다. 거기 그대로 있어달라고 소리치며 승민의 사물함을 뒤졌다. 양말은 짧았다. 길고 질기고 탄성이 없는 것이 필요했다. 이를테면 빨랫줄 같은 것. 찾아낸 것은 노랑 고무줄 두 개였다. 내 사물함도 별다르지 않았다. 만식 씨의 사물함에서는 50밀리리터들이 캐스터 오일 병만 서너 개 튀어나왔다. 바지를 벗어 침대에다 대봤다. 어림없었다. 적어도 두 배는 길어야 했다. 나는 바짓가랑이를 잡고 양쪽으로 찢은 다음 찢어진 부분끼리 매듭을 지어 밧줄을 만들었다. 만식 씨의 삼베 주머니에 든 물건은 쏟아버리고 시계만 담았다. 삼베 주머니와 바지 자락은 내 머리 고무줄로 묶었다. 아쉬운 대로 팔맷돌 비슷한 것이 완성됐다.

다음 문제는 내 머리끝에 닿는 창문 높이였다. 만식 씨의 침대에 올라서도 팔을 내밀기엔 여전히 높았다. 우리 방과 윗방 창문 간의 거리를 감안한다면 훨씬 더 높은 곳에 서야 했다. 방 안을 둘러봤지만 딛고 올라설 만한 것이 있을 리 없었다. 사물함을 움직여보려 했으나 벽에 단단히 붙박여 있었다. 십운산 선생에게 SOS를 쳤다.

"창문이 너무 높아요."

즉각 해답이 돌아왔다.

"만식 씨 시켜."

귀 밝은 만식 씨는 벌써 준비하고 있었다. 윗도리를 벗어 던지고, 헬멧 벨트를 조이고, 자신의 침대로 건너가 기마 자세로 섰다. 나도 그의 침대로 올라갔다. 시계를 넘겨주고 어깨에 목말을 태우고 일어나 창살을 양손으로 움켜잡았다. 만식 씨는 걸쇠를 풀고 창문을 열었다. 무시무시한 비바람이 들이닥쳤다. 얼굴로 스트레이트 펀치가 날아든 것 같았다. 고개가 뒤로 꺾이고, 모자가 벗겨져 날아가고, 머리칼이 깃발처럼 펄럭였다. 등 뒤에선 열려 있던 사물함 문들이 쾅쾅 소리를 내며 닫혔다. 만식 씨는 "끙" 하는 기합과 함께 시계를 쥔 손을 창살 사이로 내뻗었다. 내 입에서는 "맙소사" 소리가 튀어나왔다. 산 넘어 산이라더니. 생각지도 못한 문제가 또 있었다. 사람의 팔이 온전히 빠져나가기엔 창살 틈이 너무 좁았다. 만식 씨의 팔은 3분의 2만 나간 상태에서 창살에 끼어버렸다. 그는 이 앓는 소리를 내며 밖으로 나간 팔 부분을 이리저리 움직였다. 나는 그의 팔을 붙잡아 창살에서 뽑아냈다. 관절 부위까지 온전히 나가지 않은 상태에서 움직이다가는 유리창을 부수기 전에 팔부터 부러질 터였다.

만식 씨를 내려놓고 고민했다. 어찌할까. 우리 둘이 목청을 합해 최기훈을 불러볼까. 천둥과 바람소리가 무시무시했다. 최기훈이 창문을 열어놓고 잘 리도 없었다. 어쩌면 아예 방에 없을지도 몰랐다. 토요일 밤이 아니던가. 나는 미련을 버리지 못하고 창살을 하나하나 흔들어봤다. 혹시 흡연실처럼 빠지는 창살이 있을까 해서. 모두 제자리에 박혀 있었다. 거리의 악사라 해도 뽑아내지 못할 만큼, 단단하고 단호하게.

무력감이 온몸을 휩쌌다. 분노가 몰밀어왔다. 창살 하나였다. 창틀에 박힌 쇠막대기 하나였다. 그 차갑고 천박한 물건이 한 인간의 모든 것을 움켜쥐고 있었다. 박탈당한 자유로부터 생명까지.

나는 맥없이 방문 앞으로 갔다. 지푸라기를 잡는 심정이었다.

"창살 간격이 너무 좁아요."

502호의 조언자는 대꾸가 없었다. 못 들었나 싶어 버럭 소리쳤다.

"팔이 빠져나가질 않는다고요!"

답이 왔다.

"비누 있나 찾아봐."

머리에 불이 반짝하고 들어왔다가 금세 꺼져버렸다. 방에 비누가 있을 리 없었다. 공용으로 쓰는 물건이었고 샤워장에만 두도록 규정돼 있었다. 그래도 혹시나 해서 침대 밑을 살폈다. 사물함들을 다시 뒤졌다. 정작 비누가 있을 법한 김용의 사물함은 잠겨 있고, 손에 걸리는 건 만식 씨의 똥약인 캐스터 오일뿐이었다.

캐스터 오일. 이번엔 제대로 불이 들어왔다. 나는 캐스터 오일 병을 보이는 대로 주워 모았다. 눈치 빠른 만식 씨는 내가 뭘 하려는지 척 알아차렸다. 무슨 말을 하기도 전에 오른팔을 내 앞으로 쭉 뻗었다. 나는 주워온 오일을 모조리 들이부었다. 빗장뼈까지 미끈미끈한 기름이 덮이도록 골고루 문질렀다. 우리는 다시 창문 앞에 섰다. 만식 씨는 시계가 든 줄을 먼저 창살 밖으로 떨어뜨리고 팔을 쑤셔 박듯이 밖으로 뻗었다. 어깨관절 부위까지 단숨에 빠져나갔다. 곧 팔의 움직임이 내 어깨로 전달돼왔다. 시계를 매단 줄이 빙빙 돌면서 가속을 하고 있었다. 나는 창살을 꽉 움켜쥐고 몸이 흔들리지 않도록 버텼다. 어느 순간, 팽팽하게 돌던 시계가 힘차게 솟구쳐 올랐다. 나는 기도했다. 위층 창문에는 창살이 없기를. 강화유리가 아니기를. 무엇보다 최기훈이 방에 있기를.

창문은 한 방에 깨졌다. 날카로운 파열음이 들리고 유리조각이 우수수 떨어져 내렸다. 위층 불이 켜졌다. 창문이 열리는 소리가 났다. 최기훈의 목소리가 빗줄기와 함께 쏟아졌다.

"거기 누구야?"

"또별이 죽는다!"

만식 씨가 소리를 질렀다.

"우리 또별 죽는다, 이놈들아."

천둥인지 문소리인지 모를 굉음이 울렸다. 최기훈의 목소리는 더 이상 들리지 않았다. 그가 오는 것이리라. 그렇게 믿고 싶었다. 다리가 흐물흐물 풀렸다. 온몸이 정신 못 차리게 떨려왔다. 빨리 와요. 빨리. 빨리…….

우리는 창밑에 쪼그려 앉았다. 나는 아랫도리를, 만식 씨는 앙상한 가슴을 내놓은 채 들이치는 비바람 속에서 넋을 놓고 있었다. 형광등에 불이 들어오고 문이 열릴 때까지.

최기훈이 셔츠 바람으로 달려 들어왔다. 그는 승민을 살펴보더니 뛰어나가 혈압계와 펜 라이트와 체온계를 들고 되돌아왔다. 잴 것 재고 볼 것 본 뒤 다시 나갔다가 신경과 정 선생을 데리고 나타났다. 정 선생은 승민의 눈꺼풀을 열어 불을 비춰보고, 젖꼭지를 꼬집고, 이름을 불렀다. 승민은 별 반응을 보이지 않았다. 그 사이 최기훈은 이동 침대를 밀고 와 승민을 실었다. 세 사람은 병실에서 사라졌다. 승민의 침대에는 링거 거치대만 남았다.

이 모든 과정을 나는 아무런 느낌도 생각도 없이 지켜봤다. 악몽을 꾸는 기분이었다. 악몽만큼이나 사나운 밤이었다. 떠난 승민에게도, 남은 나와 만식 씨에게도.

만식 씨는 침대 머리맡에 쪼그려 앉아 꾸벅꾸벅 졸았다. 김용도 여전히 자고 있었다. 502호의 조언자는 더 이상 말을 걸어오지 않았다. 나는 만식 씨 옆에 서서 창살을 틀어쥐고 숲길을 내다봤다. 빨갛고 파란 불빛이 비바람 사이사이로 사라졌다 나타났다 했다. 승민을 실은 구급차가 숲길을 빠져나가고 있는 것이었다. 답답했다. 어디로 가는지, 뭐가 잘못됐는지, 살려내기엔 너무 늦어버린 게 아닌지, 최기훈이 따라갔는지, 점박이가 따라갔는지, 나는 아무것도 알고 있지 못했다. 다만 한 가지에 대한 대답은 곧 얻을 수 있었다. 어떤 손이 낚아채듯 내 머리채를 잡아당겼던 것이다. 창살에서 손이 떨어졌다. 나는 침대 가장자리에 뒤통수를 들이받히고 바닥으로 굴러떨어졌다. 숨 쉴 틈도 없이 구둣발이 팬티만 걸친 사타구니를 걷어찼다. 앞이 보이지 않았다. 세상이 온통 새까매지는 무지막지한 통증이었다. 가랑이로부터 정수리까지 말뚝이 푹 박히는 것 같았다.

"창살로 장난하지 말라고 했지?"

오른손에 곤봉을 쥔 점박이가 내 머리맡에 서 있었다.

"뭉개버린다고 했지?"

시뻘겋게 충혈된 눈이 나를 향해 번들번들한 빛을 뿜었다. 나는 승민의 침대 발치 밑에 고꾸라져 있었다. 점박이 어깨 너머로 보이는 남자는 땅딸이였다. 그는 문간을 가로막고 서 있었다. 전봇대는 보이지 않았다. 병실에는 술 냄새가 진동했다.

"그새 내 경고를 잊어버린 거야. 그렇지?"

당신이 당신 임무를 잊었겠지. 제시간에 라운딩만 했어도 승민이는 저 지경이 되지 않았을 거야. 창문을 깰 일도 없었을 거고.

"일어나."

점박이가 말했다. 사타구니를 움켜쥐고 몸을 일으켰다. 머리를 들자 구둣발이 가슴을 내질렀다. 나는 창문 아래까지 날아가 등부터 떨어졌다. 몸 안에서 폭탄이 터지면 그런 느낌일까. 비명조차 나오지 않았다.

"그 미련한 해골을 오늘 아주 끝장내 주지."

점박이가 휘청대며 다가왔다.

"다시는 창문 근처에 얼씬거리지 못하게."

그는 만식 씨 침대 옆에서 걸음을 멈추고 곤봉을 치켜들었다. 나는 피할 엄두도 내지 못했다. 무력하게 드러누운 채 눈만 감았다. 허옇게 눈이 뒤집힌 채 겁에 질린 몰골로 죽고 싶지는 않았다. 그런데 아무리 기다려도 골 깨지는 소리가 들리지 않았다. 발광하듯 악악대는 점박이의 목소리만 들려왔다.

"비켜, 내려와, 개새끼야!"

눈을 떴다. 일순, 내 눈을 의심했다. 점박이 등에 만식 씨가 따개비처럼 달라붙어 있었다. 무릎으로 점박이의 갈비뼈를 조르고, 한쪽 팔로 목을 조르며, 다른 손으로는 머리채를 움켜잡고 흔들었다. 곤봉은 문간까지 굴러가 있고 점박이는 미친개처럼 날뛰며 짖어댔다.

"뭐하는 거야, 개새끼야!"

이번 개새끼는 땅딸이였다. 멍하니 구경만 하던 그는 허둥대며 곤봉을 집어 들었다. 아마도 반사적인 행동이었을 것이다. 나는 승민의 침대로 뛰어올라 링거 거치대를 뽑아 들고 땅딸이를 향해 몸을 날렸다. 우리는 문간에서 마주쳤다. 나는 거치대를 쥔 손에 힘을 주며 한 발짝 앞으로 나섰다. 땅딸이는 곤봉을 흔들면서 문밖으로 물러났다. 한 발짝, 두 발짝. 땅딸이는 갑자기 몸을 돌려 간호사실 쪽으로 튀었다. 그와 함께 뒤에서 '꽥' 하는 소리가 울렸다. 돌아보자 만식 씨가 승민의 침대 위에 나뒹굴고 있었다. 점박이는 고함을 내지르며 만식 씨의 머리를 발꿈치로 내리찍었다. 무자비한 발길질이었다. 헬멧이 아니었다면 만식 씨를 끝장냈을 일격이었다.

점박이는 만식 씨의 뒷덜미를 잡고 침대에서 끌어내렸다. 끌려 내려오는 만식 씨는 눈만 크게 뜨고 있었다. 공포에 사로잡힌 퀭한 눈을 보자 나는 이성을 잃었다. 둔하고 부드러운 반동이 손바닥에 느껴질 때에야 내가 뭘 했는지 알았다. 거치대를 휘둘러 점박이의 등허리를 갈겨버린 것이었다. 점박이는 침대에 허리를 걸치고 고꾸라졌다.

거치대를 치켜들고 점박이에게 다가섰다. 그 순간 나는 내가 사람을 죽일 수도 있다는 사실을 처음으로 깨달았다. 가슴 밑바닥으로부터 무서운 욕망이 치밀고 있었다. 뱀 대가리처럼 꿈틀대며 일어나는 점박이의 머리통을 산산이 부숴버리고 싶었다. 욕망이 너무도 강렬해 몸이 활활 타는 것 같았다. 팔이 부들부들 떨려왔다. 목젖이 터지는 것처럼 아팠다. 시야가 흐릿하게 뒤흔들렸다. 어처구니없게도 나는 울고 있었다.

"멈춰!"

고함과 함께 진압 2인조가 뛰어 들어왔다. 팔이 밑으로 툭 떨어졌다. 거치대가 손에서 빠져나갔다. 나는 나를 향해 날아드는 한 쌍의 곤봉을 물끄러미 응시했다. 그때까지도 김용은 담요 속에 묻혀 꼼짝하지 않았다.

"이수명."

누군가 나를 깨웠다. 눈을 뜨려 했으나 쉽지 않았다. 코끼리 두 마리가 엉덩이로 눈꺼풀 하나씩을 깔고 앉아 있는 것 같았다.

"정신 드나?"

드는 거겠지. 최기훈의 목소리임을 알아차린 걸 보면. 발가락과 손가락을 꼼지락거려 봤다. 뼈 마디마디가 아팠다. 그래도 불에 타서 오그라드는 듯한 통증은 아니었다. 마법의 약은 맞지 않은 것 같았다. 수면제를 맞은 것도 아닌 듯했다. 최기훈이 깨우기 전까지 꿈을 꾸고 있었으니까. 끔찍하고도 선명한 꿈이었다.

나는 자작나무 숲길을 내달리고 있었다. 밤이었고 달빛이 붉었다. 철망 담장 위에는 뎅겅 잘린 목들이 수은등처럼 매달려 있었다. 김용, 만식 씨, 십운산 선생, 경보 선수, 거리의 악사, 한이와 지은이, 현선 엄마……. 출구에서 승민을 봤다. 고개를 떨어뜨리고, 양팔을 벌리고 철망 문짝에 알몸으로 매달려 있었다. 내가 다가가자 승민이 서서히 고개를 들었다. 눈이 없었다. 나를 바라보는 건 검은 구멍이었다.

"몸은 어때?"

최기훈이 억제대를 풀어주며 물었다. 몸이 어떤지 알아보려고 몸을 일으켰다. 신음이 튀어나왔다. 걷어차인 갈비뼈가 어찌나 아픈지 경기가 날 지경이었다.

"이게 내 창을 깬 물건 맞나?"

나는 최기훈이 내민 양말짝을 한참 들여다봤다. 안에 든 건 시계가 아니었다. 아무리 정신이 없어도 그걸 시계라고 생각할 사람은 없을 것이다. 불쌍한 꼴로 깨져버린 내 라디오였다. 냉큼 고개를 끄덕였다. 분위기를 보아하니 '그렇다' 가 정답인 듯했다.

"승민이는요?"

내가 물었다. 최기훈은 라디오를 주머니에 다시 담았다.

"하마터면 수술시기를 놓칠 뻔했어. 공교롭게도 감기와 겹치는 바람에. 원주에서 응급으로 홍채 절개술을 했는데 경과는 좋은 편이야. 이번 일로 상황이 심각해졌다는 게 문제지만. 안압이 70까지 치솟았으니, 영향이 없으면 그게 더 이상한 거겠지."

괴상한 외국말을 듣고 있는 기분이었다. 홍채 절개술은 무엇이며, 수술은 잘됐는데 상황이 더 심각해졌다는 건 무슨 헛소린지. 안압이 70까지 올라갔다는 사실이 무얼 의미하는지. 말의 맥락으로 추측해 볼 수 있는 건, 수술받은 부위가 눈이라는 정도였다.

"더 물어볼 거 있나?"

최기훈이 바지 주머니에 손을 쑤셔 넣으며 물었다. 나는 우회하지 않고 묻기로 했다.

"실명했어요?"

"아직. 얼마나 버틸 수 있을지는 모르지만."

"수술했다면서요?"

"수술은 RP와 상관없어. 합병증으로 녹내장이 와서 안압을 조절한 것뿐이야. 수술로 고칠 수 있었다면 본인이 진즉 해결했겠지. 그놈 하는 일엔 눈이 생명이었을 테니까."

최기훈은 내가 승민에 대해 낱낱이 안다고 여기는 눈치였다. RP니, 승민이 하는 일이니, 알아들을 수도 없는 말을 부연 설명도 없이 늘어놨다.

"시야각도가 굉장히 좁아졌어. 일상에 지장이 있을 정도로. 중심 시력은 아직 괜찮은 편이라는데, 문제는 녹내장이야. 본인 말로 세 번째 수술이라니까. 그건 또 재발할 수 있다는 얘기고, 언제 남은 시력마저 잃어버릴지 모른다는 뜻이야. 문제가 여러 가지로 복잡해."

다리를 침대 밑으로 늘어뜨렸다. RP, 녹내장.

"승민이 문제, 넌 알고 있었을 거야. 그럼 내게 언질 정도는 줬어야 하지 않나?"

최기훈은 문을 열어주었다. 나는 털레털레 걸어갔다. 머릿속이 텅 빈 강당 같았다. 그 안에서 승민의 목소리만 메아리치고 있었다. '시간이 없어. 그래서 미치겠어.'

"최 선생님도 알고 있었잖아요."

문간에서 최기훈을 돌아봤다.

"난 점쟁이가 아냐. 가족도, 본인도 말하지 않는 걸 나 혼자 알 길은 없어."

"승민이가 여기 갇힌 이유도 알고 있잖아요."

"이수명. 난……."

최기훈은 잠시 말을 잇지 못했다. 늘 무표정하던 그의 얼굴이 조금 흐트러져 있었다. 뭔가 답답해하는 표정이었다.

"네가 뭘 잘못 알고 있는 모양인데, 난……."

"정신병동에는 두 부류의 인간이 있어요. 미쳐서 갇힌 자와 갇혀서 미쳐가는 자."

최기훈의 눈을 똑바로 바라보았다. 내 눈을 피하지 못하도록 꽉 붙들었다.

"승민이가 어느 쪽인지, 최 선생님은 잘 알아요. 그게 내가 아는 진실이에요."

백합방을 나왔다. 내가 501호에 도착할 때까지 최기훈은 문간에서 움직이지 않았다.

나는 방문 앞에서 걸음을 멈췄다. 만식 씨의 자리가 말끔하게 치워져 있었다. 가슴이 철렁 내려앉았다. 혹시, 그날 밤 심하게 다쳐서……. 생각이 뚝 끊겼다. 등이 뒤로 휘어지고 낭창낭창한 팔이 목에 걸렸다. 연탄집게 다리는 허리를 꽉 집었다. 잇새로 '끙' 소리가 샜다.

"미스 리, 담배 없어?"

묻는 만식 씨의 손아귀에 스무 개비쯤 되는 담배가 들어 있었다. 감탄과 울화통이 함께 터졌다. 노인네가 몸 하나는 강골이었다. 자식농사 정도는 아흔 살까지도 지을 듯했다. 그렇다고는 해도 아픈 등허리를 찔러오는 꿋꿋한 총구는 용서할 수가 없었다. 만식 씨, 다시 만나 반가워요. 그래도 팬티 정도는 입고 올라타라고요.

화를 내려고 뒤를 돌아봤다. 하모니카를 쥔 거리의 악사가 502호 문간에 서 있었다. 시선이 마주치자 그는 눈을 내리뜨고 입술을 이상하게 씰룩거렸다. 웃고 있는 것 같았다. 한숨에 상황이 이해됐다. 내가 또별의 대타였다면, 거리의 악사는 또별의 대타의 대타였다. 만식 씨의 손에 든 담배다발은 이렇게 해석했다. 하모니카는 곰이 불고 수금은 만식 씨가 했다.

"차오, 미스 리."

김용이 502호 안에서 얼굴을 내밀었다. 손에 새 환자복과 꽃무늬 트렁크를 쥐고 있었다. 그 뒤에 십운산 선생이 고개를 죽 빼고 서 있었다. 나는 김용의 인사를 무시하고 방으로 들어갔다. 도움이 필요할 때 시체로 둔갑하는 남자의 인사는 존중하고 싶지 않았다.

"이거부터 해결해라."

김용은 따라 들어와 만식 씨 침대에 환자복과 꽃무늬 트렁크를 내려놨다.

"막 갈아입히려는 참인데 네가 나온 거야. 식당에서 커피를 홀랑 뒤집어썼걸랑. 커피 잔을 든 채로 거리의 악사 등에 타려다가."

나는 만식 씨를 침대에 내려놨다. 그리고 김용이 떠넘긴 임무를 수행하기 시작했다.

만식 씨는 격리실에 갇히지 않았다고 했다. 초상은 치르기 싫었는지, 먹는 약으로 재우는 선에서 끝냈다. 정신적 충격도 크지 않았다. 그날 밤 일을 염소가 다 뜯어먹은 덕택이었다. 살다보면 별일도 다 생기는구나 싶었다. 염소 덕을 보는 날이 오다니, 나 원 참. 별일은 또 있었다. 나는 백합방에서 하루하고 한나절 만에 나왔다. 최기훈이 출근하자마자 풀어줬다는 것이었다.

경과보고를 끝낸 후에도 김용은 계속 내 곁을 서성거렸다. 할 말이 더 있는 눈치였다. 나는 계속 무시했다.

"내 침대 밑에 처박혀 있더라."

그가 삼베 주머니를 건넸다. 사물함 열쇠와 승민의 시계, 내 머리 고무줄이 들어 있었다.

"사물함은 내가 잠가뒀어. 활짝 열려 있더라고. 시계는 라디오랑 바꿔치기했고. 그거 이제 못 쓸 거야. 최기훈이가 의심할까봐 양말짝에 담아서 벽에다 내쳤걸랑. 걔가 보기하고 달리 불여우잖아. 어때, 이만하면 수습 잘한 거지?"

잘했다고 생각했다. 하지만 잘했다고 말하고 싶지는 않았다. 고무줄을 꺼내 머리를 묶었다. 삼베 주머니는 만식 씨의 트렁크에 묶었다.

"너 그날 밤에 점박이가 뭐하고 있었는지 모르지? 탈의실에 박혀 있더란다. 세 놈이 섰다판을 벌이고 있더래. 술이 머리꼭대기까지 차가지고 최기훈이가 들이닥쳤는데도 상황 파악을 못하더라는 거야. 한 놈은 자빠져서 일어나지도 못하고. 그러니 네가 아무리 용을 써봐야 들릴 리 없지. 예전부터 야근만 하면 술 먹고 노름판 벌인다는 소문이 있었는데 현장을 잡힌 적은 없거든. 최기훈이가 쭉 노리고 있었는데 딱 걸린 셈이지. 옆에 정 선생까지 있었으니 빼도 박도 못하잖아. 제가 아무리 중뿔난 인간이래도 이번에는 징계 없이 못 넘어가지. 직원들 이목이 있는데."

만식 씨를 업고 사물함으로 갔다. 안에 모자가 놓여 있었다. 김용은 졸래졸래 따라왔다.

"다들 이번에야말로 잘리든가 중징계를 받겠거니, 했지 않겠냐? 근데 곧 때리는 징계를 받았다는 거 아냐. 오늘 아침에 시말서 한 장 쓰고 1병동으로 갔단 말이지. 1병동은 보호사든 간호사든 못 가서 안달인 곳이걸랑. 할 일이 있어, 속 썩이는 놈이 있어. 작업반장 노릇이나 하며 살게 됐으니 그게 징계냐? 포상이지."

모자를 눌러쓰고 사식 분배시간에 받았던 상자를 꺼냈다. 만식 씨와 흡연실로 갈 생각이었다. 창가에 마주 앉아 만식 씨가 수금한 담배를 구토증이 날 때까지 피울 작정이었다. 그쪽이 훨씬 나았다. 사람에 대한 구토증보다는.

"하여간 몸조심해라. 그놈이 널 쥐도 새도 모르게 보내버린다고 이 갈고 있다니까."

입 닥치라는 의미가 팍팍 가닿도록, 사물함 문을 쾅 닫았다. 그렇게 무서운 말은 듣고 싶지 않았다.

"이게 뭐야?"

우울한 수험생이 의아해하며 상자를 받았다. 만식 씨가 앵무새처럼 반복했다.

"이게 뭐야?"

우리 셋은 휴게실 소파에 나란히 앉아 있었다. 점박이가 없다는 것만으로도 모처럼 마음이 편했다.

"열어봐, 빨리빨리."

만식 씨가 보챘다. 상자에는 꽈배기엿 두 가락이 들어 있었다. 우울한 수험생은 움직이지도 않고 말도 하지 않았다. 마냥 상자만 들여다보고 있었다. 내가 침묵을 깼다.

"못 드릴 뻔했어요. 백합방에 들어가는 통에."

그는 서서히 눈을 들었다. 6시 5분 고개가 15분으로 기울어져 있었다. 볼은 발그레했다. 만식 씨는 안달이 났다. 갈퀴손이 엿가락을 긁어가기 직전이었다. 그는 만식 씨에게 한 가락을 건네며 나와 눈을 맞췄다. '괜찮지?' 라고 묻는 눈이었다. 나는 고개를 끄덕였다.

"하나는 기념으로 간직할게. 미스 리 선생님 생각나면 보게."

그는 엿상자를 책가방에 담았다. 목소리가 작별인사라도 하는 것처럼 쓸쓸했다.

"퇴원하세요?"

장난처럼 물었지만 짚이는 구석이 있었다. 우울한 수험생은 힘없이 머리를 긁었다.

"나 같은 놈이 퇴원해봐야 갈 데가 어디 있어. 그냥 자주 못 보게 됐다는 얘기지. 나 세탁장에 말뚝 박게 됐어. 그래도 일주일에 두 번은 세탁물 수거하러 올라올 거야."

"점박이예요?"

"병동 내려오자마자 분위기 쇄신 어쩌고 하면서 작업반들 부서를 죄다 바꿔버렸어. 한자리에 오래 있으면 요령 피운다고. 사실은 내가 뇌꼴스러웠겠지. 작업반 주제에 공부한다고 설치는 게. 어제 꿈자리가 뒤숭숭하긴 했어. 긴 언덕을 썰매를 타고 미끄러지다가 점박이 가랑이에 머리통을 철퍼덕 박았잖아."

"본래 작업반장이 있을 거 아니에요. 허락해요?"

"그 사람이 5병동으로 올라올 거야. 김 주임이라고, 사람은 괜찮아. 수더분하고. 점박이보다야 백배 낫지."

더운물과 찬물에 각각 발 하나씩을 담근 느낌이었다. 점박이보다 백배 나은 사람이 온다는 건 훈훈한 소식이었고, 우울한 세탁부가 세탁장 말뚝이 된 건 미안하기 그지없는 소식이었다. 내 탓인 것만 같아서.

"언제부터 가요?"

"내일부터."

나도 모르게 목소리가 조금 커졌다.

"시험은 어쩌고요?"

"최기훈 선생이 오전에 원주에 갈 일이 있대. 그 차로 나가서 시험 보고 같이 돌아오기로 했어. 한 과목만 보면 되니까 시간도 얼마 안 걸리고."

우울한 수험생은 또 머리를 긁었다. 아마도 오후 내내 세탁장 구석에 앉아 머리를 긁어 파고 있었으리라. 그에겐 이번 시험이 끝이 아니었다. 진짜는 저 앞에 대기 중이었다. 시작도 해보기 전에 태산이 가로막은 것이다. 마음이 좋지 않았다. 이유는 모르지만, 나는 그의 좌절을 보고 싶지 않았다.

"이제 청소도 안 해요?"

"내일 인수인계만 하면 끝이야."

"책장수도요?"

"왜, 나한테 부탁할 책이라도 있어? 있으면 말해봐. 미스 리 선생님 부탁이라면 무슨 수를 써서라도 구해줄 테니까."

망설이다 입을 뗐다.

"안과학이나 임상의학, 번역서로요."

"승민이 때문에 그러는구나?"

나는 고개를 끄덕였다. 그도 고개를 끄덕였다.

"실명 직전이라던데."

나는 또 고개를 끄덕였다. 그도 또 고개를 끄덕였다.

"젊은 애가 안됐어. 마음이 짠해. 실은 저번에 장미방에서 발작하는 거 봤을 땐 좀 놀랐었어. 무섭기도 했고. 근데 눈이 그렇다는 이야기 듣고 나니까 심정이 이해되더라. 나라고 해도 그렇게 발광했겠다, 안 미쳤다가도 미치고 말겠다. 그런데 수술받자마자 치료도 제대로 못 받고 퇴원했으니……."

"퇴원했어요? 언제요?"

내가 깜짝 놀라자, 그는 더 깜짝 놀란 얼굴을 했다.

"몰랐어? 지금 보호실에 있는데."

몰랐다. 최기훈은 그런 얘기를 하지 않았다.

"정말 몰랐나보네? 아까 낮잠시간에 왔어. 나도 1층 외래 청소반한테 들은 얘긴데, 최 선생이 렉터 박사한테 불려가 왕창 깨졌대. 걔 수술한 데가 대학병원이거든. 신경과 정 선생이 거기서 파견 나왔잖아. 그거 때문에 펄펄 뛰었나봐. 당장 데려오라고. 그래서 다급하게 퇴원

시킨 거야. 근데……."

우울한 수험생이 주변을 둘러본 뒤 속삭였다.

"승민이 말이야. 방화범으로 수배돼서 자기 형이 여기다 숨긴 거라는데, 사실이야?"

나는 가만있었다. 움찔한 마음이었다. 그는 내 눈치를 살피며 말을 이었다.

"최 선생이 제대로 치료하지 않으면 당장 실명할지도 모른다고 버티니까, 렉터 박사가 꼭지가 돌아가지고 미친 듯이 소리를 지르더래. 지금 눈머는 게 문제가 아니라고. 와중에 그런저런 말이 튀어나왔나 봐. 그놈이 문 앞에서 엿듣다가 놀라서 사레가 들릴 뻔했다더라고."

몇 시간 전, 최기훈과 백합방에서 나눴던 대화를 생각했다. 그는 정말로 속사정을 몰랐던 것일까. 답답해하는 표정은 그런 뜻이었을까.

승민이 방으로 돌아왔다. 사지와 고개를 축 늘어뜨린 채 이동침대에 실려 왔다. 우울한 수험생이 시험장으로 떠났을 오전 10시경이었다. 의식이 없는 건지, 잠이 든 건지 언뜻 구분이 되지 않았다. 작업반들이 침대로 옮기는 동안에도 손끝 하나 움직이지 않았다. 깔때기처럼 생긴 안대가 눈을 가리고 있어 표정도 볼 수 없었다. 보호사는 원주 기독병원이라고 적힌 약봉지를 침대에 내려놓고 방을 나갔다. 안에 안약 두 병이 들어 있었다.

승민이 깨어난 건 점심식사 직후였다. 식당에서 돌아와 보니 안대를 손에 쥐고 침대에 앉아 있었다. 눈두덩이 자줏빛이었다. 눈동자색도 비슷했다.

"차오, 또별."

김용이 들고 있던 식판을 승민의 침대에 내려놨다. 승민의 몫으로 얻어온 죽이었다. 승민은 제 발치만 내려다봤다. 나는 좋아 어쩔 줄 모르는 만식 씨를 등에서 내려놨다. 그는 승민 앞에 쪼그려 앉더니 대뜸 죽 한 술을 떠서 들이댔다. 승민이 고개를 들고 눈을 맞출 때까지 몇 번이고 고개를 끄덕거렸다. 마치 밥투정하는 손자를 달래는 할아버지처럼. 그 바람에 죽이 포크 수저에서 절반쯤 흘러 떨어졌다. 승민은 입을 벌려 남은 절반을 받아먹었다. 죽 한 그릇을 그런 식으로 비웠다. 물과 점심 약을 받아먹고 안약도 넣었다. 만식 씨가 안대를 걸어주자 침대에 드러누웠다. 곧 잠이 들었다.

그날 저녁, 비쩍 마른 40대 남자가 501호로 들어왔다. 양손에 밀걸레와 뚜껑이 덮인 플라스틱 양동이를 들고 있었다. 새로 온 청소부 같았다.

"미스 리 선생님이지?"

새 청소부가 물었다. 대꾸 없이 고개만 까닥했다. 미스 리가 공식적인 호칭으로 굳어지는 게 영 못마땅했다. 그는 양동이를 내 침대 밑에 내려놓았다.

"청소 끝낼 때까지만 봐. 직원 기숙사에서 몰래 빼온 거니까 들키지 않게 조심하고."

그가 나간 뒤 뚜껑을 조금 들춰봤다. 두툼한 책 한 권이 들어 있었다. 《통합의학》. 두말할 것도 없이 전직 책장수가 보낸 것이었다. 사물함을 열었다. 양동이를 안으로 밀어 넣고 문짝으로 CC카메라를 가렸다. 책을 꺼내 펼쳤다.

안과 부분에서 RP에 대한 자료부터 찾았다.

'Retinitis Pigmentosa.' 망막색소변성증의 약어였다. 최기훈의 말

마따나 수술로 나을 병이 아니었다. 유전 성향이 강한 병이었다. 언제 실명할지 예측조차 할 수 없는 병이었다. 주 증상으로 승민이 수도 없이 보여준 징후들이 나열돼 있었다. 야맹증, 시야각도가 터널처럼 좁아져 주변을 보지 못하는 터널 증후군, 안구 동통, 빛에 대한 민감성. 합병증으로 백내장이나 녹내장, 시신경 위축이 올 수 있으며, 그 경우 조기에 실명할 수 있다고 했다. 녹내장 관련 부분을 폈다. 투여 금기 약물을 언급한 대목이 눈길을 끌었다. 항정신병 약제 몇 가지가 성분명으로 열거돼 있었다.

막막했다. 그 정도 정보로는 확신할 수 있는 것이 별로 없었다. 나는 어떤 약이 승민에게 투여됐는지 알지 못했다. 약을 알아내더라도 상품명과 성분명이 반드시 일치하지 않는다는 문제가 있었다. '승민에게 투여된 약이 문제를 일으켰다' 라는 추측만 가능했다. 확인을 하려면 승민의 차트와 약리학 책과 상품명을 확인할 수 있는 약전이 필요했다. 맥이 쭉 빠졌다. 확인한들 또 뭘 하겠는가. 단서를 건진다고 해도 내가 할 수 있는 일이 없었다.

"거기 숨어서 뭘 하나?"

최기훈의 목소리가 들렸다. 나는 그만 기겁을 해버렸다. 언제 나타난 것인지, 문간에 서서 나를 보고 있었다. 정신없이 사물함 문을 닫고 열쇠를 잠갔다.

"안에 엿이라도 감춰뒀나?"

나는 발등을 내려다봤다. 뚝 떨어져 내린 간이 거기서 팔딱대고 있었다. 그는 내 앞으로 다가와 플라스틱 안경집을 건넸다.

"병원에서 제작한 특수 안경이야. 잘 간수하고 있다가 승민이 깨면 전해줘."

시커먼 뿔테 안경은 야밤에야 주인을 만났다. 안경을 걸치자 기름하고 시원스러운 승민의 눈이 참깨만 하게 보였다. 웃을 상황이 아닌데도 웃음이 나왔다. 승민과 안경은 늑대와 나비넥타이만큼 안 어울리는 조합이었다. 어쨌든 그것이 승민을 움직이게 만들기는 했다. 침대에서 내려와 흡연실로 갔으니까.

무더운 나날이 이어졌다. 여러 가지 일들이 일어났으나 삶은 계속됐다. '김 주임' 이라는 전직 작업반장이 점박이의 자리를 메웠다. 책장수 겸 새 청소부가 매일 병동을 돌았다. 금요일 오후에는 우울한 세탁부와 만났다. 그는《해법수학》을 들고 와 내 자리에 잠깐 머물다 갔다. 대입검정 준비를 시작했다고 했다. 생각보다 표정이 밝았다. 월요일엔 유원지 청소 선수단이 소집됐다. 김용은 예외 없이 선수로 뽑혔고, 변함없이 투덜거렸다. 이 뙤약볕에 누가 유원지 청소 따위를 하고 싶겠느냐, 희망반 이상이 봉이냐. 청소만 나가면 헤엄이라도 쳐서 도망치고 싶은 심정이 된다. 십운산 선생은 밥알을 깨작거리는 승민에게 시선을 붙박은 채 한 말씀 하셨다.

"보트장에 보트 쐈다며? 힘들게 헤엄을 왜 쳐."

내 생활은 특별히 달라진 게 없었다. 프로그램에 참여하고, 이틀에 한 번 약을 먹고, 복도를 돌며 시간을 보냈다. 달라진 점이라면, 만식 씨가 내 등에 완전히 정착했다는 것 정도였다. 2주 동안 눈에 띄게 변화한 사람은 만식 씨와 승민뿐이었다. 만식 씨의 염소가 승민에 한해서는 점점 맥을 못 추고 있었다. 아침에 일어나서도 승민의 전날 상태를 기억하는 날이 많았다. 그런 만큼 조바심도 나날이 커졌다. 새벽이면 기상 벨 대신 만식 씨의 근심 어린 목소리가 우리의 잠을 깨웠다.

"또별, 오늘도 힘이 없어?"

만식 씨의 변화가 긍정적이었다면 승민의 변화는 절망적이었다. 터널 증후군이 하루가 다르게 심해지고 있었다. 우선 일직선으로 걷지를 못했다. 시계추처럼 오락가락 움직이면서 근방에 있는 사물들을 모조리 쓰러뜨리고 들이받았다. 문틀, 복도 벽, 세탁물통, 사람. 정문 앞 기둥도 심심찮게 들이받았다. 가만 서 있는 사람의 발에 걸려 나뒹구는 것도 예사였다. 들이받지 않는 건, 눈높이에 있으면서 눈과 직선 방향에 놓인 물체뿐이었다. 안경은 그다지 도움이 되지 않는 것 같았다. 하는 짓으로 말하면, 덩치 큰 나무늘보 그 자체였다. 누구와도 눈을 맞대지 않았다. 만식 씨조차 외면했다. 말도 하지 않았고 펀칭볼도 손대지 않았다. 2인조가 잡으러 다닐 일도 없어졌다. 오라면 오고, 가라면 갔다. 하라면 하고, 하지 말라면 말았다. 그토록 지겨워하던 프로그램에도 순순하게 참석했다. 마치 기억을 되찾기 전의 거리의 악사를 보는 기분이었다.

나는 새록새록 실감하고 있었다. 폭풍이 오던 밤, 치명상을 입은 건 승민의 시력만이 아니었다. 말, 풍부한 표정, 분노, 유머, 활기, 뻰뻔함, 웃는 눈. 녀석을 설명하는 특징들이 다 사라졌다. 승민은 자신을 송두리째 잃어버리고 돌아온 것이었다.

툭, 툭. 둔탁한 소리가 흡연실에 울렸다. 승민이 샌드백을 치고 있었다. 만식 씨는 탁구대 위에 앉아 있었고 나는 그 옆에 서 있었다. 조마조마한 심정이었다.

이틀 전, 승민은 실로 오랜만에 펀칭볼을 만졌다. 만식 씨는 반색을 했다. 나도 기대를 가졌다. 긴 잠에서 깨어나려는 줄로 알았다. 기대와 달리 승민은 헛방만 연발했다. 주먹이 볼의 리듬을 따라잡지 못했다. 연타는 엄두도 못 냈다. 툭, 툭, 단발만 날렸다. 한쪽 팔을 뻗어 흔들리는 볼의 위치를 가늠하며 다른 손을 뻗는 식으로. 그나마도 발의 위치를 반보만 바꾸면 영락없이 빗나갔다. 튕겨 나온 볼에 얼굴을 얻어맞은 것도 수십 번이었다. 눈 뜨고 봐줄 수가 없을 지경이었다. 시력이 떨어졌으니 당연하다 여기면서도 불길한 느낌을 떨칠 수가 없었다. 펀칭볼은 승민의 눈높이에 있었다. 눈앞에 있었다. 크기는 어린애 머리만 했다. 나는 펀칭볼의 의미를 해석하지 않으려고 애썼다. 그러나 해석하지 않는다고 의미가 없어지는 건 아니다. 달력을 보지 않아도 세월은 간다. 그 새삼스러운 진리를 승민이 일깨워주었다.

그날 새벽, 승민은 창문 앞에 서 있었다. 기상 벨이 울리자 깜짝 놀란 얼굴로 뒤를 돌아봤다. 벌써 날이 밝았느냐고 물었다. 김용이 찬물을 둘러쓴 얼굴로 일어나 앉았다. 만식 씨는 승민과 나를 번갈아 쳐다봤다. 나는 얼굴이 굳어지는 것을 느꼈다. 불안한 눈으로 두리번대던 승민도 서서히 표정이 굳어졌다. 한참 후, 억양 없는 소리로 흡연실에 데려다달라고 말했다. 그때부터 샌드백만 치고 있었다. 아침도 먹지 않고 미술요법에도 결석했다. 정오가 되도록 쉴 새 없이, 발작을 하듯 주먹을 휘둘렀다. 셔츠는 땀으로 흠씬 젖고, 살갗이 벗겨진 손등에선 피가 흐르고 있었다. 녀석은 피가 나는 줄도 모르는 듯했다. 손등으로 땀을 쓱쓱 문질러버려 얼굴이 온통 피투성이였다.

점심식사 벨이 울리자 사람들이 우르르 빠져나갔다. 흡연실엔 501, 2호만 남았다. 우리 중 승민을 제지하려 나서는 사람은 없었다. 제지는커녕 말조차 걸지 못했다. 탁구대를 에워싸고 서로 눈짓만 주고받았다. 최기훈이 흡연실로 들어오지 않았다면, 종일 그러고 있었을 것이다. 최기훈 역시 오전 내내 승민을 내버려두고 있었다. 흡연실을 들락날락하며 지켜보기만 했다. 뭔가 심상치 않은 일이 일어나고 있음을 감지한 눈치였다.

"류승민, 그만하고 밥 먹어."

최기훈이 탁구대 쪽으로 다가가며 말했다. 승민은 왼손 훅을 날렸다. 다음은 오른쪽. 몸과 다리가 동시에 휘청했다. 최기훈은 민첩하게 승민의 어깨를 붙들면서 샌드백에서 떼어냈다.

"그만하라니까."

승민은 팔꿈치를 휘둘러 그를 밀쳤다.

"놔. 내 발로 갈 테니까."

제 발로 간 곳은 식당이 아닌 탁구대 모서리였다. 모두가 '앗' 소리를 토하는 사이, 승민은 허벅지로 탁구대를 들이받고 그 반동으로 나자빠지며 벽에다 머리를 받혔다. 만식 씨가 탁구대에서 뛰어내려 승민을 붙들어 일으켰다. 최기훈이 뒤따라 손을 뻗었다.

"괜찮나?"

"손대지 마."

승민은 두 사람의 손을 뿌리쳤다. 그리고 비틀거리며 일어나 안경을 벗더니 손에 쥐고 부러뜨려 버렸다. 눈동자가 제 손등처럼 빨갛게 젖어 있었다. 눈자위로는 땀인지 눈물인지 모를 구정물이 흘렀다. 침묵이 흡연실을 덮었다. 그날의 대기만큼이나 무겁고 불편한 침묵이었다. 거기 있던 모두가 어떤 사실을, 동시에, 확신한 데서 온 침묵이었다.

올 것이 온 것이었다. 예정된 대로, 예상보다 빨리.

# 4부

# 내 심장을 쏴라

"아직 멀었어?"

승민이 물었다. 나는 건성으로 "응" 했다. 램프의 경사가 가팔라 승민의 걸음새에 신경이 쓰였다. 우리는 산책 팀에 끼어 운동장으로 내려가고 있었다. 승민은 내 어깨에 팔을 두르고 나는 승민의 허리를 잡고서 이인삼각 경주를 하듯 발 맞춰 걸었다. 필요와 키 차이가 만든 보행방식이었다. 마음에 들지는 않았지만 그렇게 다니는 것에 익숙해져 가는 참이었다.

"어디쯤 왔는데?"

승민이 재차 물었다.

"2층."

대답하며 뒤를 봤다. 최기훈이 따라오고 있었다. 바지 주머니에 손을 쑤셔 넣고 바닥을 내려다보며 우리와 속도를 맞춰 걷고 있었다. 나는 승민을 끌고 난간으로 붙어 섰다. 명분은 길을 비켜주는 거였지만 목적은 따로 있었다. 간호사가 산책에 동행하는 건 그리 흔한 일이 아니었다. 대개 보호사들이 따라 나갔다. 간호사가 나가는 경우는 병동끼리 족구나 피구 시합을 하는 날, 심판 요청을 받을 때 정도였다. 마침 그날 3병동과 5병동의 족구 시합이 있었다. 나는 그가 심판으로 불려 나온 건지 알고 싶었다. 답은 바로 나왔다. 최기훈은 우리를 곧장 지나쳐 아래로 내려갔다. 운동장에서는 벌써 왁자지껄한 소리가 올라오고 있었다.

"용이 형 응원하러 갈래?"

내가 물었다.

"좋지."

승민이 대꾸했다. 좋은 기색이라곤 하나도 없었다. 표정도 없었다. 눈은 햇빛을 반사하는 선글라스 밑에 감춰져 있었다. 저 눈이 웃는 걸 마지막으로 본 게 언제였을까. 한 달은 족히 된 것 같았다. 사이코드라마 소동이 있었던 날이었으니까. 그때만 해도 저 웃는 눈의 주인은 강철 심장을 가진 줄 알았다.

승민이 시력을 잃던 날 오후, 최기훈이 휠체어를 밀고 병실로 들어왔다. 정선의 한 안과에 응급 진료를 예약해두었다고 했다.

"갈 필요 없어요."

승민은 눈을 감은 채 대꾸했다.

"네가 정할 문제가 아냐. 안압도 체크해봐야 하고……."

"문제가 생기면 내가 먼저 알아요."

"보호자가 요청한 진료야."

"휠체어에 묶여 오가는 거 안 내킨다고. 그냥 내버려두라고! 아무도 물어뜯지 않을 테니까."

자기 말대로, 승민은 누굴 물어뜯지 않았다. 고함을 지르지도, 머리로 벽을 치지도 않았다. 조용히 잤다. 햇살이 눈에 비칠 때만 몸을 움직였다. 창끝에 눈을 찔린 것처럼, 머리를 감싸고 엎어져 침대에 얼굴을 박았다. 자리보전을 한 지 하루 만에 일어나 앉은 것도 햇살 때문이었다. 일어나자마자 최기훈을 찾았다. 햇빛 반사 렌즈를 끼운 선글라스를 사달라고 했다. 다음 날, 금속 광채가 도는 초록색 선글라스가 공수됐다. 그것은 24시간 승민의 눈에 붙었다. 승민의 몸엔 내가 24시간 부록으로 붙었다. 어디를 가든, 무엇을 하든 내 손이 필요했다. 잠깐만 곁을 비우면 일이 벌어졌다. 들이받거나, 부딪치거나, 엎어지거나, 나자빠지거나, 떨어지거나. 식사도 마찬가지였다. 혼자 먹게 두면 입으로 들어가는 것보다 쏟는 게 더 많았다. 뜨거운 국그릇을 손으로 더듬다 엎어버린 것도 여러 번이었다. 벌겋게 덴 자국이 몸 곳곳에 찍혔다. 마치 기름을 처음 만지는 초보 튀김장수 같았다.

만식 씨는 내 등에서 거리의 악사 등으로 말을 갈아탔다. 누가 시킨 일이 아니었다. 승민에게 부록이 필요하다는 현실을 스스로 받아들인 것이다. 더 놀라운 건 그걸 기억하고 있다는 점이었다. 헬멧과 꽃무늬 트렁크로 무장하고 애마 또별의 기상을 기다리는 새벽 풍경은 더 볼 수 없었다. 대신 거리의 악사가 모시러 들어오는 새 풍속이 자리를 잡았다.

간호사실은 승민에게 새로운 약을 투여하기 시작했다. 원장이 다녀간 후부터였다. 내가 무슨 약이냐고 묻자 최기훈은 항우울제라고 대답했다. 자살 위험성이 높다고, 그분께서 판단하신 듯했다. 약효로 말하면, '글쎄요' 였다. 승민은 점점 귀먹은 사람처럼 굴었다. 누가 불러도 일절 반응을 보이지 않았다. 프로그램에도 참여하지 않았다. 침대에 웅크리고 앉아 종일 제 발가락만 내려다봤다. 어디서 많이 본 모습이었다. 양치질도, 면도도, 식사도, 심지어는 숨 쉬는 것도 귀찮다는 게으름뱅이의 자세. 우스운 일도, 화낼 일도, 슬플 일도 없다는 무덤덤한 표정. 사는 건 따분하고 죽는 건 팔자소관이라는 생사를 초월한 태도. 승민은 열심히 추락하고 있었다. 내가 몇 번씩 들락거렸던 곳, 자폐의 골짜기로.

사람들은 말했다. 결국 미치고야 마는구나.

승민이 시력을 잃은 지 12일째 되던 날, 류재민이 다시 나타났다. 류재민이라고 단언하는 건, 형제가 대면하는 자리에 나도 있었기 때문이다. 승민이 나를 면회실까지 끌고 들어갔다. 류재민은 창가에 서 있었다. 가까이에서 보니 승민과 더 흡사했다. 나이 차이만 아니라면 쌍둥이라 해도 믿을 듯했다. 나는 문에서 가장 가까운 자리에 승민을 앉혔다.

"둘만 있고 싶은데요."

류재민이 뒤따라 들어온 최기훈에게 말했다. 승민은 내 팔을 쥔 손에 힘을 주었다.

"그냥 있어."

어쩐지 불안해한다는 느낌을 받았다. 류재민이라는 인간에 대한 불안인지, 일대일 대면에 대한 불안인지, 다른 이유가 또 있는지는 알 수 없었지만. 허락을 구하는 의미에서 최기훈을 봤다. 최기훈은 가타부타 말이 없었다. 면회실을 나가 문을 닫았을 뿐이다. 나는 승민 곁에 앉았다. 류재민의 반응에는 신경 쓰지 않기로 했다. 류재민도 그러기로 한 듯했다. 곧장 용건으로 들어갔다.

"안과 진료를 거부한다면서?"

승민은 대답 대신 볼 안쪽을 잘근잘근 씹었다.

"치료 방법을 찾아야지. 손 놓고 앉아 장님이 될 수는 없잖아."

류재민의 목소리는 나직했다. 입매에 번진 미소는 부드러웠다. 눈만 차가웠다. 눈꺼풀을 건드리면 눈동자에서 칼날이 튀어나올 것 같았다. 승민과 또렷하게 구별되는 부분이었다. 나는 단 한 번도 승민의 눈에서 그런 냉혹함을 본 적이 없었다.

"치료가 불가능하다고 판명 나면 장기 요양을 할 만한 곳으로 보내줄 수도 있어. 플로리다나 하와이, 네가 있던 프랭클린도 좋겠지."

승민이 어깨를 들썩들썩했다. 가만 보니 낄낄 웃고 있었다. 나는 점점 불안해졌다. 류재민이 손가락 끝으로 테이블을 톡톡 쳤다. 웃음을 그치라는 경고 같았다.

"너한테는 나쁠 게 없을 텐데. 병원 가는 게 번거로운 일도 아니잖아."

"네 엄마한테 가서 전해. 내가 웃더라고."

승민은 웃음을 그쳤다.

"눈치껏 죽어주지도 않을 것 같더라고. 난 여기서 오래오래 살 생각이거든."

류재민이 고개를 끄덕이며 일어났다. 이야기를 끝내려나보다 생각하고 나도 엉거주춤 일어났다. 순간, 류재민의 주먹이 승민의 턱으로 날아들었다. 승민은 의자와 함께 바닥으로 나뒹굴었다. 선글라스는 스매싱이 걸린 셔틀콕처럼 벽으로 날았다.

"어머니께 전해드리지. 안 그래도 네 걱정이 많은 양반이야."

나는 승민을 일으켜 앉혔다. 승민은 주먹으로 입술을 훔쳤다. 입안이 터진 듯, 피가 흘러나왔다. 류재민은 뚜벅뚜벅 걸어와 우리 앞에 섰다. 짐작건대, 그는 승민의 실명을 주먹으로 확인하고 싶었던 듯했다. 정면에서 뻗어온 주먹이었고 공격 속도도 그리 빠르지 않았다. 말하자면 '너를 한 대 치겠다' 라고 일러주며 친 거나 진배없는 동작이었다. 정상인이라면 충분히 피할 수 있었다는 얘기다. 피하지 못하더라도 움찔하기라도 했을 것이다. 그것은 시각의 위험 신호에 대응하는 몸의 조건반사였다. 승민은 무방비 상태로 가만히 앉아 얻어맞았다. 류재민은 만족했을 것이다.

"마음이 바뀌면 간호사실에 말해. 나한테 직접 연락하도록 조처해 놓을 테니까."

승민은 입술을 오물거려 피가 섞인 침을 뱉어냈다.

"참, 반가운 소식 하나 전해주고 갈까. 지난주에 평촌에서 네 소식을 알고 싶어 하는 청년이 날 찾아왔어. 네 선배라고 해서 반갑게 맞았지. 이런저런 추억담도 좀 들었고. 6년 전 몬탈레그르(Montalegre) 챔피언십에서 너를 처음 만났다는 얘기, 네가 최연소 우승자였다는 얘기. 자기 얘기도 좀 하더군. 지금 가르왈 히말라야 종주를 준비하고 있다고. 너를 월드스타로 만든 꿈의 코스라지? 내가 스폰서를 하겠다고 했어. 네가 신세 진 게 있다고 해서 대신 갚아줄까 하고. 사양할 줄 알았더니 의외로 고마워하던데."

류재민은 면회실 문을 열었다. 나가면서 덧붙였다.

"네 스폰서인 민 실장은 따뜻한 곳에서 요양 중이야. 무릎 관절염이 도져서 말이지."

우리가 면회실을 나갔을 때 류재민은 간호사실에 없었다. 최기훈만 CCTV 앞에 서 있다가 우리를 돌아봤다.

"괜찮나?"

승민은 나직한 소리로 대꾸했다.

"산책을 보내주면 괜찮아지겠는데요."

다음 날 새로 조정된 그룹 분류표가 게시판에 나붙었다. 희망반 명단에 류승민과 이수명이 들어가 있었다. 최기훈은 승민의 요청을 받아들였을 뿐 아니라 부록까지 붙여준 거였다.

운동장 스코어보드 앞에 5병동 보호사가 의자를 놓고 앉아 있었다. 그가 게임 시작 휘슬을 불었다. 5병동이 선공이었다. 1번 타자인 김용이 홈 플레이트 앞에 축구공을 놓고 다리를 풀기 시작했다. 산책로로 들어가는 사람은 없었다. 선수들은 대기 중이었고 관중들은 파울 라인을 따라 길게 서 있었다. 최기훈은 보이지 않았다. 승민이 말했다.

"숲에 가자."

숲은 아침나절 쏟아진 소나기로 젖어 있었다. 나무들 사이로 서늘한 바람이 지나다니고 연갈색 열매들이 작은 종처럼 흔들렸다. 한 꺼풀 벗겨진 은빛 수피는 사락사락 소리를 냈다.

"비 와?"

승민이 물었다.

"아니."

"바람소리야?"

인기척이 나서 뒤를 봤다. 몇몇 사람들이 무리를 이뤄 산책로로 들어서고 있었다. 나는 걸음을 멈췄다. 목에 감긴 승민의 팔을 끌어내려 손목을 잡았다. 녀석은 왜 그러느냐는 듯, 의아한 표정을 지었다. 손목을 철망 사이로 통과시켜 자작나무 둥치에 대주었다.

잠시 고요가 지나갔다. 승민은 기다란 손가락을 움직여 수피와 속살을 만졌다. 섬세하고 예민한 동작이었다. 나무가 아니라 비쳐드는 빛의 올과 결을 더듬는 것 같았다.

"아, 나무껍질이 흔들렸구나."

목이 따끔해왔다. 정말로 보이지 않는 걸까, 완전히?

"체로키 인디언들이 자작나무를 뭐라 부르는 줄 알아?"

철망에서 손을 빼내며 승민은 스스로 묻고 스스로 대꾸했다.

"서 있는 키 큰 형제."

내보이는 손바닥에 부연 가루가 묻어 있었다.

"태양의 자식이란 점에서 나무와 사람은 형제라는 거야."

사람들이 우리 곁을 스쳐 갔다. 그들이 댓 발짝쯤 멀어지자 승민은 슬리퍼를 벗어 던지고 맨발로 땅을 디뎠다. 손은 허공을 헤매고 있었다. 나도 운동화를 벗어버리고 헤매는 손을 끌어다 내 목에 감았다. 걷기 시작하면서 승민이 다시 입을 열었다.

"열아홉 살에 처음으로 안나푸르나를 넘었어. 독수리와 함께. 녀석은 최고의 안내자야. 휘파람을 불면 번개처럼 나타나서 내 어깨에 앉았다가 휙 날아가. 열 기류를 찾으러 가는 거지. 상상해봐. 인간이 독수리를 안내자로 삼아 하늘을 나는 거. 가슴 뛰지 않냐?"

나는 대꾸하지 않았다.

"비행을 시작한 건 열네 살 때야. 자연스러운 일이었어. 내가 있는 곳은 산악지대였고, 대장은 왕년에 패러글라이딩 선수권자였으니까. 프랭클린에 도착한 지 며칠 만에 탠덤(tandem)으로 날게 됐어. 차를 타고 산등성이로 올라갈 때만 해도 구경이나 하자는 마음이었지. 그런데 내게 날아보고 싶지 않느냐고 묻더라고. 그야 두말할 것도 없는 거 아니겠어. 고개를 끄덕였더니 하네스(harness)를 채워주고 저 끝에 있는 절벽 끝을 가리키는 거야. 전속력으로 뛰래. 자기가 함께 뛰니까 겁내지 말라고. 겁 안 난다고 큰소리쳤지. 치긴 쳤는데 이미 겁을 왕창 집어먹고 있었어. 뛸 데가 없어 절벽으로 뛰라는 건가 싶어서. 아무튼 뛰었어. 죽어도 혼자 죽지는 않겠지, 하고 뛰다보니까 어느새 발이 허공을 내달리고 있는 거야. 절벽은 저 뒤에 있고. 순간적으로 바다에 빠진 걸로 착각했어. 주변이 어찌나 파랗고 고요한지. 한동안 숨을 멈추고 앞만 응시하고 있었어. 독수리 한 마리가 날개도 움직이지 않고 날고 있더라. 그제야 내가 하늘에 있다는 게 실감 나데."

승민의 목소리가 바람소리처럼 나직해졌다.

"본격적으로 비행 훈련을 시작했어. 6주 만에 단독 비행을 하게 됐고. 마침내 나 혼자 하늘로 날아오른 거지. 그 기분을 뭐라고 표현하면 좋을까. 마술 지팡이에 머리를 얻어맞은 것 같았다고 해야 하나. 해방감을 느꼈어. 매일 매순간 심장을 들쑤셔대던 미치광이 충동이 싹 사라져버린 거야. 너절하던 내 인생이 한순간에 눈부셔지더라."

나는 발치만 내려다보며 걸었다.

"스모키 산맥이 내 놀이터였어. 대장과 단둘이 애팔래치아 트레일을 종주하기도 했고. 체력과 등반 훈련을 하던 시절이야. 힘든 줄도 몰랐어. 마냥 재미있었어. 저 높은 산이, 저 넓은 바다가, 세상의 모든 하늘이 내가 정복해주기만 기다리고 있다고 믿었으니까."

승민은 쿡쿡대며 웃었다. 나는 대장이라는 남자가 만들곤 했다는 인디언 약을 생각했다. 그런 약을 만들었다는 건 그가 승민의 병명을 알고 있었다는 뜻이었다. 승민의 얘기로 추측하면, 그 무렵엔 눈에 문제가 없었던 듯했다. 시기적으로 앞뒤가 맞지 않는 느낌이었다. 어디쯤에서 이가 하나 빠졌거나.

"재작년은 내 인생 최고의 해였어. 그해 굵직한 선수권을 모조리 따냈고, 가르왈 히말라야 종주 비행 팀에도 발탁됐으니까. 합숙 훈련을 마치고 출발한 게 작년 5월이야. 대장이 완주할 거라고 격려해줬어. 실제로 완주하는 걸로 보였고. 그런데 목적지를 코앞에 두고 구름폭풍에 휘말리게 된 거야. 너무 빨리 덮쳐와서 피할 길이 없었어. 눈

한번 깜박였더니 벌써 폭풍 한가운데로 빨려 들어간 후야. 어두워서 방향을 잡을 수도 없고, 위아래도 분간되지 않고, 서클링(circling)을 하지 않아도 고도는 쭉쭉 올라가고. 대기권으로 올라가면서 고글이며 계기판에 얼음이 붙는 것을 봤어. 할 수 있는 건 아무것도 없었어. 주먹만 한 우박세례를 받으면서 얼음 속에 마냥 갇혀 있었어. 아마 2만 피트 상공에서 잠깐 의식을 잃었을 거야. 눈을 떠보니까 이상한 곳에 흘러와 있었어. 잿빛 구름이 파도처럼 일렁이고, 구름 밑바닥에서 번개가 맥없이 깜박거리고, 머리 위엔 밤하늘이 있었어. 그토록 가까운 거리에서, 그토록 많은 별을 본 건 처음이었어. 세상에 존재하지 않는 바다로 흘러 들어온 기분이었어. 비가 내리듯 별똥별이 떨어지고 갖가지 색의 별들이 궁륭(穹窿)을 이루는 바다. 별들의 바다. 아름다웠어. 숨이 막힐 만큼, 그대로 죽고 싶을 만큼. 신기하게도 죽고 싶다고 생각하는 순간, 심장이 정지한 것처럼 고요해지더라. 빽빽하던 숨결은 편안해지고 눈이 스르르 감겼어."

한 무리의 사람들이 다시 우리를 스쳐 갔다. 나는 여전히 땅만 보며 걸었다.

"깨어났더니 병원이야. 응급수술을 받았대. 술에 취한 다음 날, 쓰레기통 속에서 눈을 뜨는 것만큼이나 황당했어. 더 웃기는 건, 만국의 신문들이 나에 대해 떠들고 있었다는 거야. 연속으로 여덟 번쯤 로또 1등에 당첨된 것만큼이나 운 좋은 남자라나 뭐라나. 고도 3만 피트에, 영하 40도쯤 되는 상공에서 정신을 잃고 추락했는데도 무사했다는 거지. 갈비뼈가 부러져 폐를 찌르고 왼쪽 팔꿈치가 조각나버린 것도 무사한 축에 드는지 모르겠지만. 동료들과 경찰이 수색을 나섰는데 무전이 끊긴 지점에서 한 60킬로미터쯤 떨어진 마을 숲에 추락해 있더래. 난 광적인 흥분상태였던 모양이야. 난생 처음 보는 의사한테 별들의 바다에 대해 주절주절 늘어놨거든. 다 듣고 나서 의사가 그러데. 의식을 잃기 직전에 정신착란을 일으킨 것이라고. 팔꿈치 수술을 한 번 더 받고, 뼈가 붙고, 재활치료를 하는 데 10개월이 가더라. 그 길고 지루한 시간을 다시 날겠다는 생각으로 견뎠어. 그런데 치료가 끝나가는 시점에서 눈 문제가 불쑥 불거진 거야."

승민의 얘기는 거기서 끝났다. 듣고 있던 라디오를 확 꺼버린 것처럼, 갑작스럽게 끝났다. 고개를 들자 최기훈이 보였다. 슬쩍 승민을 살폈다. 그냥 우연인가? 최기훈은 사람들 사이에 그림자처럼 서 있었고 나는 그가 언제, 어디서 나타났는지 보지 못했다.

우리는 최기훈 곁을 지나 출구 앞에 섰다. 황금빛 옥수수 밭에 여름의 마지막 햇살이 머무르고 있었다. 여느 일요일처럼 댐 수면 위로 모터보트가 내달렸다. 글라이더는 보이지 않았다. 처음 숲길에 왔던 날이 생각났다. 글라이더를 바라보던 승민의 넋 나간 눈이 떠올랐다. 새벽녘에 본 광기 어린 눈동자가 기억났다.

비행에 대한 갈급증, 조만간 닥쳐올 실명에 대한 두려움, 되풀이된 탈출 시도. 생각들이 한길로 줄달음쳤다. 그리고 이해에 도달했다. 눈이 완전히 멀기 전에 마지막 비행을 하고 싶었던 것이라고. 다만 가야 한다던 곳이 어디인지 딱 집어낼 수가 없었다. 프랭클린? 히말라야? 거기를 무슨 수로. 대한민국 영토 밖으로 한 발짝도 못 나간다는 걸 본인이 더 잘 알고 있지 않았던가.

최기훈이 서 있던 자리를 떠났다. 함께 있던 사람들도 떠났다. 승민은 철망에 이마를 대며 물었다.

"넌 누구냐?"

당황스러웠다. 갑작스럽고 뜬금없는 물음이었다.

“가끔 궁금했어. 진짜 네가 누군지. 숨는 놈 말고, 견디는 놈 말고, 네 인생을 상대하는 놈. 있기는 하냐?”

얼굴이 확 달아올랐다. 화가 났다. 잘 놀고 있다가 별안간 따귀를 얻어맞은 기분이었다. 돌아서서 문짝에 등을 기댔다. 내가 제대로 들었다면, ‘존재의 징표’ 에 대해 물은 거라면, 내놓을 것이 없었다. 내 인생에서 나는 유령이었다.

‘저놈한테 신경 끄라고 몇 번이나 충고했지?’

머릿속의 현자가 나불대며 등장했다.

‘말하는 저 싹수 봐라. 저게 조롱이지 질문이냐? 넌 밸도 없냐?’

울컥했던 나머지 소리를 질러버렸다.

“없어, 없어. 어쩌라고?”

승민이 내 쪽으로 고개를 돌렸다. 히죽 웃고 있었다.

그날 밤, 나는 또 자작나무 숲에 있었다. 처음처럼 길을 잃지도 않았고 가로등처럼 매달린 머리들을 보지도 않았다. 쇠사슬이 감긴 철망 문 앞에 우두커니 서 있었을 뿐이다. 밤하늘이 수리호 수면 위로 내려와 있었다. 별은 보이지 않았다.

우리는 날마다 자작나무 숲에 나갔다. 산책로로 들어서면 습관처럼 신발을 벗어 던지고 맨발로 걸었다. 금빛을 넘어 누런빛을 띠는 옥수수 밭과 검푸른 수리호를 내다보며 출구 앞에서 시간을 보냈다. 종종 글라이더들이 날아왔다. 소리 없는 그들의 비행을 볼 때마다 나는 승민의 눈을 살폈다.

승민의 실명을 완전히 받아들일 수가 없었다. 바람에서 비롯된 의심이 아니었다. 승민은 선글라스로 눈을 감췄으나 옆모습까지 가리지는 못했다. 그러려면 고글을 써야 했다. 무슨 말인고 하면, 옆에서나마 시선의 움직임을 볼 수 있는 사람이 있었다는 얘기다. 돈도 안 받고 종일 어깨를 빌려주는 자, 바로 나였다. 혹시나 한 것은 그 때문이었다. 승민의 시선이 움직이는 물체를 번득 포착하는 순간이 있었던 것이다. 바로 글라이더가 날아오는 때였다. 안과 진료나 류재민의 제의를 거절한 이유가 의심스러워지는 때이기도 했다. 하지만 그뿐이었다. 뒷받침할 단서가 없었다.

산책 덕택인지, 항우울제가 뒷심을 발휘하는지, 승민의 행동은 또렷한 변화를 보였다. 필요할 때 의사 표현을 하고, 매일 면도와 샤워를 하고, 옷차림과 침대가 말끔해졌다. 물건들은 사물함으로 들어갔다. 언행은 '공손'과 비슷해졌다. 어색하기 짝이 없는 변화였다. 말수 없고, 히죽거리지 않고, 반듯하게 행동하는 모범청년 류승민은 아무래도 낯설었다.

간호사실에서는 이를 '순응'으로 평가했다. 경계와 긴장이 확연히 누그러졌다. 그중 가장 극적인 전향을 보여준 이는 수간호사이다. 그녀로 말하면, 승민이 '수간호사님'이라고 부르기만 해도 눈이 휘둥그레지던 콩알 간의 소유자였다. 점박이가 손목을 물어뜯긴 뒤로는 눈도 마주치려 하지 않았다. 그랬던 그녀가 특별한 호의를 보이기 시작했다. 처음에는 인사를 던지는 걸로 시작했다.

"승민 씨 굿 모닝. 오늘은 기분이 어때요? 산책 잘 다녀왔어요?"

얼마 후엔 간호사실 앞에 붙잡아두고 이런저런 말을 붙여왔다. 며칠이 지나자 간호사실 안으로 불러들여 커피나 과자를 대접하기에 이르렀다. 승민도 그녀의 호의를 사양하지 않았다. 부르면 들어가고,

주면 받아먹었다. 묻는 말에 긴 답변을 해주기도 했다. 무슨 말을 나누는지는 몰라도 창 너머로 관찰한 분위기는 꽤 낯간지러웠다. 승민은 소년처럼 구는 기색이 역력했고, 수간호사의 이마에는 눈먼 광란자를 길들이고 있다는 자부심이 빛났다.

여름이 끝나가고 있었다. 평범한 나날이 이어졌다. 적어도 겉으로는 그랬다.

9월 10일 금요일, 비가 내렸다. 개원 32주년을 맞아 병원은 외래진료를 하루 접었다. 우리는 기념 떡 한 덩이씩을 얻어먹었다. 임시휴일이었으나 미술요법은 어김없이 있었다.

미술요법 참여 자격은 다음과 같았다. 미술을 이해할 수 있는 자, 미술을 이해하려는 자, 미술을 이해 못해도 사랑은 하는 자, 미술을 사랑 안 해도 손가락은 달린 자, 손가락이 없어도 발가락은 있는 자. 미술 재료는 늘 빨간 리본이 인쇄된 우윳빛 종이를 썼다. 그걸 접고 풀을 바르고 붙여서 모 의류회사의 쇼핑백으로 재창조하는 것이 우리가 하는 미술이었다.

미술요법을 일주일에 네 번씩이나 하는 이유가 바로 그 '쇼핑백'에 있었다. 그 정도는 해야 살림에 보탬이 되지 않겠는가? 임시휴일의 미술요법도 같은 맥락으로 이해하면 되겠다. 놀면 뭐하느냐, 떡도 먹었으니 병원 공영에 이바지하라.

501, 2호의 출석률은 1백 퍼센트를 넘겼다. 농원 노역을 하루 면한 한이가 지은이까지 끌고 와 합석했다. 녀석은 세 개 남은 이를 드러내고 벌쭉벌쭉 웃어가며 종이를 접었다. 웃고 접는 틈틈이 셔츠 자락으로 지은이의 침을 닦아주었다. 지은이는 한이의 손길을 귀찮아하면서도 접어준 종이에 풀을 열심히 발랐다. 통통하던 얼굴이 핼쑥해져

있었다. 며칠째 구토증에 시달린 탓이었다. 그것도 꼭 식당에서만 토했다. 승민에게 놀란 바 있는 나는 안과에 데려가야 한다고 주장했다. 김용은 뭘 모르면 가만히 있으라고 퉁을 줬다. 간호사실에서는 지켜보는 눈치더니 미술요법 시간 직전에야 조처를 취했다. 여자 작업반이 소변이 담긴 검사용 컵을 들고 지은이와 함께 화장실에서 나왔던 것이다.

머릿수 하나가 더 많았음에도 501, 2호의 진도가 가장 늦었다. 승민은 다리를 쭉 뻗고 엉덩이로 의자를 깐닥깐닥 흔들고 있었다. 만식 씨는 모처럼 승민의 허벅지에서 흐뭇한 시간을 보내는 중이었다. 경보선수는 사적인 일로 바빴다. 상의 단추를 뺐다 끼웠다, 담배를 꺼냈다 넣었다, 바지 허리끈을 묶었다 풀었다, 무릎을 걷었다 내렸다……. 거리의 악사는 시커먼 천으로 하모니카 광내기에 골몰했다. 십운산 선생은 커피를 타러 갔고, 김용은 한이의 사생활 취재에 몰두하고 있었다. 지은이 간수 잘하고 있느냐, 장가 밑천은 마련했느냐, 양가 부모는 언제 만나느냐. 한이는 눈치 백 단의 실력을 발휘해 질문의 요지를 파악해냈다. 빨강 양말 속에서 뭔가를 꺼내 우쭐거리는 태도로 펼쳐 보였다. 적립금 통장이었다. 잽싸게 집어넣는 바람에 자세히 보진 못했지만 시중은행에서 발행한 통장은 아니었다.

"한이, 그거 아무한테나 내보이지 말라고 했지?"

십운산 선생이 자리로 돌아오며 말했다. 김용이 버럭 화를 냈다.

"아니, 우리가 왜 아무나야?"

선생은 타 온 커피를 후루룩 들이켰다. 아는 사람은 알 것이다. 비 오는 아침의 커피향이 얼마나 매혹적인지. 그 매혹적인 냄새에 지은이가 웩 하고 구역질을 했다. 이어 속에 든 걸 와르르 쏟아냈다. 사람들은 기겁을 해서 일어났다. 보호사와 여자 작업반이 곧장 달려왔다. 두 사람은 지은이를 부축해 식당에서 나갔다. 한이는 징징 울며 따라 나갔다.

식당은 이내 질서를 찾았다. 같은 방 여자들이 밀걸레를 가져와 바닥을 닦았다. 사람들은 창문을 열어 토사물 냄새를 쫓아냈다. 비가 온 덕택에 말쑥하고 촉촉한 공기가 쏟아져 들어왔다. 십운산 선생은 커피 잔을 골똘하게 들여다보며 중얼댔다.

“내 커피가 뭘 어쨌다고 저래?”

김용이 대꾸했다.

“자네 커피가 뭘 어쩐 게 아니지. 뱃속의 애가 뭘 어쩐 거지.”

십운산 선생이 가느다란 눈을 더욱 가늘게 떴다. 김용은 배를 두들겼다.

“저거 애 밴 거야. 아니면 손에 장을 지진다.”

나는 501, 2호 식구들이 자작나무 숲에 몰래 갔던 날을 생각했다. 두어 달 전 일이었다. 그 정도면 입덧을 하나.

“한이는 아니걸랑.”

내 생각을 읽은 것처럼 김용이 말했다.

“걔가 애초에 2병동에 있었어요. 그쪽 자리가 부족한 데다 개중 머리가 좋아서 5병동으로 온 거지. 하여간 거기 있을 때 정관수술을 받았단 말이지. 거기 애들은 사내구실 하려 드는 무렵에 부모 동의 받아서 바로 시켜버리거든. 검사 결과 나오면 간호사실 골치 좀 아플 거다. 답이 빤하걸랑. A동 인간들은 그러고 싶어도 그럴 조건이 못 되잖아?”

날마다 한이와 지은이를 데리러 올라오는 늙수그레한 작업반이 생각났다. 설마 그 노인네가 그랬을까. 노역을 감독하는 보호사가 그랬을까? 아니면 농원 사람? 한이는 농원에서 뭔가를 본 게 아닐까. '봤다' 는 가정을 세우자 그간의 일들이 단숨에 설명됐다. 한이가 얻어터진 몰골로 돌아온 일, 간호사실 앞에서 벌인 시위, 자학. 생각이 여기에 이르자 나도 헛구역질이 치밀었다.

지은이의 임신이 알려진 건 낮잠시간 직후였다. 소변검사에서 양성 반응이 나왔다는 소식이 정통한 소식통으로부터 흘러나와 병동을 한 바퀴 돈 다음 한이에게 도착했다. 한이는 간호사실로 직행했다. 수간호사를 불러서 손으로 배를 불룩하게 그려 보인 뒤 적립금 통장을 들이댔다. 한이는 임신의 의미를 정확하게 알고 있었다. 더불어 자신이 아기 아빠라는 걸 믿어 의심치 않는 눈치였다. 결혼을 요구하는 표정에 자긍심이 넘쳤다.

수간호사는 곤혹스러워했다. 궁지에 몰린 심정이었을 것이다. 검사 결과도 당황스러운 판국에 한이가 결혼 카드를 꺼내 든 데다, 병동 주민들은 입을 딱 다물고 그녀의 입만 지켜보고 있었으니 말이다.

그녀를 구해준 이는 우울한 세탁부였다. 그가 세탁차를 밀고 나타나자 분위기는 일순간에 뒤집혔다. 아침나절 그의 합격 소식을 전해 들었던 사람들이 기립박수를 보냈던 것이다. 모르고 있던 사람들은 얼떨결에 박수부대로 동원됐다. 버킹엄 공주는 열심히 매진해 박사도 되고 대학교수도 되라고 격려했다. 명문대 출신인 김용은 대입검정은 대졸인 자기가 책임지겠다고 약속했다. 십운산 선생은 합격 소감부터 들어보자고 했고, 현선 엄마는 우리 현선이도 합격했느냐고 물었다. 우울한 합격생은 "나이 마흔에 중학교 졸업장 딴 게 뭐 그리 대단하다고……"라고 중얼대며 A동으로 내빼버렸다. 나는 승민을 김용 손에 맡기고 501호로 갔다.

우울한 합격생이 기다리고 있었다. 우리는 하이파이브를 나눴다. 주먹을 부딪치며 그는 기분 좋은 소리로 웃었다. 그가 소리 내어 웃는 걸 본 건 그날이 처음이었다.

"나 금방 내려가 봐야 해. 물품 트럭이 오는 날이라."

"무슨 물품요?"

"세탁장에 필요한 물건들이지 뭐."

"아, 근데 왜 아저씨가 가요? 물품 담당이에요?"

"아니, 그건 반장 일이지. 난 창고 정리."

우울한 합격생은 꾸물꾸물한 동작으로 만식 씨의 시트를 벗겼다.

"물품 트럭이 자주 와요?"

"한 달에 한 번. 특별히 주문하는 게 있으면 중간에 오기도 하고. 우리가 제법 큰 손님이라 소홀히 못하거든."

나는 웃었다. 그도 따라 웃었다. 웃고 나서 조심스레 물었다.

"근데 왜 웃었어?"

"정신병원 덕에 먹고사는 사람도 있다 싶어서요."

"있는 정도겠어. 많아. 조리실에 물건 대는 업자, 사식 대주는 업자, 보일러실에 기름 대는 업자. 봉투차도 있고."

봉투차에 대해서는 나도 들은 바 있었다. 매월 세 번째 금요일이면 우리가 만든 쇼핑백을 수거하러 오는 봉고가 있다고 했다.

"그 차들은 어디서 일을 봐요? 현관 앞에 서는 건 한 번도 못 봤는데."

별 뜻 없이 물었다. 그가 시트를 걷는 동안 말을 시키고 있었을 뿐이다. 돌아온 답변에 별 뜻이 생겨났다.

"지하주차장이지. 물품 창고가 거기 있거든. 엘리베이터하고 제일 가깝기도 하고."

그는 김용이 침대에 모아놓은 수건과 속옷을 통에 던져 넣었다. 나는 턱없이 큰 세탁물통을 새삼스럽게 눈여겨봤다. 머릿속으로는 승민과 내가 엘리베이터 사건을 일으키던 날을 되짚어보고 있었다.

"전기실 옆에 있는 철문이 지하주차장으로 나가는 문이죠?"

"응."

"거기도 늘 잠겨 있어요?"

"원칙으론 그렇지."

"실제론 아니고요?"

"불편하니까. 각 부서 사람들이 수시로 드나들거든. 관리실, 전기실, 세탁실, 병동 보호사들이나 작업반들, 구급차 기사도 들락거리고 직원이나 외부 차량도 자주 들어오고. 그때마다 책임자가 따라가서 열어주고 잠글 수가 없잖아. 열쇠를 이 사람 저 사람 돌리다간 잃어버릴 위험이 있고. 그래서 낮에는 그냥 둘 때가 많아."

"거긴 자동문이 아닌가 봐요?"

"지하는 다 일반 문이야. 안 그러면 번거로워서 일 못 해. 근데 그런 건 왜 물어봐?"

내내 잘 대답하던 우울한 합격생이 갑자기 되물었다. 나는 당황해서 되는 대로 뱉어냈다.

"그냥, 지하에 비상계단이 없었던 것 같아서, 정전이 되거나 엘리베이터가 고장 나면 다들 어디로 드나드나 하고."

그는 야릇한 시선으로 나를 들여다보며 대답했다.

"미스 리 선생님이 못 봤겠지. 엘리베이터하고 나란히 있어."

저녁이 되면서 비가 그쳤다. 희망농원 앞길은 차량과 사람들로 모처럼 시끌벅적해졌다. 수리 유원지에서 열리는 불꽃축제를 보러 온

인파였다. 3년 전부터 시작된 축제로, 일요일까지 계속될 것이라는 김용의 설명이 있었다. 특히 일요일 밤에는 대규모 캠프파이어와 함께 '불꽃축제 축하쇼'가 열린다고 했다. 동남아 순회공연 가수들이 죄다 귀국해 출연할 예정이므로 많은 관심을 가져달라고 힘주어 말하기도 했다. 모르는 사람이 들었더라면 김용이 축제의 주최자임을 믿어 의심치 않았을 것이다.

그날 밤, 5병동 주민들은 흡연실 창가에 매미 떼처럼 붙었다. 남의 집 잔치도 잔치는 잔치였다. 그것도 꽤 볼만한 잔치였다. 유원지는 보이지 않아도 오렌지 빛으로 타는 하늘은 볼 수 있었다. 수리호는 보이지 않아도 모터보트 소리는 들을 수 있었다. 폭죽을 터트리는 무리는 보이지 않아도 자작나무 숲 너머로 쏟아져 내리는 불꽃과 허공을 활강하는 조명탄의 뿌연 연기는 볼 수 있었다.

나와 승민도 매미 떼에 섞여 있었다. 승민은 담배를 피웠고 나는 생각에 잠겨 있었다. 사실 생각이라고 할 것도 없다. 단어 몇 개가 불꽃처럼 들뛰고 있었을 뿐이다. 세탁물통, 엘리베이터, 낮에는 잠가두지 않는 지하주차장 문, 외부 차량. 흘끔 승민을 봤다. 선글라스 속의 눈동자가 먼 하늘을 더듬고 있었다. 정말로 보이지 않는 걸까, 당분간만 보이지 않는 걸로 한 걸까?

거위 울음 소리가 상념을 깼다. 고개를 쭉 빼서 옆을 살폈다. 사람들 틈에서 입을 거위처럼 벌리고 있는 한이가 눈에 띄었다. 비정상적으로 큰 녀석의 손은 지은이의 머리칼을 쓸어 넘기고 있었다. 따지자면, 상념을 깬 건 울음소리가 아니라 웃음소리였다. 한이가 웃든 말든, 머리칼을 만지든 말든, 지은이는 창밖 풍경에만 정신이 팔려 있었다. 두 사람이 함께 보낸 마지막 밤이었다. 적어도 내가 아는 한은 그렇다.

이튿날 지은이는 한이와 함께 농원으로 출근하지 않았다. 보호사와 함께 정문으로 향했다. 한이는 보호사의 다리를 잡고 늘어졌다. 그는 난감한 표정을 짓더니, 지은이의 배에 청진기를 대는 시늉을 해 보였다. 산부인과 진찰을 받으러 간다는 말 같았다. 한이는 마지못해 그의 다리를 놔주었다. 놔주면서도 불안해하는 기색이었다. 작업반 노인 손에 끌려 비상구를 빠져나갈 때까지 몇 번이나 뒤를 돌아봤다.

한이의 불안감은 현실이 됐다. 밤이 돼도 지은이는 돌아오지 않았다. 한이는 점호시간까지 병동 정문 앞을 지키고 있었다. 밥도 먹지 않고 화장실도 가지 않았다. 병실로 들어가라거나 비키라고 하면 벼락같은 소리를 지르며 펄펄 뛰었다. 가만 놔두면 꼼짝 않고 쪼그려 앉아 있었다. 일요일 아침, 우리는 어금니 하나를 쥐고 누워 있는 한이를 보게 됐다. 막내 간호사는 백합방 문을 열었다.

병동은 두 가지 화제로 오전 내내 술렁거렸다. 하나는 지은이의 행방에 관한 문제. 낙태를 시킨 후 회전문을 태웠을 거라는 주장이 대세였다. 다른 하나는 아이 아빠가 누구냐 하는 문제였다. 여기에 대해선 의견이 분분했다.

누군가 병동 주민일 거라고 했다. 사람들은 한목소리로 불가능을 외쳤다. 한이가 눈 시퍼렇게 뜨고 지은이 곁에 붙어 있는데 가당키나 한 일이냐는 거였다. 509호 거시기의 텃밭인 정문 앞을 빼고는 CC카메라를 피할 만한 장소도 없었다. 누군가는 작업반일 거라고 했다. 한이가 안 보는 새에 후미진 곳으로 끌고 가서 일을 벌였을 거라고. 다른 누군가는 보호사라고 했다. 이따금 한이가 얻어맞고 들어온 걸로 봐서 주기적으로 이루어진 일이며, 그건 작업반 지위로는 불가능하다는 얘기였다. 김용은 작업반과 보호사가 합세한 '패거리 짓' 이라는 의견을 내놨다. 입을 막기 위해 집단으로 일을 벌였을 거라고 말이다. 끔찍한 얘기였으나 가장 설득력이 있었다. 문제는 늘 삼천포에다 방점을 찍는 김용의 화법이었다.

노역 팀 소녀들 중 지은이는 단연코 예뻤다. 침을 좀 흘려서 그렇지, 바깥세상 여자들과 비교해도 손색이 없었다. 그러니 한이가 목숨 걸고 지킨들, 침 흘리며 덤비는 짐승들을 어찌 다 막아내겠는가. 김용은 결론을 내렸다. 남자의 업보는 여자야.

십운산 선생이 정리 발언을 했다.

"자네 업보는 자네 주둥이야. 아나 모르나?"

9월의 청소 선수단이 소집됐다. 숫자나 복장은 8월과 같았으나 선수 명단에 변화가 있었다. 김용이 빠지고 대타가 투입됐다.

전날 오후, 나 대신 김용이 승민을 샤워장에 데려갔다. 승민의 부탁이었다. 만날 나만 성가시게 해서 미안하다나 어쩐다나. 돌아올 땐 역할이 바뀌어 있었다. 승민의 팔에 김용이 매달려 왔다. 샤워장에서 미끄러져 허리를 삐끗했다나 어쨌다나. 둘을 인도한 자는 만식 씨의 18대 또별인 거리의 악사였다. 김용은 점호 직전까지 보호사를 달달 볶았다. 파스를 달라, 진통제를 달라, 핫팩을 달라. 날이 밝자 침대엔 입만 나불대는 산송장이 누워 있었다.

"아이고오, 김용 죽는다. 장가도 못 가보고오오오……. 나 체조 못해. 청소도 못 나가!"

청소 선수단에 선발되지 않은 희망반 이상 남자는 둘뿐이었다. 나와 승민. 교체 선수가 누구인지는 희망농원 개도 알 만한 일인고로, 굳이 나라고 밝힐 필요는 없을 것 같다.

청소 선수단은 휴게실에서 10분째 대기하고 있었다. 수간호사의 명령이었다. 그녀는 간호사실 안에서 승민과 이야기를 나누고 있었다. 최기훈은 두 사람 뒤에 열중쉬어 자세로 서 있었다. 선수단 일동은 둘의 대화 내용에 뜨거운 관심을 나타냈다. 나는 관심이 전혀 없었다. 들어보나마나였다. 승민은 나를 따라가겠다고 조르고 있을 터였다. 그것 말고는 선수단을 대기시킬 이유가 없었다. 결과도 렉터 박사 알대머리만큼이나 빤히 내다보였다. 최기훈이 버티고 있는 한 어림반 푼어치도 없는 일이었다. 그쪽 일보다 내 발등에 떨어진 불이 더 뜨거웠다. 아주 흉흉한 소문을 들었다. 9월의 청소 작업은 불꽃축제를 정리하는 특별행사로 선수단 파견 규모가 두 배라고 했다. 3병동 얌전이 열 명과 1병동 작업반 열 명이 더 차출돼 댐 주변 청소까지 한다는 것이다. 작업반이 출동한다면 점박이가 감독으로 따라올 확률이 99.9퍼센트였다. 0.1퍼센트는 어느 귀인께서 점박이의 뒷골을 깨주실 확률. 나는 꿈속에서도 점박이와 마주치고 싶지 않았다. 귀인의 강림을 간절히 빌었다.

수간호사가 전화기를 드는 것이 보였다. 통화는 금세 끝났다. 그녀는 최기훈을 돌아보며 뭐라 말했다. 최기훈은 탈의실로 들어가더니 회색 작업복과 모자를 가지고 나와 나를 불렀다. 얼떨떨해져서 간호사실 개폐창 앞으로 갔다. 작업복과 모자가 내 손에 놓였다.

"승민이도 갈 거야. 방에 데려가서 옷 갈아입게 해."

"이수명 씨."

이번엔 수간호사가 고개를 내밀었다. 그녀는 승민에게 내야 할 생색을 내게 냈다. 내가 승민을 잘 간수하리라 믿어서, 답답해하는 승민이 안쓰럽기도 해서 자신이 직접 원장에게 허락을 받았다고 말이다.

입이 헤벌어졌다. 나는 승민이 설득의 귀재라는 사실을 깜박 잊고 있었다. 천하의 김용을 전령사로 써먹은 놈이었다. 지난밤에도 김용은 샤워장 바닥이 아니라 승민의 혓바닥에 자빠져 허리를 다친 것이리라. 수간호사 자빠뜨리기야 일도 아니었겠지. 벌어둔 점수도 있고 쌓아온 정도 도타웠으니. 최기훈이 동의했다는 것이 뜻밖이긴 했지만 이해 못할 일은 아니었다. 머리를 삶으면 귀는 자동으로 삶아지는 법 아니겠는가.

수간호사의 생색은 잔소리로 이어졌다. 절대로 물가에 내려가지 말 것이며, 보호사의 지시를 어기지 말 것이며, 승민의 손을 꽉 잡고 다닐 것이며……. 인심을 쓰고 보니 마음에 걸리는 게 많은가 보았다. 그렇다고 수간호사 체면에 자발없이 취소할 수도 없는 노릇이고.

간호사실에서 나오는 승민을 봤다. 입가에 미소가 어룽대고 있었다. 나는 웃을 기분이 아니었다. 그저 알려주고 싶었다. 우린 오늘 점박이한테 죽었다.

9시. 중앙 현관 앞에 직원 출퇴근용 버스와 구급차가 앞뒤로 섰다. 3병동 주민 열 명과 작업반 두 명과 3병동 보호사가 구급차에 탔다. 나머지는 버스 승객이었다. 나와 승민은 맨 마지막으로 버스에 올라갔다. 앞좌석에 점박이가 앉아 있었다. 그는 곤봉 끝으로 제 손바닥을 톡톡 치면서 송곳니를 드러내고 웃었다. 어둠 속에서 발광하는 밤 짐승의 눈보다 더 기분 나쁜 웃음이었다. 점박이 뒷좌석엔 땅딸이와 전봇대가 있었다. 그 뒤로 5병동 보호사, 진압 2인조, 작업반 여섯, 나머지 좌석도 꽉 차 있었다. 어쩔 수 없이 우리는 기사 뒷좌석에 앉았다. 점박이의 맞은편 좌석이기도 했다.

구급차와 버스는 현관을 떠나 정문에서 멈췄다. 경비실에서 경비가 뛰어나왔다. 정문은 기억에 있던 것보다, 흡연실에서 내려다보며 가늠하던 것보다, 훨씬 높고 컸다. 문을 여는 경비가 난쟁이로 보일 지경이었다. 병원 앞마당을 에워싼 철망 담장 위의 철조망은 두껍고도 조밀했다. 이 정도면 병원이 아니었다. 범죄심리학자인 렉터 박사의 이상을 이상적으로 구현한 사설감옥이었다.

구급차가 앞서서 정문을 통과했다. 다음이 버스. 잠시 점박이를 잊고 창밖 풍경에 눈을 팔았다. 담장이 없는 곳으로 나온 게 얼마 만이던가. 헤아려보니 96일 만이었다.

버스는 숲길을 빠져나가 자작나무 숲 앞길로 우회전했다. 9시가 넘었는데도 해가 나지 않았다. 수리호 수면 위에서 안개만 뿌옇게 끓어올랐다. 곧 댐 위로 줄지어 걸어가는 농원 노역 팀을 만났다. 그들은 우리를 향해 손을 흔들어 보였다. 불현듯 우리가 병동을 나설 무렵 백합방에서 나오던 한이가 생각났다. 여느 아침이라면 한이와 지은이도 댐을 건너는 무리에 섞여 있었을 것이다. 손을 잡고 걸었을 것이다. 가끔씩 한이가 지은이의 침을 닦아줬을 것이다. 지은이는 성가셔했을 것이다. 지난 목요일까지도 그랬을 두 사람에게 누가, 무슨 짓을 저지른 것일까. 그로 인해 한 사람은 격리실에 갇히고 한 사람은 종적이 묘연했다. 간호사실은 말이 없었다. 진실은 저 너머에 숨었고 더러운 소문만 안개처럼 퍼지고 있었다.

앞서 가던 구급차가 갓길에 정차했다. 출발한 지 5분쯤 됐을 무렵이었다. 3병동 사람들이 댐 주변 청소를 맡은 듯했다. 버스는 5분쯤 더 달려가 산기슭 밑 공터에서 멈췄다. 유원지 야외주차장으로 셔틀버스와 봉고, 승용차 몇 대가 주차돼 있었다. 유원지는 도로를 사이에 끼고 댐 쪽으로 위치해 있었다. 정문에 '제4회 수리 유원지 불꽃축제' 라 쓰인 현수막이 걸려 있고 그 옆에서는 키 큰 풍선 인형들이 바람에 춤을 췄다.

차에서 내려 줄을 서는 동안 주변을 둘러봤다. 유원지라면 흔히 있는 민박집이나 식당은 보이지 않았다. 눈에 띄는 것이라면 주차장에서 1백여 미터 위쪽에 위치한 기암절벽 정도였다. 거대한 미끄럼틀을 연상시키는 형상이었다. 안개가 짙어 꼭대기는 보이지 않았다. 김용만큼이나 친절한 누군가가 그곳이 수리봉임을 알려주었다. 해발 1천 미터가 넘는 봉우리로 인접한 연봉 중 가장 높다고 덧붙였다.

승민은 연신 코를 벌름거렸다. 바람구멍이 숭숭 뚫린 얼굴이었다.

유원지는 놀이공원 형태였는데 청소 선수단이 그리 쓸모 있을 것 같지 않았다. 중장비군단이 들어와야 해결될 풍경이었다. 콘서트 무대를 필두로 캠프파이어의 흔적, 납작하게 드러누운 애드벌룬들, 오색 테이프와 종이 꽃가루, 찢어지고 짓밟힌 만국기, 잔디밭에 뒹구는 과자껍질과 페트병들. 크기와 종류를 총망라한 쓰레기 속에 몇 가지 시설물이 파묻혀 있었다. 바이킹, 회전목마, 대관람차 같은 놀이기구, 매표소와 편의점, 사격장과 간이식당과 편의점, 자줏빛 기와를 얹은 정자 둘, 공중전화 부스와 화장실과 관리사무실 등등. 맨 끝에 댐으로 내려가는 계단이 있고, 계단 옆에 보트장 입간판이 있었다. 그 앞엔 직원으로 보이는 두 남자가, 그들의 발밑에는 대차 세 대와 청소도구들이 쌓여 있었다.

점박이는 그들과 인사를 나누고 돌아오더니 청소 선수단을 3개조로 나눴다.

1조 : 유원지 내부 담당. 1병동 보호사, 작업반 넷, 청소 선수 열둘.

2조 : 낚시터 및 유원지 주변 담당. 서 병장, 진압 2인조, 청소 선
수 여섯.

3조 : 보트장 담당. 점박이, 땅딸이와 전봇대, 승민과 나.

보트장은 물 위에 띄운 직사각형 상자 같았다. 뗏목처럼 엮은 플라스틱 원통이 대지 역할을, 철봉 굵기의 쇠기둥들이 들보 노릇을, 비닐 차양이 처마 행세를 하고 있었다. 옥상은 서커스단 천막 지붕을 연상시켰다. 중앙에 대형 전등탑이 있고 탑 꼭대기에서 뻗어 나온 전깃줄들이 꼬마전구를 매달고 방사형으로 퍼져 있었다. 옥상 난간에는 노란 현수막이 붙었다.

모터보트, 오리, 땅콩, 바나나, 매직바나나, 제트스키, 수상스키

수상스키 강습. 초보자 환영

땅딸이와 전봇대가 먼저 계단을 내려갔다. 나와 승민은 평소의 보행방식으로 움직였다. 승민은 내 어깨에 팔을 걸고, 나는 승민의 허리를 잡고. 한 계단 내려서자마자 점박이의 곤봉이 우리의 뒤통수를 갈겼다.

"이것들이 지금 연애질을 하러 왔나."

곤봉은 정수리, 뒤통수, 옆통수, 고루고루 차별 없이 두들겼다.

"빨리빨리 내려가란 말이야."

낙타한테 나이키 운동화를 신긴다고 치타처럼 뛸 수 있는 건 아니다. 아무리 얻어맞아도 우리는 빨리 내려갈 수가 없었다. 힘만 쭉쭉 빠져나갔다. 기분은 점점 우울해졌다. 아무래도 날 저물기 전에 북어

포가 되고 말지 싶었다. 승민의 불같은 성미도 걱정스러웠다. 놈이 성질대로 날뛰는 날엔 점박이만 신나게 해줄 터였다.

걱정과 달리 승민은 성미를 부리지 않았다. 한 대씩 맞을 때마다 유용한 생활영어 한마디씩을 가르침으로써 폭력을 사랑으로 갚았다.

"Kiss my ass, Suck my dick……."

기슭과 보트장을 연결한 철제 다리를 건너자 매표소가 나왔다. 땅딸이와 전봇대가 매표창구 옆에 서 있었다. 매표소 안에서는 한 남자가 전화를 받고 있었다. 점박이가 창구를 들여다보자 남자는 기다리라는 듯 손을 들어 보였다. 나와 승민은 전봇대 뒤에 붙었다.

노동환경을 파악하는 의미에서 주변을 둘러봤다. 매표창구 앞에 가파른 철제 계단이 있었다. 옥상으로 올라가는 계단이었는데 밑에 음식물과 마른 쓰레기가 마구 뒤섞인 채 쌓여 있었다. 그 위로 날벌레와 파리들이 앵앵대며 날았다. 부근은 쓰레기에서 흘러나온 물기로 찔꺽찔꺽하고 더러웠다. 플라스틱 매트가 깔린 바닥에는 폭죽놀이를 하고 남은 철심들이 마른 풀처럼 널려 있었다. 계단 뒤편은 오리배 계류장이었다. 정면은 보트 계류장으로 모터보트, 제트스키, 백조 모양의 중형 유람선 등이 좌르르 묶여 있었다. 밧줄을 난간처럼 둘러친 왼쪽 측면에는 온갖 잡동사니가 쌓여 있었다. 플라스틱 의자, 테이블, 접이식 사다리, 수상스키 보드, 주황색 구명조끼, 고무튜브 등등.

남자가 나온 건 점박이가 담배 한 대를 다 피웠을 때였다. 두 사람은 아는 사이 같았다. 점박이는 남자를 '부장님' 이라고 부르며 '외삼촌' 의 안부를 물었다. 남자는 사장님은 서울에 가셨다고 대답하며 우리를 하나하나 뜯어봤다.

"전등탑 해체 작업 할 사람이 누구누굽니까?"

점박이는 곤봉으로 땅딸이와 전봇대를 가리켰다. 이놈과 요놈.

"둘 가지고는 힘든데. 우리 직원이 둘뿐이라 여기를 따로 감독할 수가 없어요. 나도 지금 유원지에 올라가 봐야 하고."

"감독은 내가 하고 해체 작업은 저놈들 둘이 하면 됩니다. 작년에도 둘이 알아서 했어요. 걱정 안 하셔도 될 겁니다."

부장님은 승민을 가리켰다.

"이 사람은 내가 데려가죠. 키가 커서 여러모로 쓸데가 있겠는데."

"이놈은 키만 크지 쓸데가 없어요. 머리는 밥통이고 성질은 가스통이고 눈은 먹통이라."

점박이는 지팡이로 바닥을 더듬는 시늉을 해보였다.

"청소나 시키려고 데려온 거죠."

"그 병원은 장님한테 청소시키는 재주도 있나봅니다."

"좀 복잡한 사연이 있어요. 말하자면 깁니다."

"저 계집애도 청소반입니까?"

아무래도 '저 계집애'는 나를 지칭하는 말 같았다. 부장님의 시선이 모자챙에 가려진 내 얼굴을 더듬고 있었다. 점박이는 히죽대며 승민 쪽으로 턱을 까닥했다.

"저놈 안내견인데 청소도 좀 합니다."

얘기가 끝났다. 부장님은 매표소 뒤에 있는 창고 문을 열어준 뒤 유원지로 올라갔다. 땅딸이와 전봇대는 연장상자를 꺼내 들고 옥상으로 올라갔다. 내 임무는 난간 옆에 쌓인 물건들을 창고에 정리하는 일과 보트장 청소였다. 점박이는 비닐봉투 두 장을 내게 내밀었다.

"우선 계단 밑에 있는 쓰레기부터 치워. 치운 건 기슭으로 내다 놓고."

승민은 멀뚱하게 서 있다가 또 머리를 얻어맞았다.

"뭐해, 밥통아, 따라가지 않고."

우리는 계단으로 갔다. 승민은 계단 난간에 허리를 걸치고 섰고 나는 쓰레기를 치웠다. 고무장갑을 주지 않았으므로 맨손으로 치워야 했다. 흐물흐물해진 음식물 쓰레기들이 손에 닿자 식도가 몸서리를 쳤다. 내가 헛구역질을 해대자 승민은 큼직한 손으로 내 등이라고 생각한 곳을 두들겨주었다. 어째 너무 열성적으로 두들기는 게 아닌가 싶었다. 게다가 등이 아니라 뒤통수였다.

"심심하냐?"

승민이 손을 떼며 물었다. 이번엔 재채기가 튀어나왔다. 콧구멍으로 들어간 먼지가 목을 간질이고 있었다.

"첫 여자 얘기나 해줄까?"

해줄까, 해놓고 승민은 말이 없었다. 쓰레기를 비닐봉지에 다 담을 때까지 유원지 쪽으로 몸을 돌리고 서 있었다. 옛사랑의 추억을 더듬는 모습은 아니었다. 유원지 쪽 분위기를 더듬는 기색이었다. 그곳은 몹시 시끄러웠다. 중구난방으로 터지는 고함소리, 판자나 철판이 떨어지는 굉음, 시멘트 바닥을 굴러가는 대차의 바퀴소리.

나는 오리배 옆에 앉아 손을 씻었다. 하늘이 호수 위까지 내려와 있었다. 쓰레기가 떠다니는 수면 밑에선 비릿한 악취가 올라왔다. 간간이 기슭 갈대밭 위로 물새 떼가 날아올랐다. 안개는 호수를 진줏빛으로 뒤덮어가고 있었다. 흐르는 안개가 아니었다. 비처럼 수직으로 떨어지는 안개였다. 대기는 늦가을 새벽처럼 싸늘했다.

"뭣들 하시나? 일은 끝내셨나?"

점박이의 목소리가 났다. 쓰레기에서 흘러나온 물로 구두를 더럽히고 싶지 않다는 듯, 그는 계단으로부터 두 발짝 떨어진 곳에 서 있었다. 곤봉은 손끝에서 흔들거리고 있었다. 나는 부랴부랴 쓰레기 봉지들을 기슭에 내놓고 되돌아왔다. 점박이는 우리를 창고로 데려갔다. 문은 열려 있고 안은 비어 있었다. 곤봉이 내 머리를 쳤다.

"들어가서 청소도구 찾아가지고 나와. 물청소를 할 거니까."

승민도 똑같이 한 대 맞았다.

"넌 저기 가 있어. 방해하지 말고."

곤봉이 가리키는 곳은 스키보드 등이 쌓여 있는 난간 왼편이었다. 가만 보면 뇌 용량도 제 눈두덩 점만 한 인간이었다. '저기' 라고 하면 승민이 알아듣고 척척 찾아가리라 여기는 걸까.

어디선가 휴대전화가 울기 시작했다. 점박이는 바지를 뒤져 전화를 꺼냈다. 나는 승민을 스키보드 옆으로 데려다주었다. 승민이 속삭거렸다.

"저 자식 열 받게 만들어."

어쩌려고? 불안이 전 방위에서 몰려왔다. 점박이는 창고 문을 등지고 서서 통화를 하고 있었다. '섰다판' 동지와의 전화인 듯했다. 원주에서 쓸 만한 하우스를 찾았느니 어쩌느니 하는 걸 보면. 내가 쳐다보고 있자 그는 눈을 부라리며 곤봉을 보여주었다. 얼른 창고로 뛰어 들어갔다. 청소도구라고는 말라비틀어진 밀걸레 하나와 플라스틱 양동이 하나가 전부였다. 그것 말고 눈에 띄는 거라면 바닥에 나뒹구는 비닐봉지 몇 장과 쓰다 버린 전깃줄 가닥 정도였다. 나는 밀걸레와 양동이를 챙겨 들고 나오다 창고 문간에서 우뚝 서버렸다. 골이 띵하고 흔들리는 기분이었다. 승민이 슬금슬금 스키보드로 손을 뻗고 있었던 것이다. 점박이는 통화를 하다 말고 버럭 화를 냈다.

"뭘 엿듣고 있어, 등신아. 빨리 나와."

한 발짝 뒤로 물러섰다. 정신을 차리고 보니, 손가락 하나가 점박이를 향해 서 있었다. 믿을 수 없게도 내 가운뎃손가락이었다. 점박이는 옴팡눈을 깜박깜박했다. 자기가 뭘 잘못 봤나 의심하는 표정이었다. 속이 울렁거렸지만 내친걸음이었다. 뒤늦게 손가락을 회수해봐야 세웠던 사실이 없어지지는 않는 것이다. 슬그머니 꼬리를 내리려는 손가락을 힘주어 다시 폈다. 점박이는 휴대전화를 탁 소리 나게 닫았다.

"너, 지금 뭐하는 거야?"

이렇게 이해력이 달려서야. 내 의사가 점박이의 멍청한 머리에 쑥 박히도록 손가락을 말뚝처럼 세웠다. 엿 먹으라고, 엿. 엿 몰라?

점박이의 얼굴에 노을이 번졌다. 이윽고 소방차 색깔로 변했다. 입이 벌어지고 고함이 터졌다.

"이 새끼가 환장을 했나?"

점박이는 곤봉을 번쩍 쳐들었다. 그의 어깨 너머에서는 스키보드가 번쩍했다. 점박이는 바닥으로 엎어졌다. 아마 왜 엎어지는지도 모르고 엎어졌을 것이다. 스키보드가 뒷골을 강타할 때까지 분노에 떨고 있었으니까. 나도 제정신이 아니었다. 내내 의심해왔으면서도, 눈앞에서 벌어진 일을 믿을 수가 없었다. 너 보이는 거야?

승민은 기절한 점박이의 등을 무릎으로 누르고 앉아 선글라스를 벗었다.

"오빠 좀 도와주지?"

뭘? 어떻게? 아무 생각도 안 났다. 그저 손이 저 알아서 움직였다. 전깃줄 서너 가닥을 주워 건넸다. 그러니까 한 달 동안 쇼를 했단 말이지. 이 짓을 하자고? 그랬다면 넌 정말 구제불능으로 미친 새끼야.

밀걸레에서 걸레만 뽑아 집어 던졌다. 그건 그렇고, 약간 오래전 일인데 저 자식이 내 입에다 이거랑 똑같은 걸 처박은 거 기억나는지 모르겠다.

승민은 전깃줄로 점박이를 포박한 다음, 머리털을 움켜쥐고 고개를 옆으로 돌리더니 입에다 걸레를 쑤셔 박았다. 하여간 말귀 하난 기차게 알아듣는 놈이었다.

"나 아직 먹통 아니거든."

승민은 바닥에 뒹구는 곤봉을 주워 들고 스키보드로 두들겨 깬 뒤 통수를 재차 후려갈겼다.

"쥐뿔도 모르면서 밥통이라고 떠들면 가스통 기분이 어떻겠어? 그따위 소릴 하려면 몸조심을 좀 하던가."

점박이는 눈을 뜨지 않았다. 완전히 맛이 가버린 기색이었다. 승민의 한가한 사설에 나도 맛이 가버릴 판이었다. 이제 어쩔 거냐? 잠깐 속이야 시원했다만. 승민은 배시시 웃었다.

"죽지는 않을 거야. 당분간 섰다판 출근은 어렵겠지만."

우리는 점박이를 창고 안으로 밀어 넣고 문을 닫고 빗장까지 걸었다. 그 사이 옥상에서는 땅딸이가 열을 내고 있었다. 전봇대와 영 손발이 안 맞는지, 있는 대로 성질을 부리는 목소리였다. 나는 고개를 내밀어 보트장 밖을 살폈다. 작업반 둘과 청소 선수 셋이 계단참 위의 입간판 앞에서 뭔가를 하고 있었다. 부장님이나 직원 남자는 보이지 않았다. 유원지 쪽은 여전히 시끄러웠다. 승민은 비닐봉지와 전깃줄 한 가닥을 집고 계류장의 보트들을 주르르 가리켰다.

"네 마음에 드는 걸로 골라."

기가 차서 승민을 봤다. '뭐해?' 하듯 승민은 고개를 옆으로 까닥했다. 뭐, 고르지 못할 것도 없었다. 도둑놈에게도 제 입맛에 맞는 집을 골라 털 권리 정도는 있지 않겠는가. 가장 가까운 곳에 있는 빨강 보트를 택했다. 딱 네 발짝만에 닿았다.

승민은 보트로 올라가 시동 줄을 당겼다. 조심조심 계류 줄을 풀던 나는 사납게 터지는 엔진소리에 그만 기절해버릴 뻔했다. 얼른 옥상 계단을 돌아봤다. 아무도 얼굴을 내밀지 않았다. 싸움질소리만 점점 더 커지고 있었다. 승민이 다급하게 손짓했다. 빨리 타.

탔다. 타라고 하지 않아도 탔을 것이다. 이제 와 내가 어디로 가겠는가. 다만 걱정이 태산이었다. 승민이 이 짙은 안개 속에서 보트를 몰 수 있을는지. 지금 어느 정도나 볼 수 있는지. 보트는 조금 후진했다가 우측으로 선회했다.

"꽉 잡아."

뭘 잡기도 전에 보트 선두가 크게 솟아올랐다. 선체는 금방이라도 뒤집힐 것처럼 뒤로 기울어졌다. 내 몸도 뒤로 기울어졌다. 정신없이 뒷좌석 등받이에 들러붙었다.

"간다."

보트가 튕겨 나갔다. 눈앞이 하얘졌다. 울렁증이 도지고 있었다. 나는 등받이 밑에 고개를 처박았다. 차라리 안 보고 말아야지.

"수명아, 앞으로 넘어와!"

승민이 소리쳤다. 보트는 어느새 수면 위를 질주하고 있었다.

"도와줘, 빨리."

도와주기 싫었다. 앞으로 넘어가지도 않았다. 대신 고개를 들고 뒤를 돌아봤다. 보트장이 짙은 안개 속으로 사라지고 있었다. 물결은 검푸른 소용돌이를 몰고 뒤쫓아왔다. 튀어 오르는 포말들이 뒷덜미를 적시고 차가운 안개비가 옷 속까지 찌르고 들어왔다. 체온이 기온 밑으로 곤두박질하는 기분이었다. 덕택에 점박이에게 가운뎃손가락을 세운 이래, 가장 이성적인 판단이 섰다. 나는 또 재앙에 빠진 거야. 별로 쓸모 있는 판단은 아니었다.

승민은 풍부한 성량을 과시하고 있었다. 정말 안 넘어올래? 안개 때문에 앞이 안 보여. 보트 뒤집혀도 괜찮아? 너 수영 잘해?

아니. 나는 의자의 등받이에 다리부터 걸쳤다. 태풍 속에서 갯바위를 건너는 갯게처럼, 정신없이 튀어 오르는 등받이를 바르작바르작 타고 넘어갔다. 가까스로 중심을 잡고 몸을 돌려 의자에 앉자 난데없는 함성이 얼을 쏙 뺐다. 갈대밭 속에서 청소 선수 여섯 명이 갈퀴를 흔들어대고 있었다. 5병동 보호사와 진압 2인조는 한남대교만큼이나 긴 부교 끝에 서 있었다. 낚시터였다. 안내판에 그렇게 쓰여 있었다. '수리 낚시터' 라고.

"아차차!" 소리치며 승민은 핸들을 꺾었다. 보트는 아슬아슬하게 부교를 스쳤다. 충돌은 피했으나 한쪽 동체가 물에 잠길 정도로 기울어졌다. 나는 몸을 던져 반대편 동체에 체중을 실었다. 보트는 기울어진 채로 몇 초쯤 더 내달리다 가까스로 균형을 회복했다.

빨리 그곳을 벗어났으면 했다. 어서 도망치고 싶었다. 누군가 쫓아오기 전에, 보호사와 진압조가 어떤 조처를 취하기 전에 어디론가 사라지고 싶었다. 내 바람과는 반대로 승민은 부교 쪽으로 다시 선회했다. 속도를 확 죽이고 완만한 호를 그리면서 부교 앞을 통과했다. 나는 하릴없이 보고 들었다. 승민이 윗도리를 벗어 내던지는 것을. 한쪽 팔을 벌리고 맨가슴을 열어 보이며 포효하는 소리를.

"와, 다 와. 날 죽여보라고, 자식들아!"

등줄기로 전율이 치달았다. 이해에서 온 전율이었다. 직감이 불러

온 전율이었다. 승민은 보호사나 진압 2인조에게 소리치는 게 아니었다. 세상을 향해 외치고 있었다. 자신을 조준하고 있는 세상의 총구들을 향해 외치고 있었다. 내 심장을 쏘라고. 그래야만 나를 가둘 수 있을 것이라고. 직감은 불길한 예언을 내놓았다. 이놈은 스스로 죽을 거야.

"본격적으로 달려볼까?"

승민이 상기된 얼굴로 나를 봤다. 성난 흐느낌 같은 목소리였다. 나는 대답하지 않았다. 내 허락이 필요한 일은 아니었다. 보호사가 꺼내든 휴대전화를 봤는지 묻고 싶기는 했다.

보트는 앞머리를 쳐들고 물결을 갈랐다. 속도계는 30노트를 훌쩍 넘어갔다. 주변 화강암 절벽들이 호수를 채운 안개 사이로 들락날락했다. 안개비는 본격적인 비로 바뀌어가고 있었다.

"보트 몰아볼래?"

승민은 가만있는 내 허파에 바람을 찔러 넣었다.

"해봐. 기분이 좋아질 거야."

빗물이 흘러내리는 승민의 얼굴을 곰곰이 뜯어봤다. 달콤하게 웃는 눈 뒤에 숨겨둔 꿍꿍이셈을 가늠해봤다. 우리한테 재앙이 모자란 건 아닐 터였다. 이미 불러들인 것만으로도 수리호를 채우고 남았다. 내가 알기로는 좀 전에 또 하나가 추가됐다. 뒤쪽에서 모터보트 소리가 들려오고 있었다. 한 대도 아닌 두 대였다. 이놈은 뭘 원하는 걸까. 내 기분이 좋아지는 것 말고.

"간단하다니까. 자동차 운전이랑 비슷해."

승민은 사악하고도 간사한 목소리를 냈다. 내 콧구멍에선 '흐흥' 하고 헛바람이 샜다. 목구멍에서 '쿡쿡' 소리가 터졌다. 어련하겠냐.

뭔들 안 간단하겠냐. 터널 증후군과 야맹증을 매달고도 야밤에, 폭우 속에서, 제트기처럼 차를 몰아가던 놈인데. 독수리를 동행 삼아 히말라야 산군을 날던 놈인데. 폭풍과 우박과 천둥 번개를 뚫고 별들의 바다로 갔던 놈인데. 탈출 기회를 잡자고 한 달씩 장님 행세를 해온 놈인데. 보트 조종쯤이야 몸 풀기겠지. 그런데 그거 아는지 모르겠다. 세상에는 너 같은 놈만 있는 게 아니라는 거. 보트 조종? 자동차 운전? 난 핸들 한 번 잡아본 적이 없어. 세발자전거 말고는 핸들 달린 물건을 몰아본 적이 없다고.

뱃속으로부터 신경질적인 웃음이 솟구쳤다. 그것을 막지 않았다. 막을 수도 없었다. 이미 터지고 있었다. 나는 웃기 시작했다. 기침을 하고, 헛구역질을 하고, 눈가로 비어지는 눈물을 손등으로 훔치며 발작하듯 웃어댔다. 추격자에 대한 두려움은 사라졌다. 승민이 따라 웃었다. 내가 왜 웃는 줄도 모르면서 덩달아 웃었다. 우리의 웃음소리는 두 개의 돌멩이처럼 보트 소리를 뚫고 날아가 건너편 화강암 절벽을 치고 수리호로 되돌아왔다. 하늘은 어두워져 가는 납빛이었다.

"이리 와. 내가 가르쳐줄게."

승민이 내게 손을 뻗었다. 어느새 표정이 진지해져 있었다.

"가르치게 해줘."

내 몸에서도 웃음기가 빠져나갔다. 메아리쳐 돌아온 웃음소리만 안개 속에 걸려 있었다.

"응?"

승민이 재촉했다. 추격자들은 댐 양편을 점령하고 거리를 점점 좁혀오고 있었다. 길 위에도 추격자가 등장했다. 안개 속에서 울리는 구급차의 사이렌 소리가 그렇다고 말했다. 나는 뱃가죽이 경직되는 걸 느꼈다. 충동이 소나기구름처럼 위장으로 흘러들었다. 하면 어때. 그깟 보트 좀 몰면 어때. 그런다고 뭐가 더 나빠지는데. 어차피 우리는 중단할 수도, 돌이킬 수도, 통제할 수도 없는 일을 벌이고 있었다. 어떤 식으로든 끝장이야 나겠지만, 끝장날 때까지는 딱히 할 일도 없었다. 게다가 승민은 계산서를 보여줬다. 내 한 몸 바쳐서 자기를 엄호해달라고, 조종법을 속성으로 배워 보트를 몰아달라고, 되도록 오래오래 호수를 누벼달라고, 그 사이 저는 도망치겠다고. 멀리멀리.

나는 승민의 손을 잡았다. 그래, 개자식아. 내가 네 호구다.

승민은 나를 운전석에 앉히고 핸들을 잡게 했다. 내 손등 위에 큼직한 제 손을 덮었다. 기네스북에 올려도 손색없을 초단기 보트 조종수업이 시작됐다. 그와 함께 고래도 춤추게 할 만한 '뻥' 들이 쏟아졌다. 짜식, 제법인데. 오호, 자알 한다. 너 균형감각을 타고났구나.

찬사에 힘입어 단독으로 핸들을 잡았다. 보트는 뒤집히거나 거꾸로 가지 않았다. 균형을 잘 잡고 스케이트처럼 수면을 미끄러졌다. 슬슬 신이 났다. 목젖에서 휘파람 부는 소리가 올라왔다. 척추가 위아래로 늘어났다 줄어들었다 했다. 보트 소리와 사이렌 소리는 인식의 영역 밖으로 떨려났다.

승민은 옷을 벗었다. 허리 밴드가 헐겁게 늘어난 사각팬티만 입고 앉아 행장을 꾸렸다. 가져온 비닐봉지에 바지, 양말, 운동화, 선글라스를 담아 매조지하고 전깃줄을 달아 허리에 둘러 묶었다.

"댐 보이냐?"

보였다. 안개 속에 버티고 있는 거대한 회색 장벽이 먹구름이 아니라면 댐이 맞을 것이다.

"보이면 속도를 줄이고 선회하면서 농원 쪽으로 붙여."

고개를 돌려 승민을 봤다. 새삼스러운 충격이 왔다. 이미 행동으로 동의했으면서도 생각지도 못했던 말을 듣고 있는 것 같았다. 간다는 거냐. 지금, 여기서?

“운전하다 어딜 봐? 앞 봐.”

손에서 힘이 빠져나갔다. 핸들이 스르르 미끄러졌다. 승민은 얼른 핸들을 잡아주었다. 내게서 충격을 감지한 듯했다. 속도를 줄이고 핸들을 오른편으로 꺾으면서 마음에도 없는 권유를 해왔다.

“같이 갈래? 보트 버리고 뛰어내리면 돼.”

나는 고개를 저어 놈을 안심시켜 줬다. 보트는 수문 앞에서 완만한 원을 그리며 유턴했다. 농원 쪽 기슭이 가까워졌을 때, 승민은 핸들에서 손을 뗐다.

“괜찮겠어?”

“괜찮아.”

하고 싶은 말이 더 있었던 것 같았다. 그게 뭐였는지 기억나지 않았다. 그러므로 말하려 애쓰지 않는 게 낫겠다고 생각했다. 승민은 내 어깨를 툭 치더니 미련 없이 물속으로 뛰어들었다. 나는 핸들을 움켜쥐었다. 추격자들의 소리는 정면에서 들려왔다. 안개 속에서 불빛들이 어지럽게 움직이고 있었다. 나와 그들은 마주 달리고 있는 것이었다.

“경고한다. 속도를 줄여라.”

메가폰 소리와 함께 시야에 보트 두 대가 나타났다. 그들은 가위처럼 엇갈리며 돌진하는 나를 피해갔다. 두 번째, 세 번째 경고가 잇따라 들려왔다. 속도를 줄이고 보트를 기슭으로 대라고. 나는 숨을 깊이 들이마셨다. 유백색 안개 뒤로 숨은 물길을 노려봤다. 변속 레버에 손을 올렸다. 광기에 나를 내주는 순간이었다.

보트는 수면을 치고 오르는 새처럼 앞으로 튕겨 나갔다. 상류를 향해 전속력으로 질주하기 시작했다. 속도계의 바늘이 바르르 떨며 적색 선을 넘어갔다. 35노트, 38노트, 40노트. 숨이 가빠왔다. 흉통이 오고 있었다. 신경절을 타고 심장을 향해 번지는 뜨거운 압통, 자작나무 숲에서 느꼈던 그 통증이었다. 수위는 비교조차 할 수 없었다. 흉벽에 쩍쩍 금이 가는 느낌이었다. 균열의 핵심부에서는 낯선 것이 펄떡거렸다. 금방이라도 가슴을 부수고 튀어오를 것처럼 억세게 요동쳤다. 나는 더 견딜 수 없었다. 무엇이든 해야 했다. 하다못해 고함이라도 질러야 했다.

"비켜!"

왜 하필 '비켜' 였던가. 모르겠다. 그 순간 내 몸을 꿰뚫었던 것이 무언지만 안다. 통쾌함이었다. 해방감이었다. 깨달음이었다. 내 심장도 승민처럼 살아 있었다. 흉곽 속에서 아프게 요동하고 있는 것은 분명 내 심장이었다. 보트 한 대가 왼편을 스쳐갔다. 나는 핸들을 잡은 채 일어섰다. 앞 유리 밖으로 머리를 내밀고 내 안에서 들끓는 것들을 토해냈다. 추격자들을 향해, 드넓은 호수를 향해, 수리 희망병원 501호를 향해, 내가 떠나온 세상을 향해.

"비켜. 다 비켜!"

돌연 스쳐 갔던 보트가 정면에서 나타났다. 한 대는 오른편에 바짝 붙어서 따라왔다. 왼편에는 보트장이 있었다. 뚫고 나갈 곳이 없었다. 멈출 수도 없었다. 모든 것이 너무나 가까웠다. 결정적으로, 멈추는 법을 몰랐다. 승민은 내게 질주만을 가르쳤다. 그러니 질주할 밖에. 보트장을 향해 곧장.

폭음이 울렸다. 선체가 폭발하는 것처럼 뒤흔들렸다. 나는 핸들을 놓치고 허공으로 활강했다. 등이 터지는 듯한 충격이 덮쳐왔다. 미지근한 물이 내 안으로 밀려 들어왔다. 나를 집어삼켰다. 나는 깊이깊이 가라앉았다.

자작나무 숲을 맨발로 걷고 있었다. 차갑고 축축한 흙이 발가락 사이로 파고들었다. 달빛은 길을 타고 흘렀다. 석양처럼 불그름한 빛이었다. 주변 숲은 오래된 동화책 속 삽화처럼 보였다. 더하여 고요했다. 밤의 소리조차 들리지 않았다. 부엉이 울음도, 나뭇잎이 흔들리는 소리도, 풀벌레소리도. 비현실적이고도 완벽한 고요였다. 대기에는 아무런 냄새도 섞여 있지 않았다. 죽은 자들의 세상을 지나는 느낌이었다. 나는 죽은 모양이었다.

출구에 다다랐다. 문에 자물쇠가 달려 있지 않았다. 쇠사슬도 없었다. 손끝으로 밀면 스르르 열려버릴 것처럼, 문틀에 슬쩍 끼워져 있었다. 수리호 건너편 능선에는 달이 걸려 있었다. 막 떠오르는 해처럼 큰 달이었다. 붉게 타오르는 달이었다. 달의 중심을 길고 검은 그림자가 가로지르고 있었다. 사람이 반듯하게 누워 있는 듯한 형상이었다. 아니, 사람이었다. 검고 긴 머리칼을 늘어뜨리고 가슴에 손을 얹은 채, 달의 불길 속에 누워 있었다.

방으로 돌아가고 싶었다. 한 발짝 물러서기라도 했으면 싶었다. 고개라도 돌리고 싶었다. 그러나 눈조차 감을 수가 없었다. 나무처럼 땅에 붙박인 채 똑바로 바라봐야 했다. 점점 또렷해지고 가까워지는 창백한 알몸을, 뒤로 꺾인 목에 박혀 있는 가위를, 머리칼을 타고 흘러내리는 핏줄기를. 그 사람은 달로부터 미끄러져 내려오기 시작했다. 절벽과 절벽 사이를 건너는 케이블카처럼 서서히 내게로 왔다. 공포가 화염처럼 나를 감쌌다. 그 사람의 얼굴을 보고 싶지 않았다. 봐서는 안 되었다.

오지 마, 나한테 오지 마. 목소리가 나오지 않았다. 꺽꺽, 흐느낌만 새어나왔다.

수명아, 수명아. 아득한 곳에서 승민의 목소리가 들려왔다.

"꿈이야, 수명아."

승민은 끈질기게 속삭였다.

"괜찮아, 아무것도 아냐. 그냥 꿈이야."

눈을 떴다. 불길이 순식간에 잦아들었다. 달은 잿빛으로 식어갔다. 다가오던 형상은 희미하게 멀어졌다. 대신 한기가 찾아들었다. 이가 딱딱 마주칠 만큼 지독한 한기였다.

"정신 들어? 괜찮아? 추워?"

꿈은 완전히 사라졌다. 그러나 한기가 잦아드는 데는 한참이 걸렸다. 건너편 침대에 묶여 있는 승민을 보기까지는 더 오랜 시간이 걸렸다.

"나 보여?"

"보여."

이상한 목소리가 튀어나왔다. 목젖을 바이스로 죄어놓은 듯한 소리였다. 손과 발을 꿈지럭거려 보았다. 사지가 묶여 있었고 움직임이 또렷하게 자각됐다. 오래 묶여 있지는 않은 것 같았다. 뼈가 오그라들지 않는 걸 보면 약 폭격도 없었던 듯했다. 다만 머리가 지독하게 아팠다. 몸은 차가운 땀으로 젖어 있었다. 저간의 사정을 헤아려봤다. 우리가 한 방에 있다는 건 보호실에 누워 있다는 뜻이었다. 왜 격리실이 아닌지는 알 수 없었지만. 승민은 또 십 리도 못 가 잡혀 온 거겠지.

"넌 좀 제대로 하는 거 없어?"

내가 물었다. 승민은 소리 없이 웃었다.

"보트장을 때려 부쉈다며. 물맛은 어떻디?"

거참 훌륭한 질문이다. 넌 호수에 떠다니는 쓰레기도 못 봤냐?

"왜 또 잡혀왔어?"

"휴대전화의 위력을 깜박했어. 댐 비탈에 올라갔더니……."

승민은 얼간이처럼 실실거렸다. 한 달 동안 별러온 일을 그르쳤는데 원통해하는 기색 같은 건 없었다. 간보기로 벌인 짓이 틀어졌다는 분위기였다. 진짜가 따로 있나, 짐작해봤다. '무중생유(無中生有)' 라는 계도 있으니까.

"안개 속에 포위망을 구축하고 잠복하고 있더라. 보호사, 작업반, 구급차, 더하기 농원 개떼. 거기다 난 알몸이고. 어디서 벗겨져 나갔는지 팬티는 없고 허리에 옷봉투만 덜렁 걸려 있는 거야."

허리 밴드가 늘어진 승민의 사각팬티가 생각났다. 쓰레기 봉지만 허리에 찬 도망자의 알몸이 떠올랐다. 웃음이 터졌다. 그걸 굳이 참을 이유가 없었다. 여기까지 온 마당에 좀 웃는다고 뭐가 어떠랴. 웃기 시작하자 머리를 짓누르던 통증이 확 가셨다. 승민도 숨넘어가게 낄낄거리고 있었다.

"보트 놀이 재미있었나?"

우리는 웃음을 그쳤다. 최기훈이 처치 트레이를 들고 문 앞에 서 있었다.

"앞으로 15분 후에 둘 다 1층으로 내려갈 거다."

그는 우리 사이로 걸어와 섰다. 승민이 물었다.

"거긴 왜?"

"새로운 치료를 받게 될 거야. 둘 다 약물을 쓰는 데 문제가 있다는 거 알고 있겠지. 그래도 혹시 잊어버렸을까 봐 말해주는 건데, 승민이는 안압, 수명인 약물 민감성이 문제야. 고통은 없을 거야. 마취를 할 테니까."

"마취시켜서 뭘 할 건데? 수술실에 눕히려고? 설마, 우리 머리를……."

"ECT실로 갈 거야. 5주 동안 총 10회에 걸쳐 실시할 예정이다."

가슴이 서늘해왔다. 오소소, 소름이 돋았다. 승민은 숨소리도 휘파람도 아닌 이상한 소리를 냈다. 마치 깊은 바위틈을 빠져나오는 바닷바람 소리 같았다.

"헤이, 그러니까 우리를 전기 침대에 눕힌다고?"

"전기 침대가 아냐. 정확한 명칭은 전기 경련요법이다. 편견 때문에 한때 주춤했지만 최근 들어 다시 조명을 받고 있는 치료법이야. 그간 기술도 많이 발전했고. 전력은 아주 약하고 시간도 0.5초를 넘기지 않는다. 경련도 심하지 않아. 근이완제를 맞고 마취도 하니까. 약물에 비해 부작용이 적고, 반면에 효과는 좋다. 잡념이 사라지고 마음이 평온해진다고 들었다. 시술을 받은 환자 중 80퍼센트 이상이 ECT를 적극적으로 받아들이게 된다고도 하고……."

"말하자면, 득도한다는 거네?"

승민이 최기훈의 장광설을 잘랐다.

"그럼 수도자를 데려다 앉혀야지, 우리가 아니라."

"여기까지 오는 데 지대한 공을 세운 사람은 바로 너희 자신이야. 너희 때문에 사람이 더 다쳐서는 안 된다는 게 원장님이나 부장님 의견이고."

"우리 최기훈 선생님 의견은 어떠신데?"

최기훈은 잠시 우리를 응시했다. 화를 내고 있는 눈이었다. 화내는 게 당연했다.

"내 의견 같은 건 의미가 없어."

그는 주사기로 우리의 엉덩이에다 화를 내고 나갔다. 나가자마자 승민이 물었다.

"혹시 너도 그거 해봤어?"

"해본 사람을 만난 적은 있어."

"뭐래? 정말 기분이 좋대? 득도한대?"

답을 듣고자 던진 질문이 아니었다. 놀라서 튀어나온 혼잣말에 가까웠다. 어쨌든 대답해줬다.

"세상이 호의적으로 보이긴 하나 보더라. 걱정도 없고, 불만도 없고, 화낼 일도 없고. '고장 난 시계'라고 표현하면 이해에 좀 보탬이 되겠냐?"

승민이 눈을 끔벅끔벅했다.

"거리의 악사가 어땠는지 생각해봐. 기억을 되찾기 전의 모습. 우린 5병동에서 최고로 착한 아이들이 될 거야."

"아니, 머리에다 무슨 짓을 하는데 그렇게 된다는 거야?"

"눈가에 전극판을 대고 통전을 시킨대. 그러면 간질 발작하고 비슷한 걸 하나봐. 눈 까뒤집고, 허리 꺾고, 전신경련 일으키고, 거품 물고, 꽈당."

"맙소사……."

승민은 신음을 흘렸다. "다들 제정신이 아니야"라고 중얼거렸다. 충격을 받은 기색이 역력했다. 내게는 그런 승민이 더 충격적이었다. 정신병원에서 제정신인 자가 없다고 한탄하는 게 과연 정상인가 말이다. 두 번씩 병원에 갇혔으면서 배운 것이 그리도 없느냐고 묻고 싶었다. 하늘만 쳐다봐도 피가 끓는 '싸나이 류승민'의 속을 긁어주고도 싶었다. 탈출은 물 건너 간 듯하니, 노후 대책으로 정신병자 팔자에 대해 '가'부터 '하'까지 제대로 배워보는 게 어떻겠느냐고.

우리는 두 대의 이동침대에 묶여 보호실을 나갔다. 승민은 최기훈이, 나는 새로 온 보호사인 김 주임이 맡았다. 정문 기둥 앞에 배웅 인파가 모여 있었다. 십운산 선생, 김용, 경보 선수. 정문 밑에는 한이가 쪼그려 앉아 있었다. 만식 씨는 거리의 악사 어깨에 턱을 괴고 승민을 바라봤다. 물기가 밴 흐릿한 눈이 슬퍼 보였다. 509호 거시기는 출정가를 부르고 있었다.

"웬일인가 내 형제여, 마귀만 좇다가 죗값으로 지옥형벌 너도 받겠구나……."

이동침대가 정문을 빠져나가기 직전, 나는 머리를 들어 휴게실의 달력과 시계를 확인했다. 9월 13일 월요일, 4시 20분. 사고 후부터 ECT가 결정되기까지 한나절도 걸리지 않았다. 그것이 가장 큰 충격이었다.

엘리베이터가 1층에 닿을 때까지 승민은 김용처럼 떠들었다. 혼자 웃고, 혼자 묻고, 혼자 대꾸했다. 수명아, 우리 동업할래? 잘하면 한몫 단단히 잡겠다. 너랑 나랑 병동을 도는 전차를 개통하는 거야. 간단해. 네가 내 허리 잡고 엎드리기만 하면 돼. 복도 한 바퀴에 담배 한 개비. 아니다. 재산을 사회에 환원하는 차원에서 전기 없는 오지로 가는 게 어때? 입에다 전구만 물고 서면 바로 가로등이잖아. 넌 뭐가 마음에 드는데? 난 두 번째…….

목소리가 평소보다 두 옥타브는 높았다. 시선은 불안정하게 움직였다. 승민은 떨고 있었다. 그걸 들키지 않으려고 기를 쓰고 있었다. 그 안간힘이 서글펐다. 허세가 안쓰러웠다. 물론 나도 놈을 안쓰러워할 주제는 아니었다. 똑같이 떨고 있었으니까. 그랬든 어쨌든, 안쓰러운 건 안쓰러운 것이다.

순서는 내가 먼저였다. 최기훈은 승민을 대기실로, 김 주임은 나를 ECT실로 데리고 들어갔다. 문이 닫히기 직전, 승민이 보내는 속삭임을 들었다.

"수명아, 만약 내 시계가 고장 나면 목을 졸라버려."

나도 화답을 보냈는데 승민이 들었는지 어쨌는지 모르겠다. 미친 새끼.

"이수명 씨, 기분은 좀 어때요?"

2정신과 과장이 기계를 만지며 물었다. 기분요? 나는 그의 뒤통수를 뚫어지게 봤다. 끝내줍니다.

"치료에 대해 설명 들었지요?"

과장은 김 주임을 돌아보며 손목과 발목 고정장치가 있는 침대를 가리켰다.

"옮깁시다."

김 주임은 이동침대의 억제대를 풀었다. 나는 스스로 움직여서 침대에 누웠다. 머리맡에 놓인 기계에서 '찌잉' 하고 전깃줄 우는 소리가 들리는 듯했다. 기계를 보지 않으려고 벽으로 얼굴을 돌리고 눈을 감았다. 벽 속에서 눈보라가 휘몰아쳐 나오는 것 같았다. 코가 맹맹해지고 연방 재채기가 터졌다. 뱃속이 울렁거리고 목에서 쓴물이 치밀었다. 5분 전에 소변을 봤건만 방광은 터질 것처럼 팽팽했다.

"힘 빼세요."

간호사가 말했다. 힘을 빼자 손목과 발목에 벨트가 채워졌다.

"아, 하세요."

마우스피스가 입으로 들어왔다. 나는 코로 숨을 들이마시며 눈을 떴다. 열심히 나를 다독였다. 겁먹지 마. 잘못돼 봐야 죽기밖에 더하겠어. 죽어도 마취상태에서 죽는다면 무서울 새도 없을 거 아냐. 깨어나면 죽어 있을 테니까. 차라리 축복일지도 몰라.

간호사가 팔에 고무줄을 묶었다. 뿌연 약제가 든 30시시 주사기가 보였다. 곧 바늘이 혈관을 뚫고 들어왔다. 피를 타고 약기운이 흐르기 시작했다. 비리고 매캐한 약 냄새가 목을 넘어왔다. 턱 아래쪽 몸뚱이가 신경체계에서 한목에 잘려나갔다. 이어 머리마저 사라졌다.

우리는 보호실에 누워 주정뱅이처럼 떠들고 있었다. 승민이 건너편 침대에서 전기 맛이 어떻더냐고 물었다. 아리송했다고 대꾸했다. 나는 전기를 먹은 기분이 어떠냐고 물었다. 알딸딸하다는 대꾸가 돌아왔다. 약간 따분하니, 재미난 얘기를 해보라는 요구가 따라왔다.

나는 즉석에서 지어낸 '옥수수 밭 우물' 이라는 소설을 들려주었다. 승민은 공중전화 부스 안에서 독창적인 세기와 힘으로, 젖가슴이 엉덩이만 한 금발을 까무러치게 만든 '야설' 을 들려줬다. 나는 죽고 싶다고 고백했다. 승민은 살고 싶다고 자백했다. 눈에 전기를 맞았더니 우주가 한눈에 보인다는 것이었다. 나는 목젖에 전기를 맞았더니 목소리가 파바로티처럼 나온다고 응수했다. 승민은 파바로티가 아니라 트위스트의 원조 할아버지이신 처비 체커와 같다는 훌륭한 반론을 펼쳤다. "그러면 뭐하나, 노래도 못하고 춤도 못 추는 쪼단데" 라는 꼬리만 붙이지 않았다면 더 훌륭했을 것이다. 나는 기분이 좋아지다가 도로 나빠졌다. 부르르, 성이 났다.

"알아, 알아. 나도 할 줄 알아. 마음만 먹으면 잘해, 인마."

"그만들 떠들고 병실로 가."

최기훈의 목소리가 옆에서 들렸다. 눈을 돌려보니 승민의 억제대를 풀고 있었다. 승민은 머리를 쳐들고 나를 비웃었다.

"삥치지 마, 인마."

최기훈이 잔소리를 덧붙였다.

"부장님 순시중이니까 조용히 병실로 가."

내가 억제대에서 풀려났을 때, 승민은 문을 보고 선 채 엉덩이를 흔들며 입으로 드럼을 치고 있었다. 쿵쿵, 쿵쿵, 쿵쿵짝짝…….

뻥인지 아닌지 보겠다는 얘기였다. 나는 몸을 일으켰다. 보겠다니 보여주려고. 손뼉으로 박자를 맞추며 코러스를 넣었다. 승민은 뒤로 돌아서며 내게 손짓을 보냈다. 이리 와.

쌩하니 날아가 승민과 얼굴을 맞댔다. 거리의 악사가 천장에 나타났다. 하모니카 연주가 울리기 시작했다. 머리가 저절로 리듬을 탔다. 발꿈치는 바닥을 후벼 팠다.

"컴 온 렛츠 트위스트 어게인. 라이크 위 디드 라스트 서머. 예에, 렛츠 트위스트 어게인. 라이크 위 디드 라스트 이어……."

우리는 최기훈을 향해 나란히 섰다.

"빱빠라, 빱빠라 빱빠라 빱. 이요!"

무릎을 구부리고 발바닥을 비벼 최기훈의 코앞까지 미끄러져 갔다가 획 되돌아 왔다. 승민이 손가락으로 최기훈을 가리켰다.

"저 남자 누구야?"

나는 손으로 쌍안경을 만들어 눈에 대고 소리쳤다.

"최기훈!"

"뭐하는데?"

"구경하나봐."

"꺼지라고 해. 지금은 트위스트 시간이거든."

최기훈은 우리의 콘서트가 마음에 드는 눈치였다. 침대 옆에 이순신 장군 동상처럼 서 있더니 언제부턴가 슬그머니 웃음을 흘리고 있었다. 나와 승민은 다시 한 번 그를 향해 미끄러져 갔다. 간 김에 그의 어깨를 툭 치며 친한 척해줬다.

"짜식, 좋다네."

우리는 어깨를 걸고 보호실을 나왔다. 방으로 갈 생각은 없었다. 흡연실로 갈 참이었다. 담배가 없어도 상관없었다. "담배!" 하면 하늘에서 담배비가 쏟아질 테니까. "불!" 하면 번개가 팔을 뻗어 불을 붙일 것이고. "음악!" 하면 홀딱 벗은 뮤즈가 침대를 끌고 날아오리라. 유쾌한 세상이었다. 장밋빛 인생이었다. 걱정거리라고는 개털만큼도 없는 청춘이었다.

원, 투, 쓰리 오클락, 포 오클락. 우리는 고요한 복도를 탭 댄스 스텝으로 걸었다.

파이브, 식스, 세븐 오클락, 에잇 오클락. 정문 기둥 앞에서 걸음을 멈췄다.

한이가 아직도 정문 앞에 있었다. 몇 시간 전과 달리 반듯하게 누워 있었다. 두 팔은 둥글게 모아 위로 올리고, 양손은 단단하게 깍지를 끼고, 목뼈가 툭 불거질 정도로 턱을 치켜들어 위를 바라보고 있었다. 보이지 않는 누군가와 몸을 겹치고 꼭 끌어안은 듯한 자세였다. 승민이 한이의 귀에 손가락을 대고 딱딱 튕겼다.

"박한이, 벌써 자냐?"

반응이 없었다. 승민은 손끝으로 한이의 턱을 내리눌렀다. 순간, 달아올랐던 기분이 싸늘하게 식었다. 며칠 새에 한이의 얼굴이 해골처럼 변해 있었다. 볼이 푹 꺼지고 눈 밑이 부엉이처럼 검었다. 그러나 미소 짓고 있었다. 푸르죽죽한 잇몸을 드러내고 배시시 웃고 있었다. 행복한 꿈을 꾸고 있는 표정이었다. 승민의 얼굴에서 웃음기가 가셨다.

"한이야, 너 왜 그래?"

승민은 한이의 팔을 밑으로 당겼다. 이상한 일이 일어났다. 팔이 깍지를 낀 상태로 저항 없이 끌려 내려왔다가 손을 놓자 그 자세대로 가만있었다. 승민은 다시 "박한이!" 하며 깍지 낀 손을 풀었다. 손을 놓자, 깍지가 풀린 상태에서 멈췄다. 몽롱한 기운이 완전히 걷혔다. 딴 세상에 가 있던 두 발이 현실로 뚝 떨어졌다. 승민이 나를 돌아봤다.

"얘 왜 이러니?"

고개를 저었다. 나도 처음 보는 일이었다.

"한이야, 박한이!"

승민은 한이의 왼쪽 다리를 들어 올렸다. 같은 일이 일어났다. 좀 전에 만들어놓은 자세까지 합세해 이해 불가능한 모양새가 됐다. 두 팔은 앞으로 나란히 자세로 배꼽 위에 떠 있고, 한쪽 다리는 45도 각도로 들어 올린 자세. 시선은 허공에 고정돼 있었으며 여전히 꿈결을 떠도는 듯한 미소를 짓고 있었다.

"병실로 안 가고 거기서 또 뭐해?"

최기훈이 보호실에서 시트를 걷어들고 나오며 소리쳤다. 승민이 와서 보라고 대꾸했다. 와서 본 최기훈의 얼굴에 당혹감이 어렸다.

"언제부터 이러나?"

자기가 모르는 일을 우리가 어찌 알까? 최기훈은 쳐들린 한이의 다리를 내렸다. 체조를 시키듯 팔을 움직여보기도 했다. 고개를 이리저리 돌려보기도 했다. 결과는 똑같았다. 최기훈은 간호사실 안에서 이동침대를 끌고 나왔다. 그가 한이를 들어 올려 이동침대에 눕혔을 때, 윤보라와 렉터 박사가 509호에서 나왔다.

"무슨 일인가?"

렉터 박사가 다가와 한이를 봤다. 뒷짐을 지고 미간을 오므렸다 폈다 하며 한참이나 들여다봤다. 그렇게 들여다보면 무슨 일인지 알 수 있다는 듯.

"납굴증이 온 것 같습니다."

최기훈이 말했다. 렉터 박사는 삐딱하게 턱을 틀어 최기훈을 보더니, 한이의 오른쪽 다리를 꺾듯이 들어 올렸다. 목이 늘어난 빨강 양말 속에서 구깃구깃한 적립금 통장이 툭 떨어졌다.

"격리실로 데려가."

그는 패대기치듯 손을 놔버리고 간호사실로 퇴장했다. 윤보라가 뒤따라 들어가 전화를 들었다. 과장에게 한이의 상태를 보고하는 그녀의 목소리가 개폐창으로 흘러나왔다. 납굴증이 뭔지는 몰라도 어떤 상황인지는 알 것 같았다. 한이는 제 몸을 통제할 의지마저 버린 것이었다. 납으로 만든 인형처럼, 타인이 조작하는 대로 움직이는 몸이 그 증거가 아니고 무엇이랴. 그게 아니라면, 버린 육신 안에 꿈의 지대를 만들어놓고 그곳으로 피신해버린 것인지도 몰랐다. 한이는 백합방으로 갔다.

나와 승민은 흡연실 창가에서 밖을 내다봤다. 비가 내리고 있었다. 너무나도 빠른 귀환이었다. 담배비도, 번갯불도, 홀딱 벗은 뮤즈도 사라졌다. 한이의 구겨진 통장만큼이나 처참한 기분만 남았다. 허탈한 것도 같고, 두려운 것도 같고, 슬픈 것도 같고, 토하고 싶은 것도 같았다. 무력감과 혐오감이 어깨를 눌렀다. 혼란과 분노가 가슴 아래를 지배했다.

그날 501, 2호 사람들은 제대로 식사를 하지 못했다. 다들 심란한 기색으로 침묵하고 있었다. 김용 혼자 그날의 뉴스를 중요도순으로 방송했다.

헤드라인, 점박이 1병동에 눕다. 그는 내가 보트장을 들이받고도 한참이 지난 후에야 창고에서 발견됐다. 승민의 예언대로 죽지는 않았다. 두개골에 미미한 금이 갔고 분노 발작이 극에 달해 입원 가료 중이었다. 안타깝게도 예후가 매우 불량하다고 했다. 진정제가 투여됐음에도, 쉴 새 없이 나와 승민을 저주하며 거품을 뽀글대고 있다는 것이었다.

두 번째 소식, 지은이와 관련된 소문은 사실로 밝혀졌다. 보호사와 작업반들이 한 팀이 돼서 저지른 짓이었다. 희생자는 지은이 한 사람이 아니었다. 말도 제대로 못하는 어린 여자애들이 돌아가며 당했다. 이는 내부 밀고자의 진술이었다. 일을 벌인 작업반들 중 하나가 면죄부를 약속받고 모조리 불었다고 했다. 사건의 진상이 밝혀지긴 했지만 병원 측의 조처는 신통할 게 없었다. 지은이는 모처에서 낙태수술을 받고 인근 요양원으로 거처를 옮겼다. 일의 중심에 있던 보호사는 시말서를 썼고 작업반이 여자로 교체된 게 전부였다. 렉터 박사는 소문 차단에만 열정을 쏟았다.

세 번째 소식, 아침부터 정문 앞을 지키고 있던 한이는 렉터 박사의 회진이 시작되기 전까지 그 자리에 앉아 있었다. 누구도 녀석을 끌어

내지 못했다. 격리실에 집어넣겠다는 위협도 효과가 없었다. 우리가 보호실에서 나오던 무렵, 한이는 마침내 지은이와 만났던 것인지도 모른다. 둘만의 세상에서 나오지 않겠다고 마음먹었는지도 모른다.

밤이 깊도록 잠이 오지 않았다. 자고 싶은 마음도 없었다. 꿈을 꾸는 게 무서웠다. 또 자작나무 숲에 갈까봐, 그 사람을 보게 될까봐, 얼굴을 확인하게 될까봐, 나도 한이처럼 꿈에 사로잡혀 깨어나지 못할까봐. 쥐구멍만 한 병실은 유난히도 휑뎅그렁하게 느껴졌다. 심지어 춥기까지 했다. 착란상태에서 깨어난 탓이었을 것이다. 깨어나 보니 현실이 전보다 더 처참해 보인 탓이었을 것이다. 두려운 탓이었을 것이다. 승민도 잠들지 못하고 있었다.

"어쩔 생각이었어?"

내가 물었다. 승민은 "응?" 하고 되물었다.

"보트장에서 어디로 갈 생각이었냐고."

대답은 한참 후에야 나왔다.

"수리봉."

고개를 돌려 승민을 봤다. 예상치 못한 대답이었다.

"거긴 왜?"

"자작나무 숲에 처음 갔던 날, 횡재한 기분이었어. 수리봉이면 충분했거든. 활주할 언덕과 비상할 바람만 있다면."

승민은 짧은 숨을 토해냈다.

"히말라야만 길이 아니니까. 거긴 갈 방법도 없고, 있다고 해도 갈 시간이 없어."

묶여 있던 매듭이 툭 끊겼다. 별들의 바다였다. 지금 가야 하는 곳, '점점' 과 '시간이 없어' 사이에 생략된 말, 승민을 미치게 하는 일,

그것들이 연결되는 지점은 별들의 바다였다. 맙소사, 하는 심정이었다. 거기 올라가 눈멀기 전에 죽어버리겠다는 말이냐고 묻고 싶었다. 차마 묻지 못해 말을 에둘렀다.

"글라이더도 없잖아."

"수리봉에 있어. 평촌 선배가 가져다 놨을 거야. 용이 형 휴가 나갈 때 부탁했어. 그렇게 했다는 답을 받았고. 그 사이 누가 손대지 않았다면 숨긴 자리에 그대로 있을 거야."

"수리봉에 갈 생각이었으면서 왜 댐까지 보트를 몰고 내려왔어?"

"상류에 사람이 깔렸었잖아. 뒤에서는 보트며 구급차가 쫓아오고. 산을 타고 갈 생각이었어. 희망농원 뒤쪽에서 수리봉까지 능선을 따라 난 길이 있다더라고."

"지금 어느 정도나 볼 수 있는데?"

"반경 20도쯤 될까 말까 해."

기억을 더듬어봤다. 직경 20도 이하가 되면 법정 실명상태라고 했던가. 그렇다면 실명까지 직경 10도가 남았다는 얘기였다. 승민이 덧붙였다.

"네 얼굴과 상체를 한 번에 볼 수 없다면 가늠이 되겠냐?"

"그 시야로 비행이 가능해?"

"중심 시력은 아직 쓸 만해. 최소한 내 앞은 볼 수 있어."

"어려서부터 눈이 그랬어?"

"어릴 때도 그랬을 거야. 내가 몰랐을 뿐이지. 그땐 야맹증이 그리 심하지 않았으니까. 다만 동체 시력이 좋지 않아서 운동이 서툴렀어. 특히 농구, 축구, 야구 같은 구기 종목들. 공이 날아오는 걸 보고 있다가도 순간적으로 궤적을 놓치는 경우가 왕왕 있었어. 공이 보이나 싶으면 이미 엉뚱한 곳에 가 있더라고. 내 얼굴에 와 있었던 적도 몇 번이나 있었어. 싸움도 그리 잘하는 편은 아니었어. 상대편 주먹이나 다리의 움직임을 민첩하게 따라잡지 못했거든. 덩치만 크지 동네북이었어. 웃기는 건, 공과 싸움을 연결해서 생각해본 적이 없다는 거야. 원인이 눈이라는 건 상상도 못해봤어. 검사를 받은 적은 있었던 것 같아. 기억이 확실치 않지만. 아무튼 내 마음대로 생각했어. 공을 놓치는 건 순발력 부족, 싸울 때마다 얻어터지는 건 실전 경험 부족. 그게 또 사는 데 크게 지장은 없더라고. 야구나 축구는 안 하면 되는 거고, 싸움은 자꾸 하니까 늘었거든. 정지된 사물을 보는 데는 전혀 지장이 없었고. 어렴풋이 이상을 느끼기 시작한 건 애팔래치아 트레일을 종주할 때야. 대장에 비해 밤눈이 어두웠어. 암순응도 늦었고. 그래서 인디언 약을 받아들였을 거야. 대장처럼 밤에도 산길을 돌아다니고 싶어서."

승민은 잠시 말을 끊었다. 창밖에서 바람이 울고 있었다.

"문제를 알게 된 게 불과 반년 전이야. 갑작스럽게 안압이 올라갔어. 녹내장을 의심하고 정밀검사를 받았는데 RP가 발견됐고. 녹내장은 그놈이 싼 똥덩어리에 불과했어. 소속 클럽에 통보됐고 비행이 금지됐어. 막막하더라. 볼 수 없게 된다는 데 대한 두려움보다 다시는 날 수 없다는 데 대한 분노가 더 컸어. 너라면 어떻겠냐? 원하는 대로, 마음먹은 대로 날아다녔던 세상이 어느 날 갑자기 비행 금지구역으로 변해 있다면."

대답할 수 없었다. 무슨 말을 할 수 있었겠는가. 날개 꺾인 독수리의 절망은 오리의 이해 영역 밖이었다.

"그놈 정체를 알아차린 게 그 무렵이야. 10년도 넘게 잠들어 있던 놈이 악마처럼 되살아난 거야. 당장, 무엇이든 간에 불 질러버리지 않으면 누굴 죽이고 말 것 같았어. 죽이고 싶은 상대는 바로 나였고. 한동안 엉망으로 살았어. 뭐든 못 먹을 게 없었어. 술, 마약, 기침약, 하다못해 구강청정제까지 들이마셨어. 제정신으로는 매순간 나를 들쑤시는 그놈을 이길 도리가 없었으니까. 대장이 찾아오던 날에도 약에 취해 있었어. 나한테 프랭클린으로 돌아가자고 설득하더라. 내 문제를 처음부터 알고 있었다고 하더라. 민 실장이 나를 보낼 때 알려줬다는 거야. 민 실장이 안다면, 그 영감도 알고 사모님과 류재민이도 알고 있었겠지. 난 꼭지가 돌아버렸어. 꺼지라고 밀쳐내고, 세상을 다 태워버리고 나도 타버릴 거라고 악을 썼어. 처음부터 알고 있었으면서, 이렇게 될 거 다 알고 있었으면서, 왜 내게 하늘을 나는 법을 가르쳐줬느냐고, 차라리 몰랐으면 좋았지 않았느냐고 울부짖었어. 그러긴 했지만 사실은 잘 알고 있었어. 대장이 내게 비행을 가르친 이유가 뭔지. 세상에는 불놀이보다 더 근사한 일이 있다는 걸 알려주고 싶었던 거야. 어떻게든 실명 시기를 늦춰주고 싶었을 거야. 그래서 도시락통을 들고 코렐을 잡으러 다녔을 거야. 자기랑 피 한 방울 안 섞인 놈을 위해서. 알면서도 돌아가지 않았어. 나를 키운 곳이 나를 가둘 게 뻔했으니까. 그런저런 와중에 또 안압이 올라가서 2차 수술을 받은 거고. 수술을 받고 나니까 내가 어떤 처지인지 확실하게 실감 나더라. 터널 한중간에 서서 출구를 바라보는 느낌이었어. 몇 달 사이에 시야가 절반으로 줄어든 거야. 주치의가 충고하더라. 이대로 살면 정신병원에 갇혀 눈이 멀거나, 감옥에서 눈이 멀거나, 둘 중의 하나가 될 거라고. 그날, 모처럼 맑은 정신으로 생각했어. 나, 내 삶, 내 인생, 내 운명. 받아들여야 할 문제와 선택할 수 있는 문제. 답은 의외로 단순했어. 내가 어떻게 살든 간에 결국 눈이 멀게 돼 있다는 거. 의사 말대로라면 아주 가까운 미래에. 그건 받아들여야 할 문제였어. 선택할 수 있는 것도 공평하게 하나 남아 있었지. 어디서 눈이 멀 것인가."

그곳이 별들의 바다란 말인가. 그런 게 선택이란 말인가. 죽음과 실명을 동일한 지점에 두는 것이? 내가 보기엔 무모한 결심, 광적인 집착, 그 이상도 이하도 아니었다.

"왜 그렇게 비행에 집착하니?"

승민이 고개를 내 쪽으로 돌렸다. 내 눈을 찾으려고 애쓰는 기색이었다. 시선이 모자챙 주변을 더듬고 있었다.

"날고 있는 동안 나는 온전히 나야. 어쩌다 태어난 누구누구의 혼외자도 아니고, 불의 충동에 시달리는 미치광이도 아닌, 그냥 나. 모든 족쇄로부터 풀려난 자유로운 존재, 바로 나."

불쑥 불편한 마음이 앞에 나섰다. 벼랑 끝에 몰린 주제에 존재 운운하는 허풍쟁이가 아니꼬워서. 허풍쟁이를 아니꼬워하는 내가 초라해서.

"난 잘 모르겠다. 너로 존재하는 순간이 남은 인생과 맞바꿀 만큼 대단한 건지."

"넌 인생을 뭐라고 생각하는데? 삶은? 죽음은?"

심하다는 생각이 들었다. 목숨을 아끼라는 충고 한번 했다고 해서 인류가 수천 년을 고민해온 거창한 두통거리에 대한 해답을 요구하다니. 그것도 한꺼번에 세 가지나.

"난 순간과 인생을 맞바꾸려는 게 아냐. 내 시간 속에 나로 존재하는 것, 그게 나한테는 삶이야. 나는 살고 싶어. 살고 싶어서, 죽는 게 무서워서, 살려고 애쓰고 있어. 그뿐이야."

콘크리트 담장과도 같은 침묵이 우리 사이에 가로놓였다. 나는 뭔가를 말하려고 애쓰다가 포기하고 말았다. 그저 물었다.

"이제 어떡할 거냐?"

승민은 취침등을 한동안 노려보다 담요를 얼굴까지 뒤집어썼다. 담요 속에서 웅얼거리는 소리가 새어나왔다.

"모르겠어."

나는 승민을 마술사로 알았던 것인가. 옷소매에서 꺼낼 토끼가 수십 마리쯤은 되는 줄 알았던가. 겨우 몇 마리 꺼내고 손바닥을 보여줄 거라곤 생각도 못했던 것인가. "모르겠어"라는 말을 듣는 순간, 머릿속이 멍해왔다. 허탈함이 밀려왔다. 밑천이 떨어진 마술사는 무대에서 내려올 수밖에 없다. 의사의 예언대로, 승민은 정신병원에 갇힌 채 눈이 멀게 되리라. 아니면 죽거나.

"봉투 수거차가 오는 날이 이번 금요일이죠?"

내가 물었다.

"그럴 거야."

우울한 세탁부는 볼펜을 놀리며 무심하게 대꾸했다. 그는 금방 설명해준 인수분해 문제와 씨름 중이었다. 나는 내 침대 끝에 쪼그려 앉아 있었다. 병실엔 아무도 없었다. 김용은 사식 신청을 하러 갔고 승민과 만식 씨는 샤워장에 갔다.

"기사 본 적 있어요?"

"오며가며 자주 봐. 말은 나눠본 적 없지만. 봉투 싣는 건 5병동 작업반들이 하잖아."

"기사 혼자 와요, 아니면 누구랑 같이 와요?"

"늘 혼자던데."

"항상 같은 기사가 와요?"

"올 때마다 달라. 순번을 정해서 오는 모양이야."

"보통 몇 시에 오는데요? 오면 병동하고는 어떻게 연락해요?"

"오후 2시 반에서 3시 사이. 정문에서 연락해주고."

"지하주차장으로 통하는 문이 낮에는 열려 있고요?"

우울한 세탁부는 비로소 인수분해에서 눈을 뗐다.

"내가 세탁물통에 숨어서 지하로 내려갔었던 거 기억하시죠?"

그의 눈이 천천히 내 얼굴을 훑었다. 속내를 탐색하는 눈길이었다.

"한 번 더 그렇게 하게 해주세요. 이번 금요일에."

우울한 세탁부는 침을 꿀꺽 삼키고 물었다.

"승민이?"

"네."

"승민이만?"

조금 이상한 질문이었다. 나는 고개를 끄덕였다.

"나, 미스 리 선생님 말이라면 다 들어주고 싶은데……."

"놔두면 그놈 죽을 거예요."

다급하게 말을 막았다. 그가 거절하려 한다고 생각했다.

"시간이 없어요. 다음 주면, 어쩌면 며칠 내에 그놈 눈앞에서 세상이 없어져 버릴지도 몰라요. 그러기 전에 가야 할 곳이 있어요."

"싫다는 게 아냐."

우울한 세탁부는 흘끔 문간을 살폈다. 문은 잘 닫혀 있었고 밖에선 아무 소리도 들려오지 않았다.

"난 기사한테 승민이를 태워달라고 부탁할 입장이 못 돼. 금방 말했지만 기사가 자꾸 바뀌는 데다 내 담당도 아니라. 걸어서 병원을 나가는 건 불가능하고. 낮이든 밤이든. 정문에서 잡힐 거야. 잘 알잖아."

"꼭 부탁을 해야만 차에 탈 수 있는 건 아니잖아요."

잠시 침묵이 흘렀다. 그의 얼굴 위에서 생각이 돌아가고 있었다. 나는 그의 눈을 필사적으로 붙들었다. 시선을 놓치면 그의 마음까지 놓쳐버릴 것 같았다.

"내가 구해줘야 할 물건이 있겠지?"

마침내 우울한 세탁부가 입을 열었다. 나는 '네' 하고 소리칠 뻔했다.

"챙 달린 모자하고, 사복 셔츠 한 벌, 빨랫줄이 필요해요."

그는 고개를 끄덕였다.

"각목도 하나 필요해요. 대용품도 괜찮고요."

그는 또 고개를 끄덕였다.

"지하에 CC카메라가 몇 대예요?"

"비상계단이나 엘리베이터 앞에는 없고 창고 안에 하나, 창고 맞은편에 하나, 주차장 입구에 하나 있어."

"그럼 사각지대가 거의 없겠네요?"

"그렇다고 봐야지. 의심받지 않고 기사한테 접근하려면 작업반 옷을 입는 게 좋아. 일이 있는 것처럼 접는 밀차 하나 끌고 나가면 더 자연스럽고. 각목 대신 쓸 수도 있잖아."

나는 침을 꼴깍 삼켰다. 이 일을 궁리하며 가장 먼저 떠올랐던 생각이었다. 하지만 감히 청하지 못한 얘기였다.

"그러면 아저씨가 곤란해질 수도 있잖아요."

그는 웃는 것처럼 입꼬리와 눈썹을 슬쩍 치켜 올렸다.

"마침 승민이랑 체격이 비슷한 놈도 하나 있잖아."

물론 있었다. 전봇대.

"괜찮으시겠어요?"

"이 바닥에서 구른 지 8년이야. 그만한 요령은 있어."

우리는 세부적인 이야기에 들어갔다. 그는 내 얘기를 수학 공식을 외우듯, 하나하나 짚어가며 들었다.

"그러니까 승민이가 비상계단 안쪽에 몸을 숨기고 나면, 아저씨는 세탁실로 들어가시는 거예요. 아무렇지도 않게요."

"이건 만약인데 금요일 안에 문제가 생기면, 그러니까 취소를 한다거나 계획이 바뀌거나 하면 나랑 어떻게 연락할 거야?"

"청소부 아저씨한테 전갈을 보낼게요. 오늘은 공부를 하루 쉬자고요. 일단 일을 중지하라는 암호로요."

"아."

"또 확인할 거 있으세요?"

우울한 세탁부는 조금 망설이는 듯하더니 물었다.

"그런데 미스 리 선생님은 왜 안 가?"

나? 어리둥절했다. 당황스러웠다. 이 남자는 왜 내가 가야 한다고 생각했을까. 나로선 그런 일을 생각해본 적도 없었다. 내겐 도망쳐서 도달해야 할 만큼 절실한 세상이 없었다.

"나한테 공부도 가르쳐주고, 승민이 탈출하는 거 도와주다 번번이 궁지에 몰리면서, 자기한테는 왜 아무것도 안 해?"

나는 어색하게 웃었다. 웃으면서 얼굴이 벌겋게 달아오르는 걸 느꼈다. 무안했다. 제 앞가림도 못하면서 오지랖만 넓은 놈이라고 하는 것 같아서.

"나, 미스 리 선생님 좋아해. 정말로. 주제넘은 말이지만 선생님 볼 때마다 마음이 아프고 짠하고. 그러면서도 참 이상스러웠어. 이런 사람이 이런 데서 왜 이러고 사나. 그래서 원주에 시험 치러 갈 때 최기훈 선생한테 물어봤어. 미스 리 선생님은 도대체 무슨 병이냐고. 도망치는 병이라고 그러대. 그땐 최 선생 말이 무슨 뜻인지 몰랐어. 그저 무식한 놈 소견으로 그러고 말았지. 자꾸 병원에서 도망쳐서 아버지가 이 산골짝에 가둔 거구나. 내가 거꾸로 생각했다는 걸, 이제 확실히 알겠어."

우울한 세탁부의 다음 말은 통렬하게 가슴을 찔렀다.

"세상에서 도망치는 병이야. 자기한테서도 도망치는 병이고. 그렇지?"

그는 대답을 기다리지 않았다. 책을 옆구리에 끼고 부랴부랴 일어났다. 방문이 열리면서 승민과 만식 씨, 김용이 한꺼번에 들이닥쳤기 때문이다. 분위기가 이상했는지 세 사람은 우리 둘의 눈치를 살폈다. 우울한 세탁부는 세탁차를 밀고 병실을 나갔다. 김용이 물었다.

"분위기가 왜 이러냐? 사제지간에 싸움질이라도 했냐?"

나는 흡연실로 갔다. 창가에 서서 자작나무 숲을 내려다봤다. 차갑고 축축한 바람이 달아오른 뺨을 때리고 갔다.

"종일 창가에 서서 무슨 생각을 하세요?"라고 묻는 간호대학생을 만난 적이 있다. 로뎀 병원에서였다. 내 옆에서 담배를 피우던 남자가 대신 대답했다.

"꿈을 꿔요. 창문은 통로죠. 희망은 아편이고요."

해석하면 이런 말이었다. 병원 창가에서 세상을 내다보며 퇴원을 꿈꾸고, 퇴원하는 날부터 퇴원을 꿈꿀 수 있는 병원으로 돌아가기를 희망한다.

사람들이 병원 규칙에 열심히 순응하는 것은 퇴원, 혹은 자유에 대한 갈망 때문이다. 갈망의 궁극에는 삶의 복원이라는 희망이 있다. 그러나 그토록 갈구하던 자유를 얻어 세상에 돌아가면 희망 대신 하나의 진실과 마주하게 된다. 다리에서 뛰어내리는 것 말고는 세상 속에서 이룰 것이 없다는 진실. 그리하여 병원 창가에서 세상을 내다보며 꿈꾸던 희망이 세상 속 진실보다 달콤하고 안전하다고 생각하게 되는 것이다. 세상은 기억의 땅으로 남을 뿐이다. 옛날, 옛날, 내가 한때 그쪽에 살았을 때 일인데…….

나도 그 허망한 악순환을 수없이 거듭해왔다. 그 사이 저쪽과 이쪽을 연결하던 다리는 너덜너덜하게 닳아 외줄이 돼 있었다. 그걸 딛고 다시 저쪽으로 건너갈 엄두가 나지 않았다. 아버지의 뜻대로 죽을 때까지 이쪽에서 지내는 것도 싫었다. 그저 벼랑 끝에서 닳아빠진 외줄을 만지작대고 있을 뿐이었다. 그마저 놔버릴 미래의 어느 날을 두려워하면서.

뜬눈으로 밤을 보냈다. 누가 그랬던가. 물에 빠진 자의 눈에는 일생이 지나간다고. 우울한 세탁부는 나를 물에 빠뜨렸다. 스물다섯 해가 눈앞을 지나갔다. 기억들이 끝없이 흘러가고 되돌아왔다. 세월 저편에서 건너온 소년이 뜻 모를 말을 되풀이했다.

'내 탓이 아냐. 일부러 그런 게 아니야.'

수요일이 가고 목요일이 왔다. 나는 그때까지도 승민에게 탈출 계획을 알리지 않고 있었다. 그걸 심사, 혹은 숙려라고 우기고 싶지만 실제로는 변덕, 혹은 망설임이었다. 생각이 분 단위로 바뀌었다. 얘기하자. 승민을 실제적인 죽음으로 내모는 짓이다. 하지 말자. 끝내 탈출구가 없다면 스스로 죽을 놈이다. 말하자. 견디고 사는 걸 택할지도 모른다. 그렇다면 나는 돌이킬 수 없는 실수를 저지르는 거다.

오후 4시. 미술요법이 끝난 후, 희망반 이상은 산책을 나갔다. 정문 기둥 앞에는 509호 거시기가 출몰했다. 다시 인내반이 된 승민은, 다시 자신에게 돌아온 만식 씨와 흡연실에 자리를 깔았다. 표정이나 행동이 차분하기 이를 데 없었다. 그러나 안정과는 거리가 먼 차분함이었다. 폐허의 고요와도 같은 차분함이었다. 절망과 고통이 닿지 못할 곳으로 피신해버린 느낌이었다. '외면' 이라는 안전지대. 한이처럼.

나는 여전히 망설이고 있었다. 말할까, 하지 말까.

정처 없이 병동을 떠돌다 정문 앞에서 한이를 만났다. 만났다기보다는 봤다고 해야 옳다. 이동침대에 실려 병동으로 들어오고 있었으니까. 몸뚱이가 죽은 물개처럼 널브러져 있었다. 눈은 뒤집힌 상태였고 코를 골 듯 거친 숨을 쉬었다. 마우스피스를 문 입가에는 허연 거품이 묻어 있었다. 지난 나흘, 한이는 쭉 백합방에 있었다. 상태 변화가 없다는 얘기가 간간이 들려왔었다. 그 때문에 결국 ECT를 받고 만 모양이었다.

한이를 태운 이동침대는 내 앞을 서서히 지나갔다. 내 시선은 한이의 초점 없는 눈을 따라갔다. 몸 안에 한기가 차오르고 있었다. 이동침대에 누운 자는 한이였고 승민이었다. 승민이면서 나였다. 우리도 그런 모습으로 정문을 통과해 들어왔을 터였다. 나는 모욕감을 느꼈다.

승민이 어느 틈에 내 곁에 와 있었다.

"두 사람, 자정부터 금식하세요. 내일 아침 9시 30분에 ECT를 할 예정이에요."

윤보라가 나란히 서 있는 우리에게 전한 소식이다. 나는 승민에게 탈출 계획을 전했다.

아침식사 벨이 울렸다. 사람들은 식당으로 몰려갔다. 금식 명령을 받은 나와 승민만 흡연실에 남아 있었다. 특별한 아침이었다. 긴장으로 신경이 곤두서 있어야 할 아침이었다. 그러나 우리는 나른하고 멍멍한 기분에 빠져 있었다. 승민은 창살에 이마를 대고 담배만 피웠다. 나는 창살에 뒷머리를 기대고 서 있었다.

"비 오겠다."

내가 중얼거렸다. 승민은 잇새에 담배를 문 채 머리를 뒤로 젖혀 나를 봤다. 눈이 어두웠다. 안이 전혀 들여다보이지 않았다. 탈출 계획을 듣던 전날 저녁에도 그런 눈을 하고 있었다. 의견 한마디, 질문 한 번 내놓지 않았다. 얘기를 듣기나 하는 건지 불안할 지경이었다. 나는 닫혀버린 창밖을 서성이는 바람처럼, 자꾸 승민의 눈을 더듬곤 했다. 얘기가 끝나자 질문을 던진 사람은 승민의 무릎에 앉아 있던 만식 씨였다.

"또별, 나 내일 거리의 악사랑 놀아?"

승민은 나직한 소리로 "응" 했다. 만식 씨는 내일 아침에 다시 말해달라고 했다. 밤사이에 염소가 설칠지도 모르니까. 김용은 운전을 할 수 있겠냐고 물었다. 처음으로 시원스러운 대꾸가 나왔다.

"얼마든지."

그 말을 믿기로 했다. 믿어야 했다. 수리봉까지 승민을 데려갈 사람은 승민 자신뿐이었으므로.

9시경, 김 주임이 흡연실 문을 열고 나를 불렀다. 최기훈이 간호사실에서 기다린다는 것이었다. 승민과 나는 순간적으로 마주 봤다. 승민의 눈에 '무슨 일이지?' 라고 적혀 있었다. 내 눈에도 같은 말이 떠 있었을 것이다. 간호사실 창에는 버킹엄 공주가 붙어 있었다. 잠시 머리를 감고 온 사이에 왕관이 사라졌다며 최기훈에게 수사를 요청하는 중이었다. 김 주임은 나를 간호사실로 밀어 넣고 공주를 창문에서 떼어내 흡연실로 끌고 갔다. 간호사실엔 최기훈 혼자뿐이었다. 수간호사는 보이지 않았다. 나는 쭈뼛대며 문간에 서 있었다. 느닷없이 간호사실로 불러들인 이유가 뭔지, 무슨 낌새라도 맡은 것인지, 불안하기 그지없었다.

최기훈은 간호사실 창가 테이블로 나를 데려갔다. 우리는 산과 면해 있는 창문 밑에 마주 앉았다. 수간호사와 승민이 종종 얼굴을 맞대고 있던 자리였다. 탁자 위에 전화기가 놓여 있었다.

"커피 한잔 하겠나?"

물어놓고 그는 "아, 금식중이지" 했다. 나는 불안을 들키지 않으려고 창문으로 눈을 돌렸다. 창은 흡연실처럼 위치가 낮았다. 의자에 앉아 있어도 뒷산 숲이 한눈에 내려다보였다. 하늘은 잔뜩 찌푸려 있었다. 최기훈은 손가락 두 개를 세워 턱 끝에 괴고 나를 건너다봤다. 내가 걱정하는 일은 아닌 듯했다. 난처해하는 기분이 전해져 왔다. 당황하고 있는 듯도 했다. 꽤 어려운 말을 꺼내려는 표정이었다. 가령, 네 간을 먹고 싶다든가.

"아버님이 돌아가셨다."

숲 꼭대기에 물결이 일고 있었다.

"지난 월요일 밤에."

나는 숲에서 눈을 떼지 못했다. 바람이 숲을 흔드는 것인지, 내 눈이 흔들리는 것인지 잘 구별할 수가 없었다.

"심장이 좋지 않았다는 건 너도 알고 있었겠지? 주무시다가 돌아가셨다고 들었다. 두 달 전에 입원하셨을 때 병원에서 수술을 권했는데 거부하셨던 모양이야. 사후를 꼼꼼하게 준비해두신 걸 보면, 무슨 예감이 있었던 게 아닌가 싶기도 하고. 너를 장례식에 부르지 않은 건 아버님 뜻이야. 유언대로 화장을 했고. 이제부터 네 법적 후견인은 고모님이다. 그리고 아버님 뜻에 따라 넌 여기서 계속 지내게 될 거야."

최기훈을 봤다. 그의 얼굴도 숲처럼 흔들리고 있었다. 이내 간호사실 전체가 흔들리기 시작했다. 심장이 나빴다. 수술을 거부했다. 주무시다 돌아가셨다. 이해가 되지 않았다. 아버지의 마지막 모습을 떠올려보려 안간힘을 썼다. 책방 셔터를 내려버리던 모습. 뭔가 달라 보였던가? 아파 보였던가? 어처구니없게도 아버지 얼굴이 기억나지 않았다. 최기훈이 수화기를 들어 내밀었다.

"고모님과 통화를 해보겠나?"

세상이 내게서 훌쩍 물러났다. 나는 홀로 고요 속에 앉아 있었다.

"궁금한 거라든가, 물어볼 말이 전혀 없나?"

"나가봐도 될까요?"

가까스로 입이 열렸다. 그러라는 답변이 돌아왔다. 자리에서 일어났다. 현기증이 일었다. 일렁이는 숲의 꼭대기에 올라앉은 기분이었다. 문을 향해 몇 발짝 떼다 뒤를 돌아봤다. 물어볼 말이 생각났다. 최기훈이 눈을 마주쳐왔다.

"신림책방은요?"

"몰랐나? 네가 입원하던 무렵에 정리하시는 중이었다던데. 소견서를 가지고 오셨을 때 하신 얘기야. 그래서 좀 늦게 온 거라고."

고개를 끄덕였다. 한 번, 또 한 번, 또 한 번. 실없이 끄덕거리며 간호사실을 나왔다. 전면창 앞에 승민이 있었다. 두 사람 뒤로 김용, 십운산 선생, 경보 선수, 거리의 악사와 만식 씨가 둘러서 있었다. 김 주임에게 소식을 들은 듯했다. 승민의 표정이 '사실이야?' 라고 묻고 있었다. 나는 또 고개를 끄덕여 보였다.

그랬대. 아버지가 죽었대. 최기훈은 농담을 못하는 사람이니까 아마 사실일 거야. 장례식에도 오지 말라고 했대. 난 괜찮아. 날더러 여기서 쭉 살라고 했대. 난 정말 괜찮아. 쭉 살아도 되게 준비를 해뒀다니까. 그 노인네가, 아버지가, 내 아버지가.

머리가 목 위에서 덜렁거리는 것 같았다. 날카로운 통증이 눈을 찌르고 있었다. 승민은 나를 흡연실로 데려갔다. 우리는 말없이 담배를 피웠다. 생각이 와르르 쏟아졌다. 아버지는 돌아가셨고, 나는 종신보험 카드를 받았다. 내 인생은 보장돼 있었다. 노숙자가 될 염려도, 밥을 구걸하러 다닐 걱정도 없었다. 매를 맞고 파출소에 끌려갈 위험도 없었다. 수리 희망병원에서 안전하게, 보호받으며, 죽을 때까지 살 수 있다. 아버지가 없어도 나는 안전하게…… 보호받으며…… 죽어버릴 때까지…….

딸꾹질이 났다. 흐느낌이 새어나왔다. 울지는 않았다.

9시 20분, ECT실로 내려갔다. 승민이 먼저였다. 나는 대기실에서 양을 셌다. 세다 잊어버려 다시 세기를 몇 번이었을까. 이동침대가 드르륵거리며 대기실 문 앞을 지나갔다. 승민이 나오는 소리였다. 내 차례가 왔다.

같은 과정이 되풀이됐다. 억제 벨트, 마우스피스, 마취 주사. 시야가 어두워져 왔으나 완전히 정신을 잃지는 않은 것 같다. 어둠 속에서 울리는 '찌잉' 소리를 들었다. 소리는 곧장 머리로 파고들었다. 섬광이 검은 시야를 갈랐다. 턱이 뻣뻣해지고 피가 매캐한 냄새를 피우며 타올랐다. 눈동자가 위로 말려 올라갔다. 척추가 네온등처럼 파란 불을 켰다. 관절에 낀 뼈들이 달그락거렸다. 허리가 뒤로 꺾였다. 더 버틸 수가 없었다. 나는 나로부터 튕겨 나갔다. 어디론가 떨어져 내렸다.

신림책방 앞이었다. 거리는 어두웠고 비바람이 몰아치고 있었다.

나는 문을 열고 안으로 들어섰다. 곰팡이 냄새와 마른 종이 냄새가 입김처럼 훅 끼쳐왔다. 침침한 형광등빛, 낡은 책상과 등받이가 움푹 꺼진 의자, 책이 빽빽하게 꽂힌 사방 벽, 중앙에 가로놓인 다섯 개의 책장, 책장 모서리 밑에 쌓인 책 탑들, 군데군데 나붙은 쪽지들이 눈에 들어왔다. 인문, 사회, 철학, 역사, 그림책, 전집류, 참고서, 문제집. 문학 코너 아래에 누군가 있었다. 등을 웅크리고 바닥에 엉덩이를 붙이고 앉아 책에 정신을 팔고 있었다. 체구가 아주 작은 소년이었다.

포의 소설집이야. 나는 중얼거렸다. 〈붉은 죽음의 가면〉을 읽고 있을걸. 프로스페로 왕자가 붉은 죽음의 가면을 좇아 핏빛 창이 있는 검은 방으로 달려가는 대목에서 아마 눈이 멎었을 거야.

거리에서 천둥이 울었다. 등 뒤에서 입구 유리문이 덜컹거렸다. 소년은 책에서 눈을 들고 내가 서 있는 곳을 건너다봤다. 때맞춰 벽에 걸린 시계에서 뻐꾸기가 튀어나왔다. 한 번, 두 번…… 열 번을 울었다. 소년은 책을 접어 겨드랑이에 끼고 일어났다. 유리문 앞으로 쭈뼛쭈뼛 걸어왔다. 우스꽝스러울 만큼 커다란 셔츠를 입었고 낯빛이 창백했다. 시선은 불안하게 흔들리며 사방을 살폈다. 나는 숨을 삼켰다. 소년이 누군지, 내가 어느 시점에 와 있는지 알아차리는 순간이었다.

소년은 열여덟 살이었다. 고등학교 2학년이었다. 여름방학이 시작된 날이었다. 어머니가 병원에서 돌아온 지 나흘째 된 날이었다. 아버지가 시골에 사는 고모의 회갑연에 간 날이었다. '그날 밤' 이었다. 바로 나였다.

소년이 불쑥 손을 뻗었다. 나는 '악' 소리를 낼 뻔했다. 깡마른 손가락이 내 몸통을 쑥 통과해 문손잡이에 닿았던 것이다. 책방 문이 닫히고 걸쇠가 걸렸다. 소년은 돌아서서 계단 문으로 걸어갔다.

가지 마. 문 열지 마. 소년에게 속삭였다. 소년은 걸음을 멈췄다. 속삭임을 들은 것처럼, 턱을 한쪽으로 기울이고 조심스레 뒤를 돌아봤다. 그러나 그뿐이었다. 곧장 계단 문으로 달려가 버렸다. 허둥허둥 따라갔다. 말려야 했다. 2층에 올라가서는 안 된다고 알려줘야 했다. 문 앞에서 가까스로 소년의 어깨를 붙잡았다고 생각했다. 정작 잡고 있는 것은 문의 손잡이였다. 소년은 사라져버렸고 늘 걸려 있던 자물쇠도 없었다. 소스라쳐서 손을 놨으나 이미 늦었다. 문이 열리고 있었다. 저 혼자, 소리 없이, 활짝 열렸다. 이상한 냄새가 계단을 타고 흘러내렸다. 축축하고 비릿하고 역겨운 냄새. 나는 움직일 수가 없었다. 무너지는 망각의 벽을, 잠들어 있던 기억들이 일제히 눈을 뜨는 것을 마냥 바라보고만 있었다. 기억들은 거침없이 촉수를 뻗어 내 목을 휘감았다. '그날 밤' 속으로 끌어당겼다.

나는 2층으로 통하는 계단을 두 칸씩 뛰어올랐다. 낡은 나무 계단이 삐걱삐걱 울었다. 계단에서 뛰지 말라는 아버지의 지적 같은 건 까맣게 잊어버렸다. 어머니의 저녁식사가 뒤늦게 생각난 탓이었다. 점심 무렵, 아버지는 전화를 걸어 확인했다.

"엄마 점심 드렸지?"

몇 시간 전에도 전화를 해서 거듭 당부했다.

"엄마 자주 들여다보고 있는 거냐? 또 책에 정신 팔고 있는 건 아니겠지? 저녁식사는 7시, 약 시간은 9시야. 잊으면 안 된다."

"걱정 마세요"라고 해놓고 잊어버렸다. 책에 정신을 빼앗기면 흔히 있는 일이었다. 마음이 조급해져 왔다. 10시가 되도록 어머니를 내버려둔 걸 안다면, 나를 열 끼쯤은 굶기고도 남을 양반이 아버지였다.

거실의 전등 스위치를 켰다. 일순, 이마가 싸늘해져 왔다. 안방 문이 열려 있었다. 어머니는 보이지 않았다. 이상한 냄새는 더욱 짙게 풍겨왔다. 습격에 가까웠다. 진원지는 욕실이었다. 조금 열린 문틈으로 냄새와 수증기가 뒤섞여 새어나오고 있었다. 겨드랑이에 낀 책을 탁자에 내려놓고 욕실로 다가갔다. 물 흐르는 소리가 희미하게 들려왔다. 인기척은 느껴지지 않았다. 문틈에 눈을 댔다. 어머니의 검은 머리가 어른어른 내다보였다. 긴장이 스르르 풀렸다. 모처럼 목욕을 하는구나. 이 지독한 냄새는 오랫동안 씻지 않은 탓이겠지.

부엌으로 가다가 멈칫 섰다. 그런데 어떻게 해서 어머니가 욕실에 있는 걸까. 잠가둔 방문을 무슨 수로 열었을까. 아버지가 열쇠를 주고 갔을까. 여벌의 열쇠는 내게 있었다. 바지 주머니에……. 손을 넣어보려다 순간적으로 무서운 생각에 사로잡혔다. 나는 욕실 문을 두들겼다.

"저기요. 저예요. 뭐하세요?"

대답이 없었다. 손잡이를 쥐고 망설였다. 들여다볼까. 기다릴까. 역한 비린내에 덜미를 잡혀 안으로 발을 들여놨다. 그리고 부옇게 피어오르는 수증기 속에서 얼어붙어 버렸다.

어머니가 욕조에 몸을 담그고 있었다. 머리를 욕조 가장자리에 눕히고, 검고 길고 숱 많은 머리채를 욕실 바닥까지 늘어뜨린 채 눈을 뜨고 있었다. 가슴에서 찰랑대는 물은 선명한 진홍빛이었다. 욕조를 타고 흐르는 것도, 머리채를 타고 똑똑 떨어지는 물방울도, 벽과 천장에 튀어 밴 얼룩도 온통 붉었다. 그 붉은 것의 정체를 깨닫기까지 몇 초가 필요했다. 핏물에 잠긴 어머니의 목에 가위가 꽂혀 있다는 것, 그것이 책방에서 쓰는 날이 좁고 긴 가위라는 걸 인식하는 데는 몇 초가 더 걸렸다. 타일을 타고 수챗구멍으로 빠져나가는 핏줄기가 어머니의 것이라는 걸 알았을 때에는 거기 있을 수가 없었다.

책방으로 가는 계단이 그토록 긴 줄 몰랐다. 열다섯 칸만 뛰어내리면 계단 문인데, 그 열다섯 칸이 지옥으로 가는 계단보다 길었다. 발이 무거웠다. 뒤가 무서웠다. 목에 가위를 꽂은 어머니가 따라오는 것 같았다. 어머니의 손이 발목을 낚아챌 것 같았다. 나는 계단 중간에서 뒤를 돌아보고 말았다. 피 묻은 발자국이 따라오고 있었다. 그것이 내 발자국이라는 생각은 하지 못했다. 생각보다 비명이 앞섰다. 발작을 하듯 발을 구르다 계단에서 굴러떨어졌고, 문에 머리부터 처박혔다. 그러고도 아픈 줄을 몰랐다. 벌떡 일어나 문을 열고 뛰어나갔다. 걸쇠를 걸어 잠그고 책방 입구로 달려가며 악을 썼다.

"오지 마. 나한테 오지 마!"

곳곳에 쌓여 있던 책 탑 중 하나가 발에 걸려 무너졌다. 나는 다시 균형을 잃고 근처에 있던 책장으로 나뒹굴었다. 책장은 내 무게를 이기지 못하고 뒤로 넘어갔다. 그 여파로 뒤쪽 책장들까지 넘어갔다. 두 번째, 세 번째, 차례차례 모조리.

이윽고 정적이 찾아들었다. 책방 안은 뿌연 먼지에 휩싸였다. 나는 고요와 먼지 속에 누워 생각했다. 어머니가 어떻게 방을 나왔을까. 희미한 소리가 들려왔다. 천장과 벽이 흔들리는 듯한 소리. 아니, 그걸 소리라고 하지는 않을 것이다. 요동과도 다른 것이었다. 지진이 오는 것처럼, 지층의 맨 밑바닥에서 발원해 지상으로 솟구쳐 오르는 묵직한 진동이었다. 내가 누워 있는 곳이었다. 등 밑이 진원지였다.

어머니가 어떻게 방에서 나왔을까. 대답이라도 하듯, 창문들이 잘그랑잘그랑 떨기 시작했다. 천장이 너울처럼 일렁거렸다. 벽이 좌우로 비틀리고 꽂혀 있던 책들이 우수수 떨어져 내렸다. 날카로운 폭음과 함께 형광등이 터져나갔다.

이건 실제가 아니야, 이런 일은 일어나지 않았어. 나는 꿈과 기억과 환각이 교차하는 지점에 누워 있었다. 열여덟 살과 스물다섯 살이 중첩되는 시점에 누워 있었다. 뒤늦게야 그걸 알아차렸다.

일어나고 싶었다. 무너지는 책방에서 벗어나고 싶었다. 나를 집어삼킨 그날 밤의 구덩이에서 빠져나가고 싶었다. 그러나 도망칠 수가 없었다. 몸이 책장과 책장 사이 어디쯤에 파묻혀 있었다. 진동은 강도를 점증시키며 줄기차게 이어졌다. 책방은 상자가 우그러지듯, 한 방향으로 기울어졌다. 크고 작은 굉음이 쉼 없이 울렸고 벽과 천장이 쩍쩍 갈라졌다. 그리고 마침내는 걸어 잠근 계단 문과 입구 유리문이 동시에 폭발해버렸다. 폭발의 파편들이 나를 덮쳤다. 과거에서 날아든 가위들이 목을 뚫었다. 나는 의식을 잃었다.

"정신 드나?"

눈의 초점이 잘 맞지 않았으나 내가 있는 곳이 어딘지 정도는 알 수 있었다. 책방이 아니었다. 보호실이었다. 최기훈이 침대에 걸터앉아 나를 들여다보고 있었다. 옆 침대는 비어 있었다. 승민은 나보다 먼저 깨어나 나갔으리라.

"물 좀 주세요."

준비하고 있었던 것처럼, 그는 즉시 빨대가 달린 컵을 들이댔다. 미지근한 물이 마른 혀를 적시며 식도로 미끄러졌다. 나는 마지막 한 방울까지 마셔버렸다. 그래도 갈증은 가시지 않았다. 목에 유리가루와 시멘트 먼지가 잔뜩 낀 느낌이었다.

"걸을 수 있겠나?"

최기훈이 억제대를 풀고 나를 일으켜 앉혔다. 머리가 어질어질했다.

"힘들면 여기서 더 쉬다가 방으로 가도 되고. 착란상태가 저번보다 길었어."

"몇 시예요?"

"2시 40분."

침대 밑으로 다리를 떨어뜨리고 앉았다. 발끝을 내려다봤다. 다섯 시간이 지났구나. 승민인 떠났겠구나. 작별인사도 못했구나.

"승민이가 걱정이 많은 모양이야. 공황 발작 때처럼 될까봐."

고개를 들고 최기훈을 봤다. 무슨 말인지 알아들을 수가 없었다. 그는 나를 부축해서 문으로 데려갔다.

"분대를 이끌고 문 앞에 버티고 있어. 문제가 생기면 내 목을 부러뜨려 놓겠다고."

최기훈은 농담을 한 게 아니었다. 승민이 보호실 앞에 서 있었다. 옆으로, 막 목욕을 끝낸 말끔한 얼굴들이 도열해 있었다. 경보 선수, 김용과 십운산 선생, 거리의 악사와 만식 씨. 기가 막혔다. 이 사람들은 여기서 뭘 하고 있는가. 승민은 왜 여태 여기 있는가. 곁눈질로 우울한 세탁부를 찾았다. 506호 앞에 세탁차가 멈춰 있었다. 아마도 병실 안에서 시트를 걷고 있을 터였다. 할 수 있는 한 늑장을 부리면서.

"병실로 데려가 눕히지. 막 깨어난 참이라 어지러울 거야."

최기훈은 간호사실로 들어갔다. 승민은 말이 없었다. 침만 꼴깍 삼켰을 뿐, 나를 부축하지도, 방으로 데려가려 하지도 않았다.

예정대로라면 승민은 지하 비상계단에 숨어 있어야 했다. 우울한 세탁부는 세탁실에 있어야 했다. 병동은 북새통이라야 했다. 어느 것 하나도 예정대로 돼 있지 않았다.

"수명아, 내가 누구냐?"

김용이 조심스레 물었다. 나머지 사람들은 내 입을 주시하고 있었다. 김용의 질문에 대한 답을 듣고 싶어 하는 얼굴들이었다. 그제야 질문의 의미를 이해했다. 그들은 내가 거리의 악사처럼 된 게 아닌지, 의심하고 있었다. 나는 승민을 봤다.

2시 반과 3시 사이에는 30분이라는 시간이 있다. 아직 늦지 않았을지도 모른다. 서두르면 차를 탈 수 있을지도 모른다. 가장 좋은 건, 아직 봉고가 오지 않았을 경우였다. 가장 나쁜 건, 벌써 떠났을 경우였다. 어쨌든 우울한 세탁부가 기다리고 있었다. 그는 506호에서 나와 502호로 세탁차를 끌어가고 있었다. 최소한 병동을 빠져나갈 기회는 남아 있는 것이었다. 숨이 가빠왔다. 아드레날린이 혈관을 돌았다. 심장은 충동을 펌프질하고 있었다. 충동을 결심으로 바꾸는 데 10초나 걸렸는지 모르겠다. 결심을 공표하는 데는 3초도 걸리지 않았다.

"나도 가요."

정말이냐고, 아무도 확인하지 않았다. 서로 눈짓만 교환했다. 하기는 간호사실을 코앞에 두고 무슨 말을 더 나누겠는가. 김용은 흡연실로 들어갔다. 십운산 선생은 장기판을 끼고 509호로 들어갔다. 경보 선수는 B동으로 발길을 돌렸다. 승민과 나는 방을 향해 걸었다. 거리의 악사와 만식 씨가 따라왔다. 곧 신호가 오리라. 걸음이 빨라졌다.

501호에 도착했다. 거리의 악사는 문간에서 걸음을 멈추고 보초병처럼 섰다. 나는 내 침대에 걸터앉았다. CC카메라에게 나를 보여줄 필요가 있었다. 혹여 최기훈이 보고 싶어 할지도 모르니까. 창문을 돌아봤다. 509호 거시기의 일기예보는 빗나가는 법이 없었다. 장대비가 내리고 있었다. 승민은 CC카메라를 등지고 앉아 시계를 꺼냈다. 2시 48분.

신호가 왔다. 도움닫기를 하듯 맹렬하게 뛰는 발소리, 울부짖음. "현선아, 현선아아……." 현선 엄마가 B동 복도에서 간호사실로 내달리며 내는 소리였다. 그녀는 경보 선수에게 현선이 소식을 들었으리라. 면회를 왔다가 수간호사한테 얻어맞고 쫓겨났다고.

이어 노성과 비명이 이중창으로 울렸다. 노성의 주인은 버킹엄 공주였다. 509호로 들어간 십운산 선생의 주머니엔 두 동강 낸 공주의 왕관이 들어 있었다. 아침나절, 김용이 왕년의 솜씨를 발휘해 구한 물건이었다. 선생은 그걸 509호 거시기의 침대 밑에 요령껏 밀어 넣었을 것이다. 김용은 공주를 찾아가 일러바쳤을 테고. 509호 거시기의 침대 밑에서 부러진 왕관을 봤다고 말이다. 비명은 분노한 공주 손에 509호 거시기의 거시기가 뽑히는 소리였다. 왁자지껄한 소음은 몰려드는 구경꾼들이 넣는 코러스였다. 얼마간, 적어도 5분은 간호사실 CCTV 앞이 빌 터였다. 그 정도면 충분했다.

승민이 베갯잇을 뽑아 들고 일어섰다. CC카메라가 그걸 덮어썼다. 문밖에 대기하고 있던 우울한 세탁부가 세탁차를 밀고 안으로 들어왔다. 세탁물 양은 보통 때의 반도 되지 않았다. 나는 "승객이 하나 늘었어요"라고 말했다. 우울한 세탁부는 잠자코 세탁물을 비우고 통 밑에서 꾸러미를 꺼냈다. 안에 작업반 옷 한 벌, 푸른색 티셔츠와 푸른색 야구모자, 빨랫줄과 마른 수건이 들어 있었다. 승민은 작업반 옷으로 갈아입고 모자를 쓴 다음 만식 씨와 잠시 시선을 마주쳤다. 말은 없었지만 작별인사라는 걸 알 수 있었다. 만식 씨 역시 말이 없었다. 고개를 두어 번 까닥거리더니 헬멧을 벗어 내 머리에 씌웠다. 나는 눈먼 도망자의 앞길을 잘 비춰달라는 부탁으로 이해했다.

승민이 먼저 통으로 들어가고 내가 승민의 가랑이 새에 들어앉았다. 몸이 통에 꽉 끼는 느낌이 왔다. 병동을 나가기도 전에 깨져버릴까 봐 불안할 지경이었다. 제아무리 통이 크다고 해도, 내 체구가 작은 편이긴 해도, 성인 남자 둘을 담기엔 무리인 듯했다. 나는 몸을 최대한 웅크리고 무릎 사이에 머리를 박았다. 승민은 내 등을 끌어안고 엎드렸다. 그 위로 세탁물이 덮였다.

세탁차는 빠른 속도로 움직였다. 사람들의 두런거림과 경황없이 떽떽거리는 수간호사의 목소리와 현선 엄마의 울부짖음과 509호 거시기의 비명과 버킹엄 공주의 노성과 김 주임의 고함과 호루라기소리 사이를 노련하게 헤치며 나아갔다.

"최 선생님, 정문 열어줘요."

세탁차를 빙글 돌리며 우울한 세탁부가 소리쳤다. 최기훈의 대답은 들리지 않았다. 문이 열리는 소리만 났다. 세탁차는 밖으로 미끄러졌다. 그때, 다급한 목소리가 쩌렁쩌렁하게 울렸다.

"어이, 거기 서."

오후 근무를 나온 보호사의 목소리였다. 승민의 거친 숨결이 귓속으로 달려들었다. 나로 말하면, 방광 근육이 풀려버리기 직전이었다. 뭔가 눈치를 챈 것인가. 그랬다면 어째야 하나. 나와 승민은 세탁물통에 끼어 도망을 칠 수도, 저항을 할 수도 없는 상황이었다.

"지하에 가나?"

최기훈의 목소리가 물었다. 잔뜩 짐을 실은 듯한 묵직한 바퀴소리 뒤에서 보호사가 대꾸했다.

“김 주임님이 대신 가달라고 해서요. 봉투차가 금방 온 모양이에요.”

“그래? 그런데 작업반들은 왜 데려가나?”

“예? 봉투를 차에다 실어주고 오려면…….”

“혼자 가서 그냥 부려만 놓고 와.”

“하지만 기사가…….”

“자네 눈엔 저 북새통이 안 보이나?”

최기훈의 목소리가 날카로워졌다.

“3분 내로 돌아와.”

보호사는 마지못한 듯 “예에” 했다. 시간이 갑자기 느려졌다. 엘리베이터 문이 열리고, 세탁차가 먼저 안으로 들어서고, 봉투를 실은 대차가 따라 들어오고, 문이 닫히는 과정이 미치도록 길었다. 지하로 내려가는 시간은 불면의 밤만큼이나 지루했다. 그 지루한 시간 내내 보호사는 애먼 ‘좆’을 욕보이고 있었다. 출근하자마자 좆나게 갈군다는 둥, 차라리 좆으로 밤송이를 까라고 하라는 둥, 좆만 한 엘리베이터가 좆 늘어지게 느리다는 둥.

엘리베이터는 인내심이 극에 달할 무렵에야 지하에 닿았다. 봉투를 실은 대차가 밖으로 움직이는 게 느껴졌다. 세탁차도 밖으로 나갔다. 곧 철문이 열리고 닫히는 소리가 났다. “갔어” 하는 속삭임이 들려왔다. 세탁물이 머리 위에서 걷혔다. 우울한 세탁부의 손이 내 손을 잡아 일으켜 세웠다.

우리는 작별인사를 할 틈조차 없었다. 우울한 세탁부가 내 손을 한 번 힘주어 쥐었다가 놓았을 뿐이다. 나와 승민은 비상계단으로 몸을 숨겼다. 자그마한 밀차 한 대가 우리를 기다리고 있었다. 나는 눈만 내밀어 세탁실 쪽을 내다봤다.

우울한 세탁부가 세탁실 벨을 누르고 있었다. 이내 문이 열리고 그는 안으로 사라졌다. 엘리베이터는 움직이지 않고 있었다. 승민은 밀차의 손잡이를 틀어쥐었다. 누군가 계단으로 내려온다든가, 보호사가 우리를 발견했을 때 곧바로 후려칠 수 있도록.

얼마 후, 보호사가 대차를 끌고 들어와 엘리베이터에 탔다. 지하는 완전히 고요해졌다.

우리는 소리 죽여 비상계단에서 나갔다. 주차장 문을 조금 열고 밖을 내다봤다. 하느님 소리가 절로 나왔다. 코앞에 봉고 꽁무니가 있었다. 봉고는 시동이 걸려 있었고, 전조등이 켜져 있었으며, 뒷문이 위로 올라가 있었다. 봉고 뒤에는 봉투 묶음들이 내던진 것처럼 마구잡이로 놓여 있었다. 잘하면 중요한 순간은 봉고에 가려질 수도 있을 것 같았다.

기사는 한쪽 무릎을 뒤칸 끝에 걸치고 상체는 안으로 밀어 넣은 고양이 자세로 엎드려 있었다. 보호사가 그냥 가버린 것에 화가 난 모양이었다. 봉투 묶음을 이리 옮기고 저리 쟁이며 툴툴거렸다. 이놈의 병원에는 직원이나 환자나 똑같이 미친놈들만 있다고.

전날 밤 궁리한 차량 탈취 작전은 이런 거였다. 승민은 봉고가 오기 전에 지하에 도착해 비상계단에 숨는다. 봉고가 오고 작업반과 보호사가 봉투를 실은 대차를 밀고 내려온다. 그들이 봉투를 봉고에 실어주고 사라지면 작업반 옷을 입은 승민이 밀차를 끌고 뛰어나간다. 빼놓고 간 게 있다며 봉고를 세운다. 밀차로 기사를 재운다.

밀차는 벽에 세워두었다. 작전이 변경됐다. 기사의 눈엔 우리가 미친놈으로 보일 테지만 우리 눈엔 기사의 엉덩이가 페널티 라인에 놓인 축구공으로 보였다. 게다가 아주 아담한 축구공이었다. 경험 많고 다리도 긴 승민이 키커로 나섰다. 눈 밝은 내가 용감하게 후방을 맡았다. 기사는 봉투더미에 머리를 박고 고꾸라졌다. 승민은 기사의 등을 무릎으로 찍어 누른 뒤 팔을 뒤로 꺾어놓고 말했다.

"얌전히 있어. 다치게 하지 않을 테니까."

기사는 얌전하게 있었다. 나는 수건으로 재갈을 물리고 빨랫줄로 사지를 묶었다. 그 사이 승민은 바닥에 놓인 봉투 묶음들을 차 안으로 집어 던졌다. 그 모습이 힘세고 일 잘하는 작업반처럼 보였다. 봉투 던지기는 순식간에 끝났다. 승민은 뒷문 그늘 속에서 사복 셔츠로 갈아입고, 모자를 고쳐 쓴 뒤, 운전석으로 걸어갔다. 나는 뒷문을 닫았다. 봉투더미 사이에 기사를 앉히고 옆에 붙어 앉아 차창을 내다봤다. 주차장 입구가 성냥갑만 하게 보였다. 지상으로 올라가는 통로는 수직 갱도처럼 보였다. 걱정스러웠다. 봉고가 통로로 들어가지 못하고 주차장 벽을 들이박으며 돌아다닐 것만 같아서. 사방팔방으로 돌진해 닥치는 대로 부닥치고 다니는 놀이동산 범퍼카처럼. 승민은 계기판 위에 놓인 기사의 선글라스를 쓰고 전조등을 상향등으로 바꿨다.

승민은 단숨에 주차장 통로를 통과해 지상으로 올라갔다. 충돌 같은 건 없었다. 입구를 빠져나오며 벽에 차체를 한 번 긁혔을 뿐이다. 승민의 좁은 시야를 감안했을 때, 그만하면 훌륭한 운전이었다. 봉고는 1층 비상구를 지나고, 중앙 현관을 통과해 정문 앞으로 내려갔다. 외나무다리를 건너가는 염소처럼, 조심조심 나아갔다. 핸들을 잡은 승민의 팔에는 힘이 잔뜩 들어가 있었다. 나는 기사의 입을 양손으로 덮쳐누르고 봉투더미 속에 웅크렸다.

봉고는 정문 앞에서 얌전하게 멈췄다. 경비실에서 경비가 우산을 쥐고 뛰어나왔다. 승민 쪽은 쳐다보지도 않았다. 정문을 열어젖힌 후, 우산 안에서 손만 내밀어 통과 신호를 보냈다. 그 신호는 일차적으로, 그가 지하주차장의 페널티 킥 장면을 보지 못했다는 뜻이었다. 이차적으로, 병동에서 우리가 없어진 걸 아직 모르고 있다는 의미였다. 부차적으로, 안녕히 가시라는 인사를 생략하겠다는 경비의 의사표현이었다. 총론적으로, 상황이 순리대로 돌아가고 있다는 지표였다. 신학적 관점으로는 모처럼 우리를 긍휼히 여긴 그분께서 뒤를 봐주고 계시다는 계시였다.

우리는 서서히 정문을 통과했다. 계기판 시계는 3시 11분을 가리켰다. 병동에서 지하를 지나 정문을 통과하는 데 20분 남짓 걸린 셈이었다. 아니다. 정확히 말하면 1백 일이 걸렸다. 봉고에 실려 들어왔던 정문으로 봉고를 몰아 나가는 순간이 오기까지는.

등 뒤에서 정문 닫히는 소리가 쿵 하고 울렸다. 비상벨은 끝까지 울리지 않았다. 나는 기사의 입에서 손을 떼고 상체를 일으켰다. 봉고는 숲길로 들어서고 있었다. 숲은 안개로 가득 차 있었고 길바닥은 거의 보이지 않았다. 강철선 같은 빗줄기만 전조등 빛을 받아 희뜩희뜩 빛났다. 안개가 집어삼킨 숲 밖에서는 천둥이 노호하고 있었다. 의심이 밀려왔다. 승민은 몇 미터 앞조차 보이지 않는 이 내리막길을 무사히 통과할 수 있을까. 내 기억으로는 1킬로미터가 훨씬 넘는 길이었다. 차라리 차에서 내려 걸어가는 게 낫지 않을까.

상념을 깬 것은 고요 속에서 솟구친 '악' 하는 소리였다. 승민이 핸들을 틀어쥔 채 앞창을 향해 몸을 내밀며 지르는 소리였다. 목에서 나오는 게 아니라 머리 꼭대기가 폭발하며 터져 나오는 듯한 소리였다. 그 순간 내가 생각해낼 수 있는 말은 하나뿐이었다. 아아, 저 미친 새끼.

봉고가 화살처럼 튕겨 나갔다. 동시에 내 생애 최고로 살 떨리는 시간이 시작됐다. 봉고는 희뿌연 내리막길을 봅슬레이처럼 내리달았다. 나는 창틀의 손잡이를 틀어잡았으나 중심을 잡기엔 역부족이었다. 머리통이 천장에 들이박히며 튀어 오르고, 몸은 와이퍼처럼 좌우로 쓸려 다녔다. 뺨이 경련하듯 씰룩거렸다. 입술이 웃는 것처럼 벌어졌다. 봉투 묶음들은 와르르 무너지고 바위처럼 굴렀다. 승민은 브레이크라는 도구가 있다는 걸 잊어버린 놈 같았다. 차체가 빗길을 미끄러지며 춤을 추는데도 속도를 줄이지 않았다. 광기 어린 악을 내지르며 오히려 가속을 하고 있었다. 안개 사이로 번개가 들뛰었다. 숲이 요동치며 곤두박질했다. 질끈 눈을 감아버렸다. 안 보는 것만이 살길이었다. 그러나 체감 속도는 더 무시무시했다. 봉고는 이제 봅슬레이가 아니었다. 전속력으로 추락하는 제트기였다. 나는 필사적으로 손잡이에 매달렸다. 추락하는 제트기에서 떨다 죽지 않도록, 죽을힘을 다해 제트기보다 더 무서운 생각을 하려 애썼다. 즉각 현선 엄마의 얼굴이 떠올랐다. 승민이 소리쳤다.

"꽉 잡아!"

꽉 잡고 있어. 그러니까 제발 속도 좀 줄여. 승민은 곧바로 속도를 줄였다. 어딘가를 냅다 들이박는 방식으로 말이다. 차 뒤쪽이 붕 뜨는 느낌이 왔다. 이어 떠올랐던 뒷바퀴가 바닥을 치며 내려앉았다. 내 머리는 차벽을 들이받은 뒤, 인사를 하는 것처럼 앞으로 꺾였다. 손잡이가 손에서 빠져나갔다. 몸은 푹 고꾸라졌다. 아득한 곳에서 탑이 무너지는 듯한 굉음이 울렸다.

정신을 차렸을 때, 내 몸은 고기 집게처럼 접힌 채 종이 묶음 틈새에 처박혀 있었다. 쓰고 있던 헬멧은 얼굴 절반을 가리며 비뚜름하게 걸려 있었다. 머리 위쪽 유리창은 쩍쩍 금이 가서 흘러내리고 있었다. 으스스, 몸서리가 났다. 헬멧이 아니었다면 내 두개골도 유리창처럼 됐으리라. 불쌍한 기사는 종이봉투 더미에 하체가 깔린 채 혼절해 있었다.

"괜찮아?"

승민이 안부를 물어왔다. 언제 악을 질렀냐는 듯, 나직하고 차분한 목소리였다. 나는 눈만 까막거렸다.

"잠깐 그대로 있어. 일단 차부터 빼고."

봉고가 부릉부릉 소리를 냈다. 승민은 후진하고 돌리기를 반복하더니 차를 평평한 곳에 세웠다. 그리고 확인했다.

"괜찮지?"

괜찮지 않으면 때려서라도 괜찮게 해주겠다는 어조였다. 내 입장에서는 친근한 미소를 띠고 '괜찮아' 라고 대답할 수가 없었다. 고함부터 터졌다.

"무슨 운전을 그렇게 해?"

"좀 흥분했어."

승민의 눈이 뻔뻔스럽게 웃고 있었다. 울화가 치밀었다. 그랬단 말이지. 그냥 좀 흥분해서 생때같은 목숨 둘을 태우고 미친 짓을 벌였단 말이지. 몸을 일으키고 앉았다. 정면에 희뿌연 콘크리트 다리가 내다보였다. 옆을 봤다. 안개 밑으로 흐르는 물길이 보였다. 뒤를 돌아봤다. 길을 가로막고 쓰러진 '수리 희망병원' 입간판이 보였다. 입이 절로 벌어졌다. 저걸 들이받고도 봉고가 무사한 걸까?

"앞으로 넘어와."

승민이 내게 손을 내밀었다. 나는 간판을 턱으로 가리켰다.

"왜 저랬어?"

놈은 이를 드러내고 소리 없이 웃었다. 사람을 불안하게 만드는 특유의 웃음이었다.

"정문을 때려 부수는 것보다는 낫잖아."

머릿속에서 빨간불이 깜박거렸다. 금방 들은 게, 정문 대신 병원 간판을 들이박았다는 얘기가 맞는가?

"뭣 때문에?"

"못 하면 환장할 것 같아서."

대꾸할 말이 없었다. 몰고 나온 것이 덤프트럭이었다면 병원을 들이박았을 놈이었다. 내가 해야 할 일은 분명하고도 자명했다. 지금 당장, 저 미치광이가 모는 봉고에서 내리는 것. 나는 잠자코 엉덩이를 일으켰다. 기사도 몸을 꿈틀거리며 깨어났다. 재갈을 물린 입에서는 치통을 앓는 듯한 소리가 새어나왔다. 아차 싶었다. 그의 다리를 덮친 봉투 묶음부터 얼른 치웠다. 특별히 다친 데는 없어 보였다. 겁에 질린 나머지 넋이 나갔다는 것과 바지 앞섶이 축축하게 젖어 있는 것 말고는. 기사를 봉투더미 사이에 들어앉히고 나자 승민이 말했다.

"이제부터 얌전하게 운전할게."

믿을 수 없었다. 차라리 달 보고 짖는 개소리를 믿고 말지. 문제는 비의 기세가 너무나 사납다는 거였다. 내겐 우산도 우비도 없었다. 눈을 내리깔고 승민의 옆자리로 넘어갔다. 개소리라 여기기로 했다.

우리는 출발했다. 자작나무 숲 앞길은 쓰러진 입간판이 가로막고 있었으므로 희망농원 앞길로 돌았다. 시계가 숲 속보다 한결 나았다. 드센 바람이 안개를 호수로 몰아넣고 있었다. 그렇다고 앞이 개운해진 건 아니었지만, 적어도 물길과 도로는 구분할 수 있었다. 물론 승민에겐 아니었다. 다리로 진입하며 난간에 차 옆구리를 박고, 다리를 벗어나며 이정표를 쓰러뜨리고, 커브를 보지 못해 댐으로 돌진할 뻔했다. 전봇대를 들이받기 직전에 멈춰 서기도 했다. 녀석은 앰한 눈만 자꾸 비벼댔다. 얼굴은 앞창에 딱 붙어 있었다. 나는 엉덩이를 들썩이며 발끈발끈 히스테리를 부렸다. 왼쪽으로 붙여, 그쪽은 댐이야. 가드레일 안 보여? 저리 비켜, 차라리 내가 운전하고 만다.

그분이 뒤를 봐준다는 기분은 사라진 지 오래였다. 행운이라면 길이 한적하다는 것 정도였다. 유원지에 다다를 때까지 만난 차량은 승용차 두어 대에 불과했다. 사람도 없었다. 우리를 추적하는 기미도 없었다. 계획대로라면 당분간 추적자가 나타나지 않아야 했다.

김용과 십운산 선생이 병동 주민들을 들쑤시고 다니며 줄기차게 말썽을 부추기기로 돼 있었다. 간호사실에서 승민과 나 같은 건 까맣게 잊어버리도록. 다만 한 시간 이상 끄는 건 불가능했다. 병원이 무너지지 않는 한, 병동이 통제 불능에 빠지는 일은 없으니까. 기대를 걸고 있는 건, 승민을 혐오하는 사람이 근무 중이라는 점이었다. 윤보라. 특별한 일이 생기기 전까지는 승민을 찾지 않을 거라 믿고 싶었다. 특별한 일이란, 렉터 박사가 올라와 순시를 하는 것이었다.

나무는 숲에, 돌은 채석장에 숨겨라. 어느 나라 격언인지는 몰라도 존중할 가치가 있었다. 우리는 봉고를 유원지 야외주차장에 넣었다. 주차장에는 차량 여섯 대가 띄엄띄엄 주차돼 있었다. 승용차 세 대, 승합차, 셔틀버스, 1톤짜리 픽업트럭. 봉고의 자리는 트럭 옆이었다. 내려서 보니 봉고의 몰골이 처참하기 그지없었다. 해발 1천 미터쯤 되는 바위산에서 굴러떨어진 유조차 탱크 같았다. 계기판 시계만 멀쩡했다. 3시 40분이었다.

활공장 3km, 수리봉 3.2km

활공장 진입로의 밤나무에 이런 팻말이 붙어 있었다. 승민이 그 밑에서 떠들고 있었다.

"찾았냐?"

나는 비탈을 내려가는 중이었다. 빗물이 흐르는 땅은 찔꺽거리면서 미끄러웠다. 나무둥치들을 붙들고 내려가는데도 몇 번씩 미끄럼을 탔다. 뒤엉킨 넌출들은 발목을 걸어왔다.

"찾았냐?"

찾았다. 가파른 비탈 허리에 자리를 잡고 나란히 수리호를 내려다보는 세 기의 무덤. 상석들을 살폈다. 상석 밑을 돌로 막아놓았다고 했겠다.

"찾았냐?"

나는 목청을 아끼기로 했다. 세 번째 상석 밑에 끼워진 돌덩어리를 빼내느라 눈이 튀어나올 지경이었다. 돌을 치우자 상석 밑과 비탈 경사면 사이에 제법 큰 공간이 나타났다. 비닐포로 봉한 배낭이 그 안에 들어 있었다. 평촌 선배가 숨겨놓았다는 승민의 글라이더였다.

"찾았냐?"

"소리 지르지 마. 나 귀 안 먹었어."

배낭을 끌어안고 나무 밑으로 들어갔다. 승민은 배낭을 가져가고 1리터짜리 물병을 건넸다. 봉고차에서 훔친 것이었다. 담배와 라이터도 훔쳤다. 기사는 봉고에 그대로 뒀다. 누구든 구해주겠지, 하는 마음이었다.

담배를 피워 물고 위를 봤다. 연기가 안개 속으로 부드럽게 퍼졌다. 비바람은 조금 머츰해진 듯했다. 까마득한 우듬지들 위에 납빛으로 열어진 하늘이 걸려 있었다. 승민은 배낭 안을 뒤적이며 분주하게 입을 놀렸다. 산이라고 할 만한 걸 타본 적이 있느냐, 눈먼 오빠 인도하려다 중간에 나자빠져 징징 우는 거 아니냐. 미리 기권할 기회를 주겠다.

이게 사람을 뭘로 보고. 발끈해서 한마디 하려다 그만뒀다. 생각해보니 산다운 산을 타본 적이 없었다. 하기는 뭔들 해봤겠는가. '다운' 일이라면 더 거리가 멀었다. 나를 염라대왕 앞으로 끌고 갈 저승사자는 참으로 편할 터였다. 잡아 온 놈의 인생에 대해 브리핑할 내용이라야 딱 한 줄뿐일 테니까. 제 엄마 다리 밑에서 나와, 책방에서 자라고, 정신병원에서 청춘을 보낸 놈.

눈이 멀어가는 중이기는 했으나 승민은 산악지대에서 성장한 산악비행 전문가였다. 나로 말하면 산길 3킬로미터가 굉장한 거린지, 만만한 거린지 감조차 못 잡고 있었다. 내가 승민을 이끌고 산에 오른다는 건 새총을 들고 포병부대를 지휘하겠다는 야심만큼 웃기는 일이었다.

"정말 괜찮겠어? ECT 후유증이 저번보다 컸잖아. 종일 굶은 데다."

승민이 배낭에서 초콜릿 바를 꺼내 건네며 말했다.

"내려올 땐 혼자 내려와야 하고, 기사가 신고할 수도 있고. 잡히지 않을 자신 있어?"

이번엔 웬 텐트를 건넸다. 받아서 펼쳐봤다.

"방수 재킷이야. 좀 크겠지만 비 맞는 거보단 나아. 저체온증이 오면 대책 없어."

재킷 밑단은 무릎까지 내려왔고 소매는 손끝을 덮고도 5센티 이상 남았다. 그런 걸 좀 크다고 표현한다면 알래스카는 그리 덥지 않다고 말해야 한다.

"넌 저체온증 안 걸려?"

지퍼를 채우며 인사치레로 물어봤다.

"어차피 난 올라가서 옷 갈아입어야 돼."

재킷 주머니에 포도주색 기름종이에 둘러싸인 막대 두 개가 들어 있었다. 길이는 30센티쯤 돼 보였고 끝에 플라스틱 마개가 달려 있었다. 꺼내 들고 물었다.

"웬 다이너마이트냐?"

승민은 배낭을 등에 짊어지며 씩 웃었다.

"구조 신호용 조명탄이야."

"쏘는 거?"

"손에 드는 거. 횃불이랑 비슷해."

"불은 어떻게 붙이는데? 라이터로?"

약 5초에 걸쳐 숙련된 조교의 시범이 있었다. 마개를 연다. 마개를 유황이 붙어 있는 막대 끝에 대고 성냥처럼 긋는다.

"전구로 치면 30와트 정도나 될까. 30분 정도 타고."

"비 맞아도 안 꺼져?"

"물속에다 집어넣기 전엔 끄떡없어."

내가 조명탄을 살피며 신기해하는 사이 승민은 시계를 확인했다. 4시 30분.

갑자기 마음이 조급해져 왔다. 새총수와 눈먼 포병이 손잡고 산길

3킬로미터를 가려면 산뿐 아니라 시간과도 싸워야 했다. 해 지는 시각이 7시 30분 전후였다. 평소보다 어두운 하늘을 감안한다면, 7시 안에 활공장에 도착해야 했다. 과연 그게 가능할까. 우리는 모자를 바꿔 썼다. 승민은 만식 씨의 헬멧을 눈썹 위까지 눌러쓰고 전등을 켰다.

숲은 어두웠다. 바람이 잦아들면서 안개가 다시 짙어졌다. 덩치 큰 나무들은 하늘을 가렸다. 헬멧의 전등은 탐조등만큼이나 강렬했지만 충분한 시야를 확보해주지는 못했다. 안개가 빛을 블랙홀처럼 빨아들였다. 길은 나란히 걷기 힘들 정도로 좁았다. 우리는 승민의 등산용 지팡이를 잡고 일렬로 걸었다. 손잡이를 쥔 내가 앞에, 지팡이 끝을 붙든 승민이 뒤에.

예상대로, 승민은 산행을 힘겨워하지 않았다. 만식 씨만 한 배낭을 메고도 움직임이 가뿐했다. 줄곧 담배를 물고 있는데도 숨결조차 거칠어지지 않았다. 눈만 문제였다. 길바닥은 미끄럽고 찔꺽거리는 데다 나무뿌리들이 덫처럼 불거져 있었다. 돌이나 꺾인 나뭇가지, 쓰러진 잡목 둥치나 그루터기 같은 장애물도 심심찮게 나타났다. 이를 무사히 통과하는 법이 없었다. 헬멧 전등을 땅에 대다시피 하고 걸으면서도 어김없이 발이 걸렸다. 늘어진 나뭇가지에 머리가 걸려 바르작대기도 했다. 발을 헛디뎌 휘청거리거나 접질린 것도 여러 번이었다. 아예 허공에다 내딛는 바람에 비탈 아래로 굴러떨어질 뻔하기도 했다. 길게 자라난 수풀이 길의 경계를 가리고, 꿈틀대며 흐르는 안개가 사물의 위치를 교란시킨 탓이었다.

예상대로, 나는 혀가 늘어졌다. 오르막만 계속됐던 탓이다. 경사가 어찌나 가파른지 코로 길바닥에다 중앙선을 긋고 갈 수도 있을 것 같았다. 심장과 폐, 팔다리는 한 묶음으로 가사상태에 빠졌다. 눈만 멀쩡했다. 안개에 익숙해지자 발아래와 주변을 낱낱이 살필 수 있었다. 가랑잎 사이에서 폴짝거리는 손톱만 한 두꺼비 새끼까지 피해 갔다. 그런 내게 승민은 돼먹잖은 수작을 걸어왔다.

"뱀이다."

승민의 손가락이 가리키는 건 뱀 형상을 한 나무뿌리였다. 나는 잠자코 나무뿌리를 밟고 넘어갔다. 몇 분 후, 놈은 또 호들갑을 떨었다.

"뱀!"

정색을 하고 양치기 청년을 노려봤다. 뱀으로 한 대 맞아야 정신을 차릴 모양이었다.

"알았어, 인마. 안 하면 되잖아."

승민은 내 눈치를 보며 투덜댔다.

"하여간에 빳빳하다니까. 어떻게 된 인간이 유머라는 걸 몰라요."

나도 유머 안다. 하지만 뱀이 웃기다는 생각은 안 해봤다. 돌아서며 지팡이를 홱 잡아당겼다. 지팡이만 딸랑 따라왔다. 지팡이의 주인은 바지를 내리고 나무에 따뜻한 차를 대접하고 있었다.

"통행세."

승민은 담배를 잇새에 물고 실없이 낄낄거렸다. 그 꼴을 가만히 지켜봤다.

승민은 산책을 하러 나온 게 아니었다. 귀환이 보장된 길도 아니었다. 귀환 자체를 염두에 두지 않은 마지막 비행에 나선 길이었다. 그런 인간이 들떠서 어쩔 줄 모르는 게 정상일까, 두려워 어쩔 줄 모르는 게 정상일까. 첫 ECT를 받던 날이 생각났다. 그땐 승민의 시시껄렁한 농담이 안쓰러웠다. 두려움을 들키지 않으려는 허세인 줄 알았으니까. 승민이 나무에 오줌을 갈기는 순간에 확인한 것도 허세였다. 더

불어 그걸 모른 척해야 한다는 것도 깨달았다. 설령 내가 알고 있다는 걸 승민이 안다 해도. 그것이 두려움에 침몰당하지 않으려는 한 인간의 안간힘에 대한 예의였다. 곁으로 가서 나도 통행세를 냈다.

"왜 따라왔냐?"

승민이 바지를 올리며 물었다.

"아까부터 미치게 궁금하다니까. 어떻게 병원에서 나올 생각을 했는지. 거기서 늙어 죽기로 작정한 것 같던 놈이."

나는 지팡이를 놈의 손에 쥐여주며 되물었다.

"너야말로 왜 그랬는데?"

"내가 뭘?"

"내가 보호실에서 나올 때까지 왜 남아 있었냐고. 개미구멍만 있어도 파고 나갈 것 같던 놈이."

"아아……."

길이 조금씩 넓어졌다. 우리는 어느새 나란히 걷고 있었다. 승민은 모퉁이 하나를 돈 후에야 입을 열었다.

"나도 이번엔 ECT 후유증에서 깨어나는 게 힘들었어. 착란상태도 저번보다 길었던 거 같아. 가까스로 정신을 차리고 눈을 떴는데 모처럼 네 얼굴이 또렷하게 보였어. 금세 본래 상태로 돌아오긴 했지만. 그때 그 표정을 봤어. 이발 소동 때 봤던 네 표정. 눈 뻔하게 뜨고 통나무처럼 굳어져서 뭐라고 중얼거리는데 목소리가 그렇게 절박할 수가 없었어. 귀를 기울여봤더니 비명이야. 공포에 눌려 내지르는 소리. 애가 타더라. 아무리 큰소리로 불러도 깨어나질 못하니까. 저 조그만 머릿속에서 큰일이 벌어졌구나, 했다가. 아버지 일로 충격이 컸던 거야, 했다가. 김 주임이 병실로 돌아가라고 밀어내는데 발이 떨어져야지."

"그래서 나 깨어나는 거 보고 가려고 기다린 거야? 봉고차 기사는 널 기다려준대?"

"어쩔 수 없을 때도 있어. 살다보면, 가끔."

진지한 말투에 움찔해서 승민을 봤다. 승민의 얼굴엔 웃음기 대신 음울한 빛이 감돌았다. 생각지도 못했던 말이 내 입에서 튀어나왔다.

"나, 책방에 있었어."

"책방?"

"아버지가 하던 책방. 내가 나고 자란 곳."

발치를 내려다봤다. 흙탕물 속에서 실뱀만 한 지렁이가 꾸물꾸물 기어가고 있었다. 혀 밑에 고인 침을 꿀꺽 넘겼다.

"어릴 때, 엄마가 집에 거의 없었어."

그걸 한 번도 이상하게 생각하지 않았었다. 어디에 있다는 걸 안 뒤로도 어쩌다 그곳에 갔는지, 뭘 하며 지내는지, 궁금했던 적도 없다. 없는 쪽이 좋았으므로 오지 말았으면 했다. 어머니가 돌아와 있을 때면 나는 2층에 잘 올라가지 않았다. 책방 구석에 있는 골방에서 지냈다. 그러다 아예 그리로 거처를 옮겨버렸다. 어머니는 대개 안방에서 지냈다. 증세가 도지는 날은 뜻 모를 말을 웅얼대며 동네를 돌아다니기도 했다. 아무 집이나 들어갔다가 매를 맞고 오기도 했다. 밤새 거실 창가에 웅크리고 있기도 했다, 쓰레기장에서 더러운 것을 주워와 방 안에 쌓아두기도 했다. 가끔 어머니와 얼굴을 마주칠 때마다 나는 몸서리를 쳤다. 무표정한 얼굴, 초점이 없는 눈, 며칠씩 씻지 않아 악취 나는 몸. 어머니는 내게 무서운 사람, 더러운 여자, 혐오스러운 어른, 그 이상도 이하도 아니었다.

그러나 아버지에겐 의미가 달랐던 것 같다. 이재에 밝기로 명성이 자자한 헌책장수 아버지는 자신보다 열여섯 살이나 어린 아내에 관한 한 순정한 남자였다. 어머니가 병원에 있을 때는 주말마다 면회를 다녔다. 열애에 빠진 청년처럼 면도를 하고, 다림질한 셔츠와 양복을 입고, 말끔하게 세차한 픽업을 몰고 나갔다. 돌아올 때의 표정은 차마 눈 뜨고 보기 힘들 만큼 절망적이고 참혹했다. 퇴원이나 외출을 해서 집에 있을 땐, 씻기고 먹이고 화답 없는 말을 건네는 걸로 하루를 보냈다. 그때만큼은 책방도, 나도 안중에 없었다.

어머니가 어쩌다 그리됐는지는 잘 모른다. 아버지가 말해주지 않았기 때문이다. 내가 여덟 살 때 병원으로 갔다는 것만 안다. 이후 10년 동안 수도 없이 병원과 집을 오갔다. 집에서 한 달, 병원에서 1년, 집에서 반달, 병원에서 2년. 병원에서 '좋아졌으니 데려가시오' 하면 데려오고 증세가 악화되면 다시 들어가는 식이었다. 증세가 악화됐다는 건, 큰 사고를 쳤다는 의미다. 대부분 자살 소동이었다. 아버지의 감시를 피해 목을 매고, 손목을 긋고, 면도날을 집어삼켰다. 거실 창문에서 뛰어내렸다가 다리가 부러진 적도 있었다. 아버지는 결국 어머니를 방에 가뒀다. 창문을 봉쇄하고 자해도구로 쓸 만한 것들은 모조리 치웠다. 식칼, 젓가락, 요리용 가위, 망치, 펜치, 못 따위의 물건을 금고에 보관하는 집은 이 세상에서 신림책방 안집밖에 없었을 것이다.

"그날 밤 일은 어머니가 친 마지막 사고였어."

잠시 기다렸다. 맥이 빨라지기를, 식은땀이 솟고 숨이 가빠오기를, 공포가 먹구름처럼 진군해오기를. 그러면 걷잡을 수 없이 터지는 이 이야기를 멈출 수 있으리라. 하지만 아무것도 오지 않았다. 가슴은 고요했고 머리는 명징했다. 나는 그날 밤 이야기를 이어갔다.

"나는 무너진 책장 사이에 엎드려서 꼼짝하지 않았어. 고개도 들 수가 없었어. 어머니가 구멍 난 목으로 피를 내뿜으며 내 앞에 서 있을 것 같았으니까. 엎드린 채 울고, 토하고, 오줌 누고, 비명을 지르다 정신을 잃었어. 깨어보니 병원이더라. 아버지가 곁에 앉아 있는데 표정이 묘했어. 슬퍼하는 것도 같고, 어쩐지 홀가분해하는 것도 같고. 혼란스러웠어. 의심스러웠어. 열쇠와 책방 가위가 어떻게 어머니 손에 들어갔는지. 어머니는 왜 하필 욕실에서, 그것도 욕조에 몸을 담근 채 가위를 꽂았는지. 죽기 전에 잠깐 정신이 돌아왔던 건 아닌지. 아버지는 잊어버리라고 했어. 다시는 그 얘기를 꺼내지 말자고 했어. 나도 그러고 싶었어. 생각만 해도 정신을 잃을 것 같은 무서운 기억을 가둬버리고 싶었어. 성공적으로 그리했다고 믿었고. 그놈이 깨우려 들기 전까지는."

잔기침이 나서 말을 멈췄다. 목이 바싹 말라 있었다. 승민은 물병을 건넸다. 받아서 두어 모금 마셨다.

"로뎀 병원 주치의는 공황 장애나 비슷한 패턴의 악몽들이 그날 밤과 맞닿아 있다고 봤던 거 같아. 기억을 열면 여러 문제가 해결될 거라고 믿는 눈치였어. 약물요법, 정신분석, 최면요법, 온갖 시도를 했는데 다 실패했어. 내가 입을 열지 않았거든."

물을 한 모금 더 마셨다. 길은 점점 가팔라졌다. 평지나 내리막은 단 1미터도 없었다.

"최근 들어 자주 꿈을 꿨어. 한 번씩 꿀 때마다 그날 밤에 성큼 접근해 있었고. 난 두려웠어."

"꿈꾸는 게?"

"아니. 내가 벼랑에 발끝으로 버티고 서 있다는 걸 인정하는 게. 인정하면 선택해야 할 테니까. 발을 떼버리거나, 그날 밤을 끌어내서 진실과 대면하거나."

승민이 턱을 돌려 나를 봤다. 나는 다시 발치를 내려다봤다. 마지막 얘기가 남아 있었다.

"그날 점심 무렵이야. 난 새로 들어온 책들을 정리하고 있었어. 책 꾸러미를 묶은 노끈을 가위로 자르고, 먼지를 털고, 장르와 상태를 분류해서 꽂을 자리를 정하는 작업이야. 내게 맡겨진 일이기도 했지만, 책 읽는 것만큼이나 좋아하는 일이기도 했어. 운이 좋으면 마음을 빼앗기는 책을 한 권쯤 발견하게 되니까. 그날 찾아낸 건, 포의 소설집이야. 보자마자 정신이 홀딱 나가버렸어. 포에게 빠져 있었던 무렵이거든. 처음엔 몇 장만 넘겨볼 심산이었어. 딱 몇 장만. 그런데 어느새 자리를 잡고 앉아 있더라고. 아버지 전화가 아니었으면 어머니 점심 같은 건 까맣게 잊어버렸을 거야. 안집으로 올라가는 내내 발이 둥둥 떠 있었어. 손에 노끈을 자르던 가위를 그대로 쥐고 있는 줄도 몰랐어. 금방 봤던 이야기에 완전히 홀려 있었어."

숨을 한 번 크게 들이쉬었다. 눈을 한 번 감았다 떴다. 수년 동안 잊고 있었던 진실이 시간의 먼지를 둘러쓰고 기억 속에서 걸어 나왔다.

"열쇠와 가위를 2층에 둔 사람은 나야. 아버지가 아니라 나. 아무 생각 없이 가위를 식탁에 내려놨고, 밥상을 차려서 어머니 방에 가져다 놓으면서 방문에 열쇠를 그대로 꽂아뒀던 거야. 그리고 책방으로 내려와 다시 책에 빠져버렸어. 방문을 밀치고 나와서 식탁에 놓인 가위를 목에 꽂아버린 어머니를 발견할 때까지. 나는 그걸 불과 몇 시간 전에야 기억해냈어. 네가 보호실에서 나를 깨우던 그때에. 내내 아버지를 의심해왔는데, 아버지를 의심하는 내가 무서워서 그날 밤을 가둔 거라고 생각해왔는데, 그게 아니었던 거야. 내가 한 짓이 무서워서 만들어낸 의심이었어. 우발을 가장한 의도일지 모른다는 자각이 만든 안전지대였어. 왜냐하면……."

"네 탓이 아냐."

승민이 말했다.

"오도록 돼 있는 건 언제든 와."

"왜냐하면, 몇 번이나 그런 생각을 했으니까. 실은 어머니가 와 있을 때마다, 매번."

승민은 더 말하지 않았다. 나는 진실에 얻어맞아 고꾸라지지 않았다. 어쩌면 진실은 내가 겁냈던 것만큼 거인이 아니었는지도 모른다. 내가 내 그림자에 놀라 끝없이 달아났던 것인지도 모르고. 어쨌든 그걸로 됐다고 생각했다. 당장은 스스로 걸을 수 있는 것만으로도 괜찮은 거라고.

"널 따라온 건 알고 싶어서야. 내가 뭘 원하는지, 뭘 할 수 있는지, 단서를 찾을 수 있을까 해서."

나는 발끝에 걸린 돌멩이를 툭 찼다. 돌멩이는 호를 그리며 안개 속 어딘가로 떨어졌다.

숲이 성글어지며 하늘이 나타났다. 장대비는 끈질기게 내리는 가랑비로 바뀌어 있었다. 우리는 말없이 걸었다. 초콜릿 바를 씹고 물을 마시며 쉼 없이 걸었다. 걷는 것은 차차 수월해졌다. 행군 속도도 점차 빨라졌다.

7시. 숲을 벗어났다. 수리봉 정상이 올려다 보이는 능선에 활공장 깃발이 꽂혀 있었다. 경사가 완만한 언덕 끝엔 절벽이 있고, 절벽 너머로 안개에 휩싸인 수리호가 보였다. 그곳으로부터 거친 바람이 올라오고 있었다. 승민은 손바닥을 세워 바람결을 만졌다.

"정풍이야."

정풍이 뭔지는 몰라도 승민이 좋아하는 바람인 건 분명했다. 축축하고 더러운 녀석의 운동화가 경쾌하게 빗속을 날았다. 푸른 셔츠도, 작업반 바지도, 양말도 날아갔다. 바람과 가랑비와 땅거미 속에서 승민은 알몸이 되었다. 벗어 던지는 데에는 일가견이 있는 놈이라 딱히 별스러운 풍경은 아니었다. 별스러운 느낌이 든 건 배낭에서 제 옷을 꺼내 입기 시작했을 때였다. 비행복을 입고 새 양말과 부츠를 신고 지퍼를 채우는 걸 보고 있노라니 다리에서 힘이 쭉 빠져나갔다.

승민은 완전히 다른 사람이었다. 내가 늘 불편한 심정으로 바라보던 세상에 발을 딛고 서 있었다. 마주 선 우리 사이의 1미터는 단순한 물리적 거리가 아니었다. 건너갈 길 없는 차원 하나가 버티고 있었다. 우리가 같은 세계에 함께 존재한 적이 있다는 증거는 만식 씨의 헬멧뿐이었다. 그마저 없었다면 나는 모든 것이 꿈이었다고 생각했을지도 모른다. 승민과 처음 만났던 밤이, 함께 보낸 지난여름이, 수리봉에 도달하기까지의 짧은 여로가, 승민이라는 존재 자체까지도.

"절벽 끝까지 다녀오자. 언덕 경사도 확인할 겸 한번 걸어봐야겠어."

우리는 손을 잡고 천천히 활주할 언덕을 걸어 내려갔다. 승민은 발끝으로 바닥을 세심하게 더듬으며 걸었다. 땅의 기억을 발에다 심어두려는 것처럼. 나는 돌멩이와 나뭇가지들을 발로 차서 치웠다. 활주에 걸림돌이 될 만한 것은 가랑잎 하나도 남겨두지 않았다. 그 사이 나는 수도 없이 스스로에게 물었다. 묻지 않을 수가 없었다. 나는 여기서 뭘 하고 있는 것일까. 나는 무엇을 원하는 걸까. 나는 누구일까. 나는,

나는…….

배낭이 있는 언덕배기로 되돌아갔다. 하늘 저편에서 어둠이 몰밀어오고 있었다. 가랑비는 끈질기게 계속됐다. 승민은 서둘러 캐노피를 펼쳤다. 전등으로 시야를 확보하면서 산줄과 기체를 확인하고 하네스를 착용했다. 비행 준비는 다리 벨트를 조절하는 걸로 끝났다. 등 뒤의 캐노피는 바람을 맞아들이며 탄탄한 벽을 세워가고 있었다.

"잘 가라고 안 해?"

승민이 물었다. 나는 조명탄을 꺼내 쥐고 절벽 끝을 가리켰다.

"저기 가서 할게. 불빛을 보고 곧장 달려와."

승민은 손을 내밀었다. 머뭇머뭇 맞잡았다. 손을 떼자 손바닥에 승민의 시계가 놓여 있었다.

"이제 빼앗기지 마."

승민의 눈이 고글 속에서 웃고 있었다.

"네 시간은 네 거야."

시계를 쥐고 돌아섰다. 돌아서서 걸었다. 걷다가 뛰기 시작했다. 절벽 끝까지 단숨에 뛰었다. 숨을 턱 끝으로 몰아내며 조명탄 마개를 열었다. 점화 부분이 비에 젖지 않도록 조심하면서 마개로 힘껏 쳤다. '혹' 소리와 함께 불꽃이 올라왔다. 나머지 하나에도 불을 붙인 뒤 양손에 나눠 쥐고 승민을 향해 돌아섰다. 손을 머리 위로 들어 올렸다. 뿌연 연기가 하늘로 치솟았다. 오렌지 빛 섬광이 나를 가뒀다. 가로등에 불이 들어온 것처럼 주변이 환해졌다. 나는 숨을 멈췄다.

승민이 오고 있었다. 헬멧의 전등을 끄고 먹빛 땅거미를 통과해오고 있었다. 타오르는 불길을 향해 달려오고 있었다. 허리를 굽히고 다리를 쭉쭉 내뻗으며 질주해오고 있었다. 노란 캐노피가 승민의 머리 위에 벽을 세우고 따라왔다. 5미터, 4미터…….

승민의 발이 지상에서 떨어졌다. 허공을 디디며 가볍게 떠올랐다. 수리호가 뿜어내는 상승기류를 타고 거침없이 하늘로 비상했다. 비상의 한 지점에서 글라이더가 반 바퀴를 돌았다. 일순, 글라이더 주변이 환해졌다. 승민이 헬멧의 전등을 켠 것이었다. 불빛은 아주 잠깐 거기 머물렀다.

나는 승민이 나를 찾는 거라고 생각했다. 작별인사를 보내는 거라고 생각했다. 글라이더는 다시 반 바퀴 선회한 뒤 멀어지기 시작했다. 승민의 모습은 희미해졌다가 땅거미 속으로 빨려들었다. 헤드랜턴의 빛만 두어 번 깜박거렸다. 이윽고 그마저 사라져버렸다.

언덕에는 죽음 같은 정적이 흘렀다. 싸늘한 바람이 밤을 몰아왔다. 몸이 떨려왔다. 걷잡을 수 없을 정도로 격한 떨림이었다. 목과 가슴 사이에선 불처럼 뜨거운 것이 오르내렸다. 그 뜨거운 한기에는 두 개의 이름이 있었다. 자신의 세상을 향해 날아간 자에 대한 '경외', 갈 곳이 없는 자의 '절망'.

절벽 끝에 누웠다. 하늘이 까맸다. 별들은 내게 너무도 멀었다.

**정신질환자 2명, 차량을 탈취해 탈출. 1명 검거**

지난 17일 오후, 정선군 소재 H병원에 수용된 정신질환자 이모씨(24)와 류모씨(24) 등 2명이 종이봉투를 수거하러 온 봉고차 기사를 폭행 감금하고 차량을 탈취해 탈출하는 사건이 일어났다. 경찰에 따르면, 이씨는 탈출 다음 날인 18일 오전 8시경 저체온증으로 인한 쇼크에 빠진 채 수리봉 정상에서 발견됐으며 인근 병원에서 치료를 받고 있으나 의식이 혼미한 상태인 것으로 알려졌다. 함께 도주한 류씨는 현재까지 행적이 묘연한 상태이며 세주백화점 물류창고 방화 용의자였던 사실이 뒤늦게 밝혀졌다. 경찰은 가족과 병원 직원 등을 상대로 류씨가 병원에 입원하게 된 경위와 배후를 밝히고 류씨의 신병을 확보하는 데 주력하고 있다고 밝혔다.
— 〈강원일보〉 2004년 9월 18일자 사회면

**시신 없는 정황상 자살, 자살방조죄 성립될까?**

지난 9월, 정선 H병원을 탈출한 후 실종된 류승민 씨에 대해 경찰이 정황상 자살로 결론을 내린 가운데, 폭행 감금과 차량 탈취 및 자살방조 혐의로 기소된 동행 환자 이수명 씨에 대한 첫 심리가 이달 18일 오후 강원지법에서 열릴 예정이다. 이씨는 류씨와 함께 도주하는 과정에서 봉고차 기사 김모씨를 폭행 납치해 차 안에 감금한 뒤 근처 유원지 주차장에 유기한 혐의로 구속됐었다. 경찰은 패러글라이딩 선수였던 류씨가 인근 활공장에서 자신의 글라이더를 타고 날아간 후 실종됐으며 당시 실명 직전이었다는 점, 극심한 우울증 증세를 보였다는 병원 원장과 직원의 증언, 폭우가 쏟아지는 등 당일 날씨가 극히 불안정했던 점으로 미루어 생존 가능성이 적은 걸로 보고 정황상 자살로 결론 내린 바 있다.

아울러 류씨와 동행했던 이수명 씨에게는 자살방조죄가 추가됐다. 검찰은 이씨가 상황을 명확하게 인식한 상태에서 류씨의 비행을 도와준 것으로 드러났으며 이는 명백한 자살방조죄에 해당된다고 밝혔다. 그러나 류씨의 시신이 발견되지 않은 상황에

서 이씨의 자살방조죄가 성립될지는 미지수이다.

— 〈강원매일〉 2004년 10월 18일자 사회면

* * *

**정신보건심판위원회 — 6:00 PM**

다섯 사람은 말이 없었다. 각자 생각에 잠긴 모습들이었다. 그들은 네 시간 동안 내 이야기를 들어주었다. 중간에 끊거나 제지하지도 않았다. 질문도 던지지 않았다. 그걸로 만족스러웠다. 나는 창문을 건너다봤다. 흩뿌리듯 날리던 비는 이제 폭풍우가 돼가고 있었다.

"왜 아침까지 거기 있었습니까?"

변호사가 침묵을 깼다.

"갈 데가 없었습니다."

"자살방조죄는 인정되지 않았지요?"

"네."

"기록에는 기억과 인지능력이 훼손된 상태에서 공주감호소에 수감됐다고 적혀 있습니다. 재판정에서 진술하는 것조차 힘든 상태였다는데, 현재 주치의는 자활이 충분히 가능하다는 소견을 내놓았군요. 4년 반이라는 시간만으로는 좁히기 힘든 견해차인데 본인이 설명할 수 있겠습니까?"

"류재민이라는 사람이 제게 관심이 많았습니다. 특히 승민이 행방에 대해서요. 큰형 쪽은 승민이의 입원 과정에 대해 몹시 궁금해했고, 경찰은 탈출 과정에 대해 알고 싶어 했습니다. 저는 우울한 세탁부가 법정에 불려오는 것을 원치 않았고요. 이런 문제들을 해결할 길은 하나밖에 없었습니다. 다행히 침묵 외에 특별한 노력이 필요치 않았습니다. 감정의들이 알아서 바보가 됐다고 진단해줬으니까요. 경찰이 승민이가 글라이더를 타고 갔다고 결론 내린 건 평촌 선배라는 사람의 진술이 있었기 때문입니다. 활공장에 남아 있던 승민이 옷과 신발이 그런 결론을 받쳐줬을 테고요."

"그런 결과가 오리라는 걸 예측하지 못했습니까?"

"거기까지는 미처 생각하지 못했습니다."

여자 의사가 물었다.

"이수명 씨는 류승민 씨의 죽음을 인정하나요?"

나는 잠자코 있었다. 승민은 내게 죽음이나 삶으로 분류되는 존재가 아니었다. 승민 자체로 존재했다. 시간과 공간, 삶과 죽음, 기억이나 실체 같은 개념이 가닿지 않는 어떤 차원이기도 했다. 나는 거기에 맞는 이름을 찾아내지 못했다. 그러므로 대답도 할 수 없었다.

"공황 장애는 어떻습니까?"

임상심리의가 물었다. 그의 눈은 귀밑에서 잘린 내 머리를 보고 있었다.

"스스로 판단했을 때, 어느 정도나 극복이 됐다고 평가합니까?"

완전히 극복했다면 거짓말일 것이다. 두려움은 여전히 남아 있다. 그래도 비관적으로 생각하진 않는다. 공주감호소에 수감되던 날, 나는 비명 없이 삭발을 견뎌냈다. 최초로 내 안의 야수를 통제하던 순간이었다. 내 자신에 대해 희망을 갖기 시작한 날이기도 하다. 어떻게든 해나갈 수 있을 거라고 말이다.

"주기적으로 이발을 하고 있다면 대답이 되겠습니까?"

그는 고개를 끄덕였다. 그러나 표정을 봐서는 대답으로 인정하는지, 하지 않는지 알 수 없었다.

"법적 보호자가 퇴원을 반대하고 있다고 들었는데요? 이유를 알고 있습니까?"

이번엔 인권위원회 남자가 물었다.

"고모가 공주로 면회를 오신 적이 있습니다. 아버지가 병원에서 지내게 하라는 유언을 남겼다고 했습니다. 병원비 외에는 제가 임의로 쓸 수 없도록 유산을 신탁해두셨고요. 유언에 따를 생각이라고 하셨습니다. 저는 출소하자마자 다시 병원에 수용됐습니다. 6개월 후에 퇴원 심사 청구를 했지만 서류 심사로 기각됐고, 이후로는 심사 청구 자체를 하지 못하도록 6개월이 되기 전에 회전문을 태웠습니다. 병원을 세 곳이나 옮겨 다닌 건 그 때문입니다. 이곳에 온 후에야 심사 청구를 다시 할 수 있었는데, 한 번은 서류 심사로 기각됐습니다. 이번에 여기 나올 수 있었던 데엔 새로 바뀐 주치의의 도움이 컸습니다."

"아버님이 원망스러웠겠군요."

"그땐 이해할 수 없었습니다. 다만 지금은…… 아버지로서……."

잠깐 말을 멈췄다. 갈증이 나는 것처럼 목이 칼칼해지며 잔기침이 났다. 위원장인 시 복지국장이 처음으로 질문을 던졌다.

"짚이는 데가 있나요?"

"온전치 못한 자식을 세상에 홀로 남겨두고 가야 한다면, 그럴 수도 있겠다는 생각을 합니다."

얼마간 정적이 흘렀다. 나는 침묵이 깨지기를 기다렸다.

"퇴원하면 아버지 유산을 받지 못할 수도 있을 텐데 현실적인 대비책이 있습니까?"

인권위원회 남자가 다시 물었다.

“공주에 있을 때 미장과 조적(組積)을 배웠습니다. 자활 준비로 쭉 그 일을 해왔고요. 소액이지만 적금 계좌도 하나 있습니다. 원한다면 퇴원 후에 일자리를 찾을 수 있을 겁니다.”

“이건 순전히 호기심입니다만, 이 이야기를 우리에게 들려준 이유가 따로 있습니까? 단순히 퇴원 심사를 통과하기 위해 이토록 긴 이야기를 하지는 않았을 것 같은데. 혹시 우리가 이수명 씨 귓속에 살던 놈으로 보인 건 아니겠죠?”

다섯 사람의 표정 위로 잔물결 같은 웃음이 번졌다. 나는 함께 웃을 수가 없었다.

“제게도 활공장이 필요했습니다.”

웃음이 멈췄다. 설명해보라는 듯, 여자 의사가 고개를 끄덕였다.

출소 후 6개월이 지난 어느 날, 볼펜 한 자루와 초등학생용 노트 한 권을 샀다. 심판위원회의 현장 심사를 받을 목적으로 산 것이었다. 사람들은 꿈 깨라고 했지만 나는 끈질기게 꿈을 꾸었다. 이 병원 저 병원으로 내돌려지면서도 언젠가는 심판위원회에 서는 날이 올 거라 믿었다. 그날이 오면, 내게 세상으로 귀환할 자격이 있음을 스스로 증명해 보일 생각이었다. 그러려면 준비를 해야 했다. 횡설수설하다 기회를 놓쳐버리지 않도록. 밤마다 노트를 채워나갔다. 조금씩, 남 몰래 한 장씩, 어떤 밤엔 십수 장씩. 그러다 문득 깨달았다. 나는 나를 위한 변론을 쓰고 있는 게 아니었다. 승민의 이야기를 하고 있었다. 내 이야기를 하고 있었다. 그해 여름 이야기를 하고 있었다. 볼펜 한 다스가 사라졌다. 노트는 열 권으로 불어났다. 그 사이 나는 무한히 자유로웠다. 이야기를 하는 동안, 온전히 나 자신이었다. 인생의 표면을 떠돌던 유령에게 '나'라는 형상이 부여된 것이었다. 그것이 내 안에서 나갈 수 있는지 확인하고 싶었다.

"그럼 우리는 이수명 씨의 첫 비행을 지켜본 사람들인가요?"

위원장이 물었다. 질문이라기보다는 정리 발언 같았다. "네"라고 대답했다.

# 에필로그

주치의의 부름을 받았다. 심판위원회가 있었던 날로부터 일주일 만이었다. 우리는 면담실에 마주 앉았다.

"내가 오후에 자리를 비울 예정이라 미리 불렀어요. 몇 가지 당부할 말이 있어서. 우선 약에 대한 건데요. 당분간은 지금처럼 사흘에 한 번 복용하고, 경과 봐가면서 차차 간격을 벌릴 계획이에요. 그러니까 조급증을 가지면 안 돼요. 약을 멋대로 조절하면……."

어깻죽지에서 경련이 이는 것 같았다. 주치의의 목소리는 귀 뒤로 스쳐 갔다. 실감이 나지 않았다. 주치의가 늘어놓고 있는 이 잔소리는 내가 기대하는 그 의미인가. '너는 자유' 라는 뜻인가.

그렇다. 자유였다. 고모가 퇴원을 반대하는 바람에 해 질 녘에야 수속이 끝났지만, 가방을 메고 홀로 병원 정문을 나섰으니 틀림없는 자유였다. 누구도 건드릴 수 없는 나의 자유였다.

발아래에 메타세쿼이아 가로수가 늘어선 언덕이 있었다. 언덕이 끝나는 곳에 버스와 승용차가 오가는 국도가 있었다. 국도 너머에 도시가 있었다. 사람들이 있었다. 그들의 집이 있었다. 그들의 세상이 있었다. 그들의 세상…….

나는 걸음을 멈췄다. 아니, 저절로 섰다고 해야 옳을 것이다. 사람들, 그들의 집, 그들의 세상, 그곳이 비행 금지구역으로 보였다. 국도가 진입 금지 표지판으로 보였다. 늘어선 메타세쿼이아들이 나를 조준한 총구로 보였다.

몸속 어딘가에서 마개 하나가 뽑혔다. 그곳으로 체온이 '쏴' 하고 빠져나갔다. 식어가는 가슴 밑에선 새들이 파닥거렸다. '두려움' 이라는 이름의 새였다. 저 언덕 아래에 존재하는 것은 그들의 세상이라는 두려움. 수없이 겪어왔듯, 기웃거리고 배회하다가 회복할 길 없는 치명상을 입고 되돌아오는 건 아닐까 하는 두려움. 결국 아버지가 옳았다고 인정하게 될지도 모른다는 두려움.

눈을 감았다. 바지 주머니에 손을 넣어 승민의 시계를 움켜쥐었다. 숨을 멈추고 새들이 사라지기를 기다렸다.

어느새 나는 수리봉 절벽으로 돌아가 있었다. 타오르는 오렌지 빛 섬광 속에 서 있었다. 불길 너머에서 승민이 달려오고 있었다. 서풋서풋. 몸을 떨게 하던 한기와 뜨거운 통증이 되살아났다. 아득하게 멀었던 별들과 어둠처럼 깊었던 절망이 기억났다.

*수명아.*

승민의 목소리가 들려왔다. 나는 눈을 뜨고 뒤를 돌아보았다. 그간 입원해 있었던 병동의 사람들이 흡연실 창가에 붙어 있었다. 잘 가라고 소리치며 손을 흔들었다. 하늘에는 석양이 번지고 있었다. 붉은 하늘 어딘가에서 승민이 충동질했다.

*우리 모처럼 트위스트 한번 출까?*

5월의 저녁 바람이 머리를 흐트러뜨렸다. 바람결 사이로 하모니카 소리가 들려왔다. 귓속에서 맥박이 울었다. 손아귀 안에서 시계가 발칵발칵 뛰었다. 나는 약과 옷, 소지품이 든 가방을 어깨에서 내렸다. 이 병원에서 저 병원으로 꼬리처럼 끌고 다닌 그 물건을 병원 정문 안으로 내던졌다. 두 팔을 높이 들었다. 손뼉으로 박자를 맞췄다. 무릎을 구부리고 발꿈치로 땅바닥을 쳤다.

컴 온 에브리바디. 클랩 유어 핸즈!

창가에 있던 사람들이 '우' 하고 함성을 질렀다. 함성을 등지고 돌아섰다. 메타세쿼이아들이 일제히 총구를 들어 나를 조준했다. 나는 등을 폈다. 턱을 들었다. 총구를 똑바로 응시하며 엉덩이를 흔들기 시작했다.

컴 온, 렛츠 트위스트 어게인. 라이크 위 디드 라스트 서머…….

석양의 잔광이 하늘을 태우고 있었다. 저 불길이 가시고 나면 저녁별이 뜰 테지.

하모니카 소리가 가슴을 두들겼다. 심장 안에서 피가 요동쳤다. 몸의 움직임도 피의 요동만큼 격렬해졌다.

*넌 누구냐?*

승민이 물었다.

알아맞혀 봐.

내가 대답했다.

*새야?*

아니.

*비행기?*

아니.

*그럼 누구?*

나는 팔을 벌렸다. 총구를 향해 가슴을 열었다. 그리고 언덕 아래로 질주하기 시작했다.

나야. 내 인생을 상대하러 나선 놈, 바로 나.

# 치밀한 얼개 · 탄탄한 문장… 시작은 은근하나 끝은 뜨거워

본심에 오른 네 편의 작품은 각기 다른 경향을 보여주면서도 일정한 문학적 수준을 확보하고 있다. 네 편 모두 당선작으로 뽑아도 손색이 없을 만큼 뛰어난 역량을 보여준다는 점에서 심사위원들의 의견이 일치했다. 심사 소회로 제시되는 의견들은 절대적 장단점을 평가하는 게 아니라 관점에 따라 장점이나 단점이 되기도 하는 양면성을 지닌다는 점을 먼저 언급하고 싶다.

〈머리엔 도넛, 어깨엔 날개〉는 독특한 알레고리 속에 어른을 위한 동화류의 서사를 담아낸 작품이다. 천사라는 직업을 가진 주인공을 등장시켜 천사를 필요로 하는 세태를 고찰하고 있다. 서사의 전개나 주제의 형상화에 무난하게 성공하고 있지만 바로 그 무난함으로 인해 큰 단점이 없는 만큼 큰 매혹도 없다는 지적이 있었다. 지나치게 잘 짜인 플롯의 억지스러움, 계몽적인 주제와 결말 등도 언급되었다.

〈나의 블랙 미니드레스〉는 88만 원 세대의 자기 탐구와 자아 찾기를 뼈대로 하는 세태소설이다. 그 세대의 고민을 정직하게 탐사하고 있으며, 다채로운 에피소드들을 동원하여 서사를 충실하게 엮어내고 있다. 재미있게 잘 읽힌다는 점에서는 심사위원의 의견이 일치했다. 드라마 플롯을 차용한 듯 병렬되는 전개, 소재만큼 경쾌하지 않은 문체, 느닷없이 계몽적으로 전환되는 마무리 등은 아쉬움으로 꼽혔다.

〈소박한 집합론〉은 늙은 게이와 왕따 소녀의 우정을 그린 작품이다. 소외된 인물들의 상호 이해와 고통을 과장하거나 엄살 부리지 않고 담담하게 그려내고 있는 점이 돋보였다. 소설적 플롯을 제대로 갖춘 점, 간결하고 절제된 묘사 등도 미덕으로 꼽혔다. 하지만 불필요하게 과잉 폭력적인 묘사, 게이에 대한 균형 잡히지 않은 시각, 작가가 지나치게 이야기를 장악하고 있어 답답한 점 등이 지적되었다.

당선작으로 뽑힌 〈내 심장을 쏴라〉는 정신병원에 갇힌 두 남자의 탈출기를 그린 감동적인 휴먼 드라마이다. 거듭 탈출을 꿈꾸고 또 시도하지만 늘 그 자리에 머무는 일상에 대한 은유처럼 소설은 진지한 의문을 가슴에 품게 만든다. 폭넓은 취재를 바탕으로 열심히 쓴 작품이라는 점에 심사위원의 의견이 일치되었다. 치밀한 얼개, 한 호흡에 읽히는 문장, 간간이 배치된 블랙 유머 등도 인상적이었다. 문체가 내면화되지 않은 점을 지적하는 의견도 있었으나 오히려 역동적인 행동을 묘사함으로써 그 움직임 속에 심리를 담아내는 미덕으로 읽는 의견도 있었다. 도입부가 잘 읽히지 않는다는 의견도 있었지만 발자크 소설처럼, 처음 60쪽가량의 지루함만 참아내면, 그리하여 소설적 상황과 등장인물들과 친해지기만 하면 그다음부터는 몰입하여 읽게 만드는 마력이 있다. 소설은 마치 바위를 산꼭대기까지 밀어 올리듯 주인공과 독자를 몰아붙이지만 일단 꼭대기에 다다르기만 하면 나머지 길은 흥미진진하고 가속도가 붙는 활강장이 된다. 소설의 막바지,

주인공의 내면 깊은 곳에 닿아 그곳에 눌러두었던 무서운 진실과 만나는 대목은 가슴 서늘한, 뜨거운 감동을 준다.

– 김화영 황석영 박범신 구효서 은희경 김형경 하응백 서영채 김미현

# 본심 진출 4편 두고 두 번의 무기명 투표

제5회 세계문학상 당선작을 뽑는 과정은 다른 어느 때보다 드라마틱했다. 지난해 12월 26일 마감한 결과 모두 163편이 응모했다. 접수된 작품들을 6등분한 뒤 소장 심사위원 6명(김형경 구효서 은희경 하응백 서영채 김미현)에게 보냈다. 이들은 1차로 작품들을 일별한 뒤 2차 예심에서 다시 거론할 작품들을 선별해 주최 측에 보내왔다. 모두 7편. 이 작품들을 6부씩 다시 복사한 뒤 소장 위원들에게 송부했다.

이들은 다른 심사위원들이 뽑은 작품을 정독한 뒤 지난 16일부터 1박 2일 동안 합숙하며 최종심 진출작을 가렸다. 예년처럼 3편만을 본심에 올리기로 하여 2편씩을 적어낸 투표 결과 1, 2위는 가려졌지만 나머지 2편이 같은 표를 얻어 이 두 작품만을 놓고 재투표에 들어갔다. 그 결과 역시 동률이었다. 결국 〈나의 블랙 미니드레스〉, 〈내 심장을 쏴라〉, 〈머리엔 도넛, 어깨엔 날개〉, 〈소박한 집합론〉 등 4편이 본심에 오르게 되었다. 어렵게 뽑은 4편의 작품은 원로급 심사위원 3명(김화영 황석영 박범신)에게 전달됐다. 이후 설 연휴까지 겹친 10여 일 동안 원로 위원은 물론 소장 위원들도 다시 꼼꼼하게 본심 진출작을 검토하는 과정을 거쳤다. 드디어 지난 1월 28일 오후 5시 서울 프레스센터 목련실 최종심사 현장에 9명의 심사위원이 밝은 표정으로 나타났다. 4편에 대한 품평이 소장 위원들부터 원로들까지 차례로 이어진 후 자유토론이 전개됐다. 토론 과정에서 심사위원들의 의견이 정반대로 엇갈리는 경우도 있었지만, 이는 9명이라는 국내 문학상 사상 최대 규모의 심사위원단 특성상 충분히 예견된 결과였다. 만장일치로 의견이 합치되지 않는 한, 소장과 원로를 막론하고 한 표씩을 행사하는 무기명 비밀투표를 실시해 과반(5표) 이상이 나올 때까지 재투표를 한다는 원칙을 실행에 옮겼다.

1차 투표 결과는 4(내 심장을 쏴라) : 3(소박한 집합론) : 2(나의 블랙 미니드레스). 3등을 뺀 나머지 두 작품을 놓고 재투표에 들어갔다. 그 결과 7 : 2의 압도적인 표차로 〈내 심장을 쏴라〉가 당선작의 영예를 안았다. 응모해주신 모든 분께 감사의 말씀을 드린다.

**– 조용호(〈세계일보〉 문화부 선임기자)**

# 운명이 내 삶을 침몰시킬 때, 나는 무엇을 할 수 있을까

처음 정신병원 실습을 나갔던 건 대학 3학년 여름이었다. 내 담당 환자는 창밖을 내다보는 걸로 하루를 보내는 젊은 남자였다. 어느 날 그에게 물었다.

"종일 창가에 서서 무슨 생각을 하세요?"

그는 말이 없었다. 끝내 그의 마음을 열지 못한 채 실습을 마쳐야 했다. 열리기를 기다리기에는 한 달이 너무 짧았고, 미루어 이해하기엔 내가 너무 어렸다. 어쩌면 이해하는 날은 오지 않을지도 모른다고 생각했다. 하나의 질문만 오래오래 머릿속에 남았다.

'운명이 내 삶을 침몰시킬 때, 나는 무엇을 할 수 있을까.'

이 질문에서 소설이 시작됐다. 세 번을 썼다. 처음 출간한 소설과 두 번째 소설 사이에 한 번. 두 번째 소설과 세 번째 소설 사이에 또 한 번.

둘 다 폐기됐다. 이유는 간명하다. 스스로 던진 질문을 소설의 형태로 형상화하지 못했기 때문이다. 그럼에도 미련이 남았다. 이 소설은 내게 언젠가는, 어떻게든 써야 할 빚이었다. 꾸준히 정신과학을 공부하고 개방병동과 'Day Center', 요양원 주변을 맴돌았다. 정신과 의사를 찾아가기도 하고, 정신과 간호사였던 후배와 입원한 경험이 있는 분들을 만나 얘기도 들었다. 그러나 핵심에 접근할 수가 없었다. 절실한 건 실제 병원 생활이었다. 입원을 하지 않는 한 요원한 일이기도 했다. 내게 폐쇄병동 문을 열어주는 병원이 없었다.

기회는 우연하게 왔다. 대학 선배가 광주 인근에 있는 어느 병원의 폐쇄병동에 들어갈 기회를 주선해주었다. 2007년 여름이었다. 기간은 출퇴근 방식으로 일주일, 병원 측은 취재에 최대한 협력하겠다는 호의적인 약속까지 해주었다. 나는 병원비 한 푼 내지 않고, 공짜 밥을 얻어먹으며, 병동 사람들과 함께 모든 프로그램에 참여하고 얘기를 나눌 기회를 얻은 거였다.(병동에 들어가서야 알게 된 것이지만, 의료진과 시설, 진료 서비스 수준이 상위 그룹에 속하는 병원이었다. 문을 열어도 거리낄 게 없는 좋은 환경이었다는 얘기다. 그렇다 하여 감사하는 마음이 옅어졌다는 건 아니다. 그때에도, 지금에도 귀찮은 이방인에게 배려와 관심을 베풀어준 병원 측에 진심으로 감사드리고 있다.)

나는 병동 사람들에게 당황스러울 만큼 환대를 받았다. 예상보다 훨씬 빨리 받아들여졌다. 어떤 이는 밤사이에 쓴 시를 낭송해주었고, 어떤 이는 까맣게 채운 초등학생용 노트를 내밀며 자신의 글에 대한 평을 듣고 싶다고 했다. 어떤 이는 퇴원 후에 시작할 사업 계획서를 보여주며 열정적인 브리핑을 하기도 했다. 버킹엄 궁전에서 자랐다는 한 공주님은 나를 '엄마' 라고 부르며 졸졸 따라다녔다. 나는 자동으로 '여왕님' 이 되는 호사를 누렸다.

'자동 여왕' 이 평민으로 돌아가던 날, 일부 국민들은 화끈한 송별회를 열어줬다. 주스 잔을 부딪치고, 노래를 부르며, 오징어 다리와 아이스케키를 입에 문 채 기차가 되어 병실을 돌았다. 우리들이 입을 맞춘 마지막 노래는 〈은하철도 999〉 였다. 그들이 떠나는 내게 속삭인 말은 '우리 한을 풀어달라' 였다. 나는 대답하지 못했다. 아무런 약속도 할 수가 없었다. 사실은 작별의 말조차 제대로 하지 못했다.

그때에는 할 수 없었던 말을 지면을 빌려 전하고 싶다. 당신들이 없었다면 이 소설은 세상에 나오지 못했을 것이라고. 잊을 수 없는 여름이었노라고.

미흡한 소설을 당선작으로 뽑아주신 심사위원 선생님들께 감사드린다. 내게 두 번씩이나 길을 열어준 〈세계일보〉에 거듭 감사드린다. 소설을 쓰는 내내 힘이 되어준 신림동 이쁜이 지영에게, 변함없이 초고를 읽어주고 귀중한 충고를 해준 안승환 씨에게 고마움을 표한다. 든든한 나의 백, 남편과 아이에게 애정을 전한다.

문학은 내게 거대한 산군이었다. 마냥 바라볼 수밖에 없는 존재인가, 조바심치고 절망했던 날들이 길고도 길었다. 이제 그 한 귀퉁이 기슭에 기적처럼 발을 걸쳤다.

나는 바란다. 어디에 닿을지, 다다른 곳에 무엇이 있을지 스스로 두려워하지 않기를. 뒤돌아보지 않기를. 한발, 한발 갈 수 있기를.

2009년 정유정

내 심장을 쏴라

1판 1쇄 발행 2009년 5월 20일
1판 53쇄 발행 2025년 5월 23일
개정 1판 1쇄 발행 2026년 2월 6일
개정 1판 6쇄 발행 2026년 3월 4일

지은이 · 정유정
발행인 · 주연선

**(주)은행나무**
04035 서울특별시 마포구 양화로11길 54
전화 · 02)3143-0651~3 | 팩스 · 02)3143-0654
신고번호 · 제1997-000168호(1997. 12. 12)
www.ehbook.co.kr
ehbook@ehbook.co.kr

ISBN 979-11-6737-627-5 03810